VERENA BOOS
KIRCHBERG

 aufbau

VERENA BOOS

KIRCHBERG

ROMAN

 aufbau

Die Arbeit an diesem Roman wurde gefördert durch Arbeitsstipendien der Bundesländer Hessen und Baden-Württemberg, durch das Bordeaux-Stipendium des Hessischen Literaturrates und der Region Aquitanien/Agence ÉCLA sowie durch die Bayerische Akademie des Schreibens. Die Autorin dankt den Stipendiengebern sehr herzlich.

MIX
Papier aus verantwor-
tungsvollen Quellen
FSC® C083411
www.fsc.org

ISBN 978-3-351-03690-4

Aufbau ist eine Marke der Aufbau Verlag GmbH & Co. KG

1. Auflage 2017
© Aufbau Verlag GmbH & Co. KG, Berlin 2017
Einbandgestaltung zero-media.net, München
Satz LVD GmbH, Berlin
Druck und Binden CPI books GmbH, Leck, Germany
Printed in Germany

www.aufbau-verlag.de

Meiner Schwester.

Wir sterben und bergen in uns den Reichtum von Geliebten und Stämmen, den Geschmack von Speisen, die wir gegessen haben, Körper, in die wir eingetaucht und die wir hochgeschwommen sind, als wären es Flüsse von Weisheit, Charaktere, in die wir geklettert sind, als wären es Bäume, Ängste, in denen wir uns versteckt hielten, als wären es Höhlen.

Michael Ondaatje, Der englische Patient

BEWOHNER KIRCHBERGS

HUBER

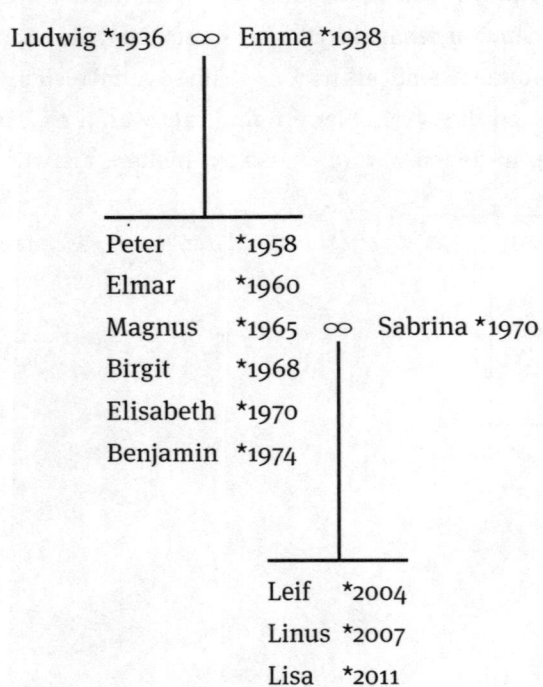

Ludwig *1936 ∞ Emma *1938

Peter   *1958
Elmar   *1960
Magnus   *1965 ∞ Sabrina *1970
Birgit   *1968
Elisabeth   *1970
Benjamin   *1974

Leif   *2004
Linus   *2007
Lisa   *2011

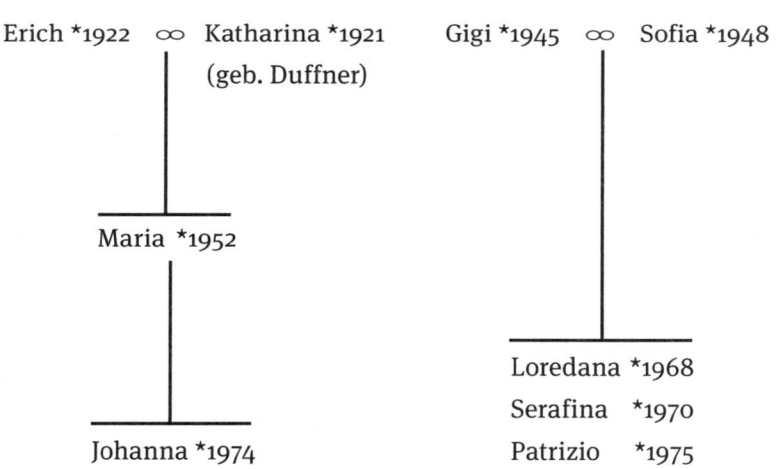

VON GLOCKSTEIN   BRACAGLIA

Erich *1922 ∞ Katharina *1921   Gigi *1945 ∞ Sofia *1948
                (geb. Duffner)

            Maria *1952

                                        Loredana *1968
                                        Serafina *1970
            Johanna *1974   Patrizio *1975

KIRCHBERG

Der Bus schließt die Tür und biegt an der Kreuzung rechts ab. Sie kennt den Weg, den er nehmen wird, vorbei an den Wirtschaftsbetrieben, den letzten Häusern. Die Dorfstraße wird zu einer Allee, links geht es hinunter zum Bach, rechts erheben sich die Hügel mit ihren bewaldeten Kuppen. Früher war der Straßenbelag voller Schlaglöcher. Eine kurvige Straße, die dem Verlauf des Baches durch das Tal folgt, sie kennt die Wege alle, eine grüne Straße, denkt sie, durch grüne Wiesen, grüne Büsche und Bäume. Grün denkt sie, wenn sie sich an dieses Dorf erinnert.

Der Bus ist fort, sie als Einzige steht noch an der Haltestelle. In die Pizzeria ist nie mehr ein Lokal eingezogen. Sie schultert ihren Rucksack und überquert die Hauptstraße, geht vorbei am alten Laden, wo sie als Kind Colaschlangen kaufte zu fünf Pfennig das Stück. Er steht leer. Im Schaufenster, durch das man einst die Schultern der Besitzerin sehen konnte, hängen Zettel in Spalten dicht bedruckt, Buchstaben und Zahlen, die Kirche, die auf dem Berg über ihr auffragt, als Emblem im Kopf des Blattes. Ein Poster, großes Datum und grelle Schrift, darauf ein Duo in Kitschtracht. Leo war bald danach auf Tournee gegangen. Er hatte Sorge gehabt, dass es Reibereien geben würde mit dem Pianisten. Sie hatte keine Worte mehr gehabt, ihm diese Sorge zu zerstreuen.

Sie steigt den Fußweg hinan, über eine Wiese, auf der es

in ihrer Kindheit Gänse gab. Er mündet in eine steile Straße, die sich an den Hang legt, als hätte sie sich mit ihren Schlaglöchern im Grund verzapft. Eine mächtige Treppe führt auf den Kirchberg, zu dieser Kirche aus rotem Sandstein, die zu groß über allem thront und ein so kleines Dorf überfordert. Langsam steigt sie diese Treppe hinauf, schräg über die Stufen, das kommt ihrem schwachen Bein entgegen. Sie lehnt sich an die Balustrade. Drei Täler öffnen sich für drei Bachläufe, und hier, mit dem spitzen Helm des Kirchturms als Drehgelenk ihres Kompasses, ist sie genau in der Mitte. Sie streckt die Arme nach beiden Seiten aus und füllt ihre Lungen mit der Luft ihrer Kindheit.

Sie taucht in den Schatten des schmalen Durchgangs zwischen Sakristei und Pfarrhaus. Wenn kein Gottesdienst war, kam nie jemand vorbei. Damals, hier, im Halblicht, der erste Kuss. Es wäre nur logisch gewesen. Der Weg weitet sich zu einem kleinen Platz, der Kirchberg streckt seinen Rücken lang. Nach einigen Schritten verschwindet die vorspringende Ecke des Nachbarhofs aus dem Blick, und sie sieht das alte Haus ihrer Großeltern. Und so steht ihr zwei jetzt da, du und dieses Haus.

Einen Moment lang verharrt sie vor dem Haus, mitten auf der Straße, die eher wie eine kleine Piazza anmutet. Es ist ihr Haus. Es hat einen muskulösen Giebel und Dachgauben, eine breite Reihe Fenster und ein großes Scheunentor, hinter dem sie das Knattern des Traktors zu hören glaubt. Vor dem Bart ihres Schlüssels das altmodische Schloss ohne Zylinder. Es hatte heftigen Streit gegeben zwischen den Großeltern, ob diese Holztür gegen eine moderne aus Aluminium ausgetauscht werden solle. Die Großmutter wollte mit der Zeit gehen, und auch die Gemeindeverwaltung, die zweimal pro Woche Sprechstunde im Erdgeschoss des alten Schulhauses abhielt, hätte das gerne gesehen. Eine moderne Tür mit Drahtglas und Schnapperle. Ihr Großvater, ein zurückhaltender Mann, konnte ein sturer Bock sein. Und wenn ihm noch jemand Geld bot für diese alte Tür, dann erst recht nicht. Es zog weiterhin durchs Schlüsselloch, wenigstens lackierte er bei jener Gelegenheit das Holz und dichtete die Ritzen ab. Doch was machte das schon, das eine oder das andere, so oft standen hier die Türen offen, vorne raus und hinten raus, im Erdgeschoss nichts außer Gemeindebüro, Wirtschaftsraum, Tür zur Scheuer und Durchgang zum Garten. Dicke Mauern, doch viele Einfallstore für den Wind. Auch mit einer Tür aus Aluminium wäre es in diesem Haus immer kalt gewesen. Das sah ihr Opa schon richtig. Die Wärme hier entstand anders.

Die Tür schabt über den Steinboden. Opas Dichtungsgummis sind hart geworden. Die Tür zum alten Gemeindebüro ist ausgehängt, verschwunden. Ein Vorhang ist aus der Aufhängung gerutscht. Das Licht im Raum wie stäubendes Mehl. Eine eingetrocknete Maus. Ein einzelner Rollschrank, ein Metallgestell für Prospekte, ein Notenständer. Ein Rechen lehnt am Treppengeländer. Objekte, die zurückbleiben. Sie holt den Rucksack herein und schließt die Eingangstür.

Ein freistehendes Haus, um das der Wind streicht, Wände, die keinen Kontakt haben. Ein körperliches Wissen um die Architektur. Sie lehnt sich gegen das Holz und horcht, wie man dem Atem des schlafenden Liebhabers lauscht, so vertraut und so fremd.

Nach der Beerdigung hat sie nur ein paar Dinge aussortiert. Persönliches und Verderbliches. Die Oma war nicht wie der Opa langsam und krank, Schritt für Schritt, aus dem Leben gegangen. Die Oma hatte wenig Arbeit gemacht, war einfach über dem Beet mit den Rapunzeln zusammengebrochen. Ihr eigener Reflex war wegzugehen, wie immer weg und wie immer arbeiten. Eine Zeit, selten genug, da sie wusste, was sie wollte. Sie hatte die Zusage für die USA, befand sich zwischen Orten, Ländern, Aufgaben. Leo hatte geschrieben, er wolle es versuchen, wirklich versuchen, und ein gemeinsamer Urlaub sollte ein neuer Anfang sein. Ihr Herz schlug woanders. Sie wollte jemanden beauftragen, das Haus zu leeren, sie wollte selbst wiederkommen, irgendwann, bald. Es kam weder zum einen noch zum anderen. Es passte nie mehr. Sie überließ das Haus, überließ alles sich selbst. Obwohl kurz darauf nichts mehr in ihrer Macht stand, bleibt da ein Stich. Als hätte sie ihre Großmutter nicht nur im Sterben alleingelassen. Das Geschäft des Sterbens in diesem Haus ist noch nicht abgeschlossen.

Links der Gang zum Garten, der letzte Gang ihrer Oma. Rechts führt die Treppe in den ersten Stock, wo das Schulzimmer war. Sie setzt einen Fuß nach dem anderen auf die Stufen, die eine Seite braucht immer länger als die andere. Mit der guten Hand hält sie sich am Geländer. Sie hört Generationen von Schülern über diese Treppe ihr entgegentraben, in der dunkelärmlichen Kleidung ihrer Jahre, in den viel zu kurzen Hosen und vielfach gestopften Pullundern der Nachkriegszeit, barsch zurechtgewiesen von der heiseren Stimme ihres Großvaters. Womöglich war seine Stimme damals noch gar nicht heiser. Als ein neues Schulhaus gebaut wurde, weiter unten auf halber Höhe, licht und filigran, die Schule, in die ihre Mutter ging, bevor sie sich davonmachte, kaufte ihr Großvater das alte Schulhaus, in dem er alle Jahre seit seiner Ankunft in diesem Dorf gelebt und gelehrt hatte. Er unterrichtete im neuen, doch lieber wäre er im alten geblieben, eigentlich hat er das alte nie verlassen. Bis sie selbst in die Schule kam, gab es am Ort keine mehr. Gemeindereform und Flurbereinigung der Siebziger, und da man schon dabei war, erledigte man auch diese kleine Schule, als gäbe es Mengenrabatt, take two, get one free. Sie musste jeden Tag mit dem Bus fahren. An der Kreuzung rechts, über die grüne Straße ins nächste Dorf mit Grundschule.

Jetzt klingen hier keine Kinderstimmen, klingt keine Lehrerstimme mehr. Jetzt ist es ganz still. Sie stellt sich genau in die Mitte dieses Raumes. Sie glaubt, dass sie gerne bei ihrem Großvater in die Schule gegangen wäre. Sie glaubt, dass er ein Händchen für Sonderlinge hatte. Als Freak ist man auf solche Leute angewiesen. Und heute, heute erst recht. Heute würde sie als Dorfdepp halt so mitlaufen. Man würde sie, wenn sie Glück hätte, in den Schuljahren verwahren. Wozu das Lernen und Streben, wenn von einem Tag auf den anderen alles gelöscht werden, verlorengehen kann. Ihr Hirn wie eine dieser Zaubertafeln, eifrig und unablässig Lage um Lage beschrieben, dann eines Tages, ritsch, ratsch, wenig Macht mehr über die Zunge, und das Wort nur noch als Widerhall.

Der alte Schulraum nimmt fast das gesamte erste Stockwerk ein. Alle Jahrgänge, Jungen und Mädchen, im selben, dem einzigen Raum. Staub schwebt im Licht. Auf den Holzdielen sind die Abdrücke der Schulbänke noch zu erkennen. Dort, wo der Mittelgang war, sind sie dunkler und stärker abgenutzt. Nicht einmal der große Tisch steht mehr da, an dem der Ortschaftsrat tagte, als Kind hatte sie direkt über diesem Raum im Bett gelegen und die Diskussionen der Männer gehört, alles Männer, später polterten sie hinaus, der Tisch, an dem auch Kommunionsunterricht stattfand. Jene Treffen, nach denen Patrizio das Klavierspiel entdeckte. Sie dreht sich um, und in der Nische des Zimmers, unter weißem Tuch verborgen, steht das Klavier.

Süden, ihre Lieblingsseite, die steil zu Bach und Mühle hin abfällt. Süden, wo sie ihren Platz an der Mauer hatte. Sie öffnet ein Fenster nach dem anderen. Dann jene, die nach Norden gehen, öffnet sie alle. In der Mitte des leeren Schulzimmers setzt sie sich auf den Boden. Die Luft, die durch die geöffneten Fenster auf beiden Seiten hereinströmt, findet irgendwo in diesem Haus einen Ausgang, und im Zug schlägt eine Tür. Vögel zwitschern. Eine Motorsäge, Lastwagen auf der Straße, ein Chopper. Sie erinnert sich der alten Linde und möchte nachsehen, ob sie noch steht. Sie rührt sich nicht. Jetzt nicht. Zum ersten Mal seit langem ist sie wirklich zur Ruhe gekommen. Zum ersten Mal hat sie vollkommen losgelassen.

Wie schlau kann man sein, und wie dumm kann man werden. Als sie die Augen öffnete, hatte sie einen Flusen auf der Netzhaut. Über die weiße Fläche der Zimmerdecke schwamm er wie ein Bakterium unterm Mikroskop, wanderte mit jedem Augenaufschlag nach oben und ruckelte sich auf dem Tränenfilm in Richtung Nasenspitze, bis sie

blinzelte, und wieder von vorn. Ihre Sicht auf die Zimmerdecke war an manchen Stellen klar, an anderen trüb wie
eine Fensterscheibe, an die jemand die Stirn gepresst hat.
Sie spielte das eine Weile so durch. Schielte durch die Wimpern auf ihre Nasenspitze, dahinter eine unklare Welt. Bis
jemand an ihr Bett trat und sie dafür lobte, dass sie aufge-
wacht war. Dann bemerkte sie es selbst. Jemand leuchtete
ihr in die Augen, sie riss ihren Blick nach oben und erfasste
allerlei Geräte über ihrem Kopf, und die Welt bekam Töne.
Die Welt hinter den Wimpern, jenseits der Nasenspitze war
erfüllt von Rhythmus und Unregelmäßigkeit, sie hörte
Piepstöne, sie hörte Gummi auf Linoleum, Türen öffneten
und schlossen sich, das Klappern von medizinischem Geschirr. Menschenstimmen.

Ihr Hals war trocken, doch noch musste sie nichts sagen, sie versuchte mit einer Hand an den Mundwinkel zu
gelangen, fühlte dort ein kleines Rinnsal, die Schwester
bremste ihren Arm, da war ein Zugang auf ihrem Handrücken, die Haut spannte unter den Pflasterstreifen. Sie er-
tastete Stoff unter ihren Fingern. Sie bewegte die Hand,
als erwartete sie die Berührung einer anderen. Aber da
war keine. Sie durchwanderte die Gegenden ihres Körpers, spürte am Schädel ein Spannen, das musste die Narbe
sein. Besuchte noch einmal den Flusen auf ihrem Auge. Die
Zunge war zu schwer, um damit in den Mundwinkel zu gelangen. Schließlich ihr Herz. Nachdem sie Leo kennengelernt hatte, arbeitete es so kraftvoll, dass ihr die Brust
schmerzte. Nie zuvor, niemals wieder hatte ihr Herz solch
einen Raum in ihrem Körper eingenommen. Sie war damals ganz Herz. Herzraum. Die Schönheit der Worte. Sie
tauchte wieder weg.

Die ersten Stunden waren noch in Ordnung, war sie noch in Ordnung. Das Problem war schon da, aber es kam erst später. Es wurde augenfällig, als sie nicht antworten konnte, und sie kapierten schließlich, setzten endlich ihren Apparat in Gang, als sie aufstehen sollte und zur Seite umkippte. Das Halbseitige wird sie nie mehr los. Und die Sprache hat sich davongestohlen, lässt sich erahnen nur noch an den äußeren Rändern, nur noch als vages Echo, verhallt, bevor man richtig dabei war. Packt sie fester zu, zerfällt alles zu Staub. Eine Sprachstörung könne auch von Panik herrühren, beruhigte man sie, doch sie brauchte nicht beruhigt zu werden, sie war nicht hysterisch, und die Sprache blieb weg. Als die Frau im Sozialdienst ein Jahr später sagte, wir müssen davon ausgehen, dass sich da nicht mehr viel tut und eine Rückkehr in Ihren Beruf unmöglich ist, wir beantragen ihre Verrentung, ansonsten halt Hartz IV, da dachte sie: Oder gleich tot. Tot wäre genauso gut.

Als die Vögel jäh verstummen und ein Abendgewitter aufzieht, bewegt sie sich. Reihum schließt sie die Fenster. In die unteren Äste der Linde hat jemand ein Windspiel gehängt, rund um den Stamm eine Bank gebaut. Sie verschließt ihre Haustür, trägt ihren Rucksack nach oben, entpackt ihren Schlafsack. Sie zieht sich aus und legt sich unter das letzte offene Fenster. Sie lauscht Donner und Wind und Regen und lässt sich in den Schlaf murmeln wie damals, ein Stockwerk höher, wenn aus der Küche noch die Stimmen ihrer Großeltern zu hören waren. Die Oma ließ die Tür einen Spaltbreit offen und das Licht im Flur brennen. Der Opa, der rauchen oder austreten ging, schloss die Tür, der honiggelbe Spalt erlosch mit einem Ruck. Meistens war sie dann schon zu weit in den Schlaf hineingewandert, um sich noch zu fürchten oder aufzubegehren. Ein Blitz erhellt den Himmel, das Fenster über ihr ein weißer Keil. Licht legt sich über die weite Fläche der Zimmerdecke, ein kurzer Donner, sie schließt die Augen und ist weg.

NOVEMBERKIND

(1974)

Katharina zieht die Uhr auf und legt ein Scheit nach, die Flammen legen sich an das trockene Holz, in der aufsteigenden Hitze beschlägt ihre Brille. Vom Spülstein nimmt sie eine Schüssel und tritt aus der warmen Küche in den ewigkalten Flur. Wenn sie hinabgeht, wirft sie stets einen Blick aus der südlichen Gaube. Sie sieht einen schmalen Streifen ihres Gemüsebeets, bevor der Hang steil zum Bach abfällt, dahinter die Weiden, der aufsteigende Wald, das sich weitende Tal. Die Stiege hinab begegnet sie Erich, noch im Mantel, ein Tropfen füllt sich an seiner Nasenspitze. Er legt Vesperdose und Tageszeitung auf den Schreibtisch im alten Lehrerzimmer, beides wird er mit hinaufnehmen in die Küche, erst aber schürt er an, dass es warm ist, wenn er wieder herunterkommt.

Katharina geht nach hinten hinaus in den Garten. Ein kaltes Jahr mit frühem Frost, sie hat eine Plane über den Salat gezogen, lüftet sie an einer Ecke, um das zu holen, was sie fürs Essen braucht. Winterhimmel drückt zum Tal herein, noch Wochen hin bis zu den kürzesten Tagen, doch ihr ist, als dunkelte es jetzt schon, zur Mittagszeit. Nachher stellt sie eine Kerze auf den Tisch, es wird dem Erich gefallen, versonnen wird er ins Licht schauen, sich die Hände reiben, und hinterher bläst er sie sachte aus, hält dazu die gewölbte Hand hinter die Flamme. Schweigsam ist er zurzeit, er macht es mit sich aus, ob er ans Amt wechseln soll. Das Schuljahr hat erst vor ein paar Monaten begonnen, aber wenn er versetzt werden will, muss er sich bald entscheiden.

Katharina hat in der Schüssel, was sie braucht, er ist keiner fürs Grünzeug, ihr Erich, das bisschen Ackersalat ist schnell gepflückt. Aber sie verharrt über ihrem Beet, sie stellt sich den Wolken entgegen und stemmt ihre Füße in den Grund, als müsse sie einem Druck standhalten. Irgendwas gefällt ihr nicht heute. Irgendwas ist. Sie zieht die Plane über den Holzrahmen und beschwert deren Rand mit einem Stein. Den ganzen Weg zurück über die Stiege in die Wohnung grübelt sie nach. In der Küche lehnt Erich gerade seine Dose aufs Abtropfgitter, Katharina stellt ihre Schüssel Rapunzeln ins Waschbecken und vergisst die Kerze. Freitag, Maultaschen in der Brühe, Erich schlürft, Katharina rutscht beim Zerteilen der Löffel weg, Heiland! Macht doch nichts, sagt Erich, ist doch Wachstuch. Trotzdem, bruddelt sie und wischt auf, was über den Tellerrand geschwappt ist. Schmeckt gut, sagt Erich, als wolle er trösten. Die sind bloß vom Metzger, sagt sie. Trotzdem, erwidert er. Wenn er so inwendig charmiert, ein bisschen hälingen, dann schmilzt ihr Ungehaltensein.

Sein verstohlener Witz hat ihr von Anfang an gefallen. Seine Mutter war mit anderen Heimatvertriebenen bei ihnen einquartiert worden, zusammen mit seiner jüngeren Schwester Marie bewohnte sie Katharinas Zimmer, Anna von Glockstein, geborene Hippler, wie sie grundsätzlich ergänzte, als handelte es sich um eine feststehende Phrase. Anna von Glockstein, geborene Hippler, war ausgesprochen mitteilsam und hatte so viel über ihren Sohn erzählt, dass

Katharina glaubte, einem entfernten Cousin wiederzubegegnen, als Erich aus der Gefangenschaft kam. Sie wusste, wo er herstammte und wo er im Einsatz gewesen war, kannte selbst den Inhalt seiner Briefe aus England, und war doch überrascht, als er mit seinem Knappsack im Hausflur stand. Bei dieser Mutter hatte sie keinen so diskreten Menschen erwartet. Wovon sie, geborene Hippler, nie gesprochen hatte, war sein stillschweigender, fast zärtlicher Humor, der sich in dem Soldaten nicht leicht offenbarte, seine Neigung zu Sprachwitz und Hintersinn, häufig war Katharina die Einzige, die über einen Scherz von ihm lachte, und bald scherzte er nur noch für sie. Sie entdeckten sich auf Gängen durchs ruinierte Freiburg, entlang der Breisach und auf den Schlossberg, zum Münster, immer wieder zog es ihn ins Münster. Er begleitete sie zum Gottesdienst, wo er doch nicht katholisch war, und schien in der Kirche zu lesen wie in einem Buch. Er war bibelfest und meistens nicht einverstanden mit der Predigt. Auf weiteren Wanderungen erzählte sie ihm, erst schüchtern tastend, allmählich mutiger, was zu beobachten gewesen, wer verschwunden war, was man hatte sehen können und wissen konnte, worüber sie aber nie hatte reden dürfen. In der Abgeschiedenheit der Schwarzwaldtäler wurden sie sich sicher, dass ihnen der Stoff niemals ausgehen würde, sie mochte es, von ihm berührt zu werden, und tanzen konnte er auch noch.

Bis ein neues, eigenes Semester für ihn begann, übersetzte er für die Alliierten, aber Französisch hätte ihm da mehr genutzt, und in einem Kino wies er die Plätze an. Er studierte noch, wie sie als Sekretärin in einer großen Säge anfing und täglich mit dem Zug nach Himmelreich fuhr. Sie blühte unter seinem Blick. Sie fühlte sich geschmeichelt, dass ein so Kluger ihre Nähe suchte, und während sie ihre Schwester Ursula für intelligenter hielt als sich selbst, konnte sie mit dem schlauen Erich auftrumpfen. Als seine Mutter und Schwester in eine neue Siedlung zogen, blieb er bei ihnen wohnen, und Katharina blieb bei ihm, als er hier eine Stelle bekam, fand neue Anstellung in einer Uhrenfabrik. Sie mussten heiraten, um diese Lehrerwohnung beziehen zu dürfen, für ein paar Jahre bloß, dachten sie, nun sind es fünfundzwanzig. Ein Kind kam, eines nur, dessen Geburt Katharina fast nicht überlebte, und ist wieder ausgezogen. So blieb der Traum von einem Stall voller Kinder eben das, ein Traum. Katharina hängt den Lumpen wieder an den Herd und denkt diesmal auch an die Kerze. Zurück am Tisch, drückt sie kurz Erichs Hand.

Nach dem Essen legt Erich sich ins Wohnzimmer. Sie hört seine Zeitung rascheln, diese Bestimmtheit, mit der er den Politikteil umschlägt. Dann schließt sie die Tür und die Kälte aus und macht sich ans Spülen. Mit seiner Rossnatur legt der Erich sich auch winters Tag für Tag im Wohnzimmer aufs Sofa, wo er es warm haben könnte in der Küche auf der Bank oder im Ohrensessel in seinem Arbeitszimmer, sie würde ihm doch auch einheizen dort drüben, aber er legt sich lieber eine zweite Strickjacke an und eine weitere Decke über die Beine und kommt dann mit ganz kalten Händen zum Kaffeetrinken. Er hat für seine Tätigkeiten klare Bereiche, vollzieht sie an den jeweils vorgesehenen Orten: Scheuer, Arbeitszimmer, Schlafzimmer, und die gute Stube für seinen Mittagsschlaf, der Fernseher steht dort, aber sie schauen kaum, und Gäste haben sie selten. Dagegen sie selbst, die alles in der Küche erledigt: Kochen, Einmachen,

Nähen und Bügeln, Schriftverkehr, Kaffeetrinken und Binokeln mit den Nachbarinnen, Teetrinken und Zeitunglesen allein, früher auch das Baden und Wickeln, die Hausaufgaben. Und das ist es. Katharina wringt den Lappen aus und lässt ihn ins Wasser fallen. Sie hat gefunden, was heute nicht stimmt. Maria. Den ganzen Tag schon geistert die in ihren Gedanken herum, seit morgens Reif das ganze Tal silberweiß überzogen hatte. Katharina stellt das Wasser ab und geht in Marias Zimmer auf der Rückseite des Hauses. Bei der Hausarbeit und beim Einkaufen hat Maria sie abgelenkt, den Beschwerdebrief an den Landtagspräsidenten hat sie zweimal abtippen müssen, beim Frauenfrühstück sind ihr die Brezeln aus dem Körbchen gefallen, Katharina blickt in den Garten hinab, wo Nachbars Katze an den Rapunzeln entlangspaziert, Rapunzeln hat sie immer gemocht, die Maria, ihr liebster Salat. Rapunzel, Rapunzel.

Es ist nicht klar, für wen ihre Tochter ihr Haar heruntergelassen hat, sie sagt es nicht, ums Verrecken nicht. Es kann überall passiert, jeder gewesen sein. Zuletzt dachte Katharina, vielleicht hat die Maria da jemanden in München. Und sie ist nicht blöd, zur Fasnacht, die in diesem Jahr früh lag, ist Maria hier gewesen und war recht betrunken. Sie ist nicht blöd, und sie kann kalkulieren, in der untersten Schublade des Küchenbuffets hat Katharina eine Schatulle mit allerlei Heimlichkeiten, darunter ein Werbekalender, in dem sie voraus- und zurückgerechnet hat. Sie braucht ihn nicht herauszuholen. Sie weiß jetzt, was sie nicht länger wegschieben kann, sie weiß, welche Wochen mit dem Bleistift schraffiert sind. Ein wenig verweilt sie noch in der Abwesenheit ihrer Tochter, dann setzt sie Kaffee auf und bückt sich in die Tiefe des Unterschranks nach der Thermoskanne. Sie schließt die Ofenklappe, auch unten in Erichs Arbeitszimmer. Schließlich stellt sie sich in die Wohnzimmertür und sagt zum Schlafenden, auf dessen Brust sich die Zeitungsseiten heben und senken, Erich, wach auf, wir müssen nach München fahren.

*

Katharina ist eine Frau, die stets mit der Zeit geht. Manchmal aber melden sich bei ihr ganz alte Instinkte. Und wenn seine Frau so ein Gefühl hat, wenn seine Frau sagt, sie müssen jetzt nach München fahren, weil sonst geschieht ein Unheil, noch eins, dann geht Erich nach unten und fährt das Auto aus der Scheuer. Bis sie an der Birnau sind, wendet sich der Tag schon ab. Sie halten auf dem Parkplatz und trinken Kaffee im Winterdämmerlicht, das den See stumpf macht wie Blei. Weißt du noch, die Mainau, das waren die Sommer mit Maria, Maria in München, die, da ist sich Katharina sicher, drauf und dran ist, eine Dummheit zu begehen. Bis sie durchs Allgäu kommen, ist es schon finster, obwohl gerade erst fünf vorbei, und man kann die Berge nicht sehen, die er so gerne mag, er reckt und dreht den Kopf ein zweites Mal, wirklich nicht, Erich, schau auf die Straße, nur dunkle Zacken vor dunkler Nacht. Die ersten hohen Wohnblocks, nicht geschenkt wolle sie da wohnen, sagt Katharina, und im schalen Licht des Deckenlämpchens müssen sie einsehen, dass der Maßstab ihres Straßenatlas nicht ausreicht, um Marias Adresse zu finden. Katharina findet dagegen das Krankenhaus, in dem Maria gelernt hat. Ihre letzte Information ist, dass Maria auf der Inneren arbeitete, sie fragen sich durch, stehen schließlich vor einer Station, die schon in den

Nachtmodus geschaltet hat. Erich ist froh, dass er sich für die Fahrt eine Krawatte umgebunden hat. Maria arbeite seit Monaten nicht mehr hier, nein, auch nicht die Station gewechselt, vielmehr ganz gegangen. Es wäre zu einfach gewesen, murmelt Katharina, und gar unmöglich, sie hier hochschwanger bei der Arbeit anzutreffen. Ganz gegangen, wohin, was tun? Wisse sie nicht, antwortet die Schwester. Ob sie noch an dieser Adresse wohne, ob sie mit einer Kollegin befreundet sei. Schwester Angela muss nachdenken, auf der Hand zu liegen scheint die Antwort nicht, doch, da gebe es wen, einen Namen bekommen sie und nach kurzem Zögern auch eine Telefonnummer, und weil dann schon alles egal ist, dürfen sie auch telefonieren. Katharina kramt in ihrer Handtasche, doch Erich kann ihr Marias Nummer aus dem Kopf diktieren. Das Läuten verhallt ungehört, weder Maria noch die Kollegin gehen ran. Katharina rafft ihre Tasche und den schweren Mantel.

Sie wissen aber, dass Maria, beginnt sie gleichzeitig mit Angela, die dasselbe Wissen abtastet, beide nicken, dass das also geklärt wäre. Das war nicht mehr zu übersehen, sagt Angela, Erich kann der Schmach nicht in derselben Weise trotzen wie Katharina, die fragt, hat sie jemals den Vater, Angela schüttelt den Kopf. Er mag das Bedauern in ihrem Blick nicht, aber bedauerlich ist das ja alles, er findet auch keinen besseren Ausdruck dafür.

Angela ruft für sie in der Frauenklinik an, und weil sie vom Fach ist, bekommt sie Auskunft und reicht ihm einen weiteren hellgelben Zettel mit einem neuen Ziel. Die Patientin hat am Morgen entbunden. Ein Mädchen.

*

Wir lassen das Auto stehen, sagt Katharina und strebt dem Taxistand zu, doch der Taxifahrer schüttelt nur den Kopf, das fährt er nicht, laufen sollen sie, kaum fünf Minuten. Katharina hakt sich bei Erich unter, der legt seine freie Hand auf ihre Finger. Stadtlichter, ein klirrend klarer Himmel, Katharina meint, einen Stern zu erkennen. Sie folgen den Wegbeschreibungen auf der Suche nach dem Kind. Wir sind Großeltern, Erich. Katharina ist müde und aufgekratzt zugleich. Sie horcht, was mit ihrem Unheilsgefühl zur Mittagszeit geschehen ist, seit sie in den Garten ging. Sorge und Freude vermengt. Sie wird uns jetzt brauchen, Erich, hörst du. Er nickt stumm. Sag du auch mal was.

Was soll ich denn sagen. Außerdem hab ich doch schon zu viel gesagt.

Zu viel und zu wenig zugleich, denkt Katharina, und das Falsche. Maria und Erich, das hat nie recht funktioniert. Ein falsches Los. Sie hat Jahre damit gehadert, dass er sich nicht stärker anstrengte, bis sie eines Tages den Schmerz in seinem Gesicht verstand, bis sie den Zusammenhang kapierte mit den Momenten, da ihm die Stimme versagte. Maria hätte Abitur machen können, aber sie brach ab nach der mittleren Reife, ging nach München, konnte es nicht erwarten, auszubrechen aus der Enge von Dorf und Familie. Sie und Erich haben sich den Ort auch nicht ausgesucht, aber sie haben ihn zum ihren gemacht, und so schlimm hat sie es nie gefunden. Nach München mitten hinein ins Leben, ins wilde Leben der Studenten, aber studieren konnte Maria ja nun nicht. Im Vier Jahreszeiten wollte sie anfangen, aber dort nahm man sie nicht, weil ihr Dialekt zu breit war. Also lernte sie Krankenschwester und Hochdeutsch. Vielleicht hätte sie es besser und leichter gehabt in der Enge, aber das war nicht, was sie wollte. Der Dialekt wurde schmaler, sie sprach von Mal zu Mal schriftdeutscher und akzentfreier und radikaler. Keine Studentin, tummelte sie sich wohl trotzdem in diesen Kreisen. Katharina fand, dass das alles überfällig war, endlich brach da etwas auf, am liebsten wäre sie selbst dabei gewesen. Man hatte wissen können. Maria hatte recht und zugleich unrecht, indem sie anprangerte, aber eigentlich nicht wissen wollte. Sie wandte sich nur provokant und voller Wut an ihren Vater, der auf einer anderen Tonlage vielleicht sogar aufgemacht hätte. Die Geschichte, die Maria sich erzählte, war nicht die seines Krieges, Katharina nahm ihn in Schutz und fragte sich, wo all diese Wut nur herkam, seine Geschichte war eine von Desillusionierung und Menschwerdung, und sein Glück buchstabierte sich PoW. Der Erich hielt Marias Rhetorik eine Zeitlang stand. Wenn er jedoch nicht bald mit Argumenten überzeugt, macht er zu, dann sagt er gar nichts mehr, dann versagt ihm sprichwörtlich die Stimme, und so wurde in der kleinen Familie vor allem geschwiegen, in dieser kleinen Familie, die gerne hätte größer sein dürfen. Als Maria ihnen aber die Vergrößerung ankündigte, war es nicht, wie es hätte sein sollen, und Erich explodierte.

Nun sind sie hier, und man hört die Splitter unter den Schuhsohlen knirschen. Das zweite Krankenhaus an diesem Tag, diesmal suchen sie ihre Tochter als Wöchnerin.

An der Pforte werden sie aufgehalten, Besuch nur bis sechse, Katharina redet das Herz des Portiers weich, so weit gefahren, nur einen Augenblick, nur zum Erkundigen, er lässt sie passieren, doch an der Station ist Schluss, nix erkundigen, morgen wieder, wo kämen wir da hin. Diese Zenzi hat mit der hilfreichen Angela nichts gemein. Als sie davonziehen, hören sie sie ins Telefon bellen, der Portier wird sich wünschen, nie Herz gezeigt zu haben. Er weist ihnen trotzdem noch den Weg zum nächstgelegenen Hotel, wo es nach Bohnerwachs riecht und dem Staub in den schweren Samtvorhängen, Erich beginnt zu niesen. Katharina öffnet die Fenster weit, und der Winter tritt eisig in ihre Herberge herein. Erich steht neben ihr, schniefend noch, sie schließt die Augen und fühlt die Wärme seiner Hand, spürt nach, wie ihre kräftigen Bauernfinger seine schmale Gelehrtenhand ganz ausfüllen, ihre Ringe sind gleich groß. Das Gewicht seines Oberkörpers neigt sich ihr zu, er stoppt mit dem freien Daumen die feuchte Spur auf ihrer Wange, Oma, raunt er, sie öffnet die Augen und sieht ihn ganz nah lächeln. Erleuchtete Fenster im nachtdunklen Haus gegenüber wie offene Türchen im Adventskalender, übermorgen der erste Dezember und der erste Advent, daheim hängt das gedörrte Obst aufgefädelt unter den Dachbalken, sie wollte Hutzelbrot backen und die ersten Gutsle, alles anders jetzt. Sie haben keine Wechselwäsche eingepackt, Erich im Feinripp, derzeit ist Türkis in Mode, aber man sollte nicht alle Moden mitmachen. Katharina schreibt sich im Geiste eine Notiz, künftig nur noch Weiß und aus diesen hier Putzlappen, dann schlüpft sie zu ihm unter die Decke. Die glatte Hotelbaumwolle ist eiskalt, und, sowieso, in dieser Nacht braucht es Nähe.

*

Erich wacht auf, er hört Katharina, aber sie liegt nicht im Bett neben ihm. Er stützt sich auf die Ellbogen, ortet ihre Silhouette und ihr Schnarchen im Sessel am Fenster. Katharinas Rezept gegen Unruhe und schlechten Schlaf: der Sessel im Wohnzimmer oder die harte Bank in der Küche. Dort findet er sie dann am Morgen, tief schlafend. Bis sie die Augen aufschlägt, sitzt er manchmal schon still mit der Tasse Kaffee am Tisch und füllt die letzten Felder in ihrem Kreuzworträtsel aus. Er langt nach seiner Armbanduhr, halb vier, er dreht sich noch einmal auf die Seite, bedeckt mit ihrem Kissen sein Ohr, er macht die Augen noch einmal zu und weiß doch, dass es das gewesen ist mit dem Schlaf. Er hadert nicht, er braucht nur noch Zeit, bis er sich aufraffen kann, die Decke abzustreifen. Nicht weit vom Hotel stößt er auf eine Friedhofsmauer und wendet sich nach rechts, er schlägt den Kragen hoch, die Nachtluft gefriert ihm in den Nasenlöchern. Er sieht eine Isarbrücke. Am Brückenkopf hat ein Kiosk offen, zwei versprengte Nachtschwärmer stecken Flaschen Bier in ihre Manteltaschen für den Heimweg. Erich klopft an die Scheibe, Kaffee? Der verlebte Mann nickt und schenkt aus einer großen Thermoskanne ein. Dieser Kaffee war ein Fehler. Erich geht mit dem bitter-öligen Geschmack im Mund am Flussufer entlang. Der Fußweg endet hinter einer Eisenbahnbrücke, öde Gegend, aber das Laufen an der eisigen Luft tut ihm gut. Setz einen Hut auf, würde Katharina sagen, wenn der Kopf warm ist, bleibt es der Rest auch, aber den hat er in der Eile des gestrigen Aufbruchs vergessen. Hat sie wieder einen Riecher gehabt, die Katharina. Es war natürlich sinnlos, Maria die Schlamperei vorzuhalten, wo doch schon alles zu spät war, aber er konnte nicht raus aus seiner Haut. Während er sie in der Küche anbrüllte und sie zurückbrüllte, saß die ganze Zeit ein kleiner Erich auf seiner Schulter und flüsterte ihm ins Ohr, lass doch den Schiet, das führt zu nichts, macht alles nur schlimmer, aber der konnte sich nicht durchsetzen. Was die Leute sagen würden, das auch, aber vor allem, dass sie sich so dumm die Zukunft verbaute, als junge Mutter allein. Aber wie eine gute Zukunft geht, darüber hatten sie sich bisher ja grundsätzlich nicht einigen können. Und jetzt ist das Kind da, und er wird in ein paar Stunden bei der Maria am Bett stehen und irgendetwas sagen müssen.

Er hat schon die zweite Grünphase an der Fußgängerampel durchgehen lassen. Auf einem Lastwagen, der vor ihm aus einer Ausfahrt biegt, liest er gerade noch die Worte Arance di Sicilia, dahinter ein kleinerer Transporter, Meister Eders Obst und Gemüse, etwas an der Fahrweise sagt ihm, dass der erste leer und der zweite voll beladen ist, und es folgen sogleich weitere. Er weiß überhaupt nicht, was er ihr sagen sollte, beim dritten Mal Grün überquert er endlich die Straße. Ein paar hundert Meter weiter öffnen sich Tore auf ein industrielles Gelände, und jetzt kapiert er, dass das der Großmarkt ist, hier bekommt er bestimmt einen anständigen Kaffee, hier lassen sich die Leute nicht mit halbkaltem Muckefuck abspeisen.

Parallel zueinander angeordnete Hallen mit breiten Achsen und quer verlaufenden Gängen zwischen den Ständen, er fragt sich durch, Grüßgottentschuldigung, buongiorno, Kaffee beim Imbiss nächste Halle, dankegrazie, nixzudanken. In dem kleinen Verschlag sind die Scheiben beschlagen, Erich braucht erst einmal das Sacktuch, für einen Fleischkäswecken, der hier Leberkässemmel heißt, ist es ihm zu früh, obwohl sein Magen knurrt, sie haben gestern gar nichts mehr gegessen. Er nimmt eine Butterbrezel und einen großen Kaffee, der dampfend und duftend in einem blitzsauberen Becher serviert wird. Erich richtet sich an einem der Stehtische ein und lässt sich's wohl sein. Mit dem

Butterschmelz auf der Zunge wird er zuversichtlicher, womöglich muss er gar nichts sagen, er überlässt das Reden Katharina, die kann das ohnehin besser. Sie weiß, was das Richtige im rechten Moment ist. Er nimmt noch einen Kaffee und noch eine Brezel, bevor er weiterzieht, Viertel nach fünf zeigt die Uhr an, das ist Katharinas Zeit, er sollte sich auf den Rückweg machen.

Vor einem Stand, dessen Kabuff über und über mit eingerahmten Orangenpapierchen dekoriert ist, hält er inne. Der Händler ist in seinem Alter und ebenso drahtig und schlank, er wuchtet Kisten und wird auf den Zaungast aufmerksam, grüß Gott, die Grußformel ist vertraut, hat hier in München einen teigigeren Klang als daheim und bei diesem Händler einen ausländischen Einschlag. Bosch, der Name über der Bretterbude klingt aber fast Schwäbisch.

Früh für einen Stadtbummel, sagt der Händler.

Erich hebt die Schultern. Ich bin gestern Opa geworden, es rutscht ihm einfach so heraus.

Gratuliere! Die Augenwinkel des Händlers legen sich in freundliche Falten, meiner ist jetzt neun, nachher hol ich ihn von der Schule ab, und wir fahren nach Riem aufs Flugfeld, das ist für den die größte Gaudi.

Der Mann spricht wie ein Bayer, aber da ist ein Akzent eingewoben.

Entschuldigen Sie, Bosch, der Name?

Der Mann wedelt mit dem Zeigefinger. Nicht wie der Kühlschrank. Aus Valencia. Bos-ch, das ch wie ein k.

Erich lässt seinen Blick streifen über die Fülle von Obst und Gemüse, sagen Sie, verkaufen Sie auch einzeln, wir haben unserer Tochter gar kein Geschenk mitgebracht.

Einzeln nicht, nur fünfkiloweise, Beeren auch das Kilo.

Er kann ja schlecht mit fünf Kilo Äpfeln ins Krankenhaus kommen.

Aber warten Sie, ich richt Ihnen was zusammen, warten Sie kurz, der Mann ruft nach seinem Stift, der solle Packpapier bringen, der Junge verschwindet im Seitengang. Erich bekommt ein Sortiment aus Äpfeln, Mandarinen, Orangen, gräuliche Kugeln, die aussehen wie kleine Handgranaten, entschuldigen Sie, was sind das für Früchte?

Lichis, müssen Sie schälen, und einen Kern haben die auch. Noch eine Orange, die Orangen aus Valencia sind hervorragend dieses Jahr.

Es ist doch noch gar nicht Weihnachten, sagt Erich. Der andere antwortet, aber bald, und außerdem brauchen Sie alle jetzt Vitamine, er reicht ihm die Kiste, Erich nimmt sie nicht gleich, kramt zehn Mark heraus. Der Händler will das Geld nicht annehmen, lassen Sie gut sein, aber Erich drängt es ihm auf, besteht darauf, doch wirklich, na gut, dann gibt es heute Nachmittag Sahnetorte und heiße Schokolade mit meinem Carlos, und wir stoßen auf Ihr Enkelkind an. Er langt ein drittes Mal in die Orangenkiste und fischt eine in Papier eingewickelte Frucht heraus, die er Erich in die Hand legt, feliz navidad.

Katharina sitzt im Mantel in der Lobby des Hotels. Frühstück gibt es hier erst ab halb acht, sagt sie. Es tut ihm leid, dass er ihr nicht wenigstens eine Brezel mitgebracht hat. Etwas Obst? Sie greift nach einem Apfel. Wo hast du das her so früh am Morgen?

Doch er hat einen anderen Satz angefangen, so lange willst du wahrscheinlich nicht warten, oder? Katharina ist schon auf dem Weg zur Tür hinaus.

Es ist kurz vor sieben, als sie ein zweites Mal an der Zenzi scheitern. Schichtwechsel um acht, und ab dann auch Besuchszeit. Erich sieht, dass Katharina zu pumpen beginnt, er nimmt sie am Arm, komm, wir drehen noch eine Runde, es gibt hier bestimmt eine Kantine. Er hat die persönliche Orange des Spaniers noch in der Manteltasche, legt sie Katharina neben die Tasse und erzählt die Geschichte seiner Gaben. Das Papier streicht er auf seinem Schenkel aus, faltet die Ränder um das Motiv, so dass das Briefchen in seine Brusttasche passt. Der vierte Kaffee heute, er muss aufpassen. Er muss sowieso aufpassen.

Als sie um zehn vor acht wieder an die Station kommen, ist gerade Übergabe, und sie stehlen sich ungesehen am Schwesternzimmer vorbei. Katharina geht Zimmer für Zimmer, Namensschild für Namensschild ab, während Erich langsamer wird. Wollen wir eigentlich gleich zu Maria oder erst zu dem Baby? Was ist denn das für eine Frage, Erich, zur Maria natürlich. Katharina bremst ihren Schritt nicht, dreht sich nicht einmal zu ihm um. Vielleicht hat sie das Kind ja bei sich, und sonst gehen wir gemeinsam zu den Neugeborenen rüber. Katharina ist vor einer Tür mit drei Namen stehen geblieben. Er hätte gnädiger mit ihr sein müssen. Weniger auf die Leut und die Welt geben. Er hätte das Reden Katharina überlassen sollen. Er hätte weniger Kaffee trinken sollen.

Obwohl Erich die Schildchen an der Tür gesehen hat, ist er überrascht, dass er vor Publikum steht bei dieser Begegnung. Maria liegt im dritten Bett am Fenster und wechselt gerade ein Wort mit ihrer Nachbarin, deren Nachttisch mit Blumen und Geschenken überhäuft ist. Bei Maria liegen da nur zwei Zeitschriften. Sie bricht ab und sieht wirklich erstaunt aus. Er schleicht wie ein Prügelknabe hinter Katharina her, die sich zu einer Umarmung über Maria beugt und schon Worte gefunden hat. Wie es geht und gegangen ist, Kind gesund, zehn Finger und zehn Zehen, er dringt gar nicht bis zu Maria vor und kann nur ihr Schienbein unter der Decke tätscheln. Sie hat Ringe unter den Augen, sieht aber nicht allzu mitgenommen aus. Erich trägt seine alberne Obstkiste unterm Arm, er schiebt sie aufs Fensterbrett und spricht dazwischen, wir haben dir Obst mitgebracht, danke, antwortet sie und sieht ihn endlich an, jedoch als hätte er etwas Unpassendes gesagt. Nur eine Kleinigkeit, damit noch etwas gesagt ist, um diesen Blick von Maria zu polstern, und da sind so kleine Früchte dabei, eine fischt er heraus, die muss man schälen, Maria wirft einen schnellen Blick darauf und sagt nur, ja klar, Lichi.

Katharina hat all ihre Fragen abgefeuert, ihm fällt sowieso nichts ein. Maria tut das Ihre nicht dazu. Eine Hilfsschwester räumt die Tabletts vom Frühstück ab. Kurz darauf bekommen die anderen Wöchnerinnen ihre Kinder zum Anlegen, dann müsste zumindest eine der beiden Schwestern nochmals hereinkommen mit Marias Kind. Doch die Tür schließt sich. Und du?

Maria sieht weg. Ihr hättet nicht kommen sollen. Ist was mit dem Kind nicht in Ordnung? Warum kriegen die anderen ihr Kind gebracht und du nicht? Maria sagt etwas, aber es kommt nichts Verständliches für ihn dabei heraus. Kannst du aufstehen, gehen wir das Kind anschauen? Maria verneint.

Katharina und ihre Ahnung. Ein Unheil, noch eins. Und da sind die beiden stillenden Frauen, so leise kann man gar nicht reden, in den englischen Wards konnte man zumindest einen Vorhang zwischen den Betten zuziehen.

Sie hat das Kind im Kreißsaal davontragen lassen. Maria

weiß nicht, wie die Kleine aussieht, und hat keinen Namen für sie.

Was soll das heißen?

Erich ist ganz leicht im Kopf. Er will etwas sagen, ohne zu wissen, welcher Satz sich formte, wenn er den Mund öffnete. Da sieht Maria ihn frontal an, er war das doch, der gesagt hat, sie soll sich ihr Leben nicht verbauen. Dass nichts aus ihr wird mit einem ledigen Kind, er war das doch. Der Schmerz seiner Fingernägel in den Handballen. Er wird nicht noch einmal aus der Rolle fallen. Er weiß überhaupt nicht mehr, was seine Rolle ist. Er schluckt, eine Trocken-übung, und das Luftholen kreuzt sich mit seinem Sodbren-nen. Und was gedenkst du zu tun, Maria?

Ich gedenke, sagt sie und betont das Verb, äfft ihn nach, ich gedenke, am ersten Januar bei der Lufthansa anzufan-gen. Vertrag ist schon unterschrieben. Ich lass mir mein Le-ben nicht verbauen. Das muss dir doch taugen. Aber ist das auch wieder nicht recht.

Er will den bitteren Kaffeegeschmack ausspeien. Katharinas Stimme ganz platt, und was soll aus dem Kind werden?

Das geb ich frei.

Die Tür kommt auf Erich zugerast, er muss nur die Hand öffnen nach der Klinke, die ihm kalt in den Handballen stößt. Im Gang sucht er Orientierung, wo ist das Kind? Wo ist das Kind! Eine Schwester eilt aus dem Glasverschlag, ihre Worte ein Blubbern, was los, wer Sie, nun beruhigen sich doch, er will sich nicht, wo ist das Kind, das Kind! Und weil keiner ihm hilft, geht er schneller und ruft lauter. Katharina fängt ihn ein, Katharinas Hand an seinem Rücken, Katharinas Tränen, reg dich ab, Erich, man bugsiert sie ins Schwes-ternzimmer, Tür zu, nun beruhigen Sie sich, er will sich nicht beruhigen, soll ich Ihnen einen Kaffee, keinen Kaffee! Okay, aber nicht in diesem Ton! Pardon. Seine Knie knicken über der Stuhlkante ab, er fühlt den Puls in den Schenkeln schlagen.

Wir nehmen das Kind.

Aber Erich.

Wir nehmen das Kind.

Kommen Sie erst mal zur Ruhe.

Ich nehm das Kind.

Da müssen Sie heute sowieso nichts entscheiden, das kann man nicht überstürzen, eine Adoption geht erst acht Wochen nach der Geburt, Sie haben Zeit.

Das ist schon entschieden.

So, ist das so. Vielleicht besprechen Sie sich noch mit Ihrer Frau. Vielleicht hat die da ja ein Wort mitzureden. Da kann er jetzt schlecht widersprechen. Aber die Sache ist klar. Er ist sich sicher. Sie nehmen das Kind. Das stand fest, als Katharina ihm die Zeitung unter den Händen herauszog und er das Auto aus der Scheuer fuhr. Er blickt über den Tisch zu ihr, große Augen, verwirrt und übernächtigt, die Haut gerötet, weil sie sich mit dem Handgelenk die Tränen weggerieben hat, fast schon trocken.

Sie zwei gehen jetzt in den Hof und drehen eine Runde. Und dann kommen Sie wieder hoch und melden sich bei mir. Dann geh ich mit Ihnen zu der Kleinen.

Wie befohlen, spazieren sie im Innenhof der Frauenklinik, Katharina ist viel zu weit weg von ihm, er hakt sich unter und geht Schritte blind an ihrem Arm, öffnet die Augen und lässt sie über die Parkanlage gleiten, ohne irgendetwas aufzunehmen. Die Kälte besänftigt seinen Tumult. Katharina. Was machen wir denn jetzt?

Katharina bleibt stehen. Wir machen, was du gesagt hast, bleibt uns ja nichts anderes übrig. Das kommt nicht in Frage, dass man das Kind fremden Leuten gibt. Vielleicht überlegt sie es sich ja auch noch einmal anders.

Nach ein paar Schritten bleibt sie wieder stehen und sagt, meine Herrn, da kommt ganz schön was auf uns zu.

Wir sind doch noch jung.

Aber stell dir das mal vor. Ein Neugeborenes. Und die Leut.

Und so macht Erich etwas, das er sonst nie in der Öffentlichkeit tut. Er nimmt seine Katharina in den Arm, fest unter seine Arme nimmt er ihren kräftigen warmen Körper, umschließt sie, als könne er sie beschützen, als hätte er jemals irgendwen beschützen können, und drückt ihr einen Kuss auf die Stirn.

Er bleibt in der Schule. Er bleibt in der Schule und wechselt nicht ans Amt, so ist er nachmittags daheim.

Die Schwester weist auf eines von ein paar Dutzend Bettchen, ziemlich am Anfang der Reihe. 49 Zentimeter, 3100 Gramm. Das erste Koordinatensystem, in das man eingespannt wird. Ins Feld für den Namen hat irgendwer Murkelinchen eingetragen, eine Schwester mit literarischer Bildung, ziemlich trefflicher sogar. Aber anders als das Lämmchen nimmt diese Mutter ihr Kind nicht an, und wenn sie nicht aufpassen, kommt es unter die Räder. Er weiß nicht, wie er sich stellen soll zu diesem kleinen Kind, das er sich zu eigen machen will, dem Katharina schon mit einer Fingerspitze über die schlafende Augenbraue streicht, der Ehering gräbt sich Jahr um Jahr tiefer ins Fleisch ihres Fingers. Das Baby kommt ihm sehr klein vor unter der Hand seiner Frau, auch mit Blick auf den Mops im Bett daneben. Rosa und faltig wie ein frisch geworfenes Mäuschen. Katharina wird wissen, was zu tun ist. Sie hat das alles schon einmal gemacht. Sie richtet sich auf und sagt, komm, gehen wir, sie sollen uns Bescheid geben, wenn sie wach ist. Erich bleibt noch kurz am Bettchen stehen, die Hände auf dem kühlen Stahlrohr. Alles auf Anfang. Ein zweiter Versuch. Das Kind wacht nicht auf. Wobei er mal gehört hat, dass die am Anfang eh nichts erkennen.

Wie er wieder diese Vorhänge herbeiwünscht. Maria sitzt auf dem Bett. Katharina überwindet Marias Rücken und berührt sie an der Schläfe, an der Augenbraue, wie zuvor das Kind. Maria lässt es zu. Er nimmt sich einen Stuhl, riecht deutlich, dass sein Hemd von gestern ist. Sie schweigen. Wenn Katharina ihre Rolle nicht übernimmt, sitzen sie hier und schweigen bis zum Sankt-Nimmerleins-Tag. Aber auf Katharina ist Verlass.

Wir waren beim Kind. Das ist eine ganz Goldige.

Maria ist unwirsch. Aber da muss sie jetzt durch. Sie können ja nicht einfach kampflos wieder abziehen.

Vielleicht überlegst du es dir nochmal.

Maria redet leise, tonlos. Sie redet langsam, als seien sie Idioten. Ich habe es mir gut überlegt. Ich hab monatelang Zeit gehabt, mir das sehr gut zu überlegen.

Wir helfen dir.

Ich brauch eure Hilfe nicht.

Diese arrogante, gewalttätige Unabhängigkeit seiner Tochter treibt ihn zur Weißglut. Du kannst jederzeit zu uns kommen, ein Anruf genügt, wir kommen sofort, wir holen dich ab, dich und das Kind.

Soll ich zurück ins Dorf und als Ledige jeden Tag Spießruten laufen?

Katharina ändert die Taktik und greift von einer anderen Seite an. Wer ist denn der Vater? Der muss doch einwilligen in die Adoption.

Nicht, wenn es keinen gibt.

Aber du musst doch wissen, wer der Vater ist.

Vater unbekannt.

Ein Fremder?

Katharina hat ihre Theorie, und Erich findet sie plausibel. Aber es passt natürlich in Marias Strategie, Vater unbekannt, das erleichtert es, ermöglicht es ihr gar erst, das so durchzuziehen. Erich sitzt auf seinem Stuhl und schwitzt. Er muss das aushalten, er muss einfach nur Katharina machen lassen. Aber er versteht nicht, dass sie auf einen Plan B hinarbeitet, wo sie doch schon einen Plan A haben. Jetzt hat er sich einen Knopf am Mantel abgedreht. Er steckt ihn in die Innentasche, wo etwas knistert, er betastet das Orangenpapier und erinnert sich, der stolze Großvater, er schiebt es wieder in die Tasche und merkt dann, dass er den beiden gar nicht mehr zugehört hat.

Aber das stimmt doch nicht, nicht wirklich. Maria spricht nicht mehr so leise.

Die eine Zimmergenossin wuchtet sich aus ihrem Bett, die andere hat zwar einen Weltempfänger auf dem Kopfkissen liegen, schielt aber gar wunderfitzig herüber, das muss jetzt mal ein Ende haben, das führt ja zu nichts. Er räuspert sich.

Wir nehmen das Kind an.

Was?

Wir adoptieren das Kind. Wenn du es nicht willst, wir nehmen es.

Maria klingt heiser, als sie sagt, ihr habt kein Recht.

Katharina wirft ihm diesen Blick zu, aber es ist zu spät. Er steht am Fußende und redet gegen Marias Schulter, gegen ihr linkes Ohr, über sein gutes Recht, sich einzumischen, über Verantwortung und das Gebot der Nächstenliebe, da trägt seine Stimme, wohl hätte er so vor einem halben Jahr reden sollen, aber damals fiel ihm nur reaktionärer Scheiß ein. Alleingelassen hat er sie, und allein hat sie sich ihr Leben eingerichtet, vor diesem Scherbenhaufen steht er nun. In seiner Scham spricht er immer hastiger, aber du wolltest ja immer hoch hinaus! Du wolltest immer was Besseres sein! Er weiß doch selbst, dass das nicht stimmt, versteht nicht, dass man das Gymnasium abbricht und glaubt, dadurch wird irgendetwas besser, er versteht es einfach nicht. Und wie einem dann so etwas passieren kann.

Wir sind die FAMILIE, er ruft es aus in Großbuchstaben, wieder liegen seine Hände auf einem Stahlrohr, diesmal haut er drauf, und weil sein Ring ungünstig auftrifft, tut es weh.

Woher wollt ihr wissen, dass es das Kind bei euch besser hat als bei einer Familie?

Ja, woher wollen sie das wissen. Zum zweiten Mal stürmt er aus diesem ganz und gar unerträglichen Krankenzimmer.

*

Katharina hat umsonst gehofft. Hat er die Gäule wieder nicht zurückhalten können. Sie setzt sich neben Maria auf die Bettkante. Die ganz großen Fragen liegen ihr auf der Zunge wie heiße Linsen, und sie muss aushalten, dass sie ihr den Mund verbrennen. Warum? Was haben wir falsch gemacht? Mein Kind, was hat dich so hart werden lassen?

41

Sie kann gut reden, sie kann aber auch Schweigen aushalten, und so bleibt sie einfach still sitzen.

Durchs Fenster sieht man nichts als grauen Novemberhimmel. Maria macht einen Fehler, und vielleicht können sie ihn aufheben. Wenn sie das wirklich in dieser kompromisslosen Entschlossenheit durchzieht, dann muss man sich zumindest keine Sorgen machen, dass diese Frau ihren Weg nicht geht. Aber vielleicht kommt sie in ein paar Jahren drauf, und dann ist es gut, wenn das Kind nicht weg ist.

Ihr könnt nicht einfach über meinen Kopf entscheiden.

So ein Baby ist aber auch kein Päckle, das man einfach auf der Post abgeben kann.

Und so steht Wort gegen Wort, Recht gegen Recht, und dann schweigen sie wieder eine Weile.

Was ist das denn bei der Lufthansa?

Stewardess.

Da ist man viel unterwegs. Maria nickt. Da kann man kein Kind brauchen. Maria knetet ihre Knie, schüttelt den Kopf. Ja, aber das ist es nicht.

Was ist es dann?

Ich will das Kind nicht.

Dieses nicht? Noch so eine heiße Frage, ein schrecklicher Gedanke, den Katharina seit einer Weile mit sich herumträgt, und das muss raus. Hat dir jemand Gewalt angetan, Maria?

Maria blickt so dermaßen überrascht auf, dass Katharina beruhigt ist, dann schüttelt sie wieder den Kopf, nein, gar kein Kind.

Aber manchmal kann man es sich nicht raussuchen. Manchmal passieren einem Dinge im Leben, und dann muss man die Konsequenzen akzeptieren.

Ich akzeptier die Konsequenzen ja. Ich entscheid mich nur für andere als ihr. Erst sagt er, ich soll mir mein Leben nicht verbauen, und jetzt hab ich alles durchgedacht, und da will er mir dieses Kind aufzwingen.

Katharina verstummt. Maria hat recht, aber recht geben kann sie ihr nicht. Maria trifft ihre Entscheidung und sie die ihrige, jeder seine Konsequenzen.

Magst du dich anziehen, und wir laufen ein bissle im Hof?

Maria lässt sich helfen, bewegt sich schon wieder ganz gut, hat man nicht nähen müssen? Sie schüttelt den Kopf, das ging auch nicht sehr lang, zögert einen Moment, es ist nicht sehr groß, oder?

Eine ganz zierliche, Katharina reicht ihrer Tochter das Umstandskleid und die Strumpfhosen, willst du es nicht doch einfach mal anschauen?

Nein, Mann! Maria kommt nicht in den Lammfellstiefel, lass einfach gut sein, okay? Katharina hilft ihr in den Mantel und nickt der Frau im Nachbarbett zu. Und der Papa?

Der wird schon irgendwo sein und sich wieder beruhigt haben, um den kümmern wir uns später.

Katharina kehrt zurück ins Zimmer, um Schal und Mütze zu holen, und während Maria in Richtung Ausgang wankt, eilt sie zum Schwesternzimmer, um dem Erich ausrichten zu lassen, da stoppt sie mitten im Lauf. Wie ein Konfirmand sitzt er da, die Knie zusammengepresst, die Hände vorgestreckt, als gehörten sie nicht ihm. Eine der Schwestern kippt ihm das Päckchen Neugeborenes in die Arme, bettet das Köpfchen mit der weißen Kappe in seine Armbeuge, Erich hält es etwas von sich, als könne es tropfen. Die Schwester drückt ihn gegen die Stuhllehne. Es beginnt zu schreien, Erich will es der Schwester zurückgeben, doch die ist nicht auf Empfang für seine Überforderung. So schnell dürfen Sie nicht aufgeben. Erich wirft der Schwester einen zweifelnden Blick zu, dann senkt er die Augen auf das Kind, das im Schreien krampfhaft mit den Ärmchen rudert, er beginnt es zaghaft zu wiegen, und Katharina beobachtet, wie seine Knie sich voneinander lösen.

Den Sonntag über hält er Wacht im Flur vor der Säuglingsstation, sitzt den ganzen Tag auf seinem Konfirmandenstühlchen. Jetzt gehen Sie doch mal zu Ihrer Tochter oder einen Kaffee trinken, sagt ihm die Schwester und bringt ihm schließlich eine Tasse auf seinen Posten. Auf Koffein fährt er am Sonntagabend heim, um die Woche zu unterrichten, Samstag kriegt er frei, um schon am Freitag wiederzukommen. Katharina hat ihm den Inhalt der Gefriertruhe runtergebetet, er kann es sich nicht merken und wird irgendwie klarkommen, und dann schaut sie ihm halbwegs erleichtert nach, als er vom Parkplatz rollt.

Katharina begleitet Maria nach Hause und kümmert sich, hast du alles, schaust du nach dir, hast du eine Hebamme. Willst du nicht doch mit uns kommen, wenigstens für ein paar Wochen. Natürlich will sie nicht, aber Katharina kann nicht anders, als es noch einmal, ein letztes Mal anzubieten.

Marias Wohnung ist hell und mit Aufmerksamkeit für Details eingerichtet. Die Sofakissen passen zu den Vorhängen. Alle Möbel aus einer Serie. Toaster, Kessel und Topflappen von derselben Farbe. Eine moderne Einbauküche, wie Katharina immer gern eine gehabt hätte. Eine Reihe Ordner sind in Marias runder Kinderschrift, der sie nie entwachsen ist, beschriftet: Wohnung, Arbeit, Bank, Lufthansa. Ein großes Poster über dem Tisch zeigt eine Insel mit Palmen, nichts in der Wohnung deutet mehr auf ihre Protestiererei hin. Eine Phase. Sehr nett, sehr ordentlich alles, denkt Katharina, und zu unpersönlich für ihren Geschmack.

Sie schläft die erste Nacht im Sessel, schläft wie so oft gut ein und ist dann ab halb vier wach, dreht und wendet das Dilemma, dass sie vielleicht Maria verlieren, wenn sie das Kind nehmen, und das Kind sicher verlieren, wenn sie Maria ihren Willen lassen, dass sie ein Kind gegen ein anderes tauschen, kein Schlaf kommt gegen solche Gedanken an. Als es dämmert, geht Katharina zum Heulen an den Fluss und zum Einkaufen, sie füllt ihrer Tochter den kleinen Kühlschrank, dann nervt sie sie nicht weiter und macht sich auf zu ihrem namenlosen Enkelkind. Es ist erst Dienstag. Auf dem Heimweg nach einem Tag in der Klinik, der absolut ereignislos war und sie restlos erschöpft hat, sieht sie auf einem Klingelschild Pension stehen und bucht, aber erst für den nächsten Tag. Sie will weg von Maria und bei ihr sein, ihr Kind geht ihr auf den Geist und an die Nieren. Vor Marias Tür ist sie drauf und dran umzukehren. Maria hat Salat vorbereitet, muss noch einmal selbst einkaufen gegangen sein, der Tisch ist hübsch gedeckt, eine Kerze in der Mitte, zwei Weingläser. Maria braucht ihre Hilfe nicht. Sie hält ihr eine Liste hin, Pizza, soll sich eine raussuchen. Katharina hätte lieber was Richtiges zum Essen. Sie kann mit den ausländischen Bezeichnungen nichts anfangen, Bratkartoffeln mit Ei hätten es ihr getan. Maria kommt mit drei Pizzen zurück, zur Auswahl, Mama, und einer Flasche Wein, die musst du trinken, ich vertrag ja nichts mehr. Gut zu wissen, wenigstens das. Maria stellt die Flasche hart auf den Tisch, ich bin nicht dumm, Mama, ihre Stimme ist schneidend, und auch nicht verantwortungslos, und ihr habt die Weisheit nicht gepachtet. Alles gerät wieder ins Stocken. Ist gut, Kind, entschuldige, und lass uns essen. Katharina ist müde, Katharina will sitzen, sie braucht ein warmes Essen und gerne auch etwas zu viel Wein. Die Pizza mit Salami schmeckt ihr, Öl und Schärfe im rechten Maß, vielleicht sollten sie daheim einmal in die Pizzeria gehen, die vor ein paar Jahren aufgemacht hat. Der Tag bröckelt von Katharina ab, sie trinkt Wein in ruhigen großen Schlucken und erkundet vorsichtig, wie das bei der Lufthansa alles so laufen wird, Maria weiß auf alle Fragen Antwort und erteilt sie bereitwillig, der Abend wird ein guter.

Trotzdem eine seltsame Woche, zäh wie Melasse. Mittwoch wünscht Katharina sich, der Erich möge schon am Donnerstag anreisen, sieht sich bereits in Erwartung am Parkplatz stehen. Vom Fernsprecher in der Eingangshalle ruft sie ihn an, als der Druck zu groß wird. Sie schaukelt das Kind, das mit seiner mickrigen Stimme gegen all das protestiert, was ihm widerfährt. Jetzt geht das wieder los. Kurze Nächte. Sie weiß, und sie wissen zugleich nicht, worauf sie sich da einlassen. Sie schenkt Maria zum Abschied ein Körperöl gegen die Streifen. Wenn sie ein neues Leben beginnen will, soll sie es möglichst unversehrt tun. Freitagmorgen ruft sie Maria von der Pension aus an, bevor sie auszieht, nein, lieber nicht noch einmal sehen, aber sie weiß ja, wo sie sie alle finden könnte.

Erich muss den Freitag blaugemacht haben und in aller Herrgottsfrühe losgefahren sein, denn er trifft nur wenig nach Katharina in der Klinik ein. In der Kantine liegen Mandarinen und Nüsse auf den Tischen. Nikolaustag. Im Lauf der

Woche hat sie schon alles vorbereitet, so dass sie nur noch gemeinsam die Papiere unterschreiben müssen. Er sollte den alten Kinderwagen von Maria mitbringen, doch der ließ sich nicht auseinanderbauen, und außerdem hatte darin eine Katze geworfen. Stattdessen hat er das Auto gesaugt und geputzt und sich eine Alternative überlegt. Das Kind plärrt sich blau während der Entlassungsformalitäten, gibt dann aber Ruhe, als sie es im Fußraum hinter dem Fahrersitz in ein Nest aus Erichs Duvet betten, das Kissen als Zudecke. Bei Wangen stehen die Berge im Abendrot. Das Kind erwacht und schreit sich in Rage, sie nehmen es eine Weile mit dem Kissen nach vorn. Zwei Stunden später setzt Erich den Blinker und fährt von der Autobahn, das vertraute Auf und Ab über die bewaldeten Hügel und durch Felder, durchs Nachbardorf, Katharina kann die Augen schließen und weiß an jeder Kurve, bei jeder Anhöhe und Senke, wo sie sich gerade befinden und warum Erich verlangsamt. Er nimmt nicht die holprige Abkürzung über den Bergrücken, sondern bleibt auf der Landstraße und fährt das Tal aus. Er parkt das Auto so, dass die hintere Tür der Fahrerseite direkt vor dem Hauseingang zu stehen kommt.

*

Eine seltsame Gestalt wartet zwischen dem Schulhaus und dem Nachbarhof und raunt Ho ho ho aus der Dunkelheit, wo kommt ihr denn her zu so später Stund?

Ins Licht der Laterne tritt ein Bischof. Wie man hier einen Bischof ausstattet mit dem, was Fundus und Einzelhandel so hergeben. Der Nikolaus ist der Zeugwart des Fußballvereins, der in seiner Jugend Knecht Ruprecht gewesen war und jetzt altershalber in die Ehrwürdigkeit der Rolle hineingewachsen sein soll. Erich hatte ihn in der Schule, wie fast alle anderen auch, der hier war ein Lauser, aber einer von den Guten. Er gibt ihm die Hand. Ganz allein unterwegs, Bischof, wo hast du deinen Knecht?

Da fragst du mich was. Der Nikolaus kickt mit der Fußspitze leicht gegen den Rupfensack zu seinen Füßen und zeigt vage auf die Fenster im ersten Stock des Hofes gegenüber. Der hat wieder über einem Buch die Zeit vergessen, wir wollten längst los, die Leut warten ja.

Welcher von den Buben, der große?

Ja! Ausgerechnet. Der Peter wär als Nikolaus besser geeignet. Sein Bruder, der Elmar, der hätt einen anständigen Ruprecht abgegeben, aber der wollte nicht. He! Der Nikolaus rammt seinen Stab auf den Boden wie einen Schellenbaum und pfeift schrill durch die Zähne. Jetzt mal voran da oben!

Katharina ist im Haus verschwunden, ganz leicht haben sich die Lichtverhältnisse verändert durch den Schein, der aus der Gaube fällt. Sie heizt ein in der Küche, sie werden mehr heizen müssen jetzt.

Und wo kommt ihr her?

Aus München.

Was macht man denn in München, mitten unter der Woch?

Erich zögert. Aber sie können das Kind ja nicht in einen Turm sperren. Wir waren bei der Maria. Haben ihr Kind zu uns geholt.

Das wusste ich gar nicht, dass die Maria ein Kind hat.

Das ist auch erst eine Woche alt, sagt Erich, gerade als Katharina mit einer Wolldecke über dem Arm wieder aus dem Flur tritt und von den Nachbarn her endlich der Knecht Ruprecht kommt. Katharina nickt den beiden Männern zu und beugt sich ins Auto hinein zum Kind, das in der Kälte sofort zu schreien anfängt. Dem Knecht Ruprecht fällt der Sack um, den ihm der Nikolaus ungeduldig in die Hand gedrückt hat, Äpfel und Mandarinen kullern davon, er eilt und bückt sich nach ihnen, unbeholfen, weil der knöchellange Rupfenüberwurf seine Bewegungen hemmt.

Der Nikolaus nähert sich dem Kind auf Katharinas Arm, du bist also von der Maria? Er bleibt in der Rolle und hebt segnend eine Hand, wie heißt es denn, das Butzele? Er wedelt recht priesterlich mit der Linken und klopft, eher wie ein Zeugwart oder ein Ruprecht, mit dem falschen Bischofsstab auf den Boden, dass du auch immer recht brav bist, in ein paar Jahren komm ich mit meinem Ruprecht hier vorbei, und dann will ich schöne Gedichte hören!

Seinen Ruprecht fragt er, können wir jetzt endlich los, der schultert seinen Sack. Der Nikolaus salutiert seinem alten Lehrer, indem er die gestreckte Hand an seine Mitra führt, dann erst mal alles Gute euch, und grüßt mir die Maria, wie heißt denn jetzt der Kleine, wird das mal ein Fußballer?

Maria wollte darin kein Sagen haben, und sie beide waren sich während der Fahrt bald einig: Johanna.

WASSER

Gurren direkt über ihr. Ihr Schlafsack ist feucht bis hoch zu den Knien. Sie hat auf den harten Dielen gut und fest und verloren geschlafen. Sie blinzelt ins Licht, helles Morgenlicht, das zu den Fenstern hereinbrandet, eine Welle aus Licht, die sich im Osten aufbaut und über den Tag hinweg an die südlichen Fenster herandrückt, bis ihr Kamm bricht und sie abends nach Westen abflacht und ausläuft. Sie bleibt in diesem Bild hocken und reckt ihr Gesicht in die Sonne. Schließlich schält sie sich aus dem Schlafsack, stemmt sich über ihre gute Seite nach oben, öffnet die Fensterflügel weit und lässt das regengetränkte Fußende nach draußen hängen.

Mit dem Lauf der Sonne die Zeit absitzen. Viele Stunden verbringt sie so in diesem neuen Leben. Ein Taxi hatte sie nach Hause gefahren, sie balancierte über den unebenen Hof, Jessie stützte sie, Hinterhaus vierter Stock ohne Aufzug. Statt an ihrer Habilitation zu arbeiten, lieh sie Kinderbücher und Comics in der Stadtteilbibliothek. Hörbücher auch, und oft schlief sie auf dem Stimmenteppich ein. Sie ging viel ins Kino, Hollywood war schwieriger als Arthouse, wo meist weniger gesprochen wurde. Sie hatte die sprachwitzigen, dialoglastigen amerikanischen Serien geliebt. Was sollte sie noch beim Pub Quiz. Die Telefonbereitschaft im Frauenhaus musste sie aufgeben, und es war Jessie, die dort anrief und die Lage erklärte. Sie zog urban gardening in

Erwägung, es war ihr zu viel Verpflichtung. Jessie und die Frau vom Sozialdienst fochten die Kämpfe mit der Kasse um mehr Therapiestunden aus. Erbärmliche Versuche, Lesen und Sprechen zu üben, mit dem Alphabet auf einem Zettel und Lehrbüchern für die Grundschule. Automaten wurden ihre Freunde, aber sie war langsam, hinter ihr bildeten sich Schlangen, die meisten Menschen hatten wenig Geduld, immer mal wieder fand sich jemand, der ihr half. Sie brauchte Licht und Wärme wie das täglich Brot, doch der Winter in Berlin wurde dunkel und kalt. Die Physio schlug gut an. Sie schwamm täglich, das Wasser rettete sie. Sie gab sich ganz hinein in die hellblaue Welt unter der Oberfläche. Tag um Tag, Bahn um Bahn, einen lächerlichen Schwimmgürtel um den Bauch geschnallt, nur zum Luftholen tauchte sie auf in die Welt künstlichen Lichtes, diese Welt des Halls, der Worte. Beim Luftholen hatte sie nichts mit sich zu tun. Sie entzog sich trockenen Geräuschen, sie ließ sich umfangen von gnädigem Gluckern, freundlichem Rauschen. Sie konzentrierte sich auf ihre ungleichen Hände, die vor ihrer Brust zusammenfanden zum Gebet, vor ihrem Gesicht aufstiegen, sich unter der Oberfläche spiegelten, der Innenseite ihrer Welt, bevor sie die Haut des Wassers durchbrachen. Sie folgte der Richtung ihrer Hände nach oben, schloss die Augen und öffnete den Mund, Luft für einen weiteren geschenkten Moment unter Wasser, in dem sie sich unversehrt wähnen konnte. Durchbrechenaugenschließenluftholen und wieder ihre Hände im Gebet des Schwimmers. Flirrende Lichtreflexe am Grund, Unruhestifter, eine Horde Sandflöhe im Watt, die das Becken von einer Seite her überrennen. Nach der Wende, die Bahn hinabschwimmend, muteten sie an wie Vogelschwärme am Himmel.

Lichtern strahlende Vögel, sie wollte sich auflösen, Licht werden im Licht dieses Himmels.

Hungergefühl hat sie schon lang keines mehr. Trinken müsste sie. Ihre Lippen sind aufgesprungen. Sie muss nach oben gehen, in die Wohnung, in der sie Kind war. Da klopft es unten. Sie hätte nicht gedacht, dass es so schnell gehen würde. Aber klar. Der Schlafsack, zum Trocknen ins Fenster gehängt. Sie wird nicht aufmachen.

Sie überquert die sonnenhellen Felder, ihre Füße beinah lautlos auf den Dielen. Sie fühlt das abgetretene Holz warm unter ihren Sohlen, samtig der Staub, der alles bedeckt. Ein Körnchen Schmutz klebt an ihrer Pobacke, sie nimmt es ab und legt es sich auf die Zunge, dann wandert ihre Hand wie von selbst an die Narbe.

Dieser enge Holzverschlag um die Treppe nach oben. Alles war eng damals. Sie tritt auf die erste Stufe, erprobend. Sie tritt noch einmal. Diese Stufe muss knarren. Diese Stufe und eine in der Mitte knarrten. Wenn sie unbemerkt abhauen wollte, musste sie sich am Geländer darüber hinweghangeln. Im Treppenschacht wird es dunkel, sie tastet mit beiden Händen an den Wänden entlang. Links Holz, rechts die Mauer, kühl an der Außenkante ihrer schlechten Hand. Am oberen Ende der Treppe ein helles Karree. Stufe für Stufe schiebt sie sich durch Dämmerlicht nach oben. Schweiß perlt auf ihrer Nase, als sie von der letzten Stufe in den Flur tritt, ins Licht, das zu den Dachgauben hereinfällt und ihr entgegenstrahlt aus dem Spiegel, den sie ganz und gar vergessen hatte.

Sie steht etwas vornübergebeugt. Die Brüste sind kleiner als früher, ihre Schamhaare nicht getrimmt, schon lange nicht mehr. Ihre Hüftknochen stehen hervor. Sie blickt in die müden Augen eines Menschen, der überlebt hat.

Unter den Haaren ist die Narbe nicht mehr zu sehen. Nach der OP kamen bald Herbst und Winter, gnädige Jahreszeiten, in denen sie mit einer schwarzen Fleecemütze aus dem Haus ging. Zum Geburtstag Ende November schenkte Jessie ihr einen Friseurbesuch, das volle Verwöhnprogramm, nach Ladenschluss, nur sie und die Friseurin. Vor ein paar Monaten, im Frühsommer, bestand Jessie darauf, dass sie endlich hinginge. Die Friseurin gab sich größte Mühe, das Wasser lief mit angenehmer Temperatur über ihren Kopf, doch sie schmerzte der Nacken im Waschbecken. Es rief Erinnerungen wach an die Bestrahlung, als man sie unter einer Haube zur Reglosigkeit zwang. In dieser kleinen Stunde im Salon geschah dasselbe wie draußen im großen Leben, die Konversation trocknete ein. Jedes Gespräch, selbst mit einer Friseurin, gerät ins Stocken. Sie kam verändert aus dem Salon heraus, und das muss das letzte Mal gewesen sein, dass sie sich im Spiegel betrachtet hat. Im Bad öffnete sie stets die Spiegeltür des Allibert. Der Garderobenspiegel war verdeckt hinter Jacken. In die Fenster der U-Bahn weigerte sie sich zu blicken. Sie versuchte es eine Weile mit einer schwarzen Sonnenbrille, doch der Bügel drückte auf die Narbe.

Sie geht weg von der Gestalt im Spiegel. In der Küche öffnet sie den Wasserhahn und hofft. Luft rumort in der Leitung, dann gurgelt Wasser herauf, erst tröpfelt es braun ins Becken, der Strahl wird stärker und schießt nach Minuten endlich sauber und klar aus der Leitung. Sie hat nach dem Tod ihrer Oma darauf geachtet, dass Geld auf dem Hauskonto war, damit ihr keiner was abdreht. Auch wenn nie klar war, wofür das gut sein, was sie jemals noch mit diesem Haus in diesem Dorf wollen würde. Sie hält einen Finger in den Strahl, eine Hand, beide, lässt sich das kalte Wasser abwechselnd über die Handgelenke laufen, über die zarte Stelle, unter der sich ihre Venen blau abzeichnen, sie folgt deren Spur den Unterarm hinauf, das Wasser spritzt ihr von den Armbeugen gegen den Leib und wieder zurück zu den Handgelenken, in die hohle Hand, aus der sie trinkt, schluckweise, dann gierig, Durst hat sie, Durst!, direkt aus dem Strahl, sie fühlt das kalte Wasser durch die Kehle laufen und den leeren Magen füllen, es fließt ihr übers Kinn und den Kiefer, und schließlich hält sie den Kopf unter den Strahl, wiegt ihn hin und her, spürt das Wasser im Nacken und auf der linken Wange, im Nacken und auf der rechten, es tränkt ihre Haare. Sie verharrt mit dem Kopf im Strahl, bis sie den Schmerz nicht mehr aushält, bis ihr Puls im Schädel klopft, in der Narbe, die sie nicht aufhören kann zu betasten. Es wird still. Hanna richtet sich auf und lässt alles hinabrinnen über ihren Hals und ihre Brüste, ihren durch die Mitte gespaltenen Körper. Sie wartet, bis keine Tropfen mehr von ihren Fingerspitzen fallen. Zum Trocknen stellt sie sich in die Wärme der südlichen Gaube, dürre dunkle Gestalt, und verharrt.

APFEL

Sie müsste sich nur nach rechts wenden, um ihr altes Zimmer zu betreten. Ein Tisch ein Bett ein Schrank. Regale voller Bücher, voller Dinge. Sie könnte sich ein Objekt nach dem anderen vornehmen und erkennen. Sie könnte einmal ihren Blick durch dieses Zimmer streifen lassen und anschließend blind aufrufen, was ihr Auge wahrgenommen hat, wahrgenommen und weitergeleitet an ihr Hirn, das die Welt erkennt und erinnert. Ein Spiel, das ihre Oma mit ihr betrieben hat, um lange Winternachmittage zu verkürzen, ein Tablett voller Objekte, die sie sich eine Minute lang einprägen durfte, manchmal unter einem Tuch ertasten sollte. Ein Apfel ein Schlüsselbund ein Fingerhut eine Schraube. Wie lang eine Minute war. Hanna liebte das Spiel und war unschlagbar gut darin. Also erschwerte die Oma die Regeln, wählte Dinge mit schwäbischen Eigennamen, und der Opa fragte Englisch ab. Kirsche-Kries-cherry. Safety pin und Gluhf. Gsälz und Marmelade. Später las sie Kipling und erkannte Kims Spiel wieder. Heute kann sie das Buch nicht mehr lesen und die Welt nicht mehr bei ihren Namen nennen. Sie lässt das Zimmer zu und wendet sich von der Erinnerung ab.

Als es wieder klopft, ist sie angezogen. Durch die gravierten Blumenranken in der Milchglasscheibe sieht sie den Schemen eines Rumpfes. Sie kann die Frau nicht gleich zuordnen. Die hat offenbar niemand anderes hier erwartet, wohl einen anderen Anblick. Ihre Mimik stockt. Wie siehst du denn aus! Ein Lapsus, schamlos spontan. Pardon.

Hanna weiß es jetzt wieder. Aber der Name wird ihr nicht kommen. Die Silbenkombination zu kompliziert, zu selten gebraucht, zu lange nicht geübt. Sie hofft, dass die Frau ihn ihr vorsagt. Dann kann sie nachsprechen. Weißt du noch, wer ich bin? Hanna nickt und versucht ein Ja zu formen, das als einfache Antwort immer festhängt, als Füllwort aber in Kaskaden leicht über die Lippen kullern kann.

Die Nachbarin. Sie war ein paar Jahre älter und ein paar Klassen über ihr in der Schule gewesen. Hanna weiß auch wieder, sie war mit einem der Söhne von schräg gegenüber gegangen. Das alte Scheunentor haben sie ersetzt durch eine Verglasung, die sich über zwei Stockwerke erstreckt. Blumenschmuck, Wurzelfiguren, Outdoor-Nippes. Auch das Windspiel in der Linde muss von ihr sein. Sie erinnert sich vage daran, die Nachbarin auf der Beerdigung gesehen zu haben. Ein Fest, viele Jahre her, Winter, die Nachbarin mit dickem Babybauch. In ihrem Blick eine Mischung aus Neugierde und Misstrauen. Zieht's dich jetzt doch zurück in die Heimat? Hanna hebt die Schultern. Passende Antwort auf alle Fragen. Räumst du das Haus aus?

Der Gedanke hatte keine Rolle gespielt. Hanna hatte nur an die Stille, an die Leere dieses Hauses gedacht, nicht an seine Fülle.

Ist alles in Ordnung mit dir? Hannas Hand wandert instinktiv an ihren Kopf. Hat's dir die Sprache verschlagen? So könnte man es nennen. Du warst doch sonst nicht aufs Maul gefallen. Hanna nickt zu beidem.

Die Sprache, Verräterin, hat sich davongestohlen, und die Wörter, Hurensöhne, sind mitgegangen. Sie grüßen aus der Ferne, gleichgültig und unverbindlich, wenn jemand anders sie zu ihr bringt. Jemand muss die Worte über den Königssee an sie heranrudern und an der richtigen Stelle hinaustrompeten, vorsprechen, so dass sie selbst, wie die Felswand, das Echo zurückwerfen kann, Satzenden, einzelne Worte, Silben. Feste Phrasen, oft Gebrauchtes, Einsilbiges geht bisweilen, an manchen Tagen besser als an anderen. Ärztin, Logopäde, Ergotherapeutin, auch die Wikipedia-Expertin Jessie, alle haben sie ihr Erkenntnisstücke geliefert. Als der Schlaganfall wie eine Bombe zündete, zerstörte er nicht so sehr den Wortspeicher als vielmehr den Zugriff darauf, die Kombination von Lauten zu Sinn, er traf nicht das Magazin, sondern die Logistik. Ein Rätsel bleibt die Fertigware, die davon nicht betroffen ist. Könnte man fluchend und in Kinderreimen durchs Leben kommen, sie hätte weniger Probleme.

Hanna nickt zu beidem und sagt, ja, verdammt. Sie hat ihre Stimme den ganzen Tag noch nicht gehört, spröde kommt sie hervor, Stimme, die dieses Ja tragen soll, ein Band, das keiner mehr braucht. Gummis werden im Gefrierschrank brüchig, irgendwann schlingt man sie um ein Objekt und hat plötzlich zwei lose Enden in der Hand.

Ich bin die Sabrina, das weißt du aber schon noch, oder? Sa. Bri. Na. Jaja, jaja, geht in Ordnung.

Sabrina trägt einen vollen Einkaufskorb und hält Hanna einen Apfel hin. Spieglein, Spieglein an der Wand. Mit ihrer linken Hand nimmt Hanna den Apfel. Geschmack ihrer Kindheit. Bodensee-Apfel. War Wochenmarkt? Ist Samstag? Mit dem Handrücken wischt sie sich über den Mundwinkel. Lecker, denkt sie und lächelt. Gut, sagt sie und hebt den angebissenen Apfel ein wenig in die Höhe.

Sabrina hat ihr Gewicht schon verlagert. Es gibt Leute, die Hanna einfach stehen lassen, den nächsten in der Schlange bedienen, und es hat Leute gegeben, die auf die andere Straßenseite wechselten, aus der Mensa verschwanden, um sie zu meiden, sie oder was davon übrig geblieben war.

Verstehst du denn, was ich sage? Hanna nickt sofort. Das ist ja mal ein Anfang. Warum bist du zurückgekommen? Hanna hebt die Schultern. Ist es wegen dem Haus? Haus, wiederholt sie und weiß, dass es wie Aus klingt, weil sie das H nicht durch die Kehle bringt, jaja.

Sabrina mustert sie, und Hanna erkennt die Skepsis. Hast du alles, was du brauchst? Morgen ist Sonntag. Hast du Essen im Haus? Du hast total abgenommen, man erkennt dich kaum wieder.

Man kann sie nicht wiedererkennen. Samstag Sonntag Montag. Bodensee-Äpfel vom Wochenmarkt in der Stadt. Wie früher, wie immer. Hanna schüttelt den Kopf. Soll ich dir was rüberbringen? Ein paar Sachen für morgen, bis du am Montag einkaufen kannst? Hanna zögert.

Den Laden gibt es nicht mehr. Wenn man denkt, früher mal ein halbes Dutzend, heute keinen, nicht einmal eine Hofladen-Box. Du brauchst hier ein Auto, da hat sich nichts geändert, die Busverbindungen sind so beschissen wie früher. Aber sonst ist vieles besser geworden. Wieder mehr Kinder. Red ich zu schnell? Hanna nickt. Sabrina bemüht sich, langsamer zu sprechen, sie wird vor allem lauter. Städter ziehen hierher in die alten Häuser, die sind auch irgendwie eigen, kaufen sich Allradantrieb und singen das Loblied aufs Landleben. Der Kindergarten hat jetzt eine Kita und ist ganztags. Weißt du noch, bei uns früher war um zwölf Schluss, heim zu Mama. Und ganz neu eine Zwergenschule. Lernen in kleinen Gruppen, kurze Wege, wie in der guten alten Zeit. Die haben sogar mal überlegt, den Ortskern autofrei zu machen. Bei den Freiburger Öko-faschisten ginge das vielleicht, hier nicht, Sabrina lacht. Und wozu auch, gibt da ja nix außer Bolzplatz und Sparkassenautomat.

Sabrina war auch nie aufs Maul gefallen.

Zwergenschule. Das hätte dem Opa gefallen.

Sabrina legt sich den Korb über den anderen Arm. Ich muss dann mal wieder. Sie weist mit dem Kinn zum Vorplatz ihres Hofes. Neben der Eingangstür steht eine Kiste Gemüse auf einer Bank, zwei Roller, ein Fahrrad am Boden, weiter hinten ein Fuhrpark von Kinderbaggern, ein Sammelsurium von Pflanzen und Kräutertöpfchen, Hanna kann sich vorstellen, dass hinter dem Haus die Wäsche auf der Leine hängt und vielleicht der alte Ludwig immer noch am Leben ist. Sabrina nähert ihre Hand, als wolle sie Hannas Arm berühren, dann zieht sie doch zurück. Ich bring dir nachher was rüber, sagt sie, für morgen.

*

Ist offen, will Hanna rufen, aber es kommt nur ein Krächzen, Krähe, die sie ist, und Vogelscheuche in einem. Früher standen die Türen offen, man ging hinein. Unten rührt sich nichts. Hanna erhebt sich von ihrem Platz an der Wand, aus dem letzten Fleck Abendsonne, und tippt gegen die Wand fürs Gleichgewicht. Vor der Tür stehen zwei Kinder. Wie

Hänsel und Gretel. Hanna ist nicht gut darin, Kinderjahre abzuschätzen. Der Junge etwa wie Patrizio, als er begann, zum Klavierspielen zu kommen. Kommunionsalter. Du sollst rüberkommen. Weg ist er und lässt seine kleine Schwester einfach stehen. Gretel ahnt, dass dies nicht die ganze Mission gewesen sein konnte. Sie sieht aus, als wolle auch sie am liebsten davonrennen, doch tapfer bleibt sie stehen und taxiert die stumme Frau, die plötzlich aus diesem Hexenhaus tritt, das ihr halbes Kinderleben lang leer gestanden hat. Sie streckt ihre kleine Hand aus, und Hanna ergreift sie. Sie ist zart und weich, ein wenig feucht. Mama macht Spaghetti. Und Pudding. Hast du Hunger?

TISCH UND BETT

Mama, warum redet die Frau so komisch? Was soll Sabrina ihrer Gretel darauf antworten. Die Frau heißt Hanna, Lisa.

Lisa lehnt sich in den Schoß ihrer Mutter und flüstert, wobei sie Hanna nicht aus den Augen lässt. Sabrina flüstert zurück und drückt ihrer Tochter einen Kuss auf die Prinz-Eisenherz-Frisur. Der Geruch von Kinderhaar.

Linus will mithören. Frag sie doch selbst.

Aber die kann man doch nicht fragen, die kann ja nicht gescheit antworten.

Sie wird sich nie daran gewöhnen, für dumm oder taub gehalten zu werden, weil sie Probleme mit dem Sprechen hat.

Sabrina blickt sie an, Hanna hebt kaum merklich ihre rechte, leicht nach innen gedrehte Hand. Sie erspart sich die pantomimische Darstellung des epileptischen Anfalles, mit dem der Tumor in ihr Leben hereinbrach, und die folgenschwere Operation, nur sie hört das Ticken der Zeitbombe.

Ein Schlägle? Ich hab's mir schon gedacht. Da haben wir auch einen, Sabrina weist aus der Küche hinaus, wo irgendwo der Großvater verborgen sein muss. Zwischen ihnen beiden am Tisch liegt ein Verständnis für diesen Schicksalsschlag und den Frust, für die Ungerechtigkeit der Welt, in das sich Hanna einen Moment lang entspannen kann. Aber erklär das mal einer Fünfjährigen. Sabrina behilft sich mit der Glühbirne, die Tage zuvor im Haushalt kaputtging, und in der Tat ist es doch so, dass das Leben Hanna frühzeitig das Licht ausgemacht hat. Die sprachliche Dunkelkammer.

Ich will aber nicht, dass mir auch der Draht durchbrennt.

Keine Angst, Lisa, das passiert nur wenigen Leuten. Ganz, ganz wenigen. Meistens alten Leuten, so wie der Opa.

Die Frau ist aber noch nicht alt.

Da hat Lisa recht. Im Gegenteil. Es war so unwahrscheinlich, sie selbst so jung und gesund, ansonsten gesund, dass diese Möglichkeit im Aufklärungsgespräch nicht vorgekommen war. Sie hätte trotzdem unterschrieben, sie unterschrieb alles. Diese Erklärung war wie der Aufdruck HOT CONTENTS auf amerikanischen Kaffeebechern. Jeder weiß, dass man sich die Finger verbrennen kann.

In die bestechende Kindeslogik hinein kommt die rumänische Pflegerin in die Küche. Teodora, stellt Sabrina vor, die sich den Knochenjob im Sechswochenrhythmus mit ihrer Schwägerin teilt. Wir können nur froh sein, dass der Magnus in Norwegen gutes Geld verdient, und sein Bruder schießt auch noch zu, das würde sonst alles an mir hängen, Sabrina schenkt Wein nach und prostet in die Luft. Teodora, deren aktiver Wortschatz des Deutschen noch geringer als Hannas sein dürfte, wärmt sich Nudeln in der Mikrowelle auf und isst schweigend, während Linus und Lisa zum Spielen verschwinden in dieser behaglich verkitschten und übervollen Familienwohnung, diesem Schwarzwälder Lönneberga mit drei Generationen unter einem Dach und einer Magd aus Rumänien und einem Tisch, so groß, wie Hanna immer einen hatte haben wollen, ihr Traum war ein langer Tisch gewesen mit einer dicken Platte und starken Beinen, ein Tisch für viele Leute, der im Lauf der Jahre Patina anlegen sollte.

Sabrina schlägt sich nicht schlecht mit den beiden schweigsamen Frauen an ihrem Tisch, sie stellt Hanna Entscheidungsfragen, die klar und einfach zu beantworten sind, besänftigt durch die Tür den Großvater und erzählt die Geschichte ihrer Schwangerschaften, Leif, der erste, heute Abend beim Auswärtsspiel, künstliche Befruchtung, damals hochschwanger auf jener letzten Fasnacht im Sternen, weißt du noch? Bei Linus hatten sie dann kapiert, wie's geht, Sabrina lacht und kitzelt ihre Tochter, Lisa war ein Unfall, als sie schon lange dachten, da kann nix mehr passieren.

Hanna nippt am Wein und gibt es bald auf, jedes von Sabrinas Worten verstehen zu wollen. Die Nachbarin wirkt angespannt auf sie, beinahe ein wenig nervös, doch ihr rascher Redefluss ist Hanna lieber als die Abkehr, zu der sie viele Menschen provoziert. Sie erinnert sich, dass Sabrina schon morgens früh im Schulbus für Stimmung sorgen konnte, laut war sie und lästernd, nicht niederträchtig, aber allseits interessiert und alles weitertragend. Sie scheint es nicht schlecht getroffen zu haben mit ihrem Ölscheich, der während eines Hilfsjobs auf einer Bohrinsel auf den Geschmack kam und so etwas wie Glück darin gefunden hat, zwei Wochen lang Zwölfstundenschichten zu arbeiten und dann drei Wochen daheim zu sein. Hanna erinnert sich kaum an diesen Magnus, der Altersunterschied, in Kindertagen gerechnet, eine Ewigkeit. Und man kann es mit den Vornamen für den Nachwuchs auch übertreiben, Skandinavienfimmel hin oder her.

Als Hanna aufbricht, als Sabrina ihr mit der Frage, ob sie sonst noch etwas brauche, Behälter mit Essensresten auf die Hand türmt, kommt von oben ein Heulen. Lisa steht im Schlafanzug auf der Treppe, Zahnbürste in der Hand. Sabrina nimmt sie in den Arm und legt ihr schützend die Hand auf den Kopf. Aus der Verzweiflung des Kindes fallen einzeln verständliche Worte, die Angst, dass ihr im Schlaf die Sprache ausgemacht werden könnte. Hanna kann hier nichts ausrichten, sie geht und hinterlässt Kindertränen und vielleicht einen Alp.

Draußen steht sie in der Dunkelheit und im Schaben der Grillen. Sie horcht in die Sommernacht und blickt durch die große Glasfassade. Sie sieht Sabrina auf der Treppe sitzen und ihre Tochter wiegen und fragt sich, wann sie zuletzt jemand so getröstet hat. Sie betrachtet diese Mutter, deren Silhouette das Kind vollständig birgt, betrachtet diese einzigartige Verbindung und belauert ihre eigene Illusion, dass die beiden eine unzerstörbare Einheit bilden. Nichts ist unzerstörbar, keine Verbindung zwischen Mutter und Tochter. Ihre eigene Mutter hatte einfach gehen können. Sie hatte ihr Kind verlassen können, und Hanna fühlt das schwarze Loch in ihrer Mitte, das keine Erklärung zu stopfen vermag. Es füllt sich von Zeit zu Zeit mit unbestimmter Sehnsucht, was nichts daran ändert, was sie im Lauf der Jahre nur umso deutlicher spüren ließ, dass sie in ihrem Kern einen Hohlraum trägt. Keine Einheit ist unzerstörbar. Jede Familie kann brechen. Das hat sie auch bei Leo gesehen. Doch er rebellierte gegen die Zerstörung, kämpfte um seine Kinder. Dort, wo alle Tücher zerschnitten waren, gab es dieses Band zwischen Vater und Kind, das einen Raum bestimmte, in den er niemanden vordringen ließ, den er kompromisslos schützte, auch vor ihr, gerade vor ihr. Hanna steht und wartet, ob nicht ein paar Sterntaler für sie vom Himmel fallen.

Erst als Sabrina Lisa nach oben trägt, löst sie sich. Der Stapel von Dosen gerät ins Wanken, als sie mit dem Ellbogen die Klinke niederdrückt. Sie hätte Sabrina um eine Tüte bitten sollen, weil sie so nicht die Treppe hinaufsteigen kann. Oft ist sie so gehemmt, dass sie nicht nach kleinsten Gefallen fragen kann. War früher schon so und ist nicht besser geworden, doch früher konnte sie sich auf sich selbst verlassen. Sie will die Reste im Wirtschaftsraum abstellen und tritt in den dunklen Flur, bemerkt zu spät den Rechen, der am Geländer lehnt. Dosen fallen, eine Hand streckt sich zu langsam dem Stiel entgegen, der sie also verfehlt und glücklicherweise auch die Nase, Hanna jedoch die Stirn spaltet.

*

Es ist früher Morgen, als Sabrina das Auto wieder vor dem Haus parkt. Der Arzt in der Notaufnahme hat gekonnt seine Klammerstreifen gesetzt und ihr Tabletten mitgegeben. Halb so wild alles, stets beeindruckend das Blut aus einer Platzwunde, aber letztlich kaum mehr als eine Beule, kein Grund zur Aufregung. Hanna war einverstanden mit seiner Gelassenheit. Platzwunden sind nicht mehr ihre Liga. Für Sabrina gab es das Wort Aphasie. Das wird bleiben von dieser zweiten Nacht auf dem Kirchberg, das Mal auf Hannas Stirn und dieses Etikett.

Hanna würde lieber wieder im Schulzimmer am Boden schlafen, doch Sabrina geht selbstverständlich in den zweiten Stock. Hanna gibt sich drein und lotst sie, nicht in ihr altes Kinderzimmer, sondern durchs Wohnzimmer in die Schlafstube der Großeltern unterm Giebel.

Ein paar Jahre lang hatte die Oma das Ehebett behalten, dessen Matratzen tiefer lagen als der Rahmen, so dass immer die Kante in die Schenkel drückte, wenn man aufstand. Sie hielt beide Garnituren bezogen, hochtürmendes Daunenzeug, vermutlich war sie so pragmatisch, erst in der einen, dann der anderen zu schlafen. Irgendwann war es weg, stand da ein einzelnes Bett, elektrisch verstellbar, eine leichte Decke darauf. Hanna bezog es neu, ohne zu wissen, warum, und deckte es mit Malerfolie zu. Dann ging sie.

Sabrina schlägt die Folie zurück, Hanna sinkt auf die Matratze. In der Küche klappern Schränke, rauscht der Wasserhahn, Sabrina bringt Wasser, das Hanna gierig trinkt, Sabrina füllt das Glas erneut. Sie öffnet das Giebelfenster, steigt die Treppe hinunter, der Laut des Türschlosses dringt nicht mehr zu Hanna in ihrem Schneckenhaus, oder sie schläft schon. Sie quert die Grenze zwischen Wachen und Schlafen so häufig, dass ihr Aufenthaltsort unentschieden wird. Sie hält Kontakt mit dem Kind auf der anderen Seite dieser Wand im Kinderzimmer, zu anderer Zeit, anderem Leben. Eine Nacht unterm Giebel, das Fenster zur Kirche hin geöffnet, deren Glocke jede Viertelstunde schlägt, die ganze Nacht. Bleierne Ringe. Bleierne Ringe, sie schweben durch den Raum auf sie zu, schwer und mächtig, stoßen an die Schädeldecke wie an eine Bande und kehren zurück, vermengen sich bebend, von allen Seiten kommend, fließen ineinander. Schatten, die sich berühren, fortsetzen, ins Unendliche verlängern. Eine Turmuhr. Mitten in London eine Turmuhr. Mit geschlossenen Augen wartet Hanna, dass das Vibrieren vergehe, und dann wacht sie auf und weiß, es waren sieben, sieben Schläge, sieben Mal bleierne Ringe. Sie dreht sich auf den Rücken. Hört die Musik. Er

spielt schon wieder. Hanna öffnet die Augen. Sie streckt
eine Hand in das Licht auf dem Boden vor dem Bett,
Wärme legt sich in ihre Handfläche. Leo in der Küche, spie-
lend, eine andere Form von Wachsein und Träumen. Warm
und mürbe, melancholisch zieht eine Melodie herüber.
Hanna füllte sich ganz mit diesem Gefühl der Zuneigung,
das neu war, eine zärtliche und zugleich stürmische Zuneigung, so dass sie nachts oft wach lag und von den schnellen,
harten Schlägen ihres Herzens durch die Zeit getrieben
wurde, eine unbändige Pumpe in Schwerstarbeit, ihr mäch-
tiger Motor, ihr Maschinenraum, ihre innerste Kammer.

Ein Wachsein von traumartiger Konsistenz. In der Tür zur
Küche blieb sie geblendet stehen, nackt, roh. Leo am offenen
Fenster, mit dem Rücken gegen den Sturz gelehnt, barfuß,
im Gegenlicht nur ein Schatten mit silbrig flimmernden
Umrissen. Allein ihn zu sehen, trieb ihren Puls nach oben.
Als sie die Hände von den Augen nahm, hatte er sie bemerkt,
grüßte mit einem Heben des Kinns, ohne sein Spiel zu un-
terbrechen. Gefunkel glänzend auf dem Metall der Flöte.
Die billigen Gläser auf dem Tisch, der Vorabend erinnerte
sich seiner selbst in ihrem Widerschein auf der Tischplatte.
Hanna betrachtete die Farbstreifen eines gewölbten Prismas,
auf einer bauchigen Rundung seifig glänzend, und lauschte
Leos Spiel. Sie stemmte ihre Beine in den Türstock und glitt
zu Boden, legte einen unversehrten Kopf auf den Knien ab.
Kaffeedampf im Sonnenlicht, der sich schlängelte und
drehte, bevor er verschwand. Es gab keine Zeit, sie hatten für
sich die Ewigkeit, Hanna blinzelte in die Sonne, zu Leo, der
sie ganz und gar ausfüllte.

*

Vergänglichkeit oder Schmerztablette, etwas liegt ihr bitter und pastös auf der Zunge. Hanna richtet sich im Bett auf und setzt einen Fuß auf den Boden, überlegt, wie viel Erinnerung, wie viel Sehnsucht und wie viel Schmerz schon zerfallen sein mögen. Sie sortiert Licht und Schall in ihrem Innern, sortiert die Geräusche der Welt. Draußen singt ein Vogel. Das Klappern eines frühen Schutzblechs. Hanna trinkt am Spülbecken, schwemmt sich den schalen Geschmack aus dem Mund und schluckt gleich zwei Tabletten. Sie betastet ihre Stirn, mehr Beule als sonst was, ihr Finger wandert weiter zur Operationsnarbe und kratzt, wo schon lange kein Schorf mehr ist.

Leo hatte ihr einst im Bett, bei einer ihrer ersten Begegnungen, die Höhenzüge ihres Schädels massiert, den Kiefer, die Stirn, sein sanfter Druck entlang der Augenbrauen, im Nacken, gemächlich, wie alles, was Leo tat. Die Berührung seiner warmen Hand an ihrem Kopf, der Kontakt von Haut an Haut. Hanna gab sich ganz und gar dem Frieden hin, den sie in seiner Gegenwart verspürte, eine Nähe, die sie so noch nie erfahren hatte, eine Entspannung, die sie alle Pflichten vergessen ließ. Sie verbrachten ganze Tage miteinander im Bett. Sie schliefen Nase an Nase ein und atmeten die Luft des anderen, am Morgen lösten sie ihre trockenen Lippen voneinander. Leo träufelte ihr ein Schlaflied ins Ohr wie einen Balsam, er sang für sie das Wiegenlied seiner Tochter, erzählte, während Hanna sich in seinem Arm auflöste, dass er für sein Kind sang und darin eine Welt entstand, die sie miteinander teilten. Hanna beneidete dieses unbekannte Mädchen, dessen Vater sie liebte. Beneidete und begehrte es zugleich, hoffte, eines Tages Eintritt in diese Welt zu erlangen. That's very nice, flüsterte sie, ihre

Stimme klang heiser, sie blickten sich an und hielten einander stand. Hanna fühlte es in diesem Moment und wollte es ihm sagen, I love you, aber sie sprach es nicht aus. Es war vielleicht noch zu früh, sagte sie sich, und dann war es zu spät.

*

Die Kirchturmuhr schlägt alle vier Viertelstunden und dann fünf Mal. Hanna blickt aus schierer lebenslanger Gewohnheit zur Küchenuhr neben dem Buffet. Sie stellt die Zeiger ein. Zieht behutsam an der Kette und schiebt mit der gesunden Hand das Gewicht in Form eines Tannenzapfens nach oben. Stößt das Pendel an. Ein Ticken auf unterschiedlichen Tonlagen, als trüge die Uhr zwei ungleiche Schuhe, es macht Hanna schlagartig wieder zum Kind. Spiele unter der Eckbank. Sommerhitze. Die Fliegen, unerträglich viele von ihnen, wenn die Bauern Gülle aufs Feld ausgebracht hatten. Fiebernd auf dieser schmalen, harten Bank in der warmen Küche, Apfelzeit, im Ofen buk ein Kuchen, dessen Teig die Oma zuvor auf dem Tisch geknetet hatte, in einem großen Topf kochte sie Apfelmus ein, eine Zeit, da sich jemand darum kümmerte, Hanna zärtlich prüfend die Hand auf die Stirn zu legen, sie in ein Duvet zu packen und ihr auf der Küchenbank ein Krankenlager zu bereiten. Hanna streckt sich aus und verdöst hier die Stunden, deren ewiges Entstehen die Uhr in fassbare Einheiten hackt. Die Uhr der Großmutter und der Großmutter vor ihr, die Uhr von alters her, die nun wieder läuft und die morgendliche Welt dieser Wohnung verwandelt.

KLAVIER

In ihrem Jahrgang waren sie nur vier Kinder, die zur Erstkommunion gingen. Es schneite an jenem Weißen Sonntag. Ihre Großmutter lief neben der Prozession her, um si-
cherzugehen, dass sie sich den Wintermantel nicht auszog.
Patrizio ging vor ihr. Seine Haare scharf gescheitelt und mit
Brillantine behandelt. Der Schnee schmolz auf ihnen, und
wie sie feucht wurden, begannen sie sich einzuringeln.
Schneeflocken blieben auf ihren Wimpern hängen und
tanzten als glitzernde Tropfen vor ihrem Blick auf und ab.
Sie konzentrierte sich mehr auf ihren Lidschlag als aufs Gehen, hielt den Blick auf die Spitzen der eigenen Wimpern
gerichtet, sie stolperte und ließ beinahe die Kerze fallen.
Vielleicht sollte sie das jetzt wieder tun. Den Blick auf die
eigenen Wimpern richten und alles andere außen vor lassen.

Das Laken macht ein sanft schlagendes Geräusch und ent-
lässt den Staub der Jahre in die Luft. Nach einer der ersten
Stunden Kommunionsunterricht klimperte Patrizio auf
den Tasten herum. Nach der nächsten blieb er länger und
spielte ein Lied nach, das sie soeben gelernt hatten. Der
Opa beobachtete ihn und machte sich noch vor der Kommunion auf den Weg in die Pizzeria, sie wurde Zeuge, wie
ein Fremder in das Lokal trat und dem Wirt auseinander-
setzte, sein Junge brauche unbedingt Klavierunterricht. Die

Wirtschaft lief nicht sonderlich gut, aber an jenem Sonntag war sie voll, Sport- und Musikverein zum Frühschoppen, Hanna fühlte sich sehr beobachtet. Patrizios Mutter kam aus der Kirche zurück, trug noch im Sonntagsstaat ein volles Tablett an einen Tisch. Sie hörte sich den Vorschlag aufmerksam an, während Patrizios Vater Teig portionierte und nur lapidar einen Halbsatz fallenließ, zum Pizzabacken. Den Opa fuchste das, Bildungsfetischist, der er im Herzen geblieben war, auch wenn er da schon im Schulamt arbeitete. Patrizio kam ohne Klavierstunden, bald auch ohne Kommunionsunterricht weiter zum Spielen. Der Opa lud die Oma zum Pizzaessen ein und fand Geschmack an viererlei Käse, daheim gab es danach statt Rapunzel auch Rauke, statt Gouda ab und an Parmesan. Schließlich schloss der Großvater einen Handel mit dem Organisten. Der solle dem Italienerbuben so viel beibringen, dass der ihm sonntags die Noten umblättern könne. Patrizios Mutter dauerte, dass ihr einziger Sohn nicht im Spitzenbesatz der Ministranten am Altar knien würde. Der Opa erweckte den Eindruck, dass Patrizio eine weitaus wichtigere, eine tragende Rolle im Ablauf des Gottesdienstes übernehmen würde, ausgerechnet er als Evangelischer, der Organist widersprach nicht und versenkte die Nase im Chianti. So lernte Patrizio Notenlesen, das Klavierspielen brachte er sich im Wesentlichen selbst bei. Er spielte italienische Volkslieder und Schlager und nutzte seine erworbenen Kenntnisse nicht für die Bachs und Mozarts, die der Opa, der das Instrument hatte stimmen lassen, ihm aufs Klavier legte. Sie selbst saß auf der Treppe im Holzverschlag und lauschte Patrizios Spiel, das im Lauf der Monate besser wurde, irgendwann war sein Vater einverstanden. Er dachte nicht daran, ein Instrument anzuschaffen, bezahlte aber mit gepeinigtem Stolz die Klavierstunden seines Sohnes, die eine ambulante Klavierlehrerin erteilte, die vom Bodensee zum Schwarzwald ihre Klientel in einem braunen Jetta abklapperte. Der Italienerbub kam mehrmals in der Woche zum Üben, vorzugsweise immer dann, wenn es in der Pizzeria viel zu tun gab. Er übte die Bachs und Mozarts und Beethovens, die ihm nun die Klavierlehrerin direkt vorsetzte, doch sein Faible blieben kurze Stücke, schmissige Melodien, Zeug zum Mitwippen und Mitpfeifen. Patrizios Vater zeigte sich auf seine Weise erkenntlich, dass sich jemand der Bildung und, ja, auch irgendwie des Wohls seines Kindes angenommen hatte. Da ihre Großeltern kulinarisch zum Altbewährten zurückkehrten, war sie Alleinerbin des Pizzaprivilegs und futterte sich während ihrer Jugend durch alle vier Jahreszeiten dieser Pizzeria.

Sie öffnet den Deckel und schlägt ein paar Töne an, findet die Tonlage. Volare. O-o. Cantare. O-o-o-o. Oft hatte sie, nachdem Patrizio da gewesen war, stundenlang diese Schlager im Ohr, sie versuchte sie gelegentlich herauszuschütteln wie lästiges Wasser, manchmal jedoch trug sie sie bereitwillig den Abend über in sich herum. Als wäre Patrizio immer noch da. Er gehörte zu ihrer Kindheit wie das Haus, und er ist Teil dieses Gefühls, dass es hier gut sein könnte.

KÄFER

Hanna setzt sich mit den kalten Essensresten auf die
Schwelle zum Garten. Das hohe Dach der Nachbarn verdeckt noch die Sonne. Sie hat Besteck vergessen. Sie schiebt
sich die Salatblätter in den Mund. Von den Spaghetti, die
zu einem Kuchen verklebt sind, beißt sie ab. Um die Hand
von Tomatenresten zu säubern, zieht Hanna sie über Un-
kraut, hoch stehendes Gras am Beetrand, das nachgibt. Sie
reißt ein paar Büschel aus, sie macht einfach weiter, bis sie
eine kleine Fläche freigelegt hat.

Sie könnte sich diesen Garten einrichten. Ihn sich zur
Aufgabe machen. Ein Sitzplatz. Eine Liege, tagsüber den
Wolken nachschauen und nachts schlafen unter Sternen.
Das luftige Klirren von Spiegelscherben. Ein kleines Gemü-
sebeet, den Rechen hat sie ja schon gefunden. Es muss nicht
so groß sein wie das ihrer Oma und auch nicht so perfekt.
Die Vorstellung und deren Reiz, hier ihre Tage vollends zu-
zubringen, mit diesem letzten Zweck.

Grünschwarzschimmernd kriecht ein Mistkäfer durch
Hannas Sichtfeld. Die Alten glaubten daran. Ein Gott, der
des Tags mit der Sonnenbarke über den Himmel fährt und
zur Nacht die Wasser der Unterwelt durchquert, jeden Tag,
jede Nacht, immer wieder aufs Neue, und sein Zeichen ist
der Käfer. Rollste eine Kugel Scheiße vor dir her, und schon
wird dir angedichtet, ein Symbol für Fruchtbarkeit und

Wiedergeburt zu sein. Sie rollt schon so lange eine so große Kugel Scheiße vor sich her, ohne dies als besonders schöpferische Tätigkeit zu empfinden. Zur Auferstehung wird's bei ihr nicht reichen. Und vom ewigen Leben will sie, zugegeben, auch nichts wissen. Sie ist froh, wenn sie dieses hier einigermaßen anständig und womöglich nicht ganz verlassen zu Ende bringt. Wenn sie sich nicht auf immer im Saum der Hölle verfristen müsste. Wenn irgendwo ein Widerhall von ihr bliebe. Sie wirft ein wenig Erde auf den Käfer, nicht unfreundlich, aber für einen Moment versinkt er darunter, für einen kurzen Moment kommt alles zum Stillstand, bevor das Möckelchen Erde zu ruckeln beginnt und der schimmernde Rückenpanzer wieder erscheint.

Hanna steigt durch das überwucherte Beet. Während ihrer Kindheit neigten sich die Beete ihrer Oma Süden zu, vorn an der Kante fiel das Gelände steil ab, ein morscher Zaun mit losen Latten, dort kletterte sie hinab zu einer Kuhle, wo der Grund abgesackt war, ein Flieder Schatten und Schutz bot, hier war ihr Platz. Manchmal verkalkulierte sie sich und hatte ihr Buch zu schnell ausgelesen oder musste aufs Klo. Hier hockte sie und stellte sich vor, ihr Vater sei Wüstenforscher oder Negerkönig, von hier aus hörte sie das Knattern seines Flugzeugs, lange bevor der gelbe Doppeldecker seine Kurve durchs Tal zog, oder sah ihn auf einem Floß den Bach entlangschippern. Sie ließ die Oma immer zweimal rufen, die in den Garten gekommen war für ein wenig Salat oder ein paar Rahnen zum Abendessen. Sie reagierte erst, wenn es hieß, Johanna, fünf Minuten noch, sonst setzt's was, das kannst du mir aber glauben. Dann ging Hanna nicht durch den Garten, sondern ließ sich auf den Fußweg hinabgleiten und kam außen herum, das Manöver einer Fähe, die ihren Bau schützt. Hier versteckte sie sich vor ihren eigenen Klavierstunden, und, das versteht sich in der Rückschau, die Oma kannte das Versteck und gab es nicht preis.

Später füllten sie das Gelände auf. Sie rangen dem Hang ein paar Meter ab und zogen die neue Mauer höher als die alte. Die Aussicht vom Garten ins Land hinein wurde besser, aber einen Sitzplatz gönnten sie sich nicht. Ein großes Beet legten sie an, plan, aufgefüllt mit guter, fruchtbarer Erde. In einer Ecke pflanzten sie einen Obstbaum, Zwetschgen, er trägt wenige pralle, reife Früchte. Als sie im Krankenhaus lag, hatte Jessie sie mit Kompott gefüttert. Halbe Zwetschgen, zu Mus zerkocht und zuckersüß, zergingen im Mund ohne Kauen. Mit einer Serviette tupfte Jessie die Flüssigkeit vom Kiefer. Jessie, der Hanna hatte versprechen müssen, zum nächsten Scan zurück in Berlin zu sein. Hanna muss ihr Handy aufladen, sonst ist sie hier von der Außenwelt abgeschnitten. Sie pflückt eine Frucht vom Baum und zerteilt sie mit ihren tomatenverschmierten Fingern, lutscht das durchscheinende Fleisch aus den violetten Schalen.

Den Kern behält sie in der hohlen Hand. Sie lässt ihn umherspringen wie die Kugel in einer Rassel, er scheppert Zukunft. Hier steht sie, Pflegerin und Patient zugleich in diesem Haus, das sich ihr als abgeschieden ins Gedächtnis eingeschrieben hat. Halb Kind, halb Greis, fühlt sie sich noch immer sicher. Noch immer durchdringt sie das Gefühl der Sicherheit des Fliederbusches, der abgeholzt wurde, als sie merkten, dass sich unter der Kuhle ein Hohlraum auftat, dass nicht ihr Opa sein lumpiges Mäuerle richten, sondern die Gemeinde den ganzen Südhang des Kirchbergs von Grund auf befestigen musste.

WEISSER SONNTAG
(1984)

Katharina wirft einen Blick auf die Uhr, zackig schiebt sie das Gewicht an der Kette nach oben, sie müssen vorwärtsmachen, wo bleibt das Kind. Sie legt ein Scheit in den Ofen und reguliert die Klappe. Wenn sie zurückkommen, soll er gerade heiß genug sein, dass sie den Kaffee darauf warm halten kann und den Kaba. Sie weiß schon jetzt, dass Hanna angewidert die Haut von der Milch ziehen wird, sie wird sie im Becher hin und her schieben, statt sie herauszufischen. Katharina öffnet die Tür und ruft, Johanna! Im Flur ist es zugig, dieser kalte Apriltag hat nichts vom Frühling, noch einmal hat sich Schnee auf die Hänge gelegt. Katharina sieht zum Gaubenfenster hinaus in den Himmel, der auf die Tannenspitzen drückt. Im Badezimmer greift sie die Haarbürste. Sowie sie die Klinke zu Hannas Zimmer drückt, weiß sie, da sind zwei drin.

Das Kind sitzt in Unterwäsche und Tränen auf dem Bett, Erichs Blick besagt, fünf Minuten, wärst du nur fünf Minuten später hereingekommen. Wenigstens er ist schon angezogen. Seine Fliege sitzt schief. Er hält das cremefarbene Kommunionskleid auf dem Schoß, nach dem sie lange hatte suchen müssen, es war nicht einfach gewesen, eines mit wenig Rüschen zu finden und nur knielang. Auf dem Bett liegt das Matrosenkleid aus Cordsamt, Katharina überblickt die Situation sofort und zeigt Hanna den Vogel.

Unten geht die Tür, Stimmen im Flur. Ihre Verwandtschaft, eine halbe Stunde vor der Zeit, aber bei dem Saichwetter über den Schwarzwald, da muss man großzügig was zugeben. Sie schickt Erich runter, wäre der Tag schöner, könnten sie sich die Beine vertreten, sollen hochkommen, ruft sie ihm hinterher, sie kann hier jetzt niemanden gebrauchen, und setzt Kaffee auf. Ihre Schwester Ursula betritt den Raum, Wilhelm hinterher, die Hände ganz kalt.

Eine kleine Gesellschaft sind sie. Die Mutter des Kindes hat es wieder so eingerichtet, dass sie vorher auf Besuch kommt, das Fest aber meidet, als ließe sich das nicht anders organisieren. Wer weiß, wo sie heute ist, New York, Athen, Timbuktu. An ihre Mutter glaubt Hanna weniger als ans Christkind. Beide kommen sehr selten und lassen Geschenke da. Größe und Gewicht nach ist es eine weitere Barbiepuppe, das wäre die vierte langbeinige Scheußlichkeit in genau solch einem knistrigen Kleid, wie Katharina es der Hanna zur Kommunion zu vermeiden versucht hat. Erichs Schwester aus Niedersachsen war die Anreise zu weit wegen einer Kommunion, die Nichten haben es sich lange offengelassen und sind nun doch verhindert, es ist und bleibt halt nur ein angenommenes Kind. Dafür ist Colin gekommen aus England, mit dem Erich einfahren musste und in der fremden Sprache das Lesen übte. Ein alter, unwahrscheinlicher Freund, frisch verwitwet und froh über eine Reise und eine Ablenkung. Eine wirklich kleine Gesellschaft. Dafür aber konfessionell durcheinander, sie selbst katholisch, Erich Ostpreuße und evangelisch, Colin anglikanisch, vermutet sie, wenigstens ihre Schwester Ursula sitzt firm im Sattel. Es wird sich jemand finden, der sich das

Maul verreißt, es findet sich immer jemand. Katharina kann ja sogar das blaue Kleid verstehen, aber das können sie sich nicht herausnehmen. Es ist genug der Provokation, dass das Kind bisher ungetauft durch sein Leben gesprungen ist. Früher hat man diese Kinder, wenn sie starben, ungetauft, unter dem Trauf beerdigt. Wäre Hanna etwas zugestoßen, Anrecht hätte sie gehabt auf das minimalheilige Wasser vom Kirchendach, vermischt mit Moos und Taubendreck, gelegentlich wäre noch die eine oder andere Dachlawine oder ein vom Sturm gelöster Ziegel dazugekommen.

Sie waren blockiert gewesen, unsicher, welche Entscheidungen sie wie eigenmächtig treffen sollten, irgendwann war die Adoption durch, und sie wussten es immer noch nicht. So ließ Katharina sich mit dem ungetauften Kind schäbs ansehen, einfach so draußen auf der Straße, zudem trugen sie es ja in einem Tuch herum, und nicht nur sie selbst, sondern auch der Erich unter seiner Jacke. Schreikind auch noch, im Dorfladen verstummten die Stimmen, nicht aber die Blicke. Nur so vermochten sie das Äffle zu beruhigen, Katharina leuchtete es in gewisser Weise ein, wer so in die Welt geworfen wurde, musste sich an irgendetwas klammern. Was erst gar keiner sehen konnte, der Erich legte sich das Baby zum Mittagsschlaf auf den Bauch, knöpfte Hanna ein zwischen Hemd und Strickjacke, monatelang las er Reclam-Hefte statt Zeitung.

Unsicher waren sie am Anfang, später weigerte sich der Pfarrer zu taufen, als hätten sie einen Zug verpasst. Katharina schien es absurd, dass ein fehlbarer Sterblicher über göttliches Wohl und irdisches Wehe entscheiden sollte. Ließ sie halt Zeit ins Land gehen. Sie nahm das Kind demonstrativ mit in die Gottesdienste, einige Male vergaß er sich im Eifer des Gefechts und setzte Hanna, die es nicht mochte, wenn Fremde an ihr herumfingerten, das Kreuzzeichen auf die Stirn wie allen anderen. Als diesjahr Kommunionsunterricht anstand und der neue Pfarrer wegen des Wasserschadens im Pfarrhaus nach einer Räumlichkeit suchte, kam das Schulzimmer ins Gespräch und Hannas Ungetauftsein. Und dann geht das Äffle auch gleich zur Kommunion.

Katharina schenkt Kaffee aus, Ursula und Wilhelm haben die Mäntel anbehalten. Während hier heroben sich noch der Frost an die Fenster legt, blüht es unten in Freiburg schon, Erich erkundigt sich nach ihrer Fahrt und hat Position bezogen am Gaubenfenster. Als Colin vom Gasthof her den Kirchberg heraufkommt, klopft er freudig gegen die Scheibe. Ihr wäre es lieber gewesen, Hanna hätte vor ein paar Wochen in einem regulären und auch nur regulär besuchten Gottesdienst die Taufe empfangen, aber sie war wieder krank gewesen, wie so oft in diesem Winter. Schmächtig ist sie wie am ersten Tag, eine Äußerlichkeit, die in die Irre leitet, und wer weiß, ob sie nicht ein bisschen zulegt in der Pubertät, die man bisweilen schon um die Ecke lugen sieht. Ihre Schwärmerei für den Italienerbuben. Der Trotz. Zum Trotz hat Hanna sich die dicken blauen Strumpfhosen angezogen, was angesichts der Wetterlage gar nicht verkehrt ist, Katharina lässt ihr das durchgehen, und die geflochtenen Zöpfe wieder gelöst. Ihr Haar fällt in Wellen über die schmalen Schultern. Sie drückt Hanna das Blumenkränzchen ins Haar und kneift dieser dörflichen, winterblassen Frühlingsnymphe ein wenig Rosé in die Wangen, nein, das tut weh, klagt Hanna und wendet das Gesicht ab.

Auf dem Weg nach draußen wirft Katharina einen Blick ins alte Schulzimmer, wo sie den Sitzungstisch in eine Kaffeetafel verwandelt hat, alle zwei Wochen tagt der Ortschaftsrat, stellt sie Sprudel und Trollinger und Bier vom Hirschen in die Tischmitte. Sie hat Krokusse in Töpfchen gezogen, sie legt auch hier ein Scheit nach, es könnte ein bisschen kalt sein in dem großen Raum, warum musste der Winter auch noch einmal zurückkommen. Als sie aus der Tür treten, fährt ihr eine Bö unter den Rock, neidisch nimmt sie die Wollhosen ihrer Schwester zur Kenntnis und denkt, Hanna hätte auch gleich ihre Winterstiefel anziehen sollen. Die hat ihre gute Laune wiedergefunden und hüpft neben ihr her in ihren Cinderella-Schuhen, pass auf die Pfützen auf, sie nimmt sie an die Hand.

Der Ludwig schließt gerade seine Haustür ab, er schlägt den Kragen hoch und eilt mit dem denkbar knappsten Gruß in Richtung Kirche, dort sehen sie ihn in die Bank treten, wo vier seiner sechs Kinder aufgereiht sitzen wie die Orgelpfeifen. Jetzt ja nur noch fünf, seit der Elmar verunglückt ist. Die Emma ganz in Schwarz, das wünscht man seinem ärgsten Feind nicht, und was da alles dranhängt, wenn der Hoferbe zur Unzeit stirbt. Weil es den Elmar gab, haben sie dem Ältesten erlaubt, zum Studium zu gehen, der soll Tierarzt werden und ist aus allen Verpflichtungen raus, und gut für ihn, dass ihn auch nichts sonst an den Kirchberg bindet. Der Magnus hat bald das richtige Alter. Dann nehmen sie den ran, ob er will oder nicht, einer muss. Geld wie Heu haben sie, es kommt aber nicht vom Heu, sondern vom Holz, so viel kann der Erich mit seinem Beamtensold ein Lebtag lang nicht verdienen.

Sie sind spät dran. Selbst die Italiener sind schon da. Vorne ist reserviert für die Familien der Kommunionkinder, auf der Frauenseite für jene der Mädchen und auf der Männerseite für die der Buben, und Katharina nimmt auch wahr, dass die vordersten beiden Bänke für Hubers und erst die nachfolgenden für die italienische Familie vorgesehen sind. Auf ihrer Seite ganz vorn für sie, dahinter für die Familie aus dem Nachbardorf, wo es nur eine evangelische Kirche gibt. Das Mädchen ist aufgeregt wie eine Braut, auch ausstaffiert wie eine, mit Spitzenhandschuhen und einem Bollentäschchen, mit Hochsteckfrisur und Bändern im Haar, einem Kleid, dessen Rock so ausladend ist, dass sein Saum über die Seitenwange in den Mittelgang ragt. Hanna will nicht außen sitzen, sondern zwischen ihnen, sie winkt über den Gang zu Patrizio und schmiegt sich dann an Erich. Es ist ein verdammtes Klischee, aber bei den Italienern in der Bank ist es unruhiger und heiterer. Die feiern nachher natürlich bei sich, und sie selbst werden in der Wirtschaft mit Hubers Ludwig schon irgendwie klarkommen, hier auf dem Kirchberg geht das ja auch. Irgendwie.

*

Erich blickt auf Colins speckigen Tweed-Ärmel und das grobgestochene Tattoo. Er hatte diesen Freund verloren und nun wiederbekommen, als der eine Karte schickte. Absenderadresse in Schottland, wo Erich ihn nie gesucht hätte, und Colin konnte ihn nur finden, weil sie nie umgezogen sind. Colin machte nicht viele Worte, bald nach Erichs Entlassung von der Mine auf die Werften in Glasgow gewechselt, zwischen den Zeilen die Liebe und die Krise der britischen Stahlindustrie, in die Rente abgeschoben und verwitwet und alles eine große Misere, all a great shite, das war drei Monate her. Erich schrieb sofort zurück und trug Colin die Patenschaft seines Kindes an. Der rief ihn an, das erste Mal überhaupt, er schämte sich wortkarg seiner Versehrtheit und Einsamkeit, und setzte sich zum ersten Mal in seinem Leben in ein Flugzeug.

Erich hat sich total verschätzt, was Colins Besuch in ihm hochbringt. Vierzig Jahre. Vor vierzig Jahren im Mai kapitulierte er aus jener größtmöglichen Sinnlosigkeit von Monte Cassino heraus. Ein britischer Soldat aus den Kolonien, dunkelhäutig und respektvoll, geradezu sanftmütig, nahm ihn gefangen, Erich wurde nach England abtransportiert und fühlte sich, als errettete man ihn aus einem Katastrophengebiet, und nichts anderes war es doch, sie hinterließen Italien als Minenfeld. Er musste Kumpel werden für ein paar Jahre, fair enough, und seit vierzig Jahren wirft er kein Brikett in den Ofen, ohne an die schwarze Nacht unter Tage zu denken. Was hätte er anderes werden sollen als Sozi, Lehrer, Humanist, ein Friedlicher. Das war nicht vorgezeichnet, er war freiwillig zu den Fallschirmjägern gegangen, eine durch und durch überzeugte Truppe, und er weiß zu gut, dass wenig gefehlt hat und es auch die Waffen-SS hätte werden können. Was aber konnte man danach jemals noch anderes tun und werden, doch es gibt ja genug, die andere Wege für sich gefunden haben und immer noch in der Logik von damals verhaftet sind, angefangen beim Ministerpräsidenten bis runter zum kleinsten Dorflehrer.

Weil Erich Colins Hand nicht anrühren kann, nimmt er Hannas. Die reagiert auch gleich, reibt ihre Nasenspitze an seiner Schulter, ihre Haare schweben elektrisiert in der Luft zwischen ihnen. Er wird sich nie daran gewöhnen, wieder ein Kind zu haben, und so eins noch dazu. Er legt ihr den Arm um die Schultern, schützend, doch wäre er ehrlich mit sich und der Welt, müsste er zugeben, dass er sich auf dieses schmächtige Mädchen stützt. Ihm tropft die Nase schon wieder, er wühlt nach dem Sacktuch, Colin weist auf das Tartanmuster und hebt den Daumen.

Selig sind die Barmherzigen, prangt über ihren Köpfen in geschwungenen Lettern. Sankt Martin teilt seinen Mantel. Von seinem Platz im linken Kirchenschiff blickt Erich auf die Wand über der Sakristei, wo der Kirchenmaler Epple 1919 die Soldatengräber festhielt, Kreuz um Kreuz in einer neblig düsteren, zerfurchten Landschaft. Ein Kalvarienberg der eigenen Sorte, ein memento mori, unter dem alle Zelebranten sich ducken sollen, bevor sie ihre Ämter erfüllen. Davor war diese Wand weiß. Davor fehlten nicht 22 junge Männer in diesem Nest. Nach dem nächsten Krieg waren es nochmal so viele oder mehr, und der letzte kehrte aus Gefangenschaft zurück, als er selbst hier schon längst seine erste und einzige Stelle angetreten hatte. Pommerland war abgebrannt und Ostpreußen auch, daheim im Osten hätte er Ländereien von solchem Ausmaß geerbt, das denkt er im Stillen, wenn der Ludwig wieder einen auf dicke Hose macht. Der Lauf der Geschichte, die darin mitlaufende Flucht seiner Mutter, während er in England Kohlen schaufelte, schwemmte ihn in der Nachkriegszeit in diesen tiefsten Süden, in Katharinas starke und liebevolle Arme, und so halten sich für ihn die Verluste im Osten und die Gewinne im Westen die Waage.

Hier holten die Sieger im Franzosenhieb, was sie brauchen konnten. Bis er und Katharina Ende der Vierziger in dieses Dorf kamen, waren die Hänge kahl, die elsässischen Waldarbeiter wieder fort, es verblieben immerhin genug Bäume, um die Schilder mit Chasse Allemande anzubringen, die die Reviere einheimischer Jäger von jenen der Besatzer schieden. Dann forsteten sie auf wie besessen, und nun wandert man unter Tannen, in welche Richtung auch immer man aus dem Dorf hinausgeht, die bewaldeten Hügel rahmen den Kirchberg ein wie Theaterkulissen.

Wie er neulich in der Pizzeria war wegen des Klavierunterrichts für den Buben, da begann ihm das Herz zu pumpen, als er das Foto des restaurierten Klosters an der Wand hängen sah. Monte Cassino. Auch so ein Kirchberg, auch dort haben sie in Rekordzeit alles wieder aufgebaut. In seinem Leben kreuzt und überlagert sich zu vieles in den letzten Wochen. Colins Besuch und was der heraufbringt an altem Kohlenstaub. Das Foto an der Wand des Gastraums und die hypothetische Frage, ob vielleicht diese Leute ins Bombengewitter hineingeboren worden waren, kurz bevor er selbst daraus verschwand. Das unerträgliche Geschwätz von der Raketenlücke, das Zündeln der Fetten dieser Welt und die Menschenkette von Stuttgart nach Neu-Ulm, all die Eingaben und Aufrufe haben nichts gebracht, dieser unerträgliche Kanzler schenkt Baden-Württemberg zu Weihnachten hundert Pershing-II-Raketen, der muss sich künftig in die Bücher schreiben lassen, die Teilung Deutschlands und Europas zementiert zu haben. Und dann explodierte auch noch der Boiler im Bad, seither träumt Erich wieder.

Hanna zieht ihn an der Hand, Colin hat schon seinen mächtigen Körper erhoben. Sie stellen sich im Kreis um das Taufbecken auf. Nun wird der Wurm aufgenommen, eingetaucht in die eine alleinig heilige Kirche. Hanna soll dazugehören, nicht nur in der Kirche, sondern im Dorf ganz generell, Katharinas Argument, sehr weltlich fand er das, geradezu kapitalistisch. Und fragte sich, ob das unter den gegebenen Umständen mit ein bisschen Weihwasser geregelt werden kann. Er ist sich gar nicht sicher, ob Hanna in ihrem Leben jemals eine Zugehörige sein wird. Sie haben die Entscheidung ihr überlassen, die sich in der Schule beriet. Die zu erwartenden Geldgeschenke schienen eine nicht unerhebliche Rolle bei ihren Erwägungen gespielt zu haben.

Erich gibt es auf, den Verrichtungen des Geistlichen zu folgen, und lässt sich von der Leier der Heiligenanrufung davontragen. Er lebt schon so lange hier und vermisst keine protestantische Kirche. Katholisch geworden ist er dennoch nicht und auch keiner von ihnen. Er bleibt ewig ein Neigschmeckter, er redet anders und heißt auch nicht Epple oder Aigeldinger. Aber er hat sich heimisch gemacht auf den kargen Höhen, die der Albtrauf zusammenhält wie ein Fried, in diesem Tal, über das alle Unbill hinfortziehen möge, weggekämmt von den hoch aufragenden Tannenspitzen. Er liest evangelisch und katholisch und alles andere auch, hört Bach und Mozart, Palestrina und Tallis und versucht ansonsten, ein guter Mensch zu werden. Präsenz ist so viel schwieriger als Produktivität, er hat das erst spät kapiert, so viel langsamer als Katharina, die eben aus diesem Bewusstsein, aus ihrer Präsenz eine unermessliche Produktivität nährt und den Sinn ihres Lebens nie infrage stellen muss. Einfach da sein. Bei Hanna scheint ihm das im Großen und Ganzen zu gelingen, dagegen ging er mit seinen Schülern besser um als mit der eigenen Tochter. Bei Maria lag ihm noch daran, sie hart zu machen für alle Fährnisse dieses unbarmherzigen Lebens. Für so vieles kommt er zu spät, deshalb bleibt ein Platz in der Kirchenbank leer.

Erichs Blick geht jetzt vom Taufstein auf die gegenüberliegende Seitenwand des Altarraumes, auf die sich die Gemeinde das eigene Dorfpanorama stechen ließ wie ein Bildnis der Geliebten. Der Epple malte den Kirchberg so exakt, dass man genau rekonstruieren könnte, wo er gesessen haben muss mit seinem Skizzenblock. Als stünde man hier und ließe den Blick schweifen durch diese Mauern in die Weite. Das Dorf inmitten der Wälder, die diesen millionenschweren, Architektur gewordenen Lokalpatriotismus finanziert haben. Erich kennt die Chronik, mit Holz waren sie reich geworden, stolz zeigte man, was man hatte. Selbstbewusstsein und Rebellion lagen nah beieinander, Erich erinnert sich an die Anekdote, die er aus den Annalen gefiltert hatte, dass mal jemand dem Pfarrer aus Protest auf die Schwelle geschissen hatte. Vor hundertfünfzig Jahren bauten sie sich eine Kirche, die einer Kleinstadt zur Ehre gereicht hätte, schleiften die Fundamente der alten Ritterburg, nur am Turm musste dann gespart werden. Dreißig Jahre lang stand da ein Glockentürmchen, das gerade mal an den Dachfirst heranreichte. Nach dem Ersten Weltkrieg gab die Gemeinde die Ausmalung in Auftrag, wie eine Versicherung ihrer selbst. Die beiden Seiten des Altarraums sind eine Gewinn- und Verlustrechnung, eine Bilanz des Lebens an diesem Ort, Idyll und Hölle, Sinnbild für Tod und das Leben, das in dieser rauen Gegend und zu Epples Zeit nicht sonnenbeschienen war, sondern wolkenüberdräut, Wolken allerdings, die gegen zwei gigantomanische Schutzengel nichts vermögen.

Fest soll mein Taufbund immer stehen, der Organist spielt sehr lange Töne, den Leuten geht vom Halten fast die Luft aus. Sie sind Skatbrüder, Erich kann ihn gut leiden, aber er orgelt erbärmlich. Erichs Form der Spiritualität war immer die Musik, Bach und Gregorianik, er liebte die englischen Choräle, liebt sie bis heute. England war die religiöseste Zeit seines Lebens, er kam an der Kathedrale von Manchester vorbei und trat ein, das Licht warf sich bunt wie Karamellen auf das Mauerwerk. Er machte es sich zur Gewohnheit, an seinem freien Tag den Evensong zu hören. Die Musik machte ihn zum Kirchgänger, Thomas Tallis machte ihn glauben. Über die Spanne von vier Jahrzehnten hinweg klingt Tallis in seinem Innern. Ein Chor von vierzig unabhängigen Stimmen, im Kreis aufgestellt um die wenigen Zuhörer herum, die sie in all ihrer Nichtigkeit auf harten Stühlen saßen, vierzig Stimmen, die vereinzelt einsetzten und sich über Minuten weg ins Rippengewölbe der Kathedrale erhoben, fragil und tosend zugleich, ein Sonnenaufgang in Erichs Dunkelheit. Ich habe niemals meine Hoffnung in irgendeinen anderen als dich gelegt, Gott Israels, der du zornig sein und doch wieder gnädig werden wirst. Keine Viertelstunde dauerte der Gesang, er begann zart wie ein früher Morgen, vollzog einen Tageskreis und löschte am Abend das Licht. Erich ging als Getaufter hinein und kam als Christenmensch, verwandelt, wieder heraus und vertraute darauf, dass nicht nur der Engländer, sondern auch Gott Gnade mit ihm walten ließe. Hanna lächelt ihn an, getauft, einen glänzenden Streifen auf der Stirn, und der Verlust bricht einem das Herz.

Die Liturgie nimmt ihren Lauf, und Erich schwimmt so mit. Er lässt sich wiegen in der katholischen Opulenz und betrachtet einmal mehr Epples Bilder, die so schlecht nicht sind. Erich kennt diese Kirche besser als manch anderer, der jede Woche hier seine Stunde absitzt. Er, der Wüstgläubige, hat einen eigenen ergänzenden Unterricht für sein

Kind vollzogen, an einem Sonntag fing er Katharina und Hanna nach dem Gottesdienst ab und zeigte ihnen die Kirche. Er ging mit Hanna an den vierzehn Nothelfern im Kirchenschiff entlang und erzählte deren Geschichten, Rapunzel mit dem Turm meinte Hanna auf Anhieb zu erkennen. Sie stiegen die zwei Stufen zum Altarraum hinauf, so wie jetzt die vier Kommunionkinder. In den zwei seitlichen Fenstern der Apsis leuchteten die Figuren der Evangelisten. Ihr Namensgeber Johannes mit dem Adler interessierte Johanna nicht sonderlich, obwohl Erich so manche Parallele erkennt, hochfliegend, entzogen, mit scharfem Blick und klarem Geist, das Wort im Anfang aller Dinge. Hingezogen fühlte sich das Kind zum Löwen, dem majestätischen Tier, und seinem Evangelisten Markus. Sie verharrte vor dem Bildnis, und so erklärte Erich, was es mit Mensch, Löwe, Stier und Adler auf sich hat, Hanna fragte immer weiter, und so erzählte er ihr auch von einer Stadt, aufs Meer gebaut, die Löwe und Buch im Wappen trägt, und da will sie mit ihm jetzt hinfahren, Opa, fahr mit mir nach Italien, bitte, bitte. Da war ich doch schon, mein Kind, länger, als mir lieb sein konnte, aber das sagte er nicht.

Erich blickt zu Patrizio, der neben Hanna am Ambo steht und eine Fürbitte eigens für sie als Taufkind liest. Er bleibt hängen am Wort Wegbegleiter und hat Mühe mit der Floskel, dass sie in die Gemeinschaft aufgenommen werden möge, Erich könnte sich schon wieder erregen, warum gibt man den Kindern solch gestelzte Phrasen in die Hand, deren Sinn sie nicht erfassen, sie buchstabieren nur hohle Hüllen. Warum schreibt man für Patrizio, und auch für Hanna, nicht einfach das Wort Freunde in den Text. Selbst der Italienerbub wird es einfacher haben als sie, weil er Fußball spielt und ministrieren darf und gemeinschaftstauglicher ist. Der geht mit seinen Gaben nicht so geheimniskrämerisch um wie Hanna, stellt seine Musikalität in aller Natürlichkeit zur Schau. Patrizio hat ein Talent, das muss man doch heben, da muss man etwas daraus machen.

Deshalb war Erich in die Pizzeria gegangen, Fotos in Schwarzweiß hingen an den Wänden, er vermutete die Heimat und trat nahe heran an die Rahmen, Frosinone, das Lirital, kurioserweise auch eine Eisdiele in Schottland, die wiederaufgebaute Abtei von Monte Cassino, und plötzlich perlte Schweiß an seinem Haaransatz. Er konnte das Tor erkennen, durch das Oberstleutnant Schlegel die Reliquien und Kunstwerke hatte hinausschaffen lassen, ein Tor, das auf dem Foto heute nicht mehr jenes originale Tor von 1944, nicht mehr aus der Renaissance war, sondern rekonstruiert. Sie hatten auch die historischen Baupläne in die Sicherheit der Engelsburg gebracht. Er hatte Werke von Leonardo, Tizian, Raffael berührt, so nahe war er Kunst nie wieder gekommen, er hatte die Renaissance in der Hand gehalten. Weitsichtig war Schlegel gewesen, diese Schätze zu bergen, auch wenn ein paar davon später nicht in der Engelsburg wiederauftauchten. Die Alliierten dachten, dass sich Wehrmacht in der Abtei aufhalte, hielten die deutschen Beteuerungen für eine List. Es dauerte drei Stunden, tausend Jahre Klostergeschichte zu zerstören. Erst danach, erst als alles in Schutt und Asche lag, alles außer der Krypta und einem Gewölbe der Abtei mit harfespielenden Engeln und dem Wort PAX im Fries, erst da nahmen sie den Klosterberg als Teil ihrer Verteidigung. Immer wieder zog es ihn unter den Schutz jener Engelsflügel, die verwaist in den Ruinen standen. Er an-

empfahl ihnen auch sich selbst und seine eigene Zerstört-
heit. Er fraß Staub, er glaubte nicht mehr an den Sieg,
sondern erwartete nur noch das Ende. Erich stand unter diesen Engeln und notierte sich den Satz in sein Feldtagebuch,
gepriesen seien jene, die dich erbauen, und fand ihn Jahre
später im Buch Tobit, Erich konnte nicht anders, als bitter
aufzulachen, Jerusalem wird wiederaufgebaut aus Saphir
und Smaragd, seine Mauern aus Edelstein, seine Türme aus
reinem Gold.

Erich fragte sich, wer an seiner statt, wer an ihrer Stelle
in wenigen Tagen, höchstens Wochen durch diese Ruinen
streifen würde, doch das Ende zog sich hin, März, April,
Mai. Räumungstrupps der Alliierten würden kommen, Ame-
rikaner und Kanadier, Engländer aus aller Welt, die sich
von Süden her ihren Weg durch dieses Land bahnten, das
sie Deutsche mit der ihnen innewohnenden, irrsinnigen
Gründlichkeit bis auf die letzte Pfütze verminten. Das Ende
begann mitten in der Nacht, kurz vor Mitternacht startete
das, was später die Schlussoffensive gewesen sein würde,
das Ende dauerte sechs Tage, dann war es endlich da, und
Erich konnte aufgeben. Er überlebte Monte Cassino äußer-
lich unversehrt, doch hat er sich in jenen verregneten Früh-
lingswochen die Stimme kaputtgeschrien, heiser blieb er
auf immer und ewig, weshalb seine Katharina beim heiligen Blasius Fürsprache hält und im Lauf der Jahre zur Groß-
meisterin der Hausmittel gegen Stimmleiden wurde.

Anstatt nach Italien zu fahren, machte er mit Hanna einen
Ausflug auf die Reichenau, doch sie war enttäuscht vom
Markusschrein in Mittelzell und der romanischen Schlicht-
heit, die in Erichs Brust etwas zum Klingen brachte. Ich will

aber trotzdem noch nach Italien fahren mit dir, Opa, sagte sie nach der Rückkehr, als er sie in die Bettdecke einschlug, ein Geborgenheitsvorgang, für den das Deutsche kein so schönes Wort zu bieten vermag wie das Englische. Wie konnte es ein Leben ohne sie geben, und wie soll das einmal gehen, wenn sie flügge wird. Neun Jahre sind im Flug vergangen, nochmal so lang, und sie wird das Haus und das Dorf, wird sie beide verlassen, um studieren zu gehen, nach Tübingen oder Freiburg oder weiter weg, neun Jahre sind morgen schon vorbei. Sie wird hinausziehen in die Welt, die sie, sein Kind, Kindeskind, in einem erbärmlichen Zustand vorfindet, nuklear durchseucht und von Mauern zerteilt. Er möchte ihr das Löwenfell des Herakles überlegen zum Schutz vor dieser Welt, Herakles, der den unbezwingbaren Löwen von Nemea bezwang und unverwundbar wurde unter dessen Haut, unverwundbar und furchteinflößend und deshalb zum Außenseiter, verbannt vor die Mauern der Stadt des Königs Eurystheus.

Erich legt ein gutes Wort bei den Göttern für sie ein, möge sie, sein Kind, niemals in Ungnade fallen.

Opa, bitte.

Ja, Wurm, irgendwann fahren wir nach Venedig zum Löwen von San Marco. Versprochen. Jetzt schlaf.

*

Beim letzten Lied schleicht Katharina zur Seitentür raus und eilt bis zum Segen wieder zurück mit Hannas rotem Wintermantel. Das Kind hat blaue Lippen und schlüpft bereitwillig in die Ärmel. Hinter den vier Kindern machen sie sich auf zur Prozession durchs Dorf, den Kirchberg hinab, einmal um den Kindergarten und den Bolzplatz herum, die zwei Jungen vorn, die zwei Mädchen hinten. Kein vernünftiger Mensch ist auf der Straße. Der Wind bläst ins Gewand des Pfarrers. Einer der Ministranten schlittert im Schnee und wirbelt das Rauchfass durch die Luft. Patrizios Kerze ist schon ausgegangen. In der zweiten Reihe, neben der bibbernden Braut Jesu, ihre Hanna wie Klatschmohn.

Ludwig hat mit seiner großen Verwandtschaft das Nebenzimmer, für sie ist ein Sechsertisch in der Wirtschaft reserviert. Erich grüßt kurz am Stammtisch, diesem Ort gewordenen Ritual des ewigen Erzählens und Wiedererzählens. Sie war einverstanden gewesen, das Gleiche zu essen wie die andere Kommunionsgesellschaft, das würde schneller gehen, hatte der Wirt argumentiert. Und es bestellen doch alle Gäste um sie herum à la carte. Hanna mag keine Bohnen und keinen Blumenkohl, sie hat die paar Erbsen und Karotten aus der Gemüsebeilage herausgepickt und den Schweinebraten nicht angerührt, isst die Bandnudeln trocken. Sie klagt nicht, sie wird stumm, Katharina weiß, gleich gibt es Tränen. Da hat sie sich in etwas hineinreden lassen. Nur weil die eine große Gesellschaft sind, soll ihnen der Ludwig am Festtag noch lange nicht den Speisezettel diktieren. Sie gibt dem Erich ein Zeichen, und er versteht sie sofort. Bei Maria hätten sie darauf bestanden, dass sie isst, was auf den Tisch kommt. Sie fehlt, Katharina vermisst sie, doch dann steckt sie sich das Gefühl wieder in den Ärmel wie ein Taschentuch. Erich winkt dem Wirt und bestellt Linsen mit Spätzle für das Kind und noch ein großes Spezi.

*

Erich steht mit offenem Hosenstall am Pissoir, als hinter ihm die Tür geht. Er erkennt den Ludwig am Gang, und als er sich neben ihn stellt, riecht er auch den Stall, der selbst in den Sonntagskleidern sitzt.

Damals sind die Jahrgänge sechsunddreißig bis einundvierzig erst 1950 zusammen zur Kommunion gegangen, sagt Ludwig ohne Einleitung.

Erich erinnert sich. Im Jahr seiner Ankunft gab es keine Erstkommunion. Familien in Trauer, die Franzosen räumten den Wald leer, rare Schwarzschlachtungen und sonst viel Graupensuppe. Zum ersten Weißen Sonntag, den Erich miterlebte, ging die ältere Hälfte seiner Schüler und etliche weitere, die schon aus der Volksschule raus waren. Mindestens fünfzig Kinder, alle auf einen Schlag, dann war also der Ludwig da einer von den Großen gewesen, denn den hat er gottlob nie im Unterricht haben müssen. Der Ludwig lässt laufen und sagt auf derselben Tonlage, ihr braucht immer eine Sonderwurst, aber wart nur, das Haus unten am Bach kommt weg, da sorg ich dafür.

Soll Erich jetzt am Pissoir mit dem Ludwig ausdiskutieren, was Hannas verspätete Taufe oder ein englischer Pate oder ein roter Mantel, denn wie soll er wissen, woran sich der Ludwig diesmal reibt, mit dem umstrittenen alten Hof zu tun haben, den leider die Mehrheit im Ortschaftsrat abreißen will zugunsten eines Parkplatzes? Er kämpft da als einziger Sozi auf verlorenem Posten, seit ein paar Jahren mischen die Ökofaschos mit, die sind noch in der Häutung, er traut den Grünen nicht über den Weg, auch wenn er einige ihrer Anliegen teilt und ihnen die Verfassungsbeschwerde gegen die Pershings hoch anrechnet. Mit dem Ludwig kommt er ja schon im Sitzungszimmer nicht zu Potte, was soll auf dem Klo besser laufen? Sie würden sich nach erledigtem Geschäft gegenüberstehen, Ludwig brächte die altbekannten Sätze, neu wäre allenfalls, dass man aus einem Heidenkind ein Argument machen kann.

Für oder wider hängt immer sehr von der Lage ab. Erich schweigt.

Dein Hang zum Unterberg muss befestigt werden, letzthin sind zwei Brocken unten auf der Straße aufgeschlagen, groß wie Kinderköpf, sag ich dir, ich bring das in den Ortschaftsrat.

Tu das, Ludwig, am Dienstag ist wieder Sitzung.

Die weisen Ermahnungen seiner Katharina, lass gut sein, Erich, lass es ziehen, lass den Ludwig reden, ihre Stimme klingt leise in seinem Kopf. Er ruft sie sich in den Sinn wie eine beruhigend aufgelegte Hand, wie einen Kuss, der seine Lippen verschließt. In meines Vaters Haus sind viele Wohnungen, so steht es bei Johannes. Der liebe Gott hat Platz für alle schrägen Vögel dieser Welt. Schön und gut. Aber warum muss er diese beiden Familien gerade auf dem Kirchberg zusammenpferchen.

Auf der Schubkarre stehen die bei mir im Stall, kannst jederzeit vorbeikommen zum Anschauen, Mockel so groß wie Kinderköpf, jederzeit.

Vielleicht können wir ja am Dienstag alle miteinander zu dir rübergehen und die Mockel anschauen kommen, Ludwig. Jetzt lass uns erst einmal feiern.

Kiss me tender, Lebenserfahrung, teure Freundin. In Gedanken küssend zieht Erich den Hosenschlitz zu und wäscht sich die Hände. Im Spiegel sieht er den Ludwig zur Tür hinausgehen. In der Gaststube setzt er sich, damit er dem Nebenzimmer den Rücken kehren kann, nicht an sei-

94

nen alten Platz neben Hanna, sondern neben Colin, Colin, my friend, und ordert noch zwei Pils.

Auf dem Heimweg eilt Katharina voraus, um den Kaffee aufzusetzen. Die Sonne ist hervorgekommen und zerfließt mit dem Schnee auf dem Trottoir. Vor der Pizzeria ist die ganze Straße zugeparkt und die Bushaltestelle auf der anderen Straßenseite auch. Am Kindergarten steht die Rollsplitt-Kiste, auch über Kies und Salz kann man ganze Sitzungen lang streiten, mit dem Fuß schiebt Erich den herausgerutschten Splitt ein wenig zusammen. Also, Opa, deine Schuhe! Hanna blökt ihn an, dass er glaubt, Katharina zu hören. So halten sie dir den Spiegel vor. Er würde sein Amt im Ortschaftsrat gern an den Nagel hängen, aber bisher haben ihn ja immer noch ein paar Hansel gewählt. Gerade genug sind sie hier für einen Sitz, und besser, er macht das, als jemand, der all der schwarzen Macht zu wenig entgegenzusetzen weiß. Mohikaner. Wenigstens muss er immer nur die eine Treppe runter.

Er atmet auf, als sie wieder nach Hause kommen. Die Tür zu durchschreiten ist oft eine Erleichterung. Hinten liegt ein Garten, der von keiner Seite aus so recht einsehbar ist. Die Treppe, die in ein Schulzimmer mit vielen Fenstern führt, ins Licht, hier hat er stets versucht, einen weiteren Horizont aufzuspannen, als die Begrenzungen dieses Tales es vermuten ließen. Der Frieden, den sie seit Jahren in diesen kleinen Zimmern unterm Dach recht gut zu wahren wissen.

Es ist zu kalt im Schulzimmer für so eine kleine Runde. An solchen Tagen müssen schon dreißig Kinder hier herinnen schwitzen, damit man es gut aushalten kann. Als Ursula sich den Mantel über die Schultern legt, gibt Katharina das

Kommando, jeder nehme Tasse und Teller, und Polonaise Abmarsch nach oben. Für die Küche reichen sechse lang, gemütlich sitzen sie um den Tisch herum, die Fenster, vor denen es dunkelt, überziehen sich mit Kondens. Hanna sitzt im Schneidersitz auf der Eckbank und übt Englisch mit Colin, Erich weiß gar nicht mehr, ob der Kinder hat. Die Zahlen von eins bis zehn kann sie, und die Zeilen eines Grubenlieds hat sie rasch drauf. Colin hat eine melodische Stimme und erfüllt die Küche mit rußiger Melancholie, Hanna fällt beim Refrain mit ein, leise und falsch und perfekt, Erich erinnert sich an Weihnachten 1946, als deutsche Kriegsgefangene englische Familien besuchen durften, Mistelzweig und Plumpudding. Erich feierte bei Colins Familie, sein Vorarbeiter hätte ihn gerne gehabt, Erich lehnte ab, so höflich es ihm möglich war, und während er eine Sonderschicht malochen musste, annoncierte der andere seinen Wunsch nach zwei Ariern, sechs Fuß groß, blauäugig und keinesfalls katholisch. Erichs Blick wandert zu Katharina, er hätte womöglich dort hängen bleiben können, doch dazu hätte es einer Liebe bedurft, und der Brief seiner Mutter mit einer Freiburger Adresse kam schneller. What shall we do with the drunken sailor braucht keine Harmonien, alle singen sie mit, laut und fröhlich, Hanna steckt im blauen Cordkleid, sie steht auf der Eckbank und stampft den Takt mit bestrumpften Füßen. Die Schwestern plaudern am Spülstein übers Großmuttersein, jetzt setz dich doch mal hin, Katharina, das können wir doch nachher machen. Erich steht auf und nimmt die Kerze vom Regal, alles gut, hier und heute. Mehr kann man nicht verlangen.

Als nur noch Colin da ist, der zum Vesper bleibt, öffnet Hanna die Umschläge mit Geld. Im Paket ihrer Mutter eine

Barbie-Braut und ein Umschlag mit 200 Mark, Katharina beobachtet den Ablasshandel über Hannas Schulter hinweg und schmeißt die polierten Kuchengabeln viel zu ruppig in die Lade.

Was machst du denn mit dem Geld, Wurm?

Ein Fahrrad, Opa, das weißt du doch. Können wir morgen in die Stadt fahren?

Komm mal mit. Er nimmt sie huckepack.

Er hat das Fahrrad am Freitag gekauft und unter einer Plane auf der Ladefläche versteckt, weil man bei Hanna nie weiß, wo sie herumstromert, und erst vorhin mit Colin herausgeholt. Jetzt steht es rot und glänzend im funzeligen Licht der 60-Watt-Birne, die an ihrem Kabel einmal um den Balken geschlungen hängt. Hanna still an seiner Seite, er spürt den Druck ihrer Hand.

Sie öffnen die schmale Tür im Scheunentor. In der Dämmerung hat es noch einmal zu schneien begonnen. Der Pfarrer verlässt gerade das Nachbarhaus und stockt kurz unter der Laterne. Bei ihnen wäre er auch willkommen gewesen, eine Einladung hatte er.

Hanna schlüpft in ihre Gummistiefel und rafft ihr Kleid. Obacht, es ist rutschig, im hellen Karree stehen Schulter an Schulter die Schatten der beiden Friedensfreunde. Er möchte ein Bannfeuer um sie alle entzünden. Auf dem Kirchberg liegt eine dünne Schicht Schnee, über die eine leise jauchzende Hanna mit schwebenden Haaren eine schwarze Schrift zieht.

HAUSRECHT

Gegen Mittag verlässt Hanna das Haus. An Erichs Wanderstock geht sie den Kirchberg hinab. Sie überquert den Bach, begegnet Hund und Herrchen, einem joggenden Pärchen, grüßt schweigend. Das Dorf riecht besser als früher, die Gülle verschwand mit den Landwirtschaften, ebenso die lästigen Fliegen, es donnern keine Düsenjäger mehr durch das Tal. Hanna sieht an der steilen Seite des Kirchbergs ihr Haus hoch über sich, eingefügt zwischen andere, gepflanzt in Gottes Nachbarschaft. Teil der uralten Bebauung des Dorfkerns und für sie doch mit der einsamen Aura einer Trutzburg, ein Haus wie ein Leben, Anbauten und Ergänzungen, Flickwerk und Reparaturen, und nun jahrelang der Zeit überlassen.

Hanna geht nach hinten in den Garten und rupft Gras. Ihre Absichtslosigkeit wird Akribie. Rupfen wird jäten, getragen von der Energie eines Neuanfangs. In der Werkstatt versucht sie sich an Besen und Rechen, doch die Kraft der rechten Hand reicht nicht, sie wird erledigen, was mit der kleinen Hacke zu machen ist, und dann sieht man weiter. Sie pausiert am Türsturz und überlegt, worauf das hinauslaufen soll. Tulpenzwiebeln vielleicht, Krokusse und Narzissen. Sie hat Gärtnern so wenig gelernt wie Klavierspielen und Katharinas grünen Daumen nicht geerbt. Sie war untauglich für die kleine Subsistenzwirtschaft ihrer Großeltern, die Musterungsstelle Landleben hätte sie direkt in die Schreibstube abkommandiert. Hanna erinnert sich an die Stimmen und Arbeitsgeräusche ihrer Großeltern, die durch das offene Gaubenfenster in ihr Zimmer drangen, wo sie lesend auf dem Teppich lag und verbotene Zuckerwürfel lutschte. Sie erinnert sich an das selbstgezogene Gemüse, das den Weg auf den Tisch ohne ihr Zutun fand. Sie erinnert sich an die Zwetschgen, die man sich wie im Garten Eden direkt in den Mund hätte fallen lassen können, wären da die Würmer nicht gewesen. Und an die Walnüsse, von denen Katharina manche einlegte, den Großteil jedoch im Herbst erntete. Wenn es ans Backen ging, war es Hannas Aufgabe, die Doppelflügel der Nusshälften mit dem Fleischklopfer zu zertrümmern.

Drei Nüsse, drei Kleider, drei Leben. Was würde sie mit einem weiteren anfangen? Welche Identität würde sie sich noch zulegen, wenn jemand ihr drei Nüsse schenkte?

Hanna gibt sich der Wärme und ihrer Vorstellung eines Sommernachtsgartens hin und wacht wieder auf, als ihr der Kopf auf die Brust sackt. Mit dem Ärmel tupft sie den Speichelfaden auf. Sie ist erschöpft, möchte sich aber nicht ins Bett legen. Sie braucht ein Lager für tags, sie kann nicht ihre Stunden auf der Küchenbank oder den nackten Dielen verbringen.

Die Matratzen im alten Bett ihrer Großeltern hatten aus drei Teilen bestanden, gefüllt mit Rosshaar, wie man sie heute wieder macht. Hanna hat sie in Erichs Zimmer stehen sehen, aufgereiht, vergessen. Als Kind machte sie sich so klein, dass sie auf eines der Drittel passte und nicht auf einer Kante liegen musste. Wunderlich, dass ihre Oma, die doch mit der Zeit ging, bis weit ins neue Jahrtausend auf so ollen Dingern schlief. Und wer mag das antike Bauernbett an sich genommen haben.

Hanna kippt sich die erste der sechs Matratzen gegen die Knie. Mäusedreck entlang der Bodenleiste. Sie kann nicht einmal einen Besen anständig greifen. Sie schiebt das Polster über den Flur ins Schulzimmer, an seinem Bug sammeln sich Staubflusen wie Gischt. Sie legt drei Matratzen vor dem Klavier aus. Schlüpft in ihren Schlafsack und umgreift eines der Messingpedale, als könne dessen Kühle durch ihre Venen bis unter das Pflaster auf ihrer pulsierenden Stirn wandern.

Als die Dielen knarren und Sabrina über ihr steht, erwacht Hanna mit einem kalten Schrecken. Ich hab geklingelt und gerufen, sagt Sabrina, hast du mich nicht gehört, Hannas Herz schlägt scharf und schmerzhaft, wie ein Käfer liegt sie auf dem Rücken in ihrer blau-grünen Hülle, sie hat im Rumpf nicht die Kraft, sondern muss sich über die Seite rollen, ein mühseliges Berappeln, bei dem sie lieber allein wäre. Sie wäre ohnehin lieber allein. Sabrina segelt schon in schneller Rede, wollte nach dir sehen, wie geht es deinem Kopf, hast du einen guten Sonntag.

Vielleicht sollte Hanna abschließen. Auch wenn früher die Türen offen standen. Da war eine Frage, an sie gerichtet, es dauert, bis Hanna auf derselben Höhe ist. Sie nickt.

Wie geht's? Sie nickt. Ja ja. Was macht deine Stirn? Hanna streckt einen Daumen in die Höhe. Brauchst du was? Wieder packt Sabrina zu viele Silben in zu wenige Zeiteinheiten, Einkaufen, Bus, Mitnehmen. Hanna schüttelt den Kopf. Tankstelle.

Endlich stockt Sabrina, kommt hier etwas zum Halten. Tankstelle?

Danke hatte Hanna sagen wollen. Sie schüttelt den Kopf. Sie führt ihre Hände vor der Brust zusammen und verneigt sich. Gut. Alles gut? Hanna nickt. Okay.

Sie möchte sich wieder hinlegen, eine Tablette nehmen. Sie braucht Ruhe. Schwarze Punkte in ihrem Sichtfeld. Sie sieht keinen Weg, sich aus ihrem eigenen Raum dünne zu machen.

Hanna.

Hanna blickt aus dem Fenster über den Garten hinweg. Eine Hängematte wäre toll.

Sie kann sich denken, was jetzt gleich kommt. Das geht aber. Sie ist in Berlin auch zurechtgekommen. Den Blick nach draußen gerichtet, hört sie, wie Sabrina Luft holt.

Wie lange willst du bleiben? Wie soll das gehen? Du kannst doch hier allein nicht wohnen. So. Sabrina macht eine Bewegung mit dem Arm, die mehr oder weniger alles umfasst. Das ganze leere Zimmer. Das ganze leere Haus, dieses Haus voller Dinge. Den Kirchberg und das Dorf mit seinen Menschen und Geschichten und Erinnerungen.

Doch. Kann sie. Sie hat es in der Stadt geschafft, sie schafft es auch hier. Sie sollen sie machen lassen. Sie muss es allein schaffen, denn was anderes gibt es nicht.

Ich seh doch, wie du's schwer hast. Es muss doch jemand nach dir schauen. Und die ganzen Treppen.

Sabrina hat keine Ahnung. Zwei Stockwerke weniger als in Berlin. Mehr Platz, mehr Licht. Eine richtige Tür, die man hinter sich zumachen kann. Sie wird künftig abschließen.

Du musst doch essen, waschen.

Das wird sie hinkriegen.

Hast du nicht Anrecht auf Hilfe, über die Kasse? Ein Pflegedienst oder so was? Brauchst du denn keinen Arzt, der dich betreut?

In alles, was auf Kasse endet, hat Hanna wenig Vertrauen. Es ist ihr egal, worauf sie Anrecht hätte. Sie will nicht gepflegt werden. Sie braucht niemanden, der nach ihr sieht. Sie braucht keine Gesellschaft, sie hat ihre eigenen Geister. Sie sollen sie einfach alleine, einfach alleine machen lassen, einfach lassen.

Vielleicht könnten wir dir auch eine Polin oder Rumänin besorgen. Die mit dir im Haus wohnt. Platz hast du doch genug. Ich kann Teodora fragen.

Jemand im Haus. Hanna ist hierhergekommen, um allein zu sein. Sie könnte es auch gar nicht bezahlen. Hartz IV oder Rente.

Aber das geht so doch nicht.

Doch. Aber hallo.

Diese Worte kamen klar und deutlich, bestimmt und semantisch stimmig heraus. Vertrautes und viel Geübtes geht noch immer. Doch. Aber hallo. Das muss gehen. Der Start war zugegeben etwas unglücklich, sich wie Charlie Chaplin von einem Rechen umnieten zu lassen. Sie wird nach sich sehen. Es geht alles einfach nur langsamer. Sie hat wenig anderes zu tun, als Alltag auf die Reihe zu bringen, sich Ruinen zu geben, Routinen, verdammt. Dann fährt sie mit dem Bus zum Einkaufen, dann wäscht sie ihre Wäsche im Waschsalon, falls es so etwas hier überhaupt gibt. Sie hat alle Zeit der Welt für den kleinsten Scheiß. Was anderes ist ihr nicht geblieben.

Ich kann das nicht auch noch übernehmen. Der Magnus

ist wochenlang weg, und ich hab die Kinder und den Schwiegervater und die Rumänin und das Haus.

Sabrina sieht sich um, als suchte sie eine Sitzgelegenheit und einen Vorwand, nicht gleich wieder zu Schwiegervater und Hauswirtschaft zurückzukehren. Die soll sich hier gar nicht erst einrichten und einen auf Freundin machen. Hanna packt die Wut. Seit diesem beschissenen Kurzschluss wird über ihren beschädigten Kopf hinweg entschieden. Es sind die anderen, die sie zum Pflegefall erklären, sie bevormunden und herumschubsen, sie hat es satt. Man hat über Jahrhunderte die Dorfdeppen irgendwie durchgebracht, auch, indem man sie in Ruhe machen ließ. Hanna will in Ruhe gelassen werden. Sie will in Ruhe schweigen können.

Sie erhebt sich von ihrer Matratze, wartet, dass der Schwindel vergehe, dabei hat sie es eilig, und geht zur Tür. Sabrina, gerade noch auf der Suche nach einer Sitzgelegenheit, bricht ihren Redefluss auf halber Strecke ab. Echt jetzt? Du willst mich rausschmeißen? So müsste man das vermutlich nennen. Hanna bestätigt es nicht, sie bleibt einfach im Türrahmen stehen. Sabrina schiebt sich an ihr vorbei ins Treppenhaus. Wenn du meinst, dass du dir das leisten kannst. Hanna nickt, aber das kann Sabrina schon nicht mehr sehen. Bevor sie zur Haustür hinausgeht, ruft sie herauf, laut und deutlich, du warst schon immer eine Schwierige.

HIMMEL UND HÖLLE

Hanna schließt die Vordertür doppelt ab, als sie Sabrina in sicherem Abstand glaubt. Sie trinkt am Hahn und entdeckt eine Portion Essen, die Sabrina in der Küche abgestellt haben muss, bevor sie sie im Schulzimmer suchte. Ihr kommen die Tränen vor Anspannung und Rührung, vor Frust und schlechtem Gewissen gegenüber Sabrina. Sie legt den Kopf auf den Küchentisch und heult, heult mit Fug und Recht, suhlt sich ein wenig in ihrem Leid, dann reißt sie sich am Riemen. Sie löffelt den Pudding vom Vorabend, süß und rahmig, wie ihn Kinder lieben. Sie gelobt, nach sich zu schauen. Sie wird einkaufen. Sie wird essen. Sie wird täglich die Uhr aufziehen. Sie könnte, sie wird gleich am nächsten Tag mit dem Bus in die Stadt fahren. Sie hatte nur an das Schulzimmer gedacht, an seine Fensterreihen, an Licht und Leere. An Dinge nicht, noch Tätigkeiten.

Als die Dunkelheit hereinbricht, zieht sie los. Unter der Kastanie oberhalb der Kreuzung sitzen Jugendliche und trinken Bier. Das Vertraute. Der langsame Gang der Dinge hier, man sitzt unter einem Baum, und alle paar Minuten kommt ein Auto vorbei, alle paar Jahre ein Freak wie sie. Unter dieser Kastanie saßen sie damals schon, andere und doch die Gleichen. Den roten Kaugummispender gibt es nicht mehr, nicht einmal den Zigarettenautomaten, der am Eingang der Pizzeria hing. Hanna traut sich nicht in den

Gasthof, aber sie muss sich irgendwann trauen, wenn sie essen, ihren Pakt mit sich selbst einhalten will, also los jetzt, Hennefiedle du.

Sie geht die Stufen hinauf und betritt den Schankraum. Sie grüßt nickend, setzt sich allein an einen kleinen Tisch, blickt so recht in keines der Gesichter, erkennt man sie von früher, würde sie noch jemanden kennen von früher, keinesfalls will sie das Signal zum Angriff geben durch einen Blickkontakt. Sie spickt, was die anderen auf den Tischen stehen haben, um leichter bestellen zu können. Ihr Speisezettel hat sich verändert, seit viele Gerichte zu kompliziert geworden sind. Sie isst viel Stückiges, das man löffeln kann. Viel Pizza, die schiebt man mit einer Hand in den Ofen, holt sie mit einer Hand wieder heraus, rädelt und isst sie mit einer Hand. Sie hatte immer Obstsalat gefrühstückt. Sie mag Butter, nimmt aber Margarine, weil die sich leichter streichen lässt. Das Nagelbrett, auf dem sie anfangs ihre Brötchen fixierte, hat sie weggeworfen. Sie schwankt zwischen Linsen und Wurstsalat, auch wenn man hier das Schwein stets in all seinen Teilen gut zuzubereiten wusste, aber auf das Zusammenspiel von Gabel und Messer ist kein Verlass mehr. Sie hofft, ihren Fingernagel unter das richtige Wort auf der Karte gelegt zu haben, und zeigt zum Zapfhahn, groß bitte, der junge Wirt ist so jung, dass er sie nicht kennen kann, und so gleichgültig allem gegenüber, auch der Hektik seines Betriebes, dass sie sich entspannt. Wie oft hat sie auf Reisen lesend gegessen, jetzt konzentriert sie sich ganz auf die Speise, das Gabeln und Schlucken, die Aromen. Ihre Rechte lässt sie im Schoß ruhen, die Linke wechselt zwischen Gabel und Biertulpe, und der Wirt stellt ihr den Espresso auf die richtige Seite und dreht die Tasse, aufmerksam, danke. Er zeigt auf seine Stirn, sie versteht nicht, erst, als er auf die ihre zeigt, was ist denn da passiert, sie winkt ab, halb so wild, zeigt mit der Handkante an, wo etwas auf die Stirn traf, und verdreht die Augen, nochmal gut gegangen, sagt er, sie nickt und wiederholt gut gegangen, und so haben sie ein Thema, über das sie bei ihrem nächsten Besuch werden plaudern können.

Auf dem Heimweg bleibt sie in der Stille des Bolzplatzes stehen. Da ist gerade eine Erinnerung, sie ertappt sie, hält sie fest. Manchmal kann sie für kurze Zeit einen Lebensmoment abschreiten, doch nie weiß sie, wie lange der Zugriff aufs Gedächtnis offen bleibt. Der Schlaganfall hat Wege und Räume zertrümmert. Sie begegnet der eigenen Geschichte nur noch in Bruchstücken. Sie weiß nicht mehr, nicht immer, wann sie wo gelebt hat, für wie lange. Bisweilen tritt ein Erlebtes klar und lebendig aus diesen Ruinen hervor, klopft sich den Staub aus den Kleidern, erschreckend vital und unerwartet wie ein Kriegsheimkehrer, der in einer zerbombten Straße die Trümmerfrau überrascht. In diesen Episoden kann sie Gedanken denken über sich selbst, wer sie einmal war, was sie geworden ist, was aus den Trümmern jemals noch erstehen soll. Wer bist du. Wer bist du noch.

Landpomeranze bist du, immer geblieben und nun wieder dort, wo das Leben eine Gleichmäßigkeit hat, die dem gebremsten Rhythmus zugutekommt. Die Reste ihres Essens trägt sie in einer Tüte nach Haus, wie sie es oft tat in New York, während der zweiten, glücklicheren Hälfte der Doktorarbeit. Eine Zeit radikaler Urbanität in einer schnelllebigen Stadt, mit der sie gut zurechtkam. Zum

Kochen hatte sie nur eine elektrische Platte unter dem Schreibtisch, und so kochte sie in ihrer winzigen Bude nicht mehr als Kaffee. Fremd und doch unfremd war sie, glaubte die Stadt zu kennen aus Romanen und Filmen, aus der Geschichte und den Medien, doch natürlich kennt man sie nicht, und der Kulturschock kam schleichend. Hand in Hand spazierten wachsende Vertrautheit und wachsendes Befremden. Als regte die Stadt ihre Nerven an, schlief sie weniger und arbeitete mehr denn je, schien immer auf Sendung zu sein, und das Pensum, das sie in dieser Zeit wissenschaftlich verstoffwechselte, war immens. Jeder Tag bot Neues, selbst an der Ampel zu warten konnte aufregend sein. Sie nahm sich Manhattan Block für Block vor, wanderte den Broadway ab vom Norden bis hinab zu Ground Zero. Sie leistete sich das Tribeca Festival im Frühjahr. Sie blieb bis in den Herbst hinein, hörte und sah Keith Jarrett in der Carnegie Hall, kurz bevor sie zurückflog. NYC schenkte ihr einen neuen Blick auf ihr Thema, sie entdeckte Verbindungslinien zwischen der urbanen Gegenwart und fünfhundert Jahre früher entstandener Literatur, und so beflügelt schrieb sie eines ihrer besten Kapitel. In New York dachte es sich anders als in Tübingen über Natur und Gesellschaft. Sich aus traditionellen Bindungen zu befreien hatte hier eine andere Bedeutung, und in der Anonymität New Yorks fand sich Freiheit.

Gleichzeitig aber verspürte sie eine große Müdigkeit und wurde allmählich gewahr, dass das nicht nur mit ihrem täglichen Programm zu tun hatte, mit dem schnellen Rhythmus des Lebens und dem Wandel als der einzigen Konstante, sondern auch mit den Beziehungen. Die Leute zahlten ein Vermögen an ihre Universität und achteten auf ihren return on investment. Sie als Deutsche würde nach ein paar Monaten wieder verschwinden, sie war nicht vernetzt und niemandem nützlich, konnte keine Türen öffnen. So reichten ihre Kontakte nicht über zwei, drei der Expats hinaus, alle in ähnlicher Lage wie sie. Im verstandesmäßigen Kalkül des Geldes, das Menschen vergleichbar machte, war sie, Hanna, Johanna, nicht besonders attraktiv. Sie haderte damit, dass menschliche Beziehungen so rational und reserviert gestaltet wurden. Mit ihrem Verstand und einer nietenbesetzten Lederjacke geschützt, radikal vereinzelt, stromerte sie durch das dichte Gedränge der Stadt, niemand kannte sie, weder sie noch die Wege, die sie beschritt. Keiner urteilte. Sie war der Stadt egal. Manche ihrer sexuellen Abenteuer waren riskant, sie war frei von Kleinlichkeiten und wanderte mit geschärften Sinnen durch die Straßen, unerkannt wühlte sie sich auf an der Schönheit des Lichts über dem Hudson und ließ sich beeindrucken von der Monumentalität, von der Farben- und Formenvielfalt der Stadt, die sich in den Glasscheiben der Skyscraper, in sich selbst spiegelte. Geborgenheit schuf sie sich abends in ihrem Zimmer, die Tür doppelt verriegelt, schrieb ihre tags gesammelten Eindrücke nieder, sie las zur Nacht und zu Musik, las Invisible Man und Der Himmel unter der Stadt, las Auster und Capote und Sontag, hörte ein wenig neu Entdecktes und vor allem Altes, Palestrina und Nicola Matteis, Choralmusik der Renaissance, mit und ohne Saxophon, und auch wieder die Popmusik ihrer Jugend. Sie legte sich eine Äußerlichkeit urbanen Schicks zu, hier war sie am weitesten entfernt von ihrer Herkunft, doch blieb sie eine begeisterungsfähige, staunende Landpomeranze.

Sie hatte ein Buch, das an die Schauplätze von Filmen und

Romanen führte, es machte aus New York ein Klischee, sie genoss es trotzdem. Mit all den Happy Ends stieg sie aufs Empire State Building. Sie stromerte durch Little Italy. Bei Katz's Delicatessen suchte sie sich mit ihrer Portion Pastrami einen Platz an einem der abgeschlagenen Furniertische. Sie lauschte den Gesprächen Fremder und ließ ihre Gedanken über sich selbst, über ihr Leben und ihr Sujet durch sich hindurchziehen, den Notizblock neben ihrem Teller. Während sie versuchte, die riesige Menge rauchgetrockneten Rindfleischs zu bewältigen, schweifte ihr Blick durch das grell ausgeleuchtete Restaurant, das sich an der langen Wand voller Testimonials vervielfältigte. Die Werbesprüche hingen auf Schildern von der Decke, ebenso der Hinweis, an welchem Tisch sich am besten ein Orgasmus fingieren ließe. An einem Blockbuster wie Harry und Sally konnte sich ein ganzer Laden gesundstoßen. Sie schaffte nur die Hälfte und ließ die andere einpacken, trug sie in einer Tüte nach Hause. Sie aß die Reste am folgenden Tag, das Rumoren der Stadt drang durchs Fenster, Vogelgezwitscher und Verkehrslärm, die Schläge von Straßenarbeiten, und sie selbst ganz still, nur in Unterhose und Hemd auf der Fensterbank balancierend, der infernalischen Sommerhitze New Yorks ergeben und in Händen die kühlschrankfrischen Reste von Pastrami on Rye.

*

Hanna geht noch einmal hinten hinaus in den Garten. Der Bach umfließt den Kirchberg wie eine Schlucht. Die Nacht trägt schon den Herbst in sich, legt sich besänftigend über den Garten und seine Bewohnerin, breitet ihre Arme aus wie die alte Kindergärtnerin, die Äpfel mit Zickzackschnitten in zwei Hälften zu zerteilen wusste und die Kinder herzlich in den Schwitzkasten nahm, um ihnen überfällige Milchzähne herauszuziehen. Die kühle Nacht scheucht ihre Kinderschar zusammen, die alte Hanna und die jugendliche und die ganz junge, die leichte und die schwere, die heutige und die gestrige, die sie war und niemals mehr werden wird, sie alle folgen.

Hanna schließt die Gartentür. Als Kind zeichnete sie sich hier im Winter die Felder von Himmel und Hölle auf den Fußboden. Sie braucht keine Kreidestriche. Ganz ohne Felder, nur in ihrer Erinnerung, hüpft sie durch den Flur zur Treppe, die Schrittfolgen von Himmel und Hölle, eins und eins und dann doppelt, wieder eins und noch eines, gedreht und zurück und von vorn. Sie wagt es, sich zu einem imaginären Gegenstand hinabzubeugen, und verliert das Gleichgewicht. Mit der linken Hand hält sie fest am Holzknauf und rettet sich vor dem Fall, sie tritt auf die erste Treppenstufe, stoppt außer Atem. Später liegt sie im Altersbett ihrer Großmutter und hört die Schritte und Sprünge des Kindes. Sie hört in der Dunkelheit des nächtlichen Hauses das Schaben von Schuhsohlen und das Pflatschen nackter Füße. Sie horcht nach unten und lauscht nach innen. Sie hört dem Kind zu und seinen Schritten. Sie gleitet durch eine nachtschwarze Halle, in der sich Leo im dunklen See spiegelte und sein Bild mit einem Schnipsen Welle wurde.

NEW YORK – LONDON

Sie liegt morgens im Bett, abrupt erwacht, mit dem raren, klaren Bewusstsein von der ersten Begegnung mit Leo. Wer Leo war, ist unvergessen. Da ist ein Ziehen, konstant und aushaltbar zugleich, ein Gefühl der Entbehrung, das zu ihr gehört wie die halbseitige Versehrtheit. Sie glaubt aber, dass das Schmerzgedächtnis ihres Körpers noch ganz andere, tiefere Spuren eingetragen hat. Sie vermutet es. Ihre Krankheit ist darüber hinweggezogen und hat Gewissheit verwischt.

Sie dreht sich unter der Decke, sie schließt die Augen und versucht noch einmal in die Erinnerung einzutreten wie in Bühnenkulissen. Sie musste durch niedrig abgehängte, schwarz ausgekleidete Räume, die sich zu einem Gang verengten und dann zu einer umso größer wirkenden Industriehalle öffneten. Eine Liedzeile fügt sich an, sie betrat den Hangar zu jenem schillernd langgezogenen Ton des Sopransax und dem darunterliegenden, charakteristisch wippenden Rhythmus, sie sang I like my toast done on one side und arbeitete sich nach vorn, klein und schmal, wie sie war, und nie um einen schlagfertigen Kommentar verlegen, auf Schwäbisch nicht und auch nicht auf Italienisch oder Englisch, you can hear it in my accent when I talk. Sie durchbrach die erste Reihe, just als der Saxophonist zu seinem Solo in die Mitte der Bühne trat, nicht mehr als ein flaches Podest vor einer glatten schwarzen Wasserfläche, die Band und Publikum trennte wie ein Orchestergraben. Er stand an der Bühnenkante und legte seinen Zwilling in den stillen Spiegel. Dann schmiss sich die harte Einlage der Drums in die bombastische Weite der Halle. Hanna ließ sich mitnehmen von der hypnotischen Wirkung eines so einfachen Tricks, sie verlor sich in den Spiegelungen, in seinen rhythmischen Bewegungen, die übers Wasser auf sie zukamen. Er war kein Marsalis, doch behände auf seinem Sax, behänder, als sie es einer so stämmigen Gestalt zuge-schrieben hätte, und als das erste Set mit seinen letzten brillierenden Tönen von der Bühne schlenderte, stand sie da, verzaubert. Nach der Pause kehrte sie an ihren Platz zurück und er an den seinen, er wechselte zu Tenorsax und Querflöte, am Ende des Konzerts, nach den Zugaben ging er in die Knie, die Querflöte in einer Hand, und streckte die Finger nach dem stillen, glatten Wasser aus. Er verharrte eine Sekunde über dem Spiegel. Dann spritzte er neckisch ins Publikum. Sein Bild setzte sich aus den Wellen wieder zusammen. Im Aufrichten traf sein Blick den ihren, bei der nächsten Verbeugung war er weiter hinten, die Combo verließ die Bühne. Look at you, flüsterte er, Stunden später im dunklen Zimmer am halbgeöffneten Fenster, als Hanna sich ihr taubenblaues Shirt über den Kopf zog.

Hanna rollt sich im Bett zusammen, als könne sie so die Vergangenheit wie einen Ballon in ihrer Mitte halten, doch da ist nichts mehr. Sie steigt langsam aus dem Bett, stellt den Wasserkocher an und zieht die Uhr auf, klappt das alte Familienalbum zu, in dem sie spätnachts noch geblättert hatte. Sie wäscht sich, kleidet sich an, sticht den Löffel durch den Aludeckel von Sabrinas Joghurt, alles abwesend, alles auf der Lauer, ob ihr Gedächtnis nicht doch noch die ganze Szene einspielen würde.

Sie geht zur Bushaltestelle, übersetzt die Zahlenkombination in ein Ziffernblatt und versucht sich zu merken, wann sie aus dem Haus sollte. Zurück im Haus, weiß sie es nicht mehr. Sie möchte Erinnerung heraufbeschwören können, sie soll sich erheben aus ihrem Körbchen wie eine tanzende Schlange, vielleicht bräuchte sie nur die richtige Musik dazu. Im Schulzimmer legt sie sich auf ihr Matratzenlager am Klavier, in Rom, denkt sie sich, würden sie heute die Dreiermatratzen einzeln zum Schlafen vermieten, jede ein kleiner posto letto, es hatte der Oma nicht in den Kopf gehen wollen, dass in italienischen Unistädten Schlafplätze vermietet wurden zum Preis von ganzen Zimmern. Da ist wieder eine Erinnerung, für Hanna verwandelte sich ihr posto letto zu einem Glücksfall, denn sie teilte während des Studiums in Rom das Zimmer mit Simonetta, auch die Studieninteressen, wie sich erwies, und bald auch Geheimnisse. Da ist auch ein Wort, ein italienisches, das sich mühelos denkt, Schlafplatz zu vermieten, affittasi posto letto, sie spricht es aus ohne Mühe, mit einer ganz wundersamen Leichtigkeit, und sagt es wie eine Zauberformel vor sich her.

Das Gestern lüpft den Deckel und erhebt sich, Simonetta war dabei, als sie Leo kennenlernte. Während der Konzertpause stand Hanna betört vor der stillen Wasserfläche, und hier fand sie Simonetta, sie waren beide in London gewesen zu einer Konferenz, zwei Jahre mochte das her sein, Frühsommer 2013, Hanna war aus irgendeinem Grund später zu diesem Konzert dazugestoßen, Simonetta fand sie und holte sie herein in die Gruppe der Konferenzkollegen an der

Bar, von denen einer mit dem Saxophonisten in Schottland auf dem Internat gewesen war. Sie tummelten sich am Tresen, eine Stichprobe des internationalen akademischen Jetsets, mindestens die Hälfte arbeitete nicht im eigenen Land, nicht in der eigenen Sprache, eine Gruppe von Expats, unter denen das Wort Freundschaft verschwenderisch verwendet wurde. Hanna war damit immer sparsam und brauchte lange, bis sie jemanden als Freund betrachtete. Simonetta zählte dazu. Jessie, ihre Mitbewohnerin in Berlin. Ein paar Kollegen. Patrizio. Till, von dem sie sich im Guten getrennt hatte. Die Jovialität unter Unbekannten machte Hanna immer Mühe, sie war nie gut darin, in Konferenzpausen locker ins Gespräch mit Fremden zu kommen. Wenn jemand ihrem Fach Interesse entgegenbrachte, lief sie zur Hochform auf und blieb kaum eine gelehrte Antwort schuldig, und so waren Konferenzen, auf denen sie einen Vortrag hielt, immer besser als solche, auf denen sie nur zuhörte und in der Masse verschwand. Wie sehr das alles an ihr zehrte, merkte sie stets hinterher, wenn sie nach Hause kam und tagelang nichts zustande brachte.

Damals in London war ihr Paper angenommen worden. Tagelang hatte sie noch daran gefeilt, weil das immer so war, weil sie unter Hochdruck am besten arbeitete und es ohne ein paar Nachtschichten nie zu gehen schien, eine Analyse der ökologischen Aspekte des Schäferromans mit dem Titel Et in Arcadia Ego. Eine große Konferenz über Nachhaltigkeit und Literatur, von Minne bis Science Fiction war alles dabei gewesen, und um über die literarischen Facetten des Klimawandels zu debattieren, hatte eine Hundertschaft aus allen Ecken der Welt Flüge nach London gebucht. Sie war für ihre Verhältnisse bravourös durch die Kaffeepausen gekommen und dann auf dem Abschlusspanel für ihren Prof eingesprungen. Der hatte sich das prächtig zurechtgelegt und die Änderung im Programm auch schon vorgenommen, sie sah ihn mit einer langhaarigen Schönen nach draußen verschwinden.

Im Italien des fünfzehnten Jahrhunderts war man unverkrampft mit den Liebschaften der Mächtigen umgegangen, Poliziano besang Passion und Potenz von Lorenzo il Magnifico, und die Mätressen der Herrschaften wurden auf prächtigen Porträts verewigt. June jedoch, eine Amerikanerin der etwas prüderen Sorte, wusste vermutlich nichts von den sexuellen Abenteuern, denen ihr Gatte nachjagte, während sie selbst in der National Gallery die Bilder von Canaletto und Poussin betrachtete. Hanna deckte, ja ermöglichte erst die Eskapade ihres Profs. Während sie auf dem Podium schlaue Dinge sagte, war sie ganz in ihrem Element. Als sie June nach dem Ende der Konferenz in der Lobby antraf, wo man sich sammelte, um gemeinsam essen zu gehen, verwickelte sie die betrogene Ehefrau in ein Gespräch, bis er endlich durch die Flügeltüren kam, hielt sie so lange hin, dass er sich die vom Wind zerzausten Haare zurechtlegen konnte. Als sie dann aber auch noch im Restaurant neben June zu sitzen kam, die ihre pragmatische Touristenkleidung mit einer Pfauenaugenbrosche und intensiver Parfümierung abendtauglich aufgepeppt hatte, fühlte sie sich ausgenutzt. Prostituiert. Er gab sich ganz verbindlich, Hanna betrieb höfliche Konversation mit den beiden und ertappte ihn bei einer Lüge. Sie fragte sich, ob nun ihre Finanzierung gesichert wäre und sie eventuell ein Faustpfand in der Hand hätte, natürlich nicht. Es ging um viel Geld und um Zeit, ein Jahr oder zwei, um endlich ihre Habilitation zu Ende zu bringen. Sie fragte sich, ob das, was sie mit der ihr eigenen Akribie verfolgte, ausreichte. Über sie hinausreichte. Mit dreißig hatte sie ihre Diss hingeworfen, ein Jahr als Texterin in einer Werbeagentur gearbeitet und sich selbst bewiesen, dass Präzision im Ausdruck in der Wissenschaft doch lohnenswerter war als in der Vermarktung von Luxusprodukten und Champagner-Events. Ihr Prof, dieser Prof gab ihr eine zweite Chance, also kehrte sie zurück an die Uni, nahm ihre Fäden wieder auf und spann weiter, fleißiger denn je, sie ging nach New York und folgte ihm danach, ohne zu zögern, von Tübingen nach Berlin. Sie leistete gute Arbeit, aber immer wieder hinterfragte sie sich, und solange sie keine Antworten fand, drehte sich das Rad weiter, bis sich irgendwann die Antworten erübrigt haben würden. Sie war erleichtert, als sie in ein Taxi einsteigen und zum Konzert fahren konnte. Sie wollte den Verrat an der anderen Frau hinter sich lassen und heraustreten aus ihrem verlogenen Leben. Sie wollte die Persona abstreifen, die sie den Tag über verkörpert hatte. Man verliebt sich nicht einfach so. Man ist bereit. Man gibt etwas von sich hinein. Sie legte ihre Rolle ab und ließ sich rauben, bereit für alles, was da auf sie zukommen mochte.

Hanna auf ihrem Matratzenlager weiß nun wieder, was kommt, wie es war. Sie steht auf einer nächtlichen Straße und sieht durch große Fensterscheiben die Nachteulen am Tresen. Nach dem Konzert gab Simonetta im Pub die erste Runde aus. Hanna verzog sich in die Geräuschkulisse. Von ihrer verlorenen Position am Ende des Tresens beobachtete sie den Musiker, der ihren Konferenzkollegen mit einem Insider-Ritual begrüßte, das schwer nach Jungensport und

Internatskabine aussah. Er zwinkerte ihr zu, und entgegen ihrer Gewohnheit hielt sie seinem Blick stand. Mit der größten Natürlichkeit, als wären sie alte Bekannte, sagte er, vor dem Gig warst du aber nicht mit ihnen unterwegs. Sie erwiderte sein Lächeln und setzte ihr Glas ab. Ich kam zu spät. Er prostete ihr zu für den letzten Tropfen und fragte, what kept you, ließ sie über den Rand seines Glases nicht aus den Augen.

Seine Art zu reden hatte auch in der Koketterie etwas Bedächtiges, ein Eindruck, der sich durch ein Näseln und seinen schottischen Akzent verstärkte. Eine gedrungene, kraftvolle Gestalt. Starke Hände mit Fingern, die für solch filigrane Instrumente ganz und gar ungeeignet schienen, eher gemacht für Lambeg Drums oder Baumstammwerfen. Sommersprossen, rötlicher Flaum auf den Handrücken, obwohl er im Halblicht der Kneipe dunkelhaarig aussah. Hanna erklärte knapp, dass sie noch ein formales Dinner habe hinter sich bringen müssen, sie verfielen in einen Flirt von alberner Geschwätzigkeit, beide hatten sie an diesem Tag auf einer Bühne gestanden und waren von Adrenalin getrieben worden, nun lösten sie dessen Rückstände im guten englischen Bier auf, sie bestellten Pastrami on Rye, er war auch in New York gewesen, doch wer war das nicht, Hanna war spritzig, sie war fröhlich und wortwitzig, und die Glocke für die letzte Runde erklang viel zu früh. Alle drängten noch einmal zur Quelle, Hanna ließ den Kopf gegen die Holzvertäfelung in ihrem Nacken sinken, und der Abend verlangsamte sein Tempo.

Müde?

Sie nickte und verneinte zugleich, redete weiter, sie halte sich nach diesem langen Tag nur noch dank der diversen

Holzkonstruktionen um sie herum aufrecht, könne dank der extraklebrigen Spezialoberfläche dieses Tresens auch nicht abrutschen.

Ich würde dich auffangen.

Würdest du.

Er nickte. Was tust du Großartiges?

Sie handelte mit Kenntnissen und Worten. Ihr Geschäft war das Imaginäre, das prinzipielle Anderswo. Unwirkliche Orte, nie dagewesene. Untergegangene. Nur imaginierte. I trade in places non-existent, antwortete sie ihm, es kam hervor wie eine Gedichtzeile.

Ihr Handwerk war die Sprache, die eigene und jene der anderen, geschrieben und gesprochen, sie war ihr Thema und ihr Werkzeug und ihr Zeitvertreib. Sie hatte nicht das didaktische Geschick ihres Opas, was sich in der Lehre immer wieder als Problem herausstellte, und war motorisch minderbemittelt. Selbst bei ihrem Engagement im Frauenhaus hatte sie sich nicht für Küchendienst oder Kinderbetreuung entschieden, sondern für die nächtliche Telefonhotline, saß mit einem Buch bereit und versuchte, den Anruferinnen mit Worten Wege aus der Unerträglichkeit aufzuzeigen.

I don't trust words, sagte er und lächelte ein wenig schief, da wurde Hanna endlich klar, was sie an seinem Dreitagebart irritierte, die kleine Lücke auf der Oberlippe war kein Scheitel, saß auch nicht ganz mittig, sondern verriet die beinahe unsichtbare Narbe einer korrigierten Hasenscharte. Sie streckte ihre Hand nach seinem Gesicht, strich mit dem Daumen über seine Lippe, tut das nicht weh, wenn du spielst? Er hatte die Augen geschlossen und hielt still. Er schüttelte den Kopf und sah sie an, einen Moment lang spürte sie seine Finger an ihrem Handgelenk. Warum denn der Sprache nicht trauen, wollte sie fragen, doch er kam ihr zuvor und fragte flüsternd nach ihrem Namen.

Der Pub schloss, sie lehnten draußen am Fenstersims. Irgendwo, an unsichtbarem Ort, stieg eine Party, Technobeats, mal lauter und mal leiser im Rhythmus sich öffnender Türen. Leo rauchte sehr gemächlich eine Zigarette, Hanna blickte dem Rauch nach und ließ zu, dass sich ihre Oberarme berührten. Simonetta winkte ein Taxi heran. Sie raunte ihr zum Abschied ins Ohr, hab Spaß, pass auf dich auf, ich lass mein Telefon an, Prosecco morgen früh im Hotel? Hanna nickte. Leo blickte weiter geradeaus und sagte nichts, nur seine Augenwinkel fälteten sich in einem Lächeln. Er warf seine glimmende Zigarette fort. Eine reine, klare Linie, sofort wieder erloschen. Hannas Wunsch nach Unverfälschtheit, Nacktheit.

Want me to walk you home? Sie schüttelte den Kopf.

Glaub mir. Das ist ein unterdurchschnittliches Hotel mit überdurchschnittlich vielen Kollegen den Flur rauf und runter. Aber ich könnte dich nach Hause begleiten.

Das könntest du.

Und noch auf einen Kaffee mit hinaufkommen.

Das wird leider nicht möglich sein.

Hanna stockte. Sollte sie sich getäuscht haben. Hatte er jemanden. Wäre sie eine amouröse Eskapade. Ein Gelegenheitsfick.

Leo trat vor sie hin, nahm ihre Hand und zog sie auf die Füße. Mit hinunterkommen. Er kam ihr ganz nah, gleich wäre es zu spät. Seine Lippe war sehr weich, und dann flüsterte er ihr ins Ohr, eine Wohnung im Souterrain.

Sie stieg mit ihm ins Taxi, ging hinter ihm die Stufen zu seiner Wohnung hinunter, sie durchquerte an seiner Hand das dunkle Wohnzimmer und folgte ihm in sein Bett. Sie knieten im fahlen Licht, das vom Garten durchs Fenster fiel, und zogen sich die Oberteile über den Kopf, er flüsterte look at you und strich mit einer Fingerspitze über ihr Schlüsselbein. Ein Ineinanderkippen und die Unerhörtheit, tags zuvor nicht voneinander gewusst, die Unvorstellbarkeit, letzte Nacht nicht einander in den Armen gelegen zu haben. Die Selbstverständlichkeit, mit der sie sich immer wieder zusammenfanden, im Bett und außerhalb, die Leichtigkeit, die sie durch die ganze Nacht trug. Seine Umarmung hatte eine kindliche Innigkeit, da war nichts fremd, nichts, was trennte. Hanna erkundete. Berauschte sich. Nahm diesen unbekannten Körper in ihr Vertrauen.

FLIEGENFISCHER

Sie hat sich die Zeiten der Busse nicht merken können. Sie setzt sich einfach an die Bushaltestelle. Das Postauto. Eine Rentnerin mit Einkaufstrolley. Zwei Muslima, die leise schwätzen. Teodora schlendert heran, sie lächeln sich zu und hätten auch unter anderen Umständen kein Gespräch angefangen.

Hanna legt dem Busfahrer fünf Euro hin. Er sieht sie an, sie starrt zurück, eins signalisiert sie ihm mit dem Daumen, er poltert los, wir können hier bis übermorgen stehen, wohin wollen Sie?

Wohin wird sie wollen, in die Stadt hinein, ist doch egal. Sie sagt es sich innerlich vor, egal, spricht nach.

Nein, ist nicht egal, muss ich eingeben, wollen Sie Feuerwehrhaus, Stadtplatz, Bahnhof, kostet alles gleich, aber nicht egal, muss ich konkret eingeben, sonst keine Fahrkarte.

Bahnhof, wiederholt sie, auch wenn das nicht ihr Ziel ist. Er knallt ihr den Abschnitt und das Rückgeld aufs Tablett und fährt so rodeomäßig los, dass Hanna stolpert und sich gerade noch in einen Sitz fallen lassen kann.

Es ist nur drei Tage her, dass sie auf dieser Linie vom Bahnhof her in die Gegenrichtung fuhr, kaum eine Woche, dass sie in Berlin spontan, panisch fast, den Entschluss zur Heimkehr gefasst hatte. Der Winter war ihr aufs Gemüt geschlagen, im Frühjahr hatte sich die Lage zugespitzt. Großes und Kleinigkeiten. Wieder kein Aufzug in der U-Bahn. Sie konnte einen Hundehaufen nicht rechtzeitig umgehen, taumelte. Der raue Ton, biste auf Drogen oder was? Sie begannen, die Fassade des Hauses zu renovieren und die Steigleitungen im Treppenhaus, drinnen und draußen Baulärm, drinnen Staub und draußen Proleten, die jeden Moment in ihr Zimmer spannen konnten und dies auch taten. Die Mietzinserhöhung, die Piet überproportional an sie und Jessie weiterreichen will, so dass er selbst günstig wohnen wird wie zuvor, er, der als Hauptmieter am längeren, dem einzigen Hebel sitzt und jederzeit über Airbnb ein Vielfaches ihrer beider Mieten einnehmen kann. Alles in der Woche vor ihrer Abreise, der Streit zwischen Piet und Jessie, der aufreizend vor Hannas Fenster gewedelte XXL-Schwanz des Malers auf dem Gerüst, als sie gerade aus der Dusche kam und sich anziehen wollte, und der Termin bei der Sozialtusse, Rente oder Hartz IV. Da erinnerte Hanna sich ihres Hauses. Plötzlich nicht als unfinished business, sondern als Möglichkeit.

Sie brauchte Jessies Hilfe, um ein Ticket zu buchen. Nur Hinfahrt. Jessie war dagegen. Ihre Therapie. Aber es musste auch dort unten Ärzte geben, die Leute hatten auch im Süden Tumore und Schlaganfälle, sie hatten ein netteres Wort dafür, was aber den Schrecken nicht schmälerte. Sie versprach Jessie, zum nächsten Kernspin wieder zurück in Berlin zu sein, versprach es gegen ihre Gewissheit, dass das zu nichts führen würde, dass sie auch an einer Melange aus Metropolis und Kortison nicht mehr gesunden würde. Jessie brachte sie zum Bahnhof, ans Gleis, an den richtigen Waggon und bis zum reservierten Platz, sie konnte sich von ihr nicht lösen, wie eine Mutter, die ihr Kind das erste Mal auf Schulfahrt lässt, wollte ihr den Umsteigezeitpunkt ins Handy programmieren. Sie solle anrufen, wenn sie angekommen sei, was sie nicht getan hat. Das Handy steckt mit leerem Akku in der Seitentasche des Rucksacks.

Hanna lässt die Haltestellen eine nach der anderen vorbeiziehen. Sie steigt nicht am Feuerwehrhaus aus, nicht am Altenzentrum, nicht am Supermarkt, nicht am Kreisverwaltungsreferat, nicht am Stadtplatz. Es hat sich wenig verändert. Manche Häuser haben die Farbe gewechselt. Schaufenster haben andere Inhalte. Straßen, durch die einst Autos fuhren, sind Fußgängerzone. Immer noch viele Apotheken. Hanna hat plötzlich das sichere Gefühl, sobald sie hier ausstiege, liefe sie alten Klassenkameraden oder Lehrern in die Arme, also bleibt sie sitzen. Am Bahnhof, Endstation, sitzt sie immer noch.

Aussteigen!, ruft der Fahrer in seinen Rückspiegel.

Sie geht nach vorn, zückt den Geldbeutel, kreist den Finger, nochmal.

Sind Sie verrückt oder was?

Ein bisschen nur. Sie löst ein Ticket zur entgegengesetzten Endhaltestelle, fährt in ein Dorf, in dem sie noch nie gewesen ist, obwohl nur fünfzehn Kilometer von zu Haus. In einem Penny, in dem keiner sie kennt, kauft sie ein, was sie braucht, dann setzt sie sich ins Bushäuschen der Gegenrichtung. Bahnhof?, schallt es ihr eine gute Stunde später vom Kutschbock entgegen, sie nickt und zahlt und steigt doch schon am Kirchberg aus.

Der Kühlschrank setzt sich mit einem Rattern in Betrieb. Prilblumen an der Türblende. Über allem liegt eine klebrige

Schicht. Sie muss dringend sauber machen, wenn sie hierbleiben will. Es ist nicht nur der Staub der vergangenen zwei
Jahre, in denen das Haus leer gestanden hat. Es ist der
Schmutz der Zeit, während der hier eine alte Frau allein zurechtkommen musste, die nicht mehr konnte und nur noch
zu einer Farce ihrer eigenen Reinlichkeit in der Lage war.
Seit sie krank ist und für all ihre Verrichtungen ewig lang
braucht, kann sie sich in Katharina hineinversetzen, für die
über Aufstehen, Kniebeugen, Anziehen und Frühstück der
Vormittag verstrich. Sie kann nicht mehr rückgängig machen, dass sie viel zu wenig nach ihr gesehen hat.

Am Ende bleibt ein Haus voller Dinge. Hanna öffnet die
Schrankfächer und Laden. Die karierten Geschirrtücher, in
drei Stapeln nach Verschleiß sortiert, ganz neu für Geschirr
und Töpfe, weichgewaschen dann für Gläser, schließlich
zum Reinigen, ganz am Ende wurden sie zerschnitten zum
Autowaschen, für Schuhe und Klo. In einem der Unter-
schränke allerlei Flaschen, die Thermoskanne, in der die
Großeltern ihren Muckefuck mitführten, auf Ausflügen,
beim Arbeiten im Garten. Auf der Fahrt zur Reichenau
durfte sie vorn sitzen, aufgebockt auf dicken Lexika der Kir-
chengeschichte, und goss ihrem Opa Kaffee ein. Die Milch-
kanne, sie musste durchs halbe Dorf laufen und verstand
nicht, versteht bis heute nicht, warum man die Milch nicht
beim Ludwig holte. Auf diesen Botengängen entdeckte sie
die Zentrifugalkraft, man konnte die gefüllte Kanne am
langen Arm wie ein Riesenrad durch die Luft schwenken,
und die Milch blieb drin, doch einmal riss ihr die komplette
Kanne aus dem Henkel. Bis zum Ludwig rüber hätte der
Weg für solche Experimente nicht gereicht, der hätte dem
heulenden Mädchen aber auch nicht die Kanne ein zweites

Mal gefüllt. Noch immer steht hier Katharinas Schlehensaft, der Schimmel frisst sich durch die Dichtungsgummis. Die Ramazzottiflasche, die sie mit Patrizio im Garten leerte, in der Sommernacht nach Katharinas Beerdigung, als sie am nächsten Morgen das Haus verließ, stellte sie die hier unten dazu.

Von Erschöpfung übermannt, legt sie sich im Schulzimmer auf ihr Matratzenlager. Statt zu lesen, erzählt sie sich Geschichten vom Leben in diesem Haus. Sie weiß, wie es klang. Nicht nur, welche Treppenstufen knarrten. Die gusseiserne Klappe des Sparherds. Die Vesperbrettle, die man an einem Bolzen aus Holz auffädelte. Das Rattern der Nähmaschine. Das Ticken der Schwarzwalduhr in der Küche. Der Traktor, der dreimal hustete, bevor er ansprang. Wasser. Das Spritzen der Gießkanne im Garten, später ein Sprinkler. Spülen, Wringen, Entsaften. Das Rauschen des Badewassers, erst das Kind, dann die Oma, der Opa zum Schluss. Als Teenager verweigerte sie sich und ließ das Wasser ab, wenn sie fertig war, sie fand das peinlich.

Sie erwacht aus ihrer Siesta, als das Mittagslicht buttrig geworden ist. Sie dreht eine Runde, bevor der Abend kommt. Sie kann dieses Licht nicht verstreichen lassen, sie ist süchtig nach dem Gefühl von Wind auf ihren Wangen. Sie nennt es Stromern. Spazierengehen wäre zu bürgerlich für das, was sie tut. Zu planvoll. Sie hat keine Vorhaben mehr. Es hat mit Verschwindenwollen zu tun. So lange und so weit gehen, bis man aus dem Bildrahmen tritt.

Nahe der Mühlenbrücke steht ein Angler im Bach. Er bespielt den Abschnitt tieferen Wassers, in dem sie in der Johannisnacht gebadet hat. Er steht frontal im Licht der tiefstehenden Septembersonne, ein breitkrempiger Hut verschattet sein Gesicht, über dem Wasser tanzen die Mücken. Der Bach strömt gegen die Knie des Mannes, der seine Fliege präzise übers Wasser gleiten lässt, er versucht, der Forelle den Köder vors Maul zu setzen, und lässt die Rute rhythmisch zwischen zehn und zwei Uhr ticken, im Sonnenlicht die silbernen Blitze seiner Schnur. Hanna hockt sich auf die Brücke. Die Sonne wärmt ihr den Rücken. Wieder und wieder wirft der Angler in ihre Richtung aus. Nichts verrät, ob er sie gesehen hat. Sie ist im Gegenlicht nur ein Schatten, ein dunkler Fleck mit flirrenden Konturen. Unter ihr im Wasser steht die Forelle. Dass der Tod solch Schönheit in sich trägt.

WINTERBETTEN

Sie braucht Struktur. Vielleicht braucht sie doch auch Menschen. Sie braucht einen Grund, morgens aufzustehen und sich anzuziehen, sie selbst ist sich nicht Grund genug. Jeden Morgen liegt aufs Neue ein Tag, eine Strecke endloser Stunden vor ihr, zugleich macht das Zerrinnen der Zeit sie atemlos. Sie ist sich nicht sicher, wie lange sie schon hier ist, vielleicht zehn Tage, vielleicht zwei Wochen, dazu müsste sie einen Kalender kaufen oder jemanden fragen oder ihr Handy anschalten, aber sie weiß die PIN nicht mehr. In Berlin gab es Therapie, Routinen, die ihr zu viel geworden waren, doch ohne Aufgabe geht es auch nicht. Es gab Jessie. Sabrina hat ihre Entschuldigung angenommen und einmal Lisa mit einem Stück Käsekuchen geschickt, ist aber nicht mehr herübergekommen.

Entschlossen, sich ihr Haus Ding für Ding vorzunehmen, sich Tag um Tag zu gestalten, steigt sie aus der Badewanne. Es ist eine Zumutung, so versehrt unterwegs zu sein. Aber man kommt klar. Man verzichtet auf den BH und verlegt sich auf Hosen mit Gummizug. Sie schickt eine stille Entschuldigung an die vernachlässigten, fremd gewordenen Gegenden ihrer selbst. Durchgewärmt, mit Wangen, die sich rosig anfühlen, entleert sie den Inhalt ihres Rucksacks auf den Boden. Sie legt die Mappe mit Befundberichten und die Medikamente, die sie einnehmen sollte, aufs

Klavier. Im Handy sind auch ihre Musik und die Hörbücher. Die Kopfhörer, erst mal nutzlos. Igelball und Theraband legt sie sich als Mahnung neben die Matratzen. Ihr Adressbuch mit Einträgen, die zu einem anderen Leben gehören. Comics, die sie am Bahnhof gekauft hat. Das war's dann auch schon. Früher trug sie schwer an Büchern, früher hatte es immer zu wenig Zeit und zu viel zu lesen gegeben.

Sie rafft ihren Schlafsack und den Haufen Schmutzwäsche und geht hinunter zur Waschmaschine, die nach einigem Knacksen und Gurgeln tatsächlich zu waschen beginnt. Sie geht in den Garten und spinnt Gedanken, wie sie dieses Haus eins ums andere wieder zum Leben erwecken wird. Sie nickt ein in der Sonne, erwacht vom Piepsen der Waschmaschine, der Hunger treibt sie in die Küche, wo sie Frühstückspops trocken aus der Schachtel futtert und sich umsieht.

Aus dem Schrank ihrer Großmutter holt sie Wollenes, Wärmendes, die Nächte werden kühl. Die Winterbetten sind flach verpackt. Ihre Oma, die immer mit der Zeit gehen wollte, ließ sich gewiss auf einer Kaffeefahrt die Vakuumierbehältnisse aufschwätzen. Die Fahrt wäre zum Schluchsee gegangen oder zum Bodensee, zum Christkindlmarkt nach Nürnberg. Kurz glaubt sie, draußen ein Hupen gehört zu haben, sie fummelt sich an dem Ventil ab, das Paket atmet schließlich ein und gewinnt an Fülle. Das Daunenbett mit dem Veilchendekor quillt ihr entgegen. Sie versenkt ihre Nase darin, Mottenkugeln, Muff, doch irgendwo auch eine Ahnung davon, wie ihre Großmutter gerochen hatte, die Erinnerung, auf deren Seite neben dem Opa zu schlafen, wenn der Kirchenchor auf Ausflugsfahrt war, und noch etwas Älteres, Dunkleres, das weiter zurückreicht. Sie greift das Bett mit beiden Armen, um es nach draußen zu tragen, und gerade wendet sie sich zur Stiege, als sie Schritte auf der unteren Treppe hört. Diese Schritte kennt sie. Diese Füße sind früher schon die Treppe heraufgekommen. Stürmisch, leichtgängig. Es war nur eine Frage der Zeit.

Reglos wartet sie auf den obersten Stufen im dunklen Verschlag, die Arme voller Winterbett. Sie steht ganz still, als sich seine Figur ins Halblicht schiebt. Seine Hand bewegt sich zur Wand, er macht einen Schritt auf die erste Stufe. Er hebt das Gesicht, und die Glühbirne leuchtet seine Züge aus. Sie hatte vergessen, wie warmherzig sein Blick war. Er hat zwei ungleiche Augen, das linke stets in Überraschung geöffnet, die Augenbraue mild in die Höhe gezogen, das andere kleiner, entspannter, ständig lächelnd, Krähenfüße. Patrizio blinzelt im hellen Licht und verharrt. Sie hält sich an den Daunen fest. Sich einander in die Arme stürzen wollen und es nicht tun.

Sie hört ihn flüstern. Es heißt, du sagst nichts mehr. Sie lässt dann doch den Kopf an seine Schulter sinken, kippt mit ihrem ganzen Gewicht nach vorn. Sie lehnt sich in den alten Freund und lässt sich über die Menge Winterbett zwischen ihren Körpern in den Arm nehmen.

Hast du schon gegessen? Sie weist auf die Schachtel. Was man landläufig eine ausgewogene Lebensweise nennt. Er kommt gerade aus Mailand, er hat Hunger. Vor der Tür ein schwarzer Alfa Romeo. Bevor Hanna einsteigen kann, muss er den Beifahrersitz freiräumen, er legt ihr die CDs in den

Schoß, such dir was raus, als er startet, dröhnt aus der Stereoanlage elektronische Musik, fiebrige Beats und darüber ein
heiseres Blasinstrument, das nicht auf Anhieb erkennbar ist,
er dreht leiser. Sie braucht nichts herauszusuchen, questo,
sagt sie, das da gefällt ihr, sie dreht wieder ein wenig lauter.
Patrizio fährt an und klopft im Takt aufs Lenkrad, nach einer
Weile hört Hanna die Jazztrompete heraus, sie blättert durch
die CDs, viele Raubkopien, wie sie in Italien die Afrikaner
auf ihren Tüchern auslegten, ein Businessmodell, das sich in
Zeiten fortschreitender Digitalisierung überlebt haben
dürfte. Ein Original von Domenico Modugno, die Rialto-
Brücke im Hintergrund, Hanna hält sie schmunzelnd in die
Höhe, Patrizio lacht, das hört er, wenn er auf der Autobahn
kurz vorm Wegpennen ist, wirkt fast so gut wie Red Bull. Patrizios Geschmack war auch vor fünfundzwanzig Jahren
schon anachronistisch, und somit auch der ihre. Das verstand sie, als sie in Rom lebte und andere Musik entdeckte.
Sie waren geprägt von den Fünfzigern und Sechzigern, von
der Musik, die seine Eltern in der Pizzeria hörten, in der Blase
ihrer Emigration, die zur Zeitkapsel wurde. Patrizio ist wohl
auch aus der Kapsel herausgetreten, Alben von ECM hat er
hier, die man an ihrer Aufmachung sofort erkennt. Mit dabei
ist eine ihrer Lieblingsplatten, auf dem Cover der gelockte
Kopf einer Frauenbüste, von Spinnweben überzogen, das
Hilliard Ensemble singt Choräle der Renaissance, darüber
improvisiert Garbarek mit dem Saxophon, Officium, das
Stundengebet für die Toten. Cristóbal de Morales, ein Spa-
nier, Sänger in der Sixtinischen Kapelle in Rom. So Scheiß ist
ihr im Gedächtnis geblieben. Patrizio zeigt auf die CD, die
hast du mir mal geschenkt, weißt du das nicht mehr?

Geredet hat er schon immer viel. Seine Galanterie macht alles geschmeidig. Kindheit in einer Wirtschaft, kompromisslos gut erzogen auf der Bühne der Pizzeria, hinter den Kulissen konnte er tun und lassen, was er wollte, eine Freiheit, um die sie ihn immer beneidet hat. Er bittet den Kellner, die Pizzen gerädelt zu bringen, und isst die seine mit der linken Hand. Ein Viertele Hauswein hat noch keinem geschadet. Sie kann ihm leichter folgen, wenn er italienisch spricht. Auch dem Kellner gegenüber kann sie ziemlich gut verbergen, was mit ihr los ist, sie ist immer noch einsilbig, jedoch kommen die Worte ohne die Anlaufschwierigkeiten in der Muttersprache, grazie, prego, aber sicher, alles sofort parat. Sie hatte schon gehofft, ihr Italienisch hätte den Einschlag des Kometen als Ganzes, in all seiner Schönheit und Vitalität überlebt, später gelernt, anderswo abgespeichert, dem ist aber nicht so. Immer wieder hat sie geübt, hat in der Stille ihrer Tage versucht, das eigene Tun laut zu kommentieren: Ich koche mir Essen. Ich gehe aufs Klo. Ich fahre mit dem Bus. Ich gehe jetzt Omas Schränke Fach für Fach durch und miste den ganzen Krempel aus, ich erschaffe mir einen Garten, der jeden Renaissancefürsten vor Neid erblassen ließe, doch dazu langt es auch im Italienischen nicht. Es ist nur nicht ganz so kaputt wie das Deutsche. Sie muss nicht ganz so viele Trümmer beiseiteräumen, um an die Worte heranzukommen, sie findet sie schneller, kann sie flüssiger sprechen, Mund und Hirn arbeiten besser zusammen. Und sie scheint mehr Fertigware zur Verfügung zu haben. Vado in bagno scheint ein abgespeicherter Satz zu sein, fertig wie ein Kinderreim, ich geh aufs Klo klappt zuverlässig, hilft ihr aber nur selten weiter. Sie kennt keine italienischen Kinderreime, aber italienische Lieder massenhaft, und es ist mit Patrizio leichter als mit anderen. Sie kennen sich schon so lange. Sie haben Nähe und Distanz gelebt. Sie sind im Schwäbischen nebeneinander groß geworden, irgendwann bot auch das Italienische eine gemeinsame Menge. Sie mochte es, wie sie mit ihm die eine und eine andere sein konnte, je nach Sprache. Über zwei Pizzen rekonstruieren sie in gemeinsamer Geduld, in einzelnen Worten und Satzfragmenten, was ihr widerfahren ist, seit sie vor einem Jahr nach Katharinas Beerdigung eine Flasche Ramazzotti zusammen leerten. Seit sie sich nicht mehr bei ihm gemeldet hat, obwohl das wohl versprochen gewesen war. Als der Kellner anbietet, Grappa oder Limoncello aufs Haus, fragt Patrizio, ob es auch ein Ramazzotti sein könnte. Es kann.

Auf der Rückfahrt legt er einhändig Modugno ein, erklingen die ersten Akkorde von Ciao, Ciao Bambina, enthusiastische Bläser und hysterische Streicher, Hanna lässt sich umgarnen vom Pathos, eine Musik wie breite Pinselstriche in den Farben des Regenbogens, die Sonne scheint gleich ein wenig heller, dabei ist Nacht und dies ein Regenlied. Sie dreht lauter und schmettert ciao, ciao bambina, Patrizio singt die Strophen und trägt dick auf, Hanna übernimmt den Damenchor, und der Refrain kommt von allein. Zu Volare gleiten sie singend durch den Wald bergab ins Dorf, als das Lied ausklingt, sagt Patrizio, basta, mehr Modugno wäre zu viel. Dann parkt er sehr sorgfältig. Steckt sich diskret einen Kaugummi in den Mund. Vor dem Haus steht die Polizei.

Hanna sieht Sabrina im Gespräch mit einer Polizistin, ihre Kinder sitzen mit dem Kollegen im Streifenwagen, Blaulicht an, Blaulicht aus, ein paar Nachbarn stehen herum. Spätestens morgen weiß das ganze Dorf Bescheid.

Eine gewisse Jessica Lubisch habe in Berlin eine Vermissten-anzeige aufgegeben und eine Adresse mit dem vermuteten Aufenthaltsort auch gleich mitgeliefert, Informationen, die offenbar von der Mutter der vermissten Person fernmünd-lich aus Spanien übermittelt worden seien. Hanna nickt, einverstanden. Patrizio und Sabrina haben sich während des Beamtengelabers begrüßt und regeln für Hanna den Rest, bezüglich ihrer Alltagstauglichkeit scheinen ein paar Zwei-fel zu bleiben, aber das liegt nicht in der Verantwortung der Beamten. Der Polizist telefoniert, vermisste Person wohlbe-halten aufgefunden, er zieht eine Augenbraue in die Höhe und fragt, das soll ich genau so sagen? Er steckt sein Handy ein und holt Luft, ich soll Ihnen gefälligst ausrichten, dass Sie, ich zitiere, eine verfickte Egoistenzicke sind.

Alle gehen zurück in ihre Häuser. Die PIN ist immer noch verloren, aber Hanna stümpert ihre Berliner Festnetznum-mer korrekt zusammen und lässt Patrizio anrufen, der sich Jessie als ein Nachbar vorstellt und sofort das Handy weiterreicht, dabei müssen die beiden sich doch irgend-wann in all den Jahren schon einmal begegnet sein. Jessie hat tausendmal anzurufen versucht und, nachdem sie sich von Hannas Mutter die Adresse besorgt hatte, zwei Postkar-ten geschrieben. Hanna war der Gedanke gar nicht gekom-men, den Briefkasten ihrer Großeltern auf sich zu beziehen. Sie rückt die Dinge gerade. Jessie wird in ihren Ordnern nach PIN und PUK suchen, ohnehin ist ein bisschen Post für sie gekommen. Ob sie denn in Zukunft in den Briefkas-ten zu schauen gedenke. Ehrenwort. Die Stimmung passt wieder. Plötzlich fühlt sich alles sehr aufgeräumt an.

Patrizio steigt ins Auto und wühlt in seinen Raubkopien. Hanna hebt die Hand zum Abschied. Sie musste ihm versprechen abzuschließen. Als sie die Tür zuschiebt, hört sie in voller Lautstärke den ersten triumphalen Schlag von Bello e impossibile, der Motor des Alfa heult auf, das Geräusch verliert sich dann in der Stille des dörflichen Abends. Leise summend steigt sie nach oben, nur noch Fragmente des Lieds hat sie im Kopf, es kreisen die Sterne in der Nacht, sie verrichtet ihre Abendtoilette, forte, forte, forte ti vorrei. Hanna bettet sich auf ihr Lager unterm Giebel und deckt sich zu, nicht mit Näglein, aber mit Veilchen und der Erinnerung an den Geruch ihres Großvaters.

DUMMER AUGUST

(1994)

Sie hat sich die Haare schneiden lassen. Trägt sie jetzt kurz
mit Seitenscheitel. Er mochte ihre langen Haare. Aber es
steht ihr gut. Wie sie da auf dem Bahnsteig auf ihn zukommt
mit ihrem Tantenköfferchen, ganz in Schwarz gekleidet,
und knallrote Lippen. Sie geben sich Küsschen auf die Wangen, wie sie das immer tun, wie sie das angefangen haben,
als Hanna vor zwei Sommern mit ihnen unten in Frosinone
war. Sie machte Interrail durch Italien, allein, er drehte fast
durch, als Mädchen allein durch Italien. Ihre Großeltern er-
laubten das einfach. Eine Woche war sie bei ihnen, und eine
Woche konnte er sie wenigstens begleiten, mehr Urlaub
hatte er nicht, nach Neapel und Sorrent, und da ging dann
auch was. Dafür stiefelte er gern in der größten Sommerhitze mit ihr durch Pompeji. Nach ein paar Tagen reiste sie
weiter nach Sizilien, und er musste zurück. Scheißausbil-
dung, Scheiß! Ausbildung! Der Job ist immer noch kacke,
jetzt verdient er wenigstens ordentliches Geld, aber das
wird er ihnen zeigen, bald schon, er wird nicht bis an sein
Lebensende technische Zeichnungen von Scheißhäusern
und Abflussrohren anfertigen.

Er will Hanna den Koffer abnehmen, wo hast du das alte
Ding denn her, vom Flohmarkt, der ist cool, sagt sie und
wechselt ihn in die andere Hand, weg von ihm. In den Kofferraum wuchten darf er ihn, mit solchen Pappschachteln

sind seine Leute nach Deutschland gekommen, was soll an dem alten Zeug charmant sein, wenn es schicke, stabile Rollkoffer gibt. Er beschleunigt den Berg hinauf, normalerweise essen sie immer als Erstes Pizza bei ihnen, wenn sie zu Besuch kommt, aber diesmal hat sie einen späteren Zug genommen, und der Ofen ist schon aus. An der Ampel blinkt er nach rechts, ob sie in der Stadt Eis essen will stattdessen. Lieber erst nach Hause, sagt sie und zeigt geradeaus, morgen vielleicht. Er spielt am Abend auf einer Hochzeit, in zwei Stunden muss er los, wenn sie jetzt erst nach Haus will, dann ist heute gelaufen. Das geht bis drei Uhr morgens oder länger, da pennt er erst einmal bis mittags, dann hilft er seinen Eltern in der Wirtschaft und fährt Pizzen aus, alles für Mailand. Also heim? Hab ich doch gesagt. Die Ampel wird grün, und Hanna weist noch einmal stadtauswärts.

Wie geht es denn so? Was macht die Musik? Danke fürs Abholen.

Ma, volentieri! Alles gut. Alles beim Alten.

Das stimmt wie immer und überhaupt nicht mehr. Er will ihr von Mailand erzählen, von seinem Plan, DEM PLAN, niemand weiß bisher davon, und Hanna soll es als Erste erfahren. Vielleicht sind es die kurzen Haare. Die roten Lippen. Er muss sich erst daran gewöhnen. Nie, nicht einmal wenn sie in die Disco gingen, schminkte sie sich die Lippen rot. Sie trug ihre langen Haare offen und Glitzerstaub um die Augen, auf den Lippen nur ein wenig Gloss. Und nun die schwarze Kleidung, der dicke Lidstrich, die roten Lippen, all diese kräftig abgesetzten Farbblöcke.

Und bei dir?

Auch alles gut.

Und das Italienisch?

Sie hat monatelang hin und her überlegt, was sie studieren soll, Deutsch und Englisch oder Italienisch oder doch Medizin oder vielleicht auch Kunstgeschichte und hat sich schließlich für Englisch und Italienisch eingeschrieben, nachdem sie zurück war von ihrer Rundreise. Und sie ging nicht nach Berlin, sondern blieb im Süden, wenn sie auch seltener zu Besuch kommt, als er sich das gedacht hatte.

Tutto bene. Benissimo.

Sie hat bei ihnen einen Haufen aufgeschnappt, konnte den Gesprächen in seiner Familie irgendwann mühelos folgen, doch jetzt lernt sie es richtig, an einer Universität. Lernt es von Grund auf, lernt das Italienisch von Dante und nicht das von ihnen. Trotzdem unterhalten sie sich weiter auf Deutsch. Es ist schräg, sich auf Italienisch zu unterhalten, wenn man sich ein Leben lang in der anderen Sprache kennt. Man wird anders. Sie wird dann eine andere. Fremd wie ihre roten Lippen. Es geht auch nicht so flüssig, natürlich nicht, und es fühlt sich falsch an, Hanna etwas vorauszuhaben, schlauer zu sein als sie.

Er will ihr von Mailand erzählen, aber er muss sich da erst herantasten. Es liegt etwas in der Luft, das ihn schüchtern macht, und dass das so ist, verunsichert ihn noch mehr. Sie erzählt ihm vom Studieren und vom Studentenleben, was anderes als das Leben hier zwischen Zeichenprogramm und Pizzeria, tagaus und tagein, und tanzen war er auch schon lange nicht mehr, weil sie nie da ist und weil er hinter dem Keyboard steht, wenn andere tanzen. Sie schwärmt von Dante und Boccaccio, die sie jetzt im Original liest, die stehen bei ihnen in der Vitrine, neben den Fotoalben und dem Goldrandteller mit dem Gesicht von Benedetto da Norcia und der Abtei von Monte Cassino im Hintergrund, er glaubt nicht, dass irgendjemand in der Familie je darin geblättert hat. Während er durch den Wald fährt, erzählt sie ihm von einem Roman, den sie gerade liest, eine Liebesgeschichte im Italien der letzten Kriegsjahre, Spionage, Verrat, Minenräumung, eine Frau und drei Männer in einer Villa in Florenz, er schnalzt mit der Zunge, und das findet sie doof. Sie nutzt Worte, die er nicht versteht, postmodern, kaleidoskopisches Erzählen, Ellipsen kennt er halt vom Zeichnen. Er weiß doch auch so, dass sie schlau ist. Die Gotenstellung, sie hatte ja keine Ahnung, was da abging im Apennin zwischen Florenz und Bologna, ob seine Eltern ihm je von den Kämpfen im Krieg erzählt haben?

Die sind doch erst danach geboren.

Deine Großeltern.

Die seh ich doch nur im Sommer, warum sollten wir da vom Krieg reden. Aber sie sind total stolz, dass man die Abtei in den Fuffzigern wieder aufgebaut hat. Da hängt ja auch das Foto in der Wirtschaft. Wir waren doch dort, als du vor zwei Jahren bei uns warst, erinnerst du dich nicht mehr?

Sie nickt. Ja, aber da war mir das alles nicht so klar.

Du kannst mir das Buch ja mal zu lesen geben.

Ich hab's nur auf Englisch. Sagt's und verzieht ihre roten Lippen. Aber ich kann es dir ja mal auf Deutsch schenken.

Sie kann es auch bleiben lassen. Er liest gerade Die Säulen der Erde und findet das ziemlich gut, aber ihm ist nicht mehr danach, Hanna davon zu erzählen. Sie schwärmt vom Rinascimento und von Italiens Kultur, jener im Großen und Ganzen, er hängt gerade noch irgendwo zwischen der englischen Kathedrale und dem Kloster von Monte Cassino und denkt, italienische Kultur ist auch, dass die ganze Familie in alle Winde verstreut ist, weil die Scholle daheim nicht genug hergibt. Man sieht sich im Sommer zu Hause im Dorf, das für vier Wochen zum Leben erwacht und den Rest des Jahres nur halb so viele Bewohner hat. Italienische Kultur ist, dass seine Oma noch von der Malaria erzählt. Und manchmal auch vom Krieg. Aber dann kommt man auch schnell wieder weg davon. Italienische Kultur sind die Schnulzen, die er heute Abend wieder rauf und runter spielen wird, sie könnte ihn vielleicht begleiten und ihm in den Pausen Gesellschaft leisten, mit ihm am Buffet essen, er verwirft den Gedanken gleich wieder.

Rom, ab Oktober.

Jetzt hat er verpasst, was sie gesagt hat.

Scusa?

Sie wiederholt es. Ein Jahr in Italien, in Rom, in Rom!, und wenn sie zurückkommt, wechselt sie an die Uni nach Berlin. Ihm springt Schweiß in die Handflächen. Sie strahlt ihn an, er blickt kurz zu ihr und konzentriert sich wieder auf die Straße, wischt sich eine Hand an der Hose ab. Sie sinkt in den Sitz zurück und sagt, du sagst ja gar nichts.

Er hat einen Plan, dafür spielt er auf den Hochzeiten und schmiert sich Brillantine ins Haar, zweigt heimlich vom Geld was ab, wenn er Pizzen ausfährt, deswegen hat er die Vespa verkauft, als sich eine gute Gelegenheit bot. Er wird nach Mailand gehen, doch das interessiert jetzt nicht mehr, weil sie vor ihm nach Rom gehen wird.

Er biegt in der Kurve ab und fährt schwungvoll den Kirchberg hoch. Er hält so knapp vor ihrer Haustür, dass er nur mühsam zur Fahrertür rauskommt. Er reicht ihr den Koffer und riecht ihren altvertrauten Geruch, als sie sich mit Küsschen verabschieden, morgen dann, ich meld mich am Abend, wenn ich mit allem durch bin.

Va bene, sagt sie und muss warten, bis er davongefahren ist, um ins Haus eintreten zu können.

Auf der Hochzeit macht er zeitig Schluss. Im Auto schiebt er die Kassette von Gianna Nannini ein, solche Musik kann er natürlich nie spielen. Was sich lohnen würde, kann er nie tun. Die Nacht mit Füßen treten, tu col cuore fuori strada, das Herz im Straßengraben, ragazzo dell'Europa. Als er gegen halb vier im Leerlauf den Berg runterrollt, sieht er, dass in Hannas Gaube noch Licht brennt. Er fühlt die Fremdheit als Druck hinter dem Brustbein. Rom. Wenn alles klappt mit seinem Plan, wird er nach Mailand gehen, solange sie noch in Rom ist, sie könnten sich besuchen, aber die Vorstellung schmeckt nicht süß. Er fährt sein Schicksal in der Gegend herum, das mag sein, Gianna, aber von wilder Liebe keine Spur, Patrizio dreht der Gianna, die eigentlich gar nicht singen kann, den Saft ab. Er parkt hinterm Haus und verscheucht eine Katze von den Mülleimern. Er nimmt nur den Umschlag mit Geld an sich und das Keyboard, alles andere holt er, wenn er ausgeschlafen hat. Er schleicht sich ins Haus, reißt sich in der Küche ein halbes Baguette ab, Sardellen, Käse, Schinken. Auf dem Tresen steht eine angebrochene Flasche Hauswein, er setzt sich an einen der Tische am Fenster.

In Mailand war er in eine Bar gegangen und hatte die Leute beobachtet, die von der Arbeit kamen und zum Aperitif strömten, der Tresen voller Tellerchen und Schalen mit Schinken und Oliven, Käsewürfeln und Kapernäpfeln, auf einem kleinen Rechaud köchelte Leberragout, das Bier war schamlos überteuert, aber hinterher hatte man gegessen. Er saß an einer der Spiegelwände und kam sich vor wie ein

Bauer aus der schwäbischen Provinz. Ihre Pizzeria, die hier im Dorf einen schwachen Hauch von Exotik hatte, erschien ihm als genau die Dorfwirtschaft, die sie war, nur dass statt Maultaschen und Wurstsalat eben Quattro Stagioni auf der Karte standen und neben Weizenbier auch Montepulciano ausgeschenkt wurde.

Er steht noch einmal auf und holt sich in der Küche das gute Olivenöl, das nicht in die kleinen Fläschchen auf den Tischen gefüllt, sondern nur über die Bresaola geträufelt wird und ansonsten in der Familie bleibt. Das weiß von denen hier eh keiner richtig zu schätzen. Er gießt eine kleine Lache in den Teller und tunkt ein. Gesättigt lehnt er sich an die Wand und streckt die Füße lang aus. Beine, würde sie sagen. Sie korrigiert plötzlich an ihm herum, wo er redet, wie er immer geredet hat. Sie kann so schlau daherreden wie keine andere, das hat ihm immer an ihr gefallen, sie war nie aufs Maul gefallen. Aber jetzt ist etwas anders geworden, und er ist verwirrt. Dass er ihr nicht von Mailand erzählen konnte. Oben in seinem Zimmer liegen die Prospekte unter dem Bett. Bei anderen stecken Pornohefte unter der Matratze, er hortet Kataloge von hochwertigen italienischen Armaturen. Er leert die Flasche Wein in sein Glas. Er wusste nach der Schule nicht genau, was er wollte, sein Vater wollte, dass er was Ordentliches lernt, und kam ihm zuvor, so wie Hanna ihm jetzt mit Rom zuvorgekommen ist. Er regelte für ihn, dass er bei einem Sanitärbetrieb eine Ausbildung zum technischen Zeichner machen solle, der Chef spielt in der Altherrenmannschaft und kommt jede Woche zum Stammtisch, er habe doch immer ganz gut zeichnen können, das wäre doch genau das Richtige. Er wusste nicht genau, was er wollte, aber das sicherlich nicht. Er war zu spät dran, um etwas anderes zu finden. Mit der Musik hätte er vielleicht was machen wollen, aber mit mittlerer Reife kommst du da nirgends hin, und was hätte er an der Musikhochschule bei diesen ganzen Bürgerlichen sollen. Er hat sich irgendwann mal die Prospekte der schicken Armaturen aus Italien mit nach Hause genommen, die sein Chef den anspruchsvolleren Kunden mitgibt. Gerade bauen sie oben am Hang in einer Villa ein Bad, das nur mit dem Besten aus Italien ausgestattet wird. Weißer Marmor, goldene Wasserhähne, haufenweise Spiegel, da kommt man rein und erwartet, dass Kleopatra hier in Milch badet. Er hatte die Prospekte auf seinem Tisch liegen, wochenlang, hatte keine genauen Absichten, aber diese vage Verbindung nach Italien war tröstlich, irgendwas würde er eines Tages damit anfangen. Er betrachtete die Fotografien der eleganten Bäder, die Glanzlichter auf Chrom und Porzellan, studierte die technischen Zeichnungen und Spezifika der Produkte, Italien wurde sein Ausweg aus dieser Perspektive, ein Leben lang die Abflussleitungen für schwäbische Scheiße zu zeichnen.

Als seine Leute diesen Sommer die Pizzeria zumachten, hat er sich eine Hochzeit ausgedacht, sagte, er würde nachkommen. Er hatte sich die Adressen besorgt und ist mit seinem Auto alleine gefahren, über den Gotthard, wo er auf der Terrasse Rösti aß und nach Süden blickte, dann rollte er die Passstraße runter und hat diese Firmen abgeklappert. Er hätte es ja vorher wissen können, allein anhand der Karten, aber wenn man davorsteht, ist es nochmal offensichtlicher. Die waren am Arsch der Welt, in jenen grauenvollen Industriegebieten entlang der Autobahn in der Poebene, wo man im Winter den Nebel in Scheiben schneiden kann. Da kann er auch hierbleiben. Dummkopf. Er war schon auf dem Weg

nach Bologna, als ihm die Idee kam, sein Plan Form an-
nahm. Er stoppte an einem Autogrill und rief die Auskunft
an, ließ sich die Nummern und Adressen der Agenturen geben, die klein auf der letzten Seite der Hochglanzprospekte
standen, zwei davon waren in Mailand. Er drehte um und
fuhr zurück. Ein elegantes Gebäude in der Nähe der Galleria
Vittorio Emanuele II. So zerknittert konnte er da unmöglich
klingeln, es war auch schon nach Feierabend, die Mailänder
in ihren dunklen Anzügen und schicken Kostümen kamen
aus den Büros und trafen sich in den Bars. Er trank in einer
stillen Ecke in kleinen Schlucken sein Bier und fühlte es vibrieren, hier gehörte er hin, hier wollte er sein.

Als er zurückkam, hatte man sein Auto geknackt, war er,
als Italiener in Italien, ausgeraubt worden, er und sein Auto
mit deutschem Kennzeichen. Geld und Papiere und Sonnenbrille trug er bei sich, er war ja nicht dumm. Den Walkman
auf dem Beifahrersitz hatten sie ihm netterweise gelassen.
Weg war sein brandneuer Rollkoffer mit den Strandklamot-
ten und dem letzten Commissario Montalbano. Er fand eine
erschwingliche Pension und ging sich am nächsten Tag neu
einkleiden, investierte den Gegenwert einer Hochzeitsgage
in ein Outfit. Ging zum Friseur, kaufte sich ein Rasierwasser
von Dolce & Gabbana. Nach der Mittagspause war er bereit.
Er klingelte an jenem Palazzo und trat der versnobten Emp-
fangsdame gegenüber. Stell dir die Leute auf dem Klo vor,
auf dem Scheißhaus sind alle gleich, auch wenn die Wasserhähne golden glänzen. Sie kann nur das Telefon bedienen,
aber er ist technischer Zeichner. Sein Glück war, dass der
richtige Mann durch eine der Glastüren trat und fragte, was
liegt an?

Einen Job geben sie ihm nicht, aber er kann ein Praktikum

bei ihnen machen. Sechs Monate, unbezahlt. Sie stellen ihm ein Zimmer, wenigstens das, ein halbes gerade mal, einen posto letto. Er hat das seinen Eltern noch nicht gesagt, doch egal, wie sie das finden, er macht das. Er will raus aus dieser Welt, in der am Stammtisch ein Ausbildungsplatz klargemacht wird und sein Vater dem Alfons nun Woche für Woche aus Dankbarkeit ein Bier ausgibt. Als Erstes wollte er es Hanna erzählen, doch Hanna hört ihn nicht mehr, Hanna war schneller, Hanna geht nach Rom.

Er wacht auf, als Serafina ihn sachte an der Schulter rüttelt. Sie arbeitet Schichtdienst, hat schon die Uniform an. Wie viel Uhr ist?

Halb sechs, geh ins Bett.

Er schiebt sich die Haare aus der Stirn. Er wird sie vermissen, wenn sie nach Schottland geht. Sein Onkel ist nicht im Wirtschaftswunder nach Deutschland gekommen, sondern den Pfaden so vieler anderer aus Frosinone nach Glasgow gefolgt. Im Sommer laufen all diese Wege wieder im Lirital zusammen, und Serafina hat sich verliebt in einen Cousin aus der schottischen Sippe. In diesen Sommerferien haben sie alles klargemacht. Alle gehen sie. Immer geht irgendwer. Irgendwohin.

Als er mittags aufsteht, riecht er von unten schon den Holzofen. Sein Vater hat ihm das Keyboard hochgetragen und vor seinem Zimmer abgestellt. Patrizio holt sich unter der Dusche einen runter, dann setzt er einen Kaffee auf. Der Kühlschrank in dieser privaten Küche ist so gut wie leer, letzten Endes leben sie doch in der Gastwirtschaft und kommen hier herauf nur zum Schlafen.

Am Stammtisch sitzt die Altherrenmannschaft zum Früh-schoppen, Patrizio grüßt seinen Chef mit einem kurzen Sa-lut. Sein Vater schiebt ihm gleich einen Stapel von vier Piz-zen hin, schon fertig in Kartons verpackt, und legt den Geldbeutel obendrauf, avanti sbrigati, der ist natürlich schon voll in Fahrt. Im Auto nimmt Patrizio sich erst einmal einen Zehner aus dem Geldbeutel. Als er zwanzig Minuten später wieder in die Wirtschaft tritt, sitzt am Stammtisch auch der Ludwig, der ist zwar fürs Fußballspielen zu alt, mischt aber immer mit und hat zu allem eine Meinung. Aus dem Radio schmachtet der ewige Eros, auf jeder gottver-dammten Hochzeit steht irgendwann eine Dame vor ihm und wünscht sich ein Lied von Ramazzotti, sie sagen aber nie Ramazzotti, immer Eros. Seine Mutter winkt ihn zu dem klei-nen Tisch nahe der Kasse und stellt ihm einen Teller mit Lin-guine hin, mangia.

Mit einem Ohr hört er mit, was am Stammtisch gespro-chen wird, jemand korrigiert den Ludwig, nicht bei seiner Familie habe das erste Auto gestanden, sondern der Erich hatte das erste, wenige Jahre nach dem Krieg schon, als er ins Dorf kam und die Schule übernahm. Genau genommen gar nicht mal er, sondern die Katharina. Es war ihr Auto, und bis Anfang der Fünfziger ihr Kind auf die Welt kam, fuhr sie damit jeden Tag in die Uhrenfabrik, wo sie als Chefsekretä-rin arbeitete. Denen ihre Tochter, die war schon immer ein Luder. Die eine ein Luder, und die nächste ein Kühlschrank. Grad ist sie wieder da, die Stimme von Ludwig, und habt ihr gesehen, wie die jetzt rumläuft.

Patrizio dreht seine Pasta auf die Gabel und hofft, dass gleich wieder Pizzen auszufahren sind.

Die hat dich aber ganz schön abblitzen lassen gestern!

Patrizio hält einen Moment den Nacken steif, dann blickt er doch rüber. Ludwig, der mit dem Rücken zur Tür sitzt, hat sich auf seinem Stuhl herumgedreht und einen Ellbogen auf die Lehne gelegt. Die hat sich am Bahnhof abholen und heimchauffieren lassen, und dann ging nix, stimmt's? Ich hab euch genau gesehen. An ihre Mutter hättest du dich halten sollen, da wär mehr zu holen gewesen, mein Lieber. Die hätte schön die Beine breit gemacht.

Er lacht und dreht sich wieder zum Tisch, ohne eine Antwort abzuwarten. Patrizio fühlt die Hand seiner Mutter auf der Schulter, mit der anderen nimmt sie seinen leeren Teller an sich. Tiramisu o Panna cotta, fragt sie leise.

Was ist jetzt eigentlich mit eurem Hof, wenn der Magnus ernst macht, fragt einer aus der Mannschaft, just als Magnus und Sabrina hereinkommen. Ludwig, mit dem Rücken zur Tür, setzt sein Weizenglas hart auf der Tischplatte ab und sagt, noch so ein Luder. Als der mit der Sabrina zusammenkam, dachte ich, jetzt hat das Vagabundieren ein End, aber die spielt das auch noch mit. Statt dass sie dafür sorgt, dass der Kerle heimkommt, geht sie als Ernährungstante da auf die Plattform. Dass der solche Flausen im Kopf hat, meinetwegen, aber die Schnepfe findet das auch noch gut!

Während Patrizio beobachtet, wie sein Chef dem Ludwig Zeichen macht, stellt sich Sabrina breit hin und ruft vom Eingang her, Köchin, Ludwig, ich war Köchin! Und das Wort, das du suchst, heißt Ökotrophologin. Nicht Schnepfe.

Ein paar von der AH lachen. Magnus guckt ganz stolz auf seine Sabrina. Ludwig dreht sich auf seinem Stuhl und wirft einen verächtlichen Blick auf die beiden, dann wendet er sich wieder zu seinem Bier und umgreift das Glas mit beiden Händen. Er spricht mehr zum Bier als zu irgendjemand sonst. Wenn der Hof vor die Hunde geht, ist das eure Schuld, eure Schuld, ich sag's euch, jetzt bin ich bald sechzge, und ihr lasst mich die ganze Arbeit alleine machen. Alles geht den Bach nab. Alle gehen sie fort! Erst der Peter, dann der Elmar, jetzt du auch noch. Haut ab! Leckt mich doch alle am Arsch!

Patrizio hat das Drama am Rande mitbekommen, weil Serafina, Sabrina und Magnus' Schwester Elisabeth Jahrgängerinnen sind. Magnus soll den Hof übernehmen, will aber nicht. Der hat nach dem Bund Schlosser gelernt, es klingt, als sei er damit so zufrieden gewesen wie Patrizio als technischer Zeichner. Statt auf den Hof ist er danach auf die FH und in den Semesterferien zum Geldverdienen nach Norwegen gegangen. Noch einer mit einem Plan. Dann hat er dort unterschrieben, und die Sabrina kann damit offenbar leben. Ein paar Wochen war sie auf der Ölplattform, kam aber mit dem Lärm nicht klar, hat aufs Festland gewechselt, irgendwas im Tourismus. Jetzt ist sie wieder ganz hier und der Magnus nur alle paar Wochen, er hilft aus auf dem Hof, aber angeblich redet der Ludwig seit Monaten nicht mehr mit seinem Sohn. Und der Witz an der ganzen Sache ist, dass die Elisabeth mit einem Jungbauern zusammen ist, der die Landwirtschaft übernehmen würde, aber dem Mädchen will's der Ludwig nicht geben, wär ja noch schöner.

Magnus redet mit dem capo über die Glasscheibe am Marmortresen. Die ganze AH-Mannschaft hat gerade Pizza bestellt, bis die alle durchgebacken sind, sein Vater hebt bedauernd die Schultern, halbe Stunde mindestens. Sabrina bläst die Backen auf. Patrizio fragt, ihr hockt euch raus aufs

Bänkle wie immer, oder? Schließlich zweigt sein Vater eine Funghi schon mal ab und drückt Magnus den Karton in die Hand, die Quattro Stagioni bringt Patrizio raus, wenn alle versorgt sind, er nickt, das geht ja sonst ewig.

Die beiden sitzen oberhalb der Kreuzung unter der Kastanie, die Hitze der frischen Pizza dringt durch den Karton auf Patrizios Hand, er hat noch drei Dosen Cola in der anderen und den Geldbeutel zum Abkassieren im Hosenbund klemmen, Cassa! rief ihm sein Vater hinterher und wedelte mit der schwarzen Lederrolle. Er verteilt die Colas, aufs Haus. Sabrina bietet ihm ein Achtel der Pizza an, und er nimmt es gerne, der Teller Pasta seiner Mutter scheint schon wieder lange zurückzuliegen.

Magnus kommt mit dem Stress daheim anscheinend ganz gut klar. Mein Vater halt. So kennt man den. Sucht man sich nicht aus. Ich frag mich bloß, wie meine Mutter den ertragen kann. Und zu Sabrina sagt er mit einer Grimasse, überleg dir das gut mit dem Heiraten, den hast du dann an der Backe, nicht nur mich.

Nur der Tod ist umsonst, sagt Sabrina und lässt sich einen Zipfel Pizza von oben in den Mund gleiten, kaut, sagt dann mit vollem Mund, genau genommen nicht einmal der.

Ihr wollt heiraten?

Die zwei nicken synchron. Frühjahr oder Maijuni, irgendwann um den Dreh. Aber wir wissen noch nicht, ob in der Halle oder in der Wirtschaft, und für Wirtschaft sind wir schon ein bisschen spät dran. Macht ihr eigentlich auch Catering?

Patrizio schüttelt den Kopf.

Aber du könntest Musik machen, oder? Wie lange bist du im Voraus ausgebucht?

148

Frühjahr, denkt er, da bin ich schon gar nicht mehr da, aber sagen tut er, kein Stress, meldet euch einfach, wenn ihr Bescheid wisst wegen dem Datum.

Hanna würde jetzt den Genitiv korrigieren. Er kann ihr nichts mehr recht machen.

Wie geht es denn eigentlich deiner Schwester? Die sieht man gar nicht mehr.

Gut so weit. Die ist heute schon um sechs zum Schaffen. Und die will vielleicht auch heiraten, bald. Einen Vetter aus Glasgow.

Echt? Dann zieht die da hin? Sabrina stupft Magnus an, dann fliegen wir von Norwegen rüber. Oder du heuerst gleich bei BP an.

Er lacht und schüttelt den Kopf, die zahlen nicht so gut wie die Norweger.

Krass, Sabrina hat fertig gegessen und legt den Karton auf dem Boden unter der Bank ab, voll krass, wo's uns überall hinverschlägt, du in Norwegen, der Peter in Amerika, dein kleiner Bruder in Afrika, die Fina geht nach Schottland, das ist doch total irre. Was macht denn die Hanna, wo ist die eigentlich?

Er könnte jetzt sagen, die ist auf dem Sprung nach Rom, er könnte auch sagen, ich geh bald nach Mailand, doch Magnus fragt dazwischen, wohnen bei denen nicht gerade diese Jugos?

Keine Ahnung.

Doch, sagt Sabrina, hab ich gehört, er ist, glaub, Wissenschaftler und sie Ärztin, die sind vor dem Krieg in Bosnien geflohen und wollen weiter nach Kanada. Der Erich lässt die im alten Schulzimmer wohnen.

Dass es die hierher verschlägt, hier ist doch nichts. Weißt

du, dass so jemand in einer großen Stadt landet, aber wie kommt jemand aus Bosnien ausgerechnet zu uns?

Ihr hättet auch einen Haufen Platz im Haus.

Wie meinst du?

Ha, die ganzen Kinderzimmer bei euch. Stehen doch alle leer. Sind haufenweise Leute auf der Flucht.

Spinnst du? Sollen wir jetzt ein Flüchtlingsheim aufmachen? Und die grillen dann Cevapcici bei uns in der Küche?

Ich mein gar nix. Sabrina legt Magnus die Hand auf den Schenkel.

Mein Vater würde die jeden Morgen zum Appell antreten lassen.

Magnus, sag doch so was nicht.

Abgesehen davon, dass bei uns daheim wirklich der letzte Ort ist, wo irgendein Ausländer unterkommen will, geht einem der Erich aber auch auf den Seier. Läuft herum wie das wandelnde Gewissen, und alle anderen müssen sich schlecht fühlen. Was der alles tut, mit seiner Friedensstifterei und seinem Sonnenblumenaufpepper am Auto und Sozi und Tschernobyl, es gibt nix, worum der sich nicht schert. Und immer, aber wirklich immer hat der eine andere Meinung. Und jetzt gibt er denen auch noch das Schulzimmer, und der Ortschaftsrat muss gucken, wo er bleibt. Ist doch klar, dass alle gegen den sind.

Er trinkt den letzten Schluck und zerdrückt die Dose zwischen den Fingern. Patrizio dreht die Lasche seiner Cola um den Finger wie einen Ring, alle heiraten gerade, und merkt der Magnus eigentlich, dass hier grad ein Ausländer neben ihm auf der Bank sitzt, und, das fragt er sich auch, ob der Ludwig zwar mit der A H bei ihnen Pizza bestellt und dann aber daheim über die Spaghettifresser herzieht. Hanna hat bestimmt jemanden, sie kann sich vor Verehrern kaum retten mit ihrem Bambiblick und ihrer feenhaften Erscheinung, mit ihrer Rätselhaftigkeit. Und wenn sie niemanden hat, dann sucht sie jemanden, und das ist nicht er. Magnus isst die kalten Pizzaränder, die Sabrina übrig gelassen hat, sie reden wieder über ihre Hochzeit. Patrizio steht auf und kassiert ab, er schiebt sich den Zwanziger von Magnus direkt in die eigene Tasche, und als er von der Bank auf dem Hügel heruntersteigt, hört er die beiden miteinander schäkern.

Als er am Abend auf den Kirchberg geht, steht bei Ludwig das große Scheunentor offen, er richtet irgendwas, arbeitet am heiligen Sonntag, genau wie seine Leute daheim in der Wirtschaft. Normalerweise würde er zur offenen Tür hineingehen und nach Hanna rufen, diesmal klingelt er. Oben öffnet sich das Küchenfenster, ihre Oma ruft heraus. Patrizio geht ein paar Schritte zurück, um sich nicht den Hals zu verrenken. Hanna ist in der Stadt und trifft eine Freundin, ob sie was ausrichten solle? Nein, nichts ausrichten. Danke. Aus den Augenwinkeln sieht er den Ludwig im Gegenlicht seines Scheunentores stehen, Patrizio wendet sich nach rechts und geht um die Kirche herum, um auf der anderen Seite über die Treppen wieder vom Kirchberg hinabzusteigen. Nur dem seinen Weg jetzt nicht kreuzen.

Am nächsten Tag arbeitet er wieder, abends ist Fußballtraining. Sie hatten ausgemacht, dass er am Sonntag vorbeischaut, und sie war nicht da. Ihre Oma hat ihr bestimmt trotzdem ausgerichtet, dass er nach ihr gefragt hat. Am Dienstag wartet er ab, ob sie nicht selbst vorbeikommt. Am Mittwoch meldet er sich bei Loredana und lässt sich zum Abendessen einladen, schaukelt seinen kleinen Neffen auf den Knien, und Serafina kommt nach Feierabend auch noch dazu. Am Donnerstag öffnet ihm der Erich die Tür und sagt, dass sie nur ein langes Wochenende geblieben sei.

Aber es ist doch erst August?

Ja, ja, das ist richtig, sie hat noch Semesterferien, aber sie besucht ihre Mutter in München und fährt von dort zu einem Sprachkurs nach Verona, drei Wochen.

Durchs Treppenhaus hört er jemanden Klavier spielen, gar nicht mal so schlecht. Der Arzt oder die Lehrerin, auf Zwischenstation auf dem Weg nach Kanada, Zuflucht mit Klavier, kein übler Ort, den sie erwischt haben. München. Verona. Und wieso jetzt auf einmal ihre Mutter?

Beim Ludwig ist alles dunkel, Patrizio schlägt trotzdem den Weg in Richtung Kirche ein. Erich ist einen Schritt aus dem Flur getreten und ruft ihm nach, Patrizio! Bevor sie nach Rom geht, kommt sie nochmal hier vorbei, sie muss ja ihre Sachen unterstellen, da gibt es gewiss noch Gelegenheit. Ich sag ihr, sie soll sich melden.

Patrizio dreht sich einmal um die eigene Achse und winkt ab, dann biegt er in den schmalen Durchgang zwischen Pfarrhaus und Sakristei ein. Als er in die Wirtschaft kommt, läuft im Radio das vermaledeite Ciao, Ciao bambina, Patrizio zieht den Stecker und hört das porca puttana seines Vaters in der Küche. Er geht nach hinten durch und rammt seinen Schlüssel in einen Sack Mehl. Sprachkurs in Verona. Vaffanculo.

LÖWE

Sie arbeitet den Rosenkranz der Selbstverpflichtungen ab.
Sie hat die Uhr aufgezogen. Gemächlich lässt sie ihre elektrische Zahnbürste durch den Mund gleiten, von oben nach
unten, von unten nach oben, und den Versuch, nebenbei
auf Fersen und Zehen zu wippen, reiht sie als weitere Perle
auf die Kette. Pro Tag ein Schrankfach, eine Lade, ein Objekt, das hat sie sich vorgenommen. Tag um Tag soll das
Haus ein bisschen leerer werden. Wir sind nackt gekommen, und nackt gehen wir, doch trotz der handlichen Einheiten ist ihr die Aufgabe zu groß. Sie zieht sich den Stuhl
ans Gaubenfenster und lässt die Zeit ungenutzt verstreichen, diese Zeit, die ihr mit jedem Tag in solcher Überfülle
neu zugemessen und dennoch nicht genug sein wird. Sie beobachtet, wie der Wind durchs Tal vagabundiert. Er hat
eine Form und einen Weg, sie sieht ihn durch die Baumkronen streichen, ein Zittern der äußeren Blätter kündet von
seinem Ansturm, der die ganze Krone erfasst mitsamt den
innenliegenden Partien. Sie folgt seiner Bahn. Wie er in die
Bäume hineinfährt, seine Stelle findet und anbeißt, das Aufbäumen, Nachgeben, Loslassen der Äste und Zweige. Der
Sommer ist vorbei.

Über die Linde hinweg sieht sie die Villa am Hang unterhalb des Friedhofs. Da ist jemand zu Geld gekommen und
musste nicht sparen, auch nicht an Nixen und Amphoren.

Das Haus hat mehrere Terrassen, und auf der Balustrade der oberen sitzt ein weißer Löwe. Man hat ihn in eine Art Yogasitz gezwungen, damit er auf dem Eckpfeiler Platz findet, und von dort blickt er in die Weite des Tals. Sie stellt sich vor, wie der Wind mit seiner Mähne spielt. Am späten Nachmittag wird er von der Sonne angestrahlt. Sie besucht ihn täglich, in Blicken, von ihrem Stuhl am Fenster aus, im ungenauen Licht des Morgens verschmilzt er mit der Umgebung, über den Tag hinweg gewinnt er an Schärfe und beginnt zu einer gewissen Stunde des Nachmittags zu leuchten. Sie wünscht, er möge den Kopf wenden und sie ansehen.

Als es im Treppenhaus rumort, erwacht sie aus ihrer Betrachtung. Das Intermezzo der geschlossenen Tür ist vorbei. Es gibt keine ländliche Abgeschiedenheit. Jetzt ist es Patrizio. Er redet mit jemandem. Hanna vernimmt jene Stimme, die sie immer bei ihrem vollen Namen genannt hat: Giovanna. Sie hat Sofia seit der Beerdigung nicht mehr gesehen, und nun tritt sie ihr gegenüber in Boxershorts und einem alten Shirt und bemerkt, wie durchgefroren sie ist. Sofia hat sich wenig verändert, die Frau hatte zu ihrer Jugend gehört wie eine entfernte Verwandte, und neben der intellektuellen Begeisterung ihres Großvaters war sie es, die eine ganz andere, komplementäre Italiensehnsucht in Hanna wachrief, Venedig und Panna cotta, Dante und das Festival von San Remo. Sie hat Falten bekommen und trägt ihr vormals dunkles Haar jetzt auberginefarben. Ihr Tätscheln verrät die Kraft ihrer Hände, dann nehmen sie sich in die Arme, in der Mütterlichkeit dieses Drucks möchte sie weilen.

Als sie angekleidet wieder in die Küche kommt, hat Sofia alle Fenster geöffnet und lüftet das Bettzeug. Patrizio

schleppt Staubsauger und Mopp die enge Stiege herauf. Im
ersten Moment denkt Hanna noch, Leihgabe, während er
erneut zum Auto geht, dämmert ihr sein Plan. Nicht im
Ernst. Mit einem Eimer und einer großen Tüte Putzmittel
steht er wieder vor ihr, es kann nicht sein Ernst sein, dass
seine Mutter ihr das Haus putzen soll, nein. Sofia entpackt
die Tüte, hinter Hanna geistert Patrizio herum, das ist zu
viel Bewegung in ihrem Umfeld, überhaupt von allem zu
viel, Stopp! will sie rufen, heraus kommt Achtung!, das erfüllt zumindest seinen Zweck, beide schauen sie an. Was
denn?

No!

Sie wüsste zwar nicht, wer das sonst tun sollte, aber das ja
wohl nicht. Sie kann das mit Patrizio nicht ausdiskutieren
vor Sofia, obwohl die wahrscheinlich noch am besten ver-
stünde, wie es sich in unzulänglicher Sprache lebt, womöglich würde sie nicht nachvollziehen, warum es ein Problem
ist, dass Patrizio nicht selbst schrubbt, sondern seine Mutter. Assolutamente impossibile!

Aber so lass dir doch helfen!

Womöglich versteht Sofia sie doch. Sie nimmt sie beiseite, von Frau zu Frau, ein Schwall italienischer Worte, will
doch nur helfen, so wenig, was sie tun, außer putzen und
kochen nichts gelernt, darum geht es doch, ihr etwas Gutes. Soll es nehmen als Geschenk. Sie legt die Hände in eine
Bittgeste.

Sie will keine Almosen. Sie ist so übervoll mit Protest, mit
Ärger und Worten, und nichts davon kann richtig heraus.
Vado in bagno, sagt sie und schlägt die Badezimmertür hin-
ter sich zu. Andererseits: Sie wird hier nicht sauber machen.
Sie müsste sich um eine Putzfrau bemühen. Dann wäre sie

aus feministischer Sicht keinen Schritt weiter. Sie war nie gut darin, Hilfe anzunehmen. Nur mit Gegenleistung. Sie gibt es auf. Sie kann es auch einfach geschehen lassen. Als sie wieder in die Küche tritt, bricht Sofia in ein breites Lächeln aus und sagt ecco fatto, abgemacht, besiegelt mit jener italienischen Gestik, die zwischen Fingern, Händen und Schultern fließt und in einem einzigen Bewegungsablauf die Story zusammenfasst, wie man sich in eine ausweglose Situation fügt, indem man das Beste draus macht, und das Beste ist vielleicht gar nicht so schlecht, und schon hat man sich arrangiert, und ecco fatto tutti contenti. Sie hat keine Kraft mehr für die eigene Borniertheit. Es kann so einfach sein.

Sie übt das Loslassen und überlegt, was sie mit sich anfangen soll, sie kann ja nicht hierbleiben und zusehen, wie Sofia schuftet. Stromern. Momentan ist Stromern die Lösung für fast alles. Länger als eine halbe Stunde schafft sie aber nicht. Patrizio geht durch die Schränke. Er findet ein abgelaufenes Päckchen Filterkaffee, was nur minimal besser als gar nichts ist. Die Kaffeemaschine aus den Achtzigern, rosafarben. Er trinkt einen Schluck und schüttet den Rest angewidert in den Ausguss, nickt Hanna zu, andiamo? Sie schaut ihn fragend an, das wirst du dann schon sehen. Es gibt einen Plan, der über Putzen hinausgeht.

Aus dem Dorf hinaus setzt er schon den Blinker in Richtung Stadt, gibt dann aber kräftig Gas und zieht geradeaus weiter. Also Autobahn, Hanna ist es egal, in welche Richtung, dann ist es ihr doch recht, dass es nicht Stuttgart sein soll und Patrizio den Spätzle-Highway Richtung Süden nimmt, Richtung Sonne, Richtung See. Die Kuppe des Hohenkarpfen ragt wie eine Finne aus dem Becken des

Baarjura und bezeugt alte Höhen, alte Schichten, sie rasen an den Vulkankegeln vorbei auf die Alpen zu, die im Föhn klar und scharf und trügerisch nah vor ihnen stehen. Hanna erfasst Fernweh, sie möchte auf die Südseite dieses Kamms gelangen, wie schon als Kind, als sie beim Opa um einen Trip nach Italien bettelte und nur einen Ausflug auf die Reichenau bekam, an der sie sich jetzt im Stop and Go des Konstanzer Verkehrskollapses vorbeiarbeiten. Beim heiligen Markus von Mittelzell fällt Hanna die Villa mit dem Löwen ein, sie möchte Patrizio fragen, wem die gehört, doch die Sprache als abstraktes System von Zeit und Raum funktioniert nicht mehr, Hanna muss warten, bis sie wieder zurück sind und sie darauf zeigen kann wie ein Kind.

Patrizio trommelt auf dem Schaltknüppel herum, das Kettchen an seinem Handgelenk klackt gegen die Kunststoffplatte des Schaltplans, und Hanna wird in der Zeit zurückkatapultiert. Nicht nur der Pop, auch das Armkettchen, lange nach den Jahren, da sie auf der Stiege seinen Klavierstunden lauschte, nach den Jahren, da sie aufs Gymnasium ging und er in die Realschule, da er sie in der Öffentlichkeit schnitt und dann zum Klavierspielen kam und hinter den Fensterreihen alles war wie immer. Die Jahre, da er schon ein Einkommen und den Führerschein hatte und sie nicht. Achtzehnjährig, bevor sie nach Tübingen und dann nach Rom ging. Die Geborgenheit, wenn sie nach der Disco in den Morgenstunden zurück ins Dorf fuhren und Hanna auf dem Beifahrersitz einschlief, seine Rechte, mit der er am Schaltknüppel herumspielte, das Armkettchen ganz nah und von fern das Klappern des alten Scirocco. Diese Stunden über Land, manchmal hatten sie Leute im Auto, die sie nach und nach absetzten auf den

Dörfern, Hanna war es immer lieber, wenn sie nur zu zweit unterwegs waren.

Sauschwaben und Kuhschweizer ringen um den endlichen Platz entlang des Seeufers, Patrizio ergattert nach vielen Runden eine Parklücke auf höchst illegitime Weise und versteht die Sprache des deutschen Bluthochdrucks leider nicht, dispiace, Hanna macht es sich in der Aphasie gemütlich. Patrizio will sich in die Gassen schlagen, doch Hanna lotst ihn zur Marktstätte und zur Eisdiele, in die Weite und ins Licht, ans Wasser, wo sie sich in der Oktoberwärme zwischen Konzilsgebäude und Imperia auf eine Bank setzen. Sie wollte mit ihm nach Italien fahren. Das war der Plan gewesen, auf einmal ist dieses Stück wieder da, er sollte ihr Mailand zeigen und sie ihm Venedig, ein Plan, geschmiedet letztes Jahr in der Nacht auf Johanni, nach einer ganzen Flasche Ramazzotti. Im Sommer wollten sie in Italien sein, und dann wäre sie in die USA gegangen. Statt nach Italien und Harvard führte ihre Reise direkt ins Fegefeuer. Sie lässt sich die Herbstsonne ins Gesicht scheinen, stell dir vor, man könnte Licht einatmen. Ein Hauch Italien schafft es über den Säntis und kommt bei ihr an, der noch der Erdbeergeschmack auf den Lippen klebt.

In den Klamottenläden steuert Patrizio auf die Ständer mit den smarten Hosen, den feinen Wollstoffen zu. Hanna sieht ihn Kleidungsstücke prüfen und verwerfen, sie sieht ihn sich genau an und wird der Veränderungen gewahr, der Erfindung einer Identität, eines neuen Selbst, die sie bislang verpasst hatte. Er war langsamer damit als sie, doch radikaler und erfolgreicher. Mondäner ist er, Mailand hat ihn schneidig gemacht. Er hat sich gelöst aus den klebrigen alten Bindungen, er hat die Zukünfte, die man einem Einwandererkind zutraute, aufgelöst in einer Realität von Erfolg, einer deutsch-italienischen Variante des American Dream, und ist als neuer Mensch aus sich selbst hervorgegangen. Sie ist doch nur den Pfaden gefolgt, die ihr Großvater markiert hatte, jenen Wegen, die er eigentlich für ihre Mutter vorgesehen hatte. Würde Patrizio ein Schlag widerfahren wie ihr, er wüsste etwas daraus zu entwickeln, anstatt das Gesicht im Laub zu verstecken.

Hanna verlässt den Laden, der nicht ihrem Geldbeutel entspricht. Sie kaufte ihre Basics bei den billigen Ketten und vieles andere secondhand, die Preise für italienischen Feinstrick hat sie noch nie übers Herz gebracht. Sie sucht Komfortableres, Schlabberhosen, voluminöse Oberteile mit Kapuzen, so groß, dass man in ihnen verschwinden kann, gelegentlich blitzt er auf, der Gedanke, worauf sie zusteuert, ein Winter in einer kalten Gegend in einem schlecht beheizten Haus in einem kranken Körper. Dass sie so schnell nicht in die Stadt zurückfährt, war insgeheim schon klar, als sie Jessie bezüglich des nächsten Screenings anlog. Hanna betritt einen Laden ihrer Kragenweite, steuert Leggings und Strumpfhosen, Schals und Mützen an. In der Schlange vor den Kassen geht sie die Teile durch, überschlägt, ob sie sich den ganzen Haufen leisten will, was nicht mehr so gut funktioniert wie früher. Patrizio nimmt ihr die aussortierten Stücke ab, doch statt sie wegzulegen, behält er sie in der Hand, und nun bemerkt Hanna auch eine Tüte aus Hochglanzkarton an seinem Handgelenk. Er schüttelt zum Satz, den sie nicht herausbringen kann, den Kopf. Er klopft ihr auf den Hintern und schiebt sie in der Schlange nach vorn, sie wendet sich ihm wieder zu im Protest, es hat immer nur eine Person gegeben, von der sie ohne Hemmungen und ohne Scham alles Geld genommen hat, das sie kriegen konnte. Er legt ihr die Hand in den Nacken, und ein wenig von ihrem Widerstand schmilzt in seiner Fürsorglichkeit. Ich weiß, was du jetzt sagen willst, dass du das nicht annehmen kannst. Sie nickt. Er schüttelt den Kopf. Jeder nach seinen Fähigkeiten, jedem nach seinen Bedürfnissen, zitiert er, und rate mal, wer mir das beigebracht hat. Das Credo von der gerechten Verteilung, ihr alter Herr. Nimm's als eine späte Leihgebühr fürs Klavier, sagt er. Da ist eine zum Anarchismus nicht geboren. Sie wäre immer am Aufrechnen.

So geht's, stimmt's? Hanna knickt ihren Stolz, als wäre er ein Zahnstocher.

Patrizio wählt aus dem Ständer mit Modeschmuck noch ein Paar Ohrringe, und als sie den Laden verlassen, ist Hanna beschämt und beflügelt zugleich. Es ist eine Form der Einmischung, doch sie kämpft schon so lange und so lange allein. Und wenn er sie einkleiden und ihr Kaffee spendieren will und Sonne und Zeit, und wenn seine Mutter es in Ordnung findet, ihr das Haus zu putzen, wenn sie den beiden wichtig genug ist, dass sie einen ganzen Tag dafür einsetzen, dann sollte sie das annehmen. In diesem Leben, das ihr in den letzten Jahren nicht besonders viel Gutes hat angedeihen lassen, muss sie sich nichts mehr beweisen.

Den Friseur bezahlt sie selbst, Lipgloss und Wimperntusche und auch den Strauß Rosen und Gerbera für Sofia. Bis sie in eine Pizzeria eintreten, ist Hanna so müde, dass es mit der Koordination schwierig wird, sie greift nach Patrizios Hand und möchte nicht mehr loslassen. Sie wird heimkehren in ein blitzblank geputztes Haus, das nach Bleiche und scharfen Putzmitteln riechen dürfte, Hannas milde Vorliebe für biologisch unbedenkliche Allesreiniger könnte Sofia nur ein müdes Lächeln entlocken. Die leuchtenden Berge rasen vorbei. Elisa rockt. Verse über die Sonne und die Sterne steigen in den Abendhimmel: Licht, das aus unseren Augen fällt, wir sind in derselben Träne, nun ja, aber man kann wunderbar mitsingen. Der Bauch ist voll, und die Hose rutscht nicht mehr. Der Alfa hat Sitzheizung.

ALPHABET DES NICHTS

Der Tag ist verregnet. Sie sitzt am Küchenfenster, ihr Löwe ist durch den Dunst im Tal kaum zu erkennen. Lisa will ihr Haus nicht betreten, zieht Sabrina in Hannas Richtung, gleich werden sie bei ihr klingeln, sie stellt ihre Teetasse ab und macht sich auf den Weg nach unten. Und dann steht da der Zwerg in Gummistiefeln und Regenhaube in ihrem Hausflur, umklammert die Kindergartentasche und bringt kein Wort heraus. Sabrina glaubt verstanden zu haben, dass Lisa ihr etwas geben will, nein danke, mit hinaufkommen nicht, zu Hause wartet der Opa, und bei dem Wetter, ein andermal vielleicht.

Sie geht auf Lisas Höhe und hält ihre Hände auf zum Empfang. Sie kennt das noch von früher, auf einmal schämt man sich des eigenen Einfalls, den man Minuten zuvor noch für grandios gehalten hatte. Lisa öffnet zögernd ihre Tasche und kramt, zieht unter Vesperdose und Trinkflasche einen dicken Umschlag hervor, auf dem in Kinderschrift HANA geschrieben steht, dann rennt sie hinüber zum eigenen Haus, Hanna hört sie rufen, Mama, komm ganz schnell, ich muss Pipi.

Origami-Papiere.

Soll sie das Basteln anfangen?

Sie lässt den Stapel auf den Küchentisch gleiten, wo sich die bunten Papierchen ausbreiten. Kirschblüten, Kraniche,

Streifen und Karos, geometrische Figuren, sie versteht immer noch nicht.

Dreh sie um.

Wie ein Memory wendet Hanna Karte um Karte. Auf jeder sind Nahrungsmittel dargestellt. Von Erwachsenenhand vorgezeichnet, von Lisa ausgemalt, Tomaten, Karotten, Kartoffeln, Käse, Milch, ein Apfel mitsamt Wurm. Bananen. Nutella. Nudeln. Ein Set, das Hanna helfen soll bei den Besorgungen des Alltags. Das Mädchen, das Angst hat, dass ihr im Schlaf der Saft abgedreht werden könnte, macht sich Gedanken, wie sie der armen fremden Frau helfen könnte, und setzt sich im Kindergarten hin und malt.

Sie starrt auf den Fächer von Kärtchen, die hinter ihrer Linse verschwimmen. Das lässt sich nicht mehr eindämmen. Die Rührung über Lisas Initiative. Die Einsicht, dass sie jemanden bräuchte, der sich um sie kümmert. Die Trauer, dass ihre Großeltern ihr Bestes gegeben haben und das aber nicht genug war. Die Wut auf ihre Mutter. Die Schönheit dieses Geschenkes, auch wenn sie es im Alltag kaum wird brauchen können. Die Tatsache, dass sie keinen großen Tisch mehr in ihrem Leben haben wird, an dem solche Kinder sitzen und malen. Dass ihr an einem großen Tisch der Platz verweigert wurde, den sie so ersehnte. Die Erinnerung, dass sie selbst einst solche Kärtchen entwarf, nicht mit Bildern, sondern mit Buchstaben, sie und ihr störrisches Vertrauen in die Kraft des Wortes.

Ab und zu kippte Leo ihr weg. Irgendwo zwischen seinem hyperaktiven Lebensstil und der Ruhe, in der sie ihre stillen Tage verbrachten, öffneten sich Breschen. Im Wechselbad zwischen Phasen der intensiven Nähe und des brachialen Rückzugs gab es Momente, in denen er das Gespräch zu suchen schien. Seine Abgründe von Mutlosigkeit und Verzweiflung. Er könne ihr doch nichts bieten. Das Gefühl, in der eigenen Geschichte gefangen zu sein, nicht frei handeln zu können.

Wenn er im Tief war, fühlte sie sich stabil und optimistisch. Sie wollte ihm zeigen, dass die Dinge okay waren oder es werden könnten. Sie mit ihrem verdammten Vertrauen in die Macht der Worte schrieb nicht nur Briefe, Mails, Nachrichten, sondern entwarf auch ein Alphabet all der Dinge, die er ihr geben konnte. Aufregung. Backstage, ein Bereich, in dem es ihr gefiel, der für die ganze Welt der Konzerte stand, die Anspannung im Vorfeld, die Musik, das Loslassen nach der Performance. Das Bett. C und D wie child/daughter. Ekstase. Frieden. H wie die Highlands, wo sie schon lange einmal hinwollte. Humor. Harter Sex. Intimität. Lust. London. Liebe? M wie Musik. Oder wie Momente, gestohlene. Saxophon, smiles, sunshine. X wie Küsse. Z wie zauberhaft. Hanna stellte sich vor, die Worte auf Karten aus schönem Papier zu schreiben, keine gewöhnlichen Karteikarten, sondern schweres Papier, wie es für Tischkarten und Hochzeitseinladungen benutzt wird. Sie schriebe mit Tinte. Sie würde Leo im Bett, an einem dieser gestohlenen Tage unter den Decken, Karte um Karte vorlesen, jede Gabe mit einem Kuss besiegeln.

Es kam nie dazu. Immer, unweigerlich, folgte der Öffnung der Rückzug auf dem Fuß. Es gab später eine Negativliste, die sich tatsächlich materialisierte auf einer ausgerissenen Seite eines College-Blocks, eine Auflistung all der Dinge, die Hanna sich wünschte und von ihm nicht bekam, und sie enthielt zuletzt fast alle Begriffe, die sie auf die Karten hatte schreiben wollen. Die Liste schaffte die Sehnsucht nicht ab. Die Gedanken hinterlassen Leerstellen. Kärtchen, die nie beschriftet wurden, Küsse, nur vorgestellte, die nie auf Lippen landeten, geistern immer noch durch ihr Bewusstsein. Dinge und Menschen verschwinden und hinterlassen etwas, eine Leere, die präsent bleibt, die den Raum dessen einnimmt, das zuvor dort war. Das Nichts ist ein Eindruck. Wie die Vertiefung in der Erde nach dem Abriss eines Hauses, wie der Pfad eines Menschen im hohen Gras, der Abdruck eines Fußes im Sand. Der Schlaganfall hat viele Eindrücke davongeschwemmt. Nicht alle Erinnerung, aber manchen Schmerz mit sich genommen. Vielleicht ist es auch nur die Zeit. Der Wuchs des Grases, das sich über Nacht wieder aufrichtet.

LONDON – BERLIN –
NIRGENDWO

Jessies Brief ist da, Hanna kommt an ihre Musik heran. Den Umgang mit dem Handy hat sie wieder lernen können. Sie orientiert sich an den abgebildeten Covern, weiß, was Musik ist und was Hörbuch. Sie hat viel Zeit gehabt, sich in dieser Bibliothek zu bewegen, hier kennt sie sich aus.

Sie tippt das Album an, das sie irgendwann einmal Patrizio geschenkt hat, was sie nicht mehr wusste, und das sie in Leos Regal fand, worauf sie sich etwas einbildete, dabei war das eine der wichtigsten Platten der Neunziger und stand sehr wahrscheinlich im Regal jedes ernstzunehmenden Saxophonisten. Fünfhundert Jahre alte Totengesänge, die daherkommen wie eine Liebkosung. Sie legt sich im Schlafsack auf die Matratzen, setzt die Kopfhörer auf.

Eine Hand im Lichtviereck auf dem Boden, die bleiernen Ringe der Kirchenglocken vermischen sich mit den Stimmen, die sanft einsetzen, kaum ist der Anfang auszumachen, dann das Saxophon, Klänge wie Schneekristalle in der Luft, die Präsenz der Leere eines sakralen Raumes, der sich schützend um diese zarte Musik errichtet. Parce mihi, Domine. Verschone mich, Herr. Garbarek improvisiert über den Stimmen des Hilliard Ensemble, reitet die Melodielinie des langsamen Chorals wie eine Welle. Klänge, die nicht im Augenblick entstanden, sondern der Zeit seit Ewigkeit eingeschrieben scheinen. Was ist der Mensch, dass du ihn erhebst? Verschone mich, Herr.

Aus ihrer liegenden Position heraus macht sie ein Foto ihrer eigenen Hand im Licht, die Fluchtlinie läuft über ihren ausgestreckten Arm bis ins ferne Eck des Schulzimmers, dessen Sprossenfenster ein Muster auf den Boden fallen lassen, und schickt es Jessie nach Berlin.

Als sie am Morgen nach dem Konzert aufwachte, war Leo weg. Ihr Arm lag ausgestreckt auf dunkelblauer Bettwäsche, als reichte er hinüber zu ihm, mit dem sie die Nacht verbracht hatte. Sie schloss die Augen wieder, als könnte sie das Erwachen erneut durchspielen und ihren Arm dem Körper des anderen entgegenstrecken.

Wahrscheinlich lag irgendwo ein Zettel. It's been lovely. Take care. Bebend noch vom Rausch der letzten Nacht ging sie durch diese fremde Wohnung. Da lag kein Zettel, nirgends. Ein offener Wohnbereich mit Kochinsel, zwei kleine Kinderzimmer, eines davon mit Stockbett, auf den vielen Fotos waren drei Jungen zu sehen, der älteste schon fast erwachsen, das Mädchen auf den Bildern erst im Kindergartenalter. Am Kühlschrank Stundenpläne, Post-its, Verschreibungen, Arzttermine, Kinderzeichnungen. Die Fülle einer Wohnung, in der Familienleben stattfindet. Ein großer Tisch. Ein Vater von vier Kindern. Die Abwesenheit der Mutter. Sie trank Wasser am Hahn und ließ ihren Blick durch dieses Wohnzimmer streifen und in den vernachlässigten Garten vor den französischen Fenstern, sie überlegte, was die Abwesenheit von Leo zu bedeuten hatte. Ob sie verschwinden sollte.

Er hatte eine hochwertige Stereoanlage, große Boxen,

eine CD-Sammlung, die eine ganze Wand einnahm. Mit dem Finger wanderte sie die Regale ab, ihr Nagel pickte an den Plastikhüllen, manches besaß sie auch, die Must-haves ihrer Generation an Pop und Rock, sehr viel Jazz, wovon sie keine Ahnung hatte, der unvergleichliche Bach, sie merkte auf, als sie alte Musik fand in historischer Aufführungspraxis und modernen Bearbeitungen. Sie suchte eine bestimmte CD, sie würde es dem Zufall, der Anwesenheit dieser Stücke aus der Renaissance überlassen, ob sie ginge oder bliebe, sie suchte und fand, drückte Play und erklärte den Zufall zum Schicksal.

Sie drehte lauter und setzte sich im Schneidersitz in die Sonne direkt vor die Boxen, wartete eingehüllt in diese Musik, fühlte das warme Parkett an ihrer Scheide. Sie ließ die Nacht Revue passieren, eine Erregung, eine Berührung ins Mark, ein Verschmelzen, wie sie es noch mit niemandem erlebt hatte. Ihr Herzschlag synkopisch verschoben zum Fluss der Musik. So saß sie immer noch und fühlte den Luftzug, als sich die Wohnungstür öffnete und wieder schloss, sie hörte Leos Schritte in ihrem Rücken, etwas fiel zu Boden. Er ging hinter ihr in die Hocke, strich ihre offenen Haare auf eine Schulter, Hanna neigte den Kopf und gab ihren Nacken frei. Leo ließ sich nieder und griff ihr unter die Knie. Ich wollte gerade gehen, flüsterte sie. Don't. Geh niemals. Bleib für immer. Er presste sie fest an sich, dann streckten sie sich aus. Sie zog ihm die Jeans herunter, fuhr mit den Fingerspitzen durch den dichten Pelz auf seinen Beinen, küsste seine stattliche Erektion. Willst du nicht frühstücken, fragte er atemlos, stimmlos. Doch. Wollte sie. Mehr vom selben.

Er hatte zwei seiner vier Kinder zur Schule bringen müssen und war dafür eineinhalb Stunden durch die Stadt gefahren, es war eigentlich nicht seine Woche. Er verlor nicht viele Worte über Jahre des Sehnens und Prozessierens, seine Exfrau hatte ihm nach der Trennung die Kinder entzogen und war mit ihnen nach Brüssel gegangen, nur zum ältesten, schon volljährigen Sohn hatte er Kontakt halten können. Sein zeitweiser Umzug nach Brüssel, die Anstrengungen, sie zur Rückkehr zu bewegen, der Erfolg vor Gericht. Hanna malte sich das Drama aus, das Trauma und den Druck, Ohnmacht und Erpressbarkeit. Sie wollte ihn unter ihre Flügel nehmen. Er rollte sich in ihren Armen zusammen und schloss die Augen. Später massierte er ihren Schädel und sang ihr das Wiegenlied seiner kleinen Tochter. Kannst du bleiben?

Sie konnte. Auf ihrem Handy fand sie mehrere Nachrichten von Simonetta und verpasste diese knapp, als sie ihre Sachen im Hotel holte. Schade, textete Simonetta zurück, aber gönn dir mal was! Ci vediamo, nächstes Frühjahr in Florenz! Melde dich, tausend Küsse. Hanna stieg zurück ins Auto, zu den Küssen von Leo, der durch die Stadt navigierte, sie schwiegen still und hielten sich an den Händen und schwammen in Erregung, die mit jedem Kilometer anstieg, den sie seiner Wohnung näher kamen. Hinter der Eingangstür gingen sie zu Boden, später vom Parkett ins Bett, vom Bett unter die Dusche, im Kontakt von Haut an Haut, Rühreier und Toast an der Kochinsel, aus der Pfanne gegessen, immer auf Tuchfühlung, etwas schwebend Leichtes zwischen ihnen, die sie die Luft des anderen atmeten. Im Wechsel von Wachen und Schlafen trieben sie durch einen Tag und eine Nacht und einen Morgen. In den frühen

Morgenstunden im Bett liebkosten sie sich, schon im Halbschlaf, er wanderte mit der Fingerspitze über ihre Augenbraue.

Er könne ihr nichts versprechen, murmelte er. Sie glaubte nicht an Versprechungen.

Er könne ihr so wenig bieten. Dies hier, diese Nacht, die ungekannte, verspielte Nähe war doch etwas.

Er sei nicht bereit. Dann schliefen sie wieder miteinander.

Er musste seine Kinder abholen, doch er fuhr sie zur Liverpool Street Station, erst verabschiedeten sie sich am Auto, dann begleitete er sie in die Halle, schließlich kam er mit ans Gleis, see you, sagte er, und sie glaubte es nicht. Sie flog nach Berlin mit seinem Geruch in der Nase, mit einem Herzschlag so groß, dass ihre Brust schmerzte. Sie wusste keinen Moment, wann ihr Herz solch einen Raum in ihrem Körper für sich beansprucht, solche Aufmerksamkeit auf sich gezogen hätte. Nachts lag sie wach in ihren Erinnerungen und achtete auf die schnellen, harten Schläge, die gegen die Matratze klopften und ihr Brustbein hoben. Sie fühlte sich auf wilde Weise lebendig, sie kostete den Tumult aus und wusste, es würde bald weniger werden.

Sie hörte nichts von ihm bis zu seiner Textnachricht eine Woche später, auf Deutsch, kann ich kommen nach Berlin? Er suchte nach zwei, drei freien Tagen und wurde fündig, vier lange Wochen bis dahin, Hanna hätte jeden denkbaren Termin für ihn möglich gemacht. Damit begann eine Zeit manischen Textens. Sie hielten eine ständige Verbindung, Nachrichten voller Lust und Humor, saftigen Inhalts, schlüpfriger Scherze und intimer Wünsche, voller

Kapriolen und Abkürzungen und ironischer Anspielungen, die das Englische so viel spielerischer ermöglichte. Sie befand sich in steter innerer Zwiesprache mit ihm, sie hatte einen unbändigen Drang, sich ihm mitzuteilen, und ließ ihn teilhaben an ihrem Alltag, der durch seine Gegenwart mit neuem Glanz überzogen war. Er reagierte enthusiastisch, textete aus Proben, backstage, während er für die Kinder kochte, wenn er mit Freunden durch Clubs zog, vom Flughafen, auf dem Sprung von oder nach London. Er ließ sie wissen, wo er war und mit wem und warum er für einige Stunden vom Display verschwand, Autofahrten, Geburtstagsfeiern, Aufnahmen, Konzerte. Ihr Herz raste, wenn morgens um drei das Handy piepste und sie schlaftrunken einen Kuss in Empfang nahm. Wie ein Zwilling, schrieb er, begleite sie ihn durch die Tage. Jeden seiner Schritte mache er an ihrer Seite. Nachts ihr Schatten in seinem Bett. Eine gute Nacht und süße Träume, sie war erregt und voller Liebesunruhe, an Schlaf war nicht zu denken. Die Sehnsucht füllte ihren inneren Raum bis an die Ränder. Sie verstand, jetzt verstand sie, was Sehnen mit Sucht zu tun hatte, sie fühlte sich zum Zerreißen gespannt und intensiv am Leben. Erwacht.

In den Tagen vor seiner Ankunft sandte er ihr täglich eine Nachricht mit einem Countdown. Piet war auf Reisen und Jessie bereit, die Tage bei ihrem Freund zu verbringen, sie hätten die Wohnung für sich. Sein Flug war verspätet. Sie schickten sich Nachrichten, während der Flieger noch auf dem Rollfeld stand, während Leo auf sein Gepäck wartete. Er kam als einer der Letzten durch die Türen und stürzte sich auf sie mit einer Umarmung von erschütternder Dringlichkeit. Sie brauchten nicht viele Worte, sie kippten einfach in die Gegenwart des anderen, als wäre kein Tag vergangen seit dem letzten Kuss.

*

Manchmal hatte er die Instrumente dabei, weil ihre Treffen am Ort eines Gigs stattfanden oder er von einem kam, sie fuhr nach München, als er im Unterfahrt spielte, sie verbrachten ein Wochenende in Athen und erneut eines in Berlin, grundsätzlich trug er die Flöte im Handgepäck. Sie hörte seinem Spiel zu. Er übte Arpeggien, er improvisierte, er experimentierte mit leeren Tönen. Sie ließ sich hinreißen von seiner Musikalität, von der Poesie, die auf einmal durch ihr Leben schwebte. Sie saß im Sessel oder lag im Bett, sie kochte für sie beide, konzentriertes Arbeiten im Klang seiner Anwesenheit war undenkbar. Wenn er eine Stunde gespielt hatte, waren seine Lippen gut durchblutet, leuchtete die kleine Narbe hellrosa, verletzlich. In der Innigkeit seiner Umarmungen schien er, der so souverän auf der Bühne auftrat und so engagiert den Alltag für eine Familie organisierte, fragil und weich. Der Laut, den er von sich gab, hoch, kindlich fast, wenn die Lust am größten war. Seine geschlossenen Augen an ihrem Schlüsselbein. Er stand vor ihrem Schreibtisch und legte seine flache Hand auf ihre Papiere und sagte, er wolle an ihrer Seite an diesem Tisch arbeiten. Er ließ seinen Zeigefinger an den Büchern in ihrem Regal entlangwandern. Er wolle sie in seinen Instrumentenkoffer packen und auf all seine Gigs mitnehmen. Er träume davon, mit ihr durch die Highlands zu trekken. Er könne nicht aufhören, an sie zu denken, sie geistere durch seine Gedanken, wenn er eine Flasche Wein entkorke, wenn er sein Mundstück aufsetze, was immer er in seiner Londoner Wohnung auch tue. Er habe so etwas noch nie erlebt und wolle, dass sie seine Kinder kennenlerne.

Hanna, ihrerseits blind in Leos Umarmung, spann einen Anfangsfaden der Liebe. In Berührung und Bewegung. Im Gesang und in der Stille. Im Gespräch und im Schweigen. Sie war beeindruckt von seiner umfassenden Bildung, sie vergötterte seinen Körper, liebte seine Stimme und seine bedächtigen Bewegungen. Sie beobachtete ihn vom Bett aus, er streifte schweigend durch ihr Zimmer und ordnete Kleider, schloss den Laptop, trug Tassen in die Küche, sie hörte seine leisen Schritte. Sie ließ sich von dieser Bedächtigkeit bergen, dann merkte er, dass sie ihn beobachtete, hob den Blick und lächelte, und sie streckte ihre Arme aus, dass er wieder zu ihr komme. Dieser Schmerz, sich unbedingt zu einer Person hingezogen zu fühlen und so quälend von ihr getrennt zu sein. Sie glühte mit einer Leidenschaft, die sie noch nie erlebt, für die Erfindung von Schriftstellern gehalten hatte, ein Schwebezustand, zuckersüß und schwer zu ertragen. Sie wollte die Intensität des Gefühls festhalten, ein Innendruck, der sich anfühlte wie Fieber, wie Glück und sie nahe am Wasser sein ließ. Es war, als hätte die Begegnung mit Leo den Zugang zu einem Quell in ihr eröffnet. Sie liebte sich selbst, wie sie in seiner Anwesenheit war. Sie verliebte sich in den Frieden, der sich in ihr ausbreitete, wenn sie zusammen waren. Sie war sich noch nie so nahe gekommen. Was immer auch danach käme, Leo hatte sie neu geeicht. Sie wurde eine andere. Sie hat einmal von beiden Enden her gebrannt, und das kann ihr, zusammen mit der Asche, keiner mehr nehmen.

*

Wenn es nach ihr gegangen wäre, hätten sie die drei Tage im Bett verbracht. Doch Leo wollte Berlin sehen, strebte zum Brandenburger Tor und zum Checkpoint Charlie, dann kehrten sie für einige Stunden nach Hause zurück, liebten sich, abends führte er sie ins A-Trane, wo Leute aufgetreten waren, die er verehrte, deren Namen ihr nichts sagten. Sie ging bereitwillig mit und entdeckte Neues in ihrer Stadt, Leo sah die Ankündigung der Jam Session für die folgende Nacht. Sie trank Rotwein allein in der Dunkelheit und hörte zu, wie er mit anderen Musikern auf der Bühne improvisierte. Er postete ein Selfie auf seiner Facebook-Seite. Er hing viel am Telefon, freier Künstler und vierfacher Vater, war mit sich beschäftigt, der nächsten Woche, seinem Alltag. Sein Dasein war erfüllt von Musik und kreiste um die Kinder, sie erinnerte sich des festen Drucks seiner Arme um ihre Schultern und seiner geflüsterten Worte, er sei nicht bereit, da sei kein Platz für jemand anderes. Dem entgegen stand die Hoffnung, dass diese Wucht nicht bedeutungslos wäre, dass Bereitsein eine Frage der Zeit wäre, immer war da das Vertrauen in die Macht der Worte und in die Kraft der Liebe.

Er hatte ein flexibles Ticket und einen guten Grund, verfrüht zurückzufliegen. Sie vernahm die Anspannung, unter der er stand, doch er erklärte ihr nichts, sah gar nicht, dass eine vorgezogene Abreise auch eine Abweisung war. Von einer nächsten Begegnung war nicht die Rede, und sie fragte nicht nach. In den Zauber tröpfelte Verunsicherung. Keine Erwartungen.

Die Verbindlichkeit, die er gegenüber seinen Kindern und der Welt der Musik an den Tag legte, galt hier nicht. Im vergangenen Monat war er zwei ganze Wochen abgetaucht gewesen und hatte ihr nicht vorab seine Abwesenheit angekündigt, nicht mehr. Sie erfuhr per SMS, danach, er war mit den Kindern im Landhaus seiner Familie in den Highlands gewesen, ohne Empfang, und habe doch die ganze Zeit davon geträumt, mit ihr einmal dorthin zu reisen an diesen wunderbaren Ort. Sie fand es unwahrscheinlich, in diesem Jahrhundert ein Ort gänzlich ohne Empfang, und selbst wenn, unwahrscheinlich, dass er dieses Haus zwei Wochen lang nicht verlassen haben sollte. Sie schwebte zwischen Liebe und Skepsis, zwischen Hingabe und Ohnmacht, und sein Besuch in Berlin hatte ihr Gefühl der Zurücksetzung nicht auslöschen können. Sie war unwiderstehlich von ihm angezogen, und Traurigkeit schlich sich ein.

Sein Kuss am Flughafenbus war flüchtig, so beiläufig, als verabschiedeten sie sich, um zur Arbeit zu gehen. Sie begleitete ihn nur noch bis zur Haltestelle, weil sie sich schützen musste. Er winkte durch die sich schließenden Türen, und von hinten überrollte Hanna das Gefühl, dass sie ihn gerade zum letzten Mal gesehen hatte. Er flog nach Glasgow in seine Künstlerwoche und zu seinem Lehrauftrag, weiter nach London in seine Vaterwoche, zu Kindern, die sich auf ihn freuten, in ein pralles Leben mit einem Gravitationszentrum, eine Familie, in der er erwartet und gebraucht wurde. Hanna verspürte eine große Leere. Sie fuhr in ihre Wohnung und brach durchs dünne Eis.

Die Tür schließen und mit der Stille klarkommen. Einmal sich noch unter die Decke legen, in der er geschlafen hatte, einmal noch den Geruch seines Kopfes im Kissen finden. Einmal noch sich erinnern, wie der andere das Beste in einem hervorkehrte. Seinen Kaffeesatz aus der Tasse spülen. Zwei Messer vom Tisch räumen und wissen, morgen legt sie nur eins auf. Wissen, er ist es nicht, und dennoch in Liebe entbrennen.

Sie redete sich ein, sie könnte das als Flirt leben. Friendship with benefits. Die Möglichkeit, sich diesen außergewöhnlichen Liebhaber zu erhalten, indem sie alle paar Monate ein paar gestohlene Tage mit ihm teilte und ihn für den Rest der Zeit vergaß. Der Abstand zwischen ihren Begegnungen wäre nicht länger, nicht kürzer, sie müsste nur in der Lage sein, ihn dazwischen zu vergessen, nichts zu wollen, Sehnsucht und Begehr auszuschalten.

Er textete vom Flughafen aus, miss you already, doch was bedeutete das noch, verfrüht abreisen und dann vermissen, welche Konsequenzen sollte das haben? Sie wechselte die Bettwäsche und stellte die Waschmaschine auf 90 Grad. Er schrieb ihr täglich eine Nachricht, auf die sie nicht antwortete, miss you, das Wetter war gut, er trank seinen Morgenkaffee im Garten, wish you were here, er wolle ihr den Rücken massieren, ein Ausflug mit den Kindern, am vierten Tag, ob alles in Ordnung sei mit ihr, ob er helfen könne? Helfen würde doch über gestohlene Momente hinausgehen. Helfen wäre doch Kümmern. Helfen wäre doch Präsentsein.

In Affären wie in Liebesbeziehungen hatte sie eine letzte Distanz gewahrt. Ihre normale Reaktion war immer der Rückzug, ihr einzig verlässlicher Partner sie selbst. Es gab innere Kammern, zu denen niemand Zutritt erhielt. Sie ließ sich wenig gefallen, und ihre Trennungen waren immer absolut. Till wohnte nur ein paar Straßen weiter, träumte von einem gemeinsamen Arbeitszimmer, doch sie schreckte vor der Bürgerlichkeit des Entwurfs zurück, vielleicht hatte sie Angst vor der Vorstellung von so viel Nähe, vielleicht reichte es auch einfach nicht. Gaetano in Rom war Triathlet und brauchte viel Zeit für seine Hobbys, damit kam sie gut klar, sie sahen sich nicht oft, dann aber intensiv, die Beziehung lief stabil, aber als er sie davon abhalten wollte, nach Venedig zu gehen, war sie diejenige, die die Verbindung rechtzeitig kappte.

Schon während sie in die Trommel starrte, in der die Textilien mit dem einlaufenden Wasser dunkel wurden, ahnte sie, dass diese Aktion hohl war, dass sie ihn schon zu nahe hatte kommen lassen, hier nichts so wäre wie bisher. Sie wollte sich helfen lassen, sie rief ihn an, er nahm den Hörer nicht ab und rief nicht zurück.

Als sei sie an den eigenen Gefühlen erkrankt, bekam Hanna eine Sommergrippe. Jessie nahm sie in den Arm und ins Kreuzverhör. Es hatte doch niemals mehr als ein Flirt sein können. Hanna hing inhalierend über einer Schüssel und hörte Jessies Stimme durch das Handtuch, dieser Typ ist deine Verzögerung, Hanna, lass die Finger davon. Ein Künstler mit vier Kindern, der zwischen London, Glasgow und der allgemeinen Weltgeschichte herumtingelt, nie Zeit hat und sagt, er sei nicht bereit. Jessie knetete ihr die Schultern und beugte sich herab. Jetzt mal ehrlich. Wer will denn so was? Jessie zog das Handtuch weg und sagte ihr in die tränenden Augen, wie soll denn das jemals gehen, du hast doch dein eigenes Leben. Sah sie streng an, lieh ihr dann aber die Schulter zum Flennen. Mensch, schalt doch mal deinen Verstand ein, dafür hast du den doch. Aber Hanna war schon lang nicht mehr in den Gefilden der Vernunft. Das Herz hatte übernommen, das Herz, das wilde Herz.

*

Weil er nur noch alle paar Tage textete, passte sie sich seinem Rhythmus an, der nicht der ihre war. Sie ließ ihm Raum, wusste aber nicht, ob er das bemerkte, und verhärtete im ihrigen. Im eigenen Rückzug geriet sie in anderes Fahrwasser. Ihr Warten wurde ein Ringen. Sie wollte alles geben und wurde doch kleinlich. Sie verlor jegliche Gelassenheit, alle Sicherheit. Sie kämpfte an gegen die eigene Unsichtbarkeit und ihre Verwirrung, denn plötzlich schien es keine richtige Art des Umgangs mehr zu geben. Nie zuvor hatte sie sich so intensiv lebendig gefühlt, und zugleich spürte sie, wie etwas in ihr abstarb.

Er hatte ihr einen Maulkorb verpasst. Wenn sie gegen seinen Rückzug, sein Schweigen, seine Abweisung aufbegehrte, könnte er auf das verweisen, was er gleich zu Beginn gesagt hatte: kein Platz für niemanden, nichts versprochen, alles unter Vorbehalt. Nicht bereit. Egal, wie er sich verhielte, was er täte oder unterließe, ob er textete oder nicht zurückrief, immer konnte er sich darauf berufen, dass nie etwas versprochen worden war. In seinen Nachrichten waren Warnungen formuliert gewesen, ihm sei nicht zu trauen, er sei zu gewöhnlich für sie, sie habe Besseres verdient, er sei wie Dr. Jekyll und Mr. Hyde. Sie blieben verspielt, unernst, sie waren da, aber im Flirt verpackt, neckisch wie sein kleines Geplansche am Abend ihres Kennenlernens. Er hatte sie in seine Arme geschlossen, sie liebkost und umgarnt und ein Betreten-verboten-Schild aufgestellt. Mit diesem Pflock, den er bei der ersten Begegnung einschlug, hatte er ihr alles Recht genommen, zu fragen, zu wünschen, zu fordern, ihm gegenüber bedürftig zu sein.

Dabei war sie das, genau das, bedürftig und sich der eigenen Bedürftigkeit bewusst, und ausgerechnet mit ihm ließ sie diese Bedürftigkeit zu. Ausgerechnet mit ihm gab sie ihre Reserve auf, und ihre Verlassensängste, die Leere in ihrem Kern, brachten sie ins Schleudern.

Was sie hielt, war der Zauber der ersten Begegnungen. Die Erinnerung, wie er mit ihr, wie sie miteinander gewesen waren. Die Hoffnung, dass sie dorthin wieder zurückfinden könnten. Sie plante einen mehrwöchigen Aufenthalt in London und verwarf alles wieder. Sie sperrte seinen Kontakt und entsperrte ihn Tage später wieder und würde nie wissen können, ob er in dieser Spanne getextet oder gar angerufen hatte. Sie nannte ihm ihre Bedürfnisse, schrieb über ihren Schmerz und ihre Verwirrung. Er reagierte mit Zuwendung und Zerknirschung, beteuerte, er sei voller Gefühle, schrieb von seiner Liebe und seiner Wertschätzung und seiner Sehnsucht. Er fühle sich gefangen in der eigenen Geschichte, innerlich abgestorben, verloren im eigenen Leben. Er war im Schmerz um die Trennung von seinen Kindern verschanzt, auch wenn er sich längst wieder den Umgang erstritten hatte. Das Trauma hatte einen Graben um ihn gezogen, die Befestigungsanlagen waren unüberwindlich und schützten einen Raum um ihn und seine Kinder. Gelegentlich kam die Brücke herunter, ließ er Hanna ein ins Gemach. Doch sie bekam keinen Platz an seinem Tisch, und die Zeiten, die sie in Belagerung verharren musste, waren unerträglich, kalt war es in den Mooren vor seiner Burg, einsam war sie, litt Hunger. Als sie erschöpft das Feld räumen wollte, stieg wieder eine Leuchtrakete in den Himmel.

*

Ihre nächste Begegnung war stürmisch, doch auch danach war nicht klarer, was seine Worte, seine Sätze bedeuteten, was aus ihnen erwachsen sollte. Sie hatte Erwartungen, sie schaffte es nicht, keine zu haben. Sie fragte nach, sie warb um ihn, sie bekam keine Antwort. Es war, als hörte er sie nicht. Es war, als hätte sie nichts gesagt. Sie verzehrte sich, sie jagte ihm nach, und so drehten sie Runde um Runde in diesem Karussell aus Anhänglichkeit und Abweisung, Vertrauenwollen und Rückzug, aus radikaler Nähe und sehnsuchtsvoller Distanz, Leos Verzweiflung einerseits und seine Hartherzigkeit andererseits, ein zerstörerischer Reigen, in dem sich Hanna in eine gute und eine schlechte Hälfte zu spalten schien. Was für ein Geschenk, was für eine Energieverschwendung. Dem Frieden, den sie in seiner Nähe verspürte, folgte unweigerlich der Krieg. Am Tisch setzte sie sich rittlings hinter ihn und senkte ihre Nase in seinen Nacken und schloss die Augen und dachte, an diesem Platz will ich sein. So sicher dieses Gefühl auch war, kaum ging Leo weg, nietete es sie um, und nichts deutete darauf hin, dass er sein Verhalten ändern würde, trotzdem kratzte sie aufs Neue ein bisschen Geduld zusammen, sie wusste gar nicht, dass sie so viel davon hatte.

Für Jessie war die Sache klar. Dass er das letzte Arschloch sei, dachte Hanna nie. Sie schaffte es auch nicht, wütend genug zu sein, um abzuschließen. Zorn hätte geholfen. Sie wusste nicht mehr, was Worte bedeuten sollten, und fand keine Erklärung dafür, wie man sich so nahe sein und so fremd bleiben konnte. Sie war ernsthaft an der Liebe erkrankt und versuchte vergeblich, immer noch, das als Spiel zu leben. Es gab Spitzen aus ihrer Verletzung heraus: Sie könnte ihn sich als Toyboy halten. Sie wusste, sie sollte behutsamer sein, doch da war nichts mit Samthandschuhen und auf Zehenspitzen, denn das Herz ist ein feurig Ding.

Die einzige Kontrolle, die sie noch hatte, das einzige Manöver, das ihr noch zur Wahl stand, war, die Sache zu beenden, to move on, wie er ihr empfohlen hatte, und sie war sich sicher, dass sie damit nicht glücklicher würde. Sie entzog sich. Sie schickte ihn zur Hölle. Ein paar Tage, ein paar Wochen später waren sie wieder zugange.

Sie klärte für sich die Frage, ob sie Erotik mit Liebe verwechselte. Ob sie phänomenal genarrt wurde, weil Gefühle über den Körper entstehen. Sie fühlte sich angezogen von seiner Urwüchsigkeit und Naturverbundenheit, sie war von keiner sexuellen Begegnung so erfüllt gewesen, doch da war nicht nur die Begegnung zweier Leiber. Ihre Sehnsucht kam aus dem Herzen, nicht aus der Leiste. Sie war geistig von ihm eingenommen, von seiner Intelligenz und Bildung, seiner Musik, seiner Fürsorge, auch wenn diese sie nicht einbezog. Er war es doch gewesen, der als Erster von großen Gefühlen gesprochen, seine Sehnsucht beteuert hatte, doch wie sie einen Schritt auf ihn zuging, machte er zwei zurück. Sie erfuhr nie, ob er in derselben Weise versichert und verunsichert war, ob er sich gleichermaßen auf hoher See befand wie sie, sie müsste ihn fragen, doch dazu müsste sie ihn sehen, und das war noch wochenlang hin. Sein Telefon hatte er so oft nicht abgenommen, dass sie sich nicht mehr traute, es sich nicht mehr antun wollte, ihn anzurufen.

Sie harrte aus. Sie wartete. Sie schwieg. Das Schweigen zwischen ihnen hatte seine Friedlichkeit schon lange verloren. Etwas in ihr brach.

Ihr Verstand bekam das hin. Aber das Herz folgte nicht. Was bringt einem ein Toyboy, wenn man lieben möchte. Am Ende standen sie so da, wie er es prophezeit hatte. Es ging alles vor die Hunde. Er konnte sich darauf berufen, dass er ihr reinen Wein eingeschenkt hatte, zwar immer wieder auch verschnittenen, aber er konnte sich doch darauf berufen, dass sie von Beginn an gewarnt gewesen sei.

*

Er lud sie ein nach Glasgow, lass uns hier zusammenkommen. Sie vertraute den Worten und buchte. Ein Flug nach Edinburgh war günstiger, er würde sie abholen am Flughafen, schrieb er, und sie ging davon aus, dass sie dann die fünfzig Kilometer nach Glasgow führen, dass ihr Treffen in seiner Wohnung stattfände. Dass sie eingelassen würde. Zur Sicherheit hatte sie sich unter einem Vorwand bei Patrizio Serafinas Nummer besorgt.

Statt auf die Autobahn nach Glasgow zu fahren, bog Leo nach Edinburgh, Richtung Stadtzentrum ab. Sie wartete ab, stumm, wann er sie in seine Pläne einweihen würde. Er fuhr zu einem Hotel, einem guten Hotel mit einem unaufdringlichen Touch schottischer Folklore, doch letztlich halt ein Hotel wie jedes andere. Der Sex war aufregend wie noch bei jeder ihrer Begegnungen, Leo war aufmerksam, verspielt und verwegen, zärtlich. Sie war danach erfüllt von großer Trauer, die sie vor ihm zu verbergen suchte.

Sie stiegen auf Arthur's Seat, den Hausberg, von dessen Gipfel sich ein Rundumblick bot über die Stadt, die Hügel der Umgebung, den Firth of Forth. Sie lehnte am Gipfelstein mit Blick auf das Häusergewirr und fror im kalten Januarwind. Sie fror immer in dieser Beziehung, die war wie eine zu kurze Decke. Leo schaute in die andere Richtung hinaus aufs Meer. Reglos stand er eine lange Zeit, vor sich die endlose Wasserfläche, die tanzenden Möwen. Es schien, als habe er sich vergessen, sich und auch sie. Sie trat von hinten an ihn heran und umschlang seine Schultern, setzte ihm einen Kuss auf die weiche Haut seines Nackens. Sie würde immer an ihn zurückdenken müssen, wenn Wind aus einem Tal aufsteigt. Wie schnell verfällt man, und wie lange dauert das Entträumen. Sie blickte über seine Schulter aufs aufgepeitschte Wintermeer, seine Hände über ihren eiskalten Fingern waren warm, aber eigentlich war er nicht mehr da.

Im Frühjahr stand eine Konferenz in Florenz an. Wider besseres Wissen erzählte sie davon, sie flackten in den Hotelsesseln, er tippte auf seinem Handy, wider besseres Wissen schlug sie ihm vor, ein romantisches Wochenende dranzuhängen. Er sagte ja und sah in seinem Kalender, dass er sich die Tage würde freischaufeln müssen. Wochenlang hörte sie nichts von ihm, wochenlang blieb sie im Unklaren, ob das klappen würde. Wochenlang erfuhr sie auch von sich selbst nicht recht, ob sie das noch wollte. Vierzehn Tage vor dem Termin seine Rückfrage, wohin es nochmal gehen solle, er würde zusehen, sich zu organisieren. Als er endlich zusagte, eine Woche vor der Konferenz, hatte sie so lange gewartet, dass alle Vorfreude aufgebraucht war, jeder gute Wille verzehrt. Sie war entkräftet. Eine Müdigkeit, die Herzklopfen machte. Das war zu jener Zeit sowieso so eine Sache. Ihr müdes Herz. Sie hatte das Aushärten ihrer selbst registriert, die Profitgier ihrer Verzweiflung. In der Härte wurde sie brüchig. Die Sehnsucht trieb ihre Stollen in sie hinein, höhlte sie aus, grub sich durch ihre Substanz. Wenn an gebrochenem Herzen gestorben werden konnte, vielleicht gab es dann auch einen Punkt, an dem man so porös geworden war, dass man einfach einbrach.

*

Hanna nimmt die Kopfhörer ab und öffnet die Augen. Auf dem Rücken liegend streckt sie den Arm in die Höhe und macht ein Selfie für Jessie. Sie hat Officium, das Stundengebet für die Verstorbenen, zweimal durchgehört, die Platte schließt mit einer Variation des ersten Gesangs, Parce mihi, Domine, verschone mich, Herr, warum hast du mich dir gleich erschaffen, so dass ich mir selbst Bürde werde. Die Stimmen des Vokalensembles verlassen mit einer letzten zärtlichen Berührung den Raum, nun werde ich im Staube schlafen, und wenn du mich des Morgens suchst, bin ich nicht mehr.

TAFELRUNDE

Eines Abends steht Sabrina vor der Tür. Morgen ist Markt, soll ich dich mitnehmen? Schon wieder Freitag, schon wieder eine Woche verstrichen.

Ich soll dir von Lisa ausrichten, spricht Sabrina weiter, dass sie das obercool fände, und du sollst ihre Einkaufsmarken nicht vergessen. Ich glaube, sie denkt, du könntest mit ihren Karten auch bezahlen.

Da kann Hanna schlecht ablehnen, und auf einen Versuch könnte man es ankommen lassen. Sie programmiert sich mehrere Wecker im Handy, einen zum Aufstehen, einen zum Erinnern, einen zum Hinuntergehen. Sie überlegt, was sie braucht. Bisher nahm sie auf ihre Busfahrten nur Geld mit, ließ sich die Einkäufe in Tüten einpacken, der schonende Umgang mit Ressourcen war eine Disziplin aus einem anderen Leben.

In den Schränken findet sie den Einkaufskorb, Baumwolltaschen, stapelweise Eierkartons, Tupperdosen, ein Arsenal Schraubgläser. Sie packt sich zusammen, was sie für einen Marktgang braucht, und geht früh ins Bett. Als der erste Wecker klingelt, schreckt sie auf aus tiefem Schlaf. Viel zu früh steht sie vor Sabrinas Tür.

Lisa entdeckt sie durch die Glasscheibe und springt enthusiastisch auf und ab, öffnet. Jede Scheu hat sie abgelegt, kreist um Hanna wie ein junger Hund. Sie dirigiert Hanna auf die Rückbank, sie nehmen noch jemand anderes mit, die Person wartet an der Kreuzung, sie grüßt über die Mittelkonsole nach hinten. Daphne. Klein und zierlich. Kommt daher wie ein Holzfäller, es gibt aber außer ihrer Statur noch etwas anderes, Feinheit, das sie von echten Holzfällern wie Magnus unterscheidet. Sie strahlt eine humorige Zufriedenheit aus, die nichts Kalauerndes hat. Als sie schon längst im nächsten Dorf sind, schreckt Lisa auf, hast du an die Karten gedacht, und lässt sich beruhigt wieder in die Schale ihres Kindersitzes sinken. Und will, als sie in der Stadt am Parkplatz stehen, allen Ernstes nicht mit ihrer Mutter, sondern mit Hanna über den Markt gehen. Sie kommuniziert dies mit einer Bestimmtheit, als hätte sie diesen Beschluss tagelang abgewogen. Hanna setzt darauf, dass keine seriöse Mutter ihr Kind mit einer dahergelaufenen Halblahmen losziehen ließe. Doch nach einem Doppelcheck, dass Lisa das wirklich will und auch hinterher den Weg ins Café findet, wünscht Sabrina ihnen viel Vergnügen, hakt Daphne unter und zwitschert einfach ab.

Hanna nimmt Lisas Hand, jene Hand, die sie am ersten Abend zu Spaghetti und Pudding führte und heute souverän durch das Stadttor auf den Markt geleitet. Hand in Hand, wie Tramp und Kid, betreten sie die Bühne des Markttages, Hanna muss lachen, als sie Lisa ansieht, Prinz Eisenherz, genau wie the Kid, wahrscheinlich schneidet Sabrina ihr die blonden Schnittlauchhaare selbst. The Kid, einer ihrer Filmfavoriten seit Kindertagen, wer würde nicht gern von Charlie Chaplin aufgezogen, bitterarm, aber glücklich. Hanna erträumte sich eine Hängematte statt eines Bettes und eine Annäherung im Walzertakt, später erschloss sich ihr die eigene Empfänglichkeit für die anonym hingekritzelte Botschaft please love and care for this orphan child, und sie dachte nach über Frauen, deren Sünde die Mutterschaft war. Ihr Opa war nicht so komisch wie Charlie Chaplin und nicht so arm wie der Tramp, doch ihm wohnte derselbe Gentleman inne, er hätte mit demselben Löwenmut um sie gekämpft, dessen durfte sie sicher sein. Warum lachst du, fragt Lisa, und warum läufst du so komisch wie eine Ente? Du siehst schön aus, wenn du lachst. Lisa strahlt zum Dahinschmelzen, es gibt Unfälle im Leben, die sind das größte Geschenk, und sie hofft, Sabrina sieht das so.

Mit derselben Behändigkeit, mit der Kid auf den Tisch klettert, um den Groschen aus dem Gasautomaten zu klauen, steigt Lisa auf die Korbablage des Marktstandes und disponiert mit Hanna ihre Einkäufe, zeigt ihre Karten her, die Marktfrau versteht die Regeln des Spiels, Lisa die Zutaten, Hanna die Mengen, die sie ihr in aufsteigender Folge anbietet, so dass Hanna nur noch bestätigen muss. Am Ende schenkt sie Lisa zwei Äpfel und Hanna ein Bund Salbei für die Stimme, gut als Tee und zum Gurgeln, am besten mit Honig. Höchst zufrieden ziehen die beiden Komplizen mit vollen Taschen ab, high five.

Lisa springt voraus durch die Gassen und steuert auf ein Café zu, nimmt dort zielsicher den größten Tisch in Beschlag und wird vom Kellner namentlich begrüßt. Sie stellt ihm ihre Freundin vor, die nicht so richtig reden kann und der man die Dinge vorsagen muss. Soll sie die unerschrocken schamlose Galanterie dieses Kindes ausbremsen? Sie sollte nicht, und so nickt sie dem Kellner zu mit einem Lächeln, das von Charlie sein könnte, und hat schon einen Latte macchiato vor sich stehen, als die anderen eintrudeln.

Der große Tisch füllt sich mit einem Dutzend Menschen und deren Konversation über Gott und die Welt, Gespräche über Ludwig und die Flüchtlinge, übers Ziegenzüchten und Bäumeschneiden, über die Umstrukturierungen beim Daimler und die neueste Baustelle am Stuttgarter Kreuz. Lisa tobt mit einem anderen Mädchen herum, Hanna versteht aus dem Verhalten der Leute, dass ihr Fall hier am Tisch durchgenommen wurde, dass sie niemandem vorgestellt zu werden braucht, dass dieses Stelldichein jede Woche so stattfindet und sie womöglich einen Platz in dieser Tafelrunde bekommen könnte.

Die Woche über geht Daphne ihr nicht aus dem Kopf, diese burschikose Frau mit kurzem Haar und einem sensiblen Zug um die Lippen, die eine zupackende Unaufgeregtheit ausstrahlt, die ihr zupasskäme. Sie hat ein Haus winterfest zu machen. Sie könnte eine Freundin gebrauchen. Die Woche über denkt sie nach, wie sie es anstellen könnte, und richtet es am folgenden Samstag so ein, dass sie neben Daphne zu sitzen kommt. Es kostet sie größte Überwindung, ihren Zettel aus der Tasche zu ziehen, auf dem sie Haus und Garten aufgezeichnet hat, Pfeile weisen auf den Schornstein und die skizzierten Bäume, freischwebender Ofen mit dem verstopften Rohr, durchgekreuzt heißt verstopft, ein paar angedeutete Scheite. Hanna tippt Daphne auf den Handrücken und entfaltet langsam das Blatt Papier, glättet es mit der Rechten, was ist das, fragt Daphne, Hanna zeigt auf sich, bringt aber die Worte nicht heraus. Dein Haus? Ja, kann sie endlich wiederholen, Haus. Was ist damit? Nicht mehr lange, und ich frier mir da drin den Arsch ab, aber so einen bombastischen Satz kann sie nicht bilden.

Also streicht sie sich wie frierend über die Oberarme und bringt von irgendwoher das Wort Schilf. Es ist ein solcher Scheiß, es ist zum Davonlaufen. Du brauchst Hilfe mit dem Haus? Hanna nickt, ja, bitte, Hilfe, Daphne strahlt, aber klar doch, und am Ende der Kaffeerunde hat Hanna ein Date zur Hausbegehung am Nachmittag, am Ende des Tages eine Liste aller Dinge, die gemacht werden müssen, jeder Punkt mit Namen versehen. Daphne kümmert sich darum, die richtigen Leute anzusprechen, und steht am nächsten Morgen mit Baumschere und Motorsäge, Helm und Gehörschutz vor Hannas Tür. Gottlos, wie sie sind, vergessen sie die Sonntagsruhe, worauf sie ein Spaziergänger aufmerksam macht, der dafür eigens den Kirchberg heraufschnauft und in derselben Zeit längst Weite und Stille hätte suchen können. Daphne lässt noch einmal die Säge aufheulen, dann verlegt sie sich darauf, Lappen zuzuschneiden, die Hanna zur Isolierung in die Doppelfenster legt, und sie öffnen am helllichten heiligen Sonntagnachmittag eine Flasche Wein.

Magnus hat sich um alles zu kümmern, was mit Öl und dessen Verbrennung zu tun hat, innerhalb weniger Tage steht ein Schornsteinfeger da und kurz darauf ein Tankwagen. Daphne schneidet die beiden Bäume und stutzt die Hecken und inspiziert die Räume des Untergeschosses. Machst du was damit?, fragt sie und weist in den Wirtschaftsraum. Achselzucken. Könnte ich den nutzen? Klar, Hanna nickt. Daphne steckt die Gefriertruhe ein, die mit einem Ruckeln den Betrieb aufnimmt, die funktioniert ja sogar noch. Hanna beobachtet Daphne von der Tür her, deren Gesicht mit den Möglichkeiten eines solchen Arbeitsraumes aufleuchtet. Sie lächeln sich an. Echt jetzt? Echt. Daumen hoch. Hanna, die doch die Abgeschiedenheit sucht, hat spontan ja gesagt, ohne zu zögern. Sie horcht noch einmal in sich hinein, doch sie findet keinen Zweifel. Der Gedanke, dass Daphne hier im Erdgeschoss rumort, gefällt ihr. Sie nimmt Anlauf für den Versuch, Daphne in die Dorfwirtschaft einzuladen. Sie zeigt an mit dem Zeigefinger, Ich und Du. Sie weist übers Tal, das Wort Essen, Essengehen, sie hört es in ihrem Innern, doch bringt es nicht hervor, sie sticht eine Gabel ein und fingiert und noch einmal Ich und Du, und die Finger marschieren zur Haustür hinaus in Richtung Bolzplatz und Wirtschaft. Ihr gedeiht das Wort mangiare, Einladen ist schwieriger, aber Daphne hat verstanden. Uhrenvergleich, in zwei Stunden gehen sie zusammen rüber.

Hanna steigt unter die Dusche und wäscht ihr Haar, sie zieht den Cashmerepullover an, den Patrizio ihr geschenkt hat, sie legt Lipgloss auf. Sie weiß nicht, ob es Zufall ist oder er so weit mitgedacht hat, aber seine Ohrringe kann sie mit der guten Hand einfach durch die Löcher ziehen.

Patrizio und Daphne müssen sich auf der Schwelle begegnet sein, jedenfalls kommen sie gemeinsam die Treppe herauf, Patrizio bringt die Reste vom Sonntagsessen bei seiner Schwester Loredana und eine Portion Panna cotta eigens für Hanna von Sofia, den einen oder anderen Limoncello hat er gewiss auch schon intus. Bellissima, sagt er ihr und tippt einen Ohrring an, er dreht die Heizung hoch und hat eine irre Freude daran, wie sie losbullert. Die Einladung in die Wirtschaft wird vertagt zugunsten von Prosciutto und Lamm, Patrizio kocht Pasta, Hanna sitzt an ihrem Lieblingsplatz auf der Eckbank, sie lutscht einen Olivenkern blank und scrollt durch ihre Musik und horcht in ihren Abend hinein, was passen könnte.

Am Morgen rekonstruiert Hanna, dass sie Patrizio zumindest den Aufbewahrungsort des zweiten Winterbetts gezeigt haben muss, die Verpackung liegt wie ein luftleeres Schlauchboot im Flur. Sie trinkt ein Glas Wasser, ein zweites, drittes. Sie tippt die angelehnte Tür zu ihrem Kinderzimmer an. Das Morgenlicht fällt schräg herein und auf Patrizios nackten Fuß. In der Gaube steht ihr Schreibtisch, den sie kurz vor dem Tod ihrer Großmutter ausgemistet und so bereitet hat, dass sie ein paar Monate hier hätte arbeiten können. Das war der Plan gewesen. Regale sind freigeräumt. Aus Berlin hatte sie Bücher gebracht. Sie entziffert die Titel, die Cover sind ihr bekannt, Zimmer mit Aussicht, Der englische Patient. Die Bücher sind zerlesen, bunte Zettel ragen aus der Schnittkante. Ein alter Reiseführer mit dem Dom von Florenz auf dem Titel. Es sieht ihr nach einem Projekt aus, die Materialien sind einer Logik folgend angeordnet, aber sie kann sich nicht daran erinnern, was es hätte sein sollen. Sie stellt dem schlafenden Patrizio ein Glas Wasser aufs Nachtkästchen. Sie zieht in der Küche die Uhr auf. Sie geht zurück ins Bett.

STROMER

Zur Nacht am Fenster sitzen und rausschauen. Ab und zu ein Auto. Die Abstände zwischen den Lichtern, die Stille im Geräusch. Sie liebt den Moment, wenn die Straßenlaternen ausgehen und das Dorf in Finsternis versinkt. Sie macht ein Bild von sich selbst im Spiegel des schwarzen Glases und schickt es Jessie.

Um sich nicht zu verlieren, stromert sie. Watet durch Herbstlaub. Eine einsame schwarze Figur inmitten aufgebrochener Felder, eine in sich verschobene Gestalt mit ungleichem Gang. Sie stromert im Dunkeln, keiner sieht sie oder würde sie erkennen. Erleuchtete Fenster, fremde Leben, weniger verkorkst als das ihre oder genau so schlimm, nur anders. Erleuchtete Fenster wie Setzkästen, wie Türchen im Adventskalender. Sie liebte es, in der Großstadt nachts den Bus zu nehmen, Blicke in fremde Wohnungen zu werfen und sich Leben zu den Einrichtungen zu erdichten.

Als hätte der Verlust der Worte ihre Sinne geschärft, nimmt sie ihre Umgebung so intensiv wahr wie nie zuvor. Trotzig macht sie es sich zur Aufgabe, genau zu beobachten und die Dinge im Hallraum des Gedächtnisses präzise zu beschreiben. Allerletzte Brombeeren an einer Hecke. Sie haben ihren Glanz verloren und sind zu winzigen harten Knospen zusammengeschnorrt. Hagebutten an einem Busch, der sein Laub schon verloren hat, knallrot auf einem Foto an Jessie, sie geht so nah heran, dass man die Härchen des Butzens erkennt. Das Laub, überall das Laub, von den Rändern des Wegs her wechselt die Farbe, braun und gelb, in seiner Mitte zu Matsch zertreten. Sie riecht den Herbst, seine Feuchtigkeit, ein nussiger Modergeruch, und den Rauch von Holzfeuern in Öfen, die gerade in die Gänge kommen und die Sedimente eines Sommers aus den Kaminen brennen. Es kreischt eine Säge, angelagerte Meter werden handlich gemacht, sie hält die Füße still und lauscht, nach jedem Heulen das Klacken der fallenden Scheite. Holzholen im Wald, sie und der Opa.

Statt mit den Barbies zu spielen, die ihre Mutter ihr schenkte, was zu früh losging und zu spät aufhörte, fuhr sie mit ihrem Großvater auf dem Traktor in den Wald. Sie saß auf dem Radblech, festgebunden mit einem lächerlichen Hanfseil. Sie hielt sich für eine gute Waldarbeiterin, doch genau genommen stromerte sie durchs Unterholz und über die Felder, er ließ sie gewähren. Wenn sie den Traktor im Leerlauf hörte, wusste sie, dass er aus dem Flächenlos geholt hatte, was sie brauchten. Wurde er ungeduldig, schlug er mit Werkzeug gegen die Querstange, als wäre die eine Schulglocke, doch meistens saß er entspannt auf dem Bock und erwartete sie. Sie liebte die Fahrten in den Wald, nicht die Arbeit im Hof, doch da kannte der Opa keine Gnade. So langmütig er im Wald war, so unnachgiebig war er bei den Pflichten, die ihm selbst leidig waren. Er spaltete auf einem Klotz, der Jahr um Jahr tiefer ausgehöhlt wurde, sie musste aufschichten. Es gab immer Tränen. Zuckerbrot zum Trost von der Oma, dick Butter, an besonders guten Tagen war das Brot noch warm und bestreut mit den bunten Streuseln aus der Backabteilung.

Sie sieht das Dorf im Kessel unter sich liegen, sie sieht die Kirche auf ihrem Zuckerhut im Zentrum, doch sie kann sich nicht vorstellen, welcher Weg dorthin führen soll. Sie schlägt einen Kiesweg ein, der sie überraschend zum Friedhof bringt. Was sie sieht, kommt ihr bekannt vor, doch sie findet sich nicht zurecht. Sie bleibt an der Umfriedung stehen und schließt die Augen. Blind tastet sie sich einige Schritte vor und vertraut auf die Erinnerung des Körpers, doch der Körper hat keine. Sie geht Reihe für Reihe ab und findet das Grab aber nicht. Sie betrachtet das Dorf, ihr eigenes Haus und den Kirchberg, sie nimmt sich vor, die Kirche nicht aus den Augen zu lassen. Die Treppen vom Friedhof ins Tal sind steil, schief und in schlechtem Zustand, Zwischenabschnitte ohne Geländer. Als sie fürchtet, vornüberzustürzen, lässt sie sich auf den Hosenboden nieder und rutscht die letzten Stufen auf dem Hintern abwärts. Es sind immer die Nerven, die am meisten Kraft ziehen. Sie bleibt einen Moment sitzen, dann macht sie sich auf den Heimweg, doch das Zittern kehrt zurück. Sie ist froh um die Bank vor einem Haus. Rechts und links der Haustür stehen zwei Nymphen aus Gips wie Empfangsdamen. Sie hört ihrem Puls zu und lässt sich aufs Neue von der Sonne hypnotisieren, die diesen privilegierten Platz noch erreicht, während weite Teile des Dorfs schon im Schatten liegen. Sie schließt die Augen. Sie schreckt hoch, aus Schlaf, als sich die Wand neben ihr in Bewegung setzt. Das Garagentor fährt langsam, fast geräuschlos ein. Ein grüner Land Rover, ein neugierig, nicht unfreundlich blickender älterer Mann darin. Wie soll sie erklären, was sie auf seiner Bank vor seinem Haus sucht, wo sie doch nichts weiter will als ein bisschen Sonne schnorren und die Akkus füllen, bevor der Winter kommt, und so stolpert sie davon, bevor der Mann aus der Garage kommen und fragen kann.

WINTERAUSTREIBEN

(2004)

Magnus strebt zum Pfad an der Kirche. Sabrina beharrt auf dem Weg durchs Dorf, der sei weniger steil, und wenn er eins gelernt hat: Schwangere haben immer recht. Er sagt sowieso am besten gar nichts mehr. Zwischen Tür und Angel hat sie ihm gerade noch diesen Satz hingeworfen, wenn das Kind kommt, dann ist aber Schluss mit der Plattform. Der Satz rast in seinem Kopf herum, springt zum Haus raus und kullert über den Kirchberg, wo Magnus künftig gefälligst zu bleiben hat. Magnus ruckelt zweimal an der Klinke, ob zu ist, dabei will er sie am liebsten abreißen. Er will davonlaufen, doch Sabrina hat ihn schon untergehakt.

An der Kreuzung stehen Hanna und Patrizio, ganz in Scheinwerfererwartung. Laternenlicht schlittert über den eisglänzenden Asphalt. Die Straßen so glatt, dass der letzte Bus hinein in die Stadt einfach nicht fährt. Hanna in Seidenstrümpfen und Ballerinas, sie trägt ein altes Nachthemd, der Winterwind zupft an ihrem Saum, alles scheint so durchlässig, als löste sie sich gleich in einen Wirbel aus Kristallen auf. Patrizio wirkt, als möchte er seinen Mantel für sie teilen, ersatzhalber knickt er fickrig die Eintrittskarten fürs Frühlingserwachen hin und her.

Ein altes Bäuerle läuft vorbei, den Kragen hochgeschlagen, seine genagelten Stiefel klacken auf dem Eis. Seine Stimme klingt belegt, seit ihm mal sein Bruder im Streit das

Messer an die Kehle gelegt haben soll, da kommt nix mehr, Kinder, krächzt er, geht heim, das Glück wird knapp.

Patrizio hat die Taxizentrale am Ohr, dreht Schleifen, schließlich, im Auflegen, sagt er, die hat bloß gelacht.

Den Berg hinan leuchten die Fensterbänder der Mehrzweckhalle: Musikverein, Jazztanzgruppe, Laientheater. Richtung Ortsausgang: der Sternen und seine letzte Nacht. Gebt's auf, sagt Magnus, ihr kommt hier nicht weg heut Nacht. Deppen seid ihr, sagt Magnus, wenn ihr in die Stadt statt in den Sternen wollt. Der Wirt dort insolvent, immer schon schien er's, doch jetzt macht er tatsächlich zu, und so treiben sie den Winter aus, intensiv und heiß, weil jeder weiß, dass es das so nie mehr geben wird. Zu den Sternen, in die letzte Nacht.

Sabrina, kugelrund und warm verpackt, zieht Magnus ungeduldig am Arm. Auf geht's, Patrizio, so komm. Hanna hat wortlos den Weg schon eingeschlagen, Blüten folgen ihrer Spur als Schweif.

Mit jeder Stufe hinauf zum alten Gasthaus steigt die Temperatur, schwillt der Ton. Magnus beobachtet die Leichtbehuften, fasching victims, wie sie sich übers Trottoir herankämpfen, auf den Steinstufen herumeiern in zu leichten Schuhen, es gefriert einem fast die Hand ans Geländer. Lass es nicht brennen heut Nacht, Sankt Florian, zünd woanders an. Das Wasser würde dir im Schlauch zu Eis werden. Nur so Patente wie seine Sabrina scheißen auf den Schick und wählen ihr Häs zum Wetter. Und doch hätt er's manchmal gern weniger patent. Ein Auto schleudert in der Kurve, fängt sich, Rücklichter verglimmen in der Dunkelheit. Zwanzig Jahre, seit sein Bruder Elmar in einer Frostnacht wie dieser sein Auto um einen Baum wickelte. Magnus wirft seine Kippe die Treppe hinunter, eine mickrige Leuchtspur, erloschen vor dem Aufprall. Er wechselt aus der kristallinen Fremdartigkeit der Nacht über ins Schwadern dieser Arche, die schräge Kreaturen aufnimmt, während die Flut schon an den Brückenpfeilern leckt. Die Party macht ihr Maul auf und verschluckt dich, das Gewebe von Rufenden und Singenden, von Klirren und Ploppen, von Türenschlagen, Tröten und falschen Posaunen, durchstochen von den harten Schlagerbeats der schlecht justierten Anlage. Die Musik kommt aus der Dose, lang vorbei die Zeit, da der Italienerbub am Keyboard stand und sang.

Der Flur ist eine schmierige Bahn aus Schnee und Bier. Magnus schiebt eine Hand in das Massiv von Jacken, fingert umher, findet zuunterst einen Haken frei geblieben. Auf Hannas nackten Armen steht flaumige Gänsehaut, Puffärmelsäume ranken sich über ihre Haut wie Girlanden. Magnus' Hände sind immer warm. Er könnte seine Finger wärmend um Hannas Oberarme legen. Weh dir. Auf den offenen Haaren trägt sie einen Blütenkranz, staubergraut, sie ertastet vorsichtig die morschen Blätter mit den Fingerspitzen, mögen sie es eine allerletzte Nacht lang machen. Kränzchen von der Erstkommunion. Weißer Sonntag, zwanzig Jahre, und damals schon lief Patrizio hinter Hanna her durch dieses Dorf. Noch so eine, die mit zwanzig das Weite gesucht hat, genau wie ihre Mutter vor ihr, die ging und das Balg den Eltern auf die Schwelle legte. Und ihn will Sabrina jetzt an die Wiege ketten. Alle gehen sie, alle gehen fort von ihm. Der eine steuert sein Auto gegen einen Stamm, der andere steckt sich das Abitur in die Gesäßtasche und geht, erst weg und dann ganz ans andere Ende der Welt. Womit Magnus als

Dritter zum Ältesten wurde und die ganze Wucht des Vaters auszuhalten hat, ebenso wie den Druck der Fragen, warum der Peter so elend weit in die Fremde geht und ob der Elmar sich nicht zu Tode hätte fahren müssen, wenn in jener Eisesnacht die Brüder daheim gesoffen hätten statt der Elmar auswärts. Wie ein Scheit plotzte ihm Sabrinas Satz auf die Füße, Schluss mit dem Vagabundenleben. Wo sich doch nur als Vagabund das alles ertragen lässt.

Die Küche ist genagelt voll. Hanna greift um den Türsturz herum, angelt Flaschen am Bügel aus dem Kasten und reicht sie in tänzerischer Bewegung über ihren Kopf an sie alle weiter. Eine Frostschicht noch darauf, fast glitscht sie ihm aus dem Griff. Wie immer an Fasnacht, man bedient sich, und ein Kässle hängt an der Tür. Wie immer an Fasnacht, jeder bedient sich, und keiner schmeißt was ins Kässle. Das letzte Jahr, dieses, genau deshalb. Lass krachen.

Jemand hat den alten Guller zum letzten Leben auferweckt, ein mottenzerfressener Wiedergänger, staubig sein Gefieder, zerzaust der Schwanz aus Straußenfedern, abgerieben über zu viele Jahre an zu vielen Schößen und schlecht verwahrt in den anderen vier Jahreszeiten. Er trägt die Maske über die Schulter gelegt, doch auch mit Larve wüsste jeder, wer sich hier den Gockel umgehängt hat. Aus dem Berliner in seinem Schnabel ist die Marmelade herausgetropft und im Brustlappen verklebt. Er scharrt mit den Füßen, wippt balzend in den Knien und schwillt zu voller Größe, nimmt Anlauf durch den Flur.

Fratellino, ruft Serafina, sie weicht dem rasenden Hahn aus und spritzt Patrizio aus einer Kanüle Obstler entgegen, fratellino, Bruderherz, sie feiert tatsächlich in ihrer grünen OP-Garnitur, bequem und hinterher gut auszukochen. Ihre Hand liegt krankenschwesterlich auf Sabrinas Babybauch, der sein Kind birgt, wie stellt Sabrina sich das vor, immer und immer und immer hier sein. Hab ich den nicht schön hingerichtet, fragt Serafina unbestimmt, auf Patrizios Strohhut eine venezianische Gondola von der Eleganz eines schwäbischen Stocherkahns. Das Plastikpaar einer Hochzeitstorte, vermutlich der eigenen, vermutlich aus der Vitrine der Mutter geklaut. Die Liebenden sind zu gewichtig und gehen über Bord. Sabrina bietet ihren Kaugummi an, dann wär ich den los. Hanna, blaulippig, tänzelt von einem Bein aufs andere, Wasserränder bekränzen ihre Zehen. Serafina kleistert, sie rückt dem Gondoliere sein Halstuch zurecht und gibt ihn endlich frei, ein knallroter Abdruck auf seiner Wange. Hanna nimmt Patrizio an die Hand, der folgt ihr in die Wärme des Gastzimmers, mitten hinein in dichten Rauch, der an den Konturen zehrt, folgt ihr wie schon die letzten zwanzig Jahre, immer ihrer kalten Schulter hinterher. Ein hübsches Pärle gäben die schon ab, er mit seinem italienischen Schmelz und die schöne Hanna mit dem schneeflockenblauen Silberblick.

Der Guller rammelt eine Frau an, die keine von den Patenteren ist und auch nicht in besonders standfester Verfassung, sie fällt auf dem jahrhundertealten Schmierfilm des Flurs einfach um. Magnus drängt durch die Feiernden, wo sich der Guller zu seiner Erlegten niederlässt, er trinkt Bier zum Trotz, aus Protest gegen die Aussichten, als könne Flüssigkeit Verbindungen lösen. Wartend am Türsturz, wartend auf bessere Zeiten, betrachtet er das Treiben im Sternensaal. Zu Marianne Rosenberg schwofen die Leut übers Parkett,

Patrizio auf Nachschub und Hanna im Rückzug vor einem Belagerer, sowie sie weicht, zieht der Verfolger nach, die Stirn gierig gesenkt wie ein Stier. Unter dem Busen hat Hanna das blumenbedruckte Nachtkleid mit einem grünen Samtband gerafft, es bauscht sich über ihrem Bauch. So nahe kommt sie, so nahe ist sie, dass Magnus ihre Schulter berühren könnte, müsste nur den Arm strecken, er zieht seine Hand aus der Hosentasche. Patrizio tritt herein, und Hanna rettet ihr Kränzchen vor dem Fall, streift es sich über den Arm und deutet. Neckisch, nymphisch, Seerosenhexe, auf Patrizio deutet sie. Tanz mit mir, amore mio, ruft sie lauter als nötig, Patrizio lässt sich das nicht zweimal sagen und reckt die Flaschen in die Höhe wie Pokale, doch die Rosenberg kommt zu einem jähen Ende. Der DJ näselt ins Mikro, jetzt der wunderbare Eros Ramazzotti, Patrizio verdreht die Augen. Früher hat er sich geweigert, Eros-Wünsche seiner Zuhörerinnen zu erfüllen, spielte alles, den letzten Kitsch, aber nicht Eros. Gewidmet allen Träumern und Hoffenden, säuselt der DJ, gewidmet allen, die noch nichts abbekommen haben, heut ist eure Nacht. Das Verständnis von zwanzig Jahren Hinterherlaufen in den Augen von Patrizio und Hanna, die das Lied auf den ersten Takt erkennen. In Hannas Blick blitzt ironische Inbrunst, sie lässt Liebe regnen und klimpert mit rot lackierten Fingerspitzen über Chimes, huhuhuuhhht, und dann grölt sie den Text, lässt den Rhythmus ihres Herzens in ihre kleinen Fäuste schlagen, Sabrina zupft Magnus am Ärmel, nicht jetzt, noch nicht. Unvermittelt hält Hanna inne. Schaut Patrizio an mit ihren Schneeflockenaugen. Ernst steht sie vor ihm und breitet sanft die Arme aus, nur eine Andeutung, der Flügelschlag eines Schmetterlings, Patrizios Hand streift an den Rosen auf ihrem Kleid entlang und findet Platz an der Schulter. Ihre Finger legen sich um seinen Daumen. Patrizio wiegt sich mit Hanna in den Armen, Patrizio wird auf die lange Live-Version hoffen, wird hoffen, der Eros möge ewig singen.

Können wir jetzt endlich, fragt Sabrina, bereit für einen frühen Abgang, die Augen verschattet unter dem Rand ihrer Pelzmütze. Natürlich begleitet Magnus seine schwangere Frau nach Hause. Heute sagt sie zwar, sie könn' allein gehen, aber wer weiß schon, was morgen noch gilt. Bevor Sabrina die Haustür schließt, sagt sie, geh außen rum, ist weniger steil, aber er vergisst es mit dem ersten Schritt. Hängt dann am Kirchberg auf halber Höhe am Geländer und erinnert sich an den Rat. Wer steigt, hat Vorrecht, Magnus weicht Heimkehrern aus und landet im Schnee, Scheißdreck elendiger. Über ihm fängt die Glocke an zu schlagen, ihre vier Viertelstunden und dann die ganze lange Strecke aller Schläge. Es kommt noch ein Nachzügler, schmächtig und dunkel und fremd, unentzifferbar. Sie stehen sich gegenüber und warten, der andere bleibt wortlos, wo man doch hier immer etwas sagt, zumindest eingesteht, dass man auch da ist. Der Dorn seines Gehstocks klackt mit jedem zweiten Schritt. Als es Magnus auf den Hosenboden setzt, hört er hinter sich, über sich, den Fremden kackern, und unten, am Bach, beim Sternen, knallt es, ein kurzer Schlag und dann ein Hupen.

Magnus sitzt im Schnee, in einer Nacht so klar, dass die Welt im Mondlicht Schatten wirft. Ein Kind geht an ihm vorüber. Den Cowboyhut verwegen ins Gesicht gezogen und die Winterstiefel seitenverkehrt an. Magnus erinnert sich, das Malheur passierte ihm selbst zu Schulzeiten noch. Er erinnert sich an sich selbst als Achtjähriger, allein unterwegs zur Nacht, zur Fasnacht, erwacht in der Gewissheit, die Eltern suchen zu müssen, gleichsofort. Der Cowboy hing vom Nachmittag noch über der Stuhllehne, er schlüpfte in die Stiefel und steckte den Colt in den Gürtel, bereit für einen Alleingang durch die Dunkelheit. Er ritt den Pfad hinterm Pfarrhaus hinunter, wo kein Erwachsener so erbärmlich am Geländer hing damals, er näherte sich der erleuchteten Fensterreihe des Sternen wie einer Cordillera. Seine Sporen klirrten auf den gefliesten Stufen. Coolness selbst, betrat er den Saloon, die Hand am Colt, mit Pokerface wanderte er durch die Erwachsenen und suchte seine Eltern, spürte die Blicke prickeln, bis eine Hand ihn am Ärmel festhielt, he Cowboy, deine Leut sind nicht mehr hier, soll dich jemand heimbringen, er erschrak und riss sich los.

Jetzt sieht Magnus über den Bach hinweg sein Ziel in der Nacht thronen. Er rutscht auf dem Hintern den Kirchberg hinunter. An der Brücke stößt er auf die Katzenmusik, die Polizei kommt aus der anderen Richtung. Ein Auto hängt im Misthaufen, ist über die Planken glatt hineingerutscht, hat die Schubkarre mitgenommen, Scheinwerfer strahlen ziellos in den Himmel. Das Martinshorn tut einen letzten Schluchzer, dann herrscht nur noch dieser Siebenachteltakt, der den Herzschlag ausbremst. Zum Schaben und Scheppern der Katzenmusik helfen zwei Mann dem Fahrer über die Planken, derweil die Polizisten im Lichtzucken grad so langsam agieren, dass sie sich die Schuhe nicht schmutzig machen müssen, Patente seid ihr. Magnus spürt seine Finger nicht mehr und strebt ins Warme, einige drängeln sich am Fenster, es gibt Raum auf der Bank, und Hanna wendet sich ihm zu, was ist denn dir passiert heut Nacht. Mit dem Hub der Kapelle steigt der Pegel im Saal, ein Jubel, als sei die Nationalmannschaft hereingekommen, doch es ist nur der Sportverein in anderem Gewand. Gerade noch Metallica, jetzt Katzenmusik und Narrenmärsche, die Leute bilden Reihen und nehmen sich an den Händen und werfen die Fußspitzen im Takt. Magnus will Hannas Hand nehmen und bemerkt das Blut an seinen Ballen, er will aufstehen, doch andere schieben in die Eckbank, Hanna, die sich ihm zugewendet hatte, wird Patrizio auf den Schoß gehoben, ihm auf den Mund gehäufelt, und Magnus greift ins Leere.

Im Saal schweben die Schunkelnden, schwachkörprig, beschienen im Halblicht nur ihr Lachen, und in seinem toten Winkel ein Kuss. Auch der nicht von Dauer, Hannas Ballerinas sind unter dem Tisch verlorengegangen, sie setzt einen Fuß auf die Tischplatte, dann den anderen. Magnus hebt seinen Blick in das durchscheinende Kleid, der Blütenregen auf dem fliegenden Stoff. Sie hebt die Arme, und er sieht die Adern blau über die blasse Haut stürzen, Schweiß glänzt an ihrer Schläfe, die langen Haare fallen offen über ihre nackten Schultern. Er möchte sie um die Schenkel packen und auf einer Schulter durch die Menge tragen. Ein anderer könnte sich Hanna auf die Schulter setzen und durch die Menge nach draußen tragen.

In der Küche fischt Magnus mit bloßen Fingern zwei Saitenwürstle aus dem Kessel und wird zurechtgewiesen, he, deine Drecksgriffel, und überhaupt, du blutest ja. Eine aufgeschürfte Hand, die ihm gehören soll, er wird gesetzt und lässt walten. Der Verunfallte hockt aufgeräumt in dieser Gesellschaft Losgelassener, genießt die eigene Verlegenheit unter einer Kurzberockten auf seinem Schoß. Der Polizist ist im Versuch einer Zeugenbefragung und will die Leute aus der Küche haben, ganz besonders den Guller, Magnus sieht sich mit einer Wurst gestikulieren und mault mit vollem Mund etwas von neuer Obrigkeit. Der Polizist wirkt ziemlich groß da über ihm, als er sagt, du, an deiner Stelle tät ich ein bissle Tempo rausnehmen. Es kreist ein Tablett mit Schnäpsen, Magnus langt zu, gleich wird er langsam machen, aber den genehmigt er sich noch. Es brennt auf seiner Hand, es brennt in seiner Kehle. Der zweite Polizist hascht nach seiner Mütze, und Magnus erhascht einen Blick auf einen weißen Stoff, der draußen vorüberschwebt.

Im Erheben merkt er, wie ihm drimmlig ist, im Rumoren des Flurs merkt er, dass er schleunigst nach hinten rausmuss, er taumelt über den gestampften Pfad die paar Meter zur Koppel hinterm Haus und hängt sich über den Balken. An aufgestapeltem Leergut hangelt er zurück ins leuchtende Karree der Hintertür. Macht halt und hofft, es möge in ihm so viel Verstand, so viel nüchtern Blut übrig sein, dass er morgen noch zusammenbringt, was er gerade kapiert. Im Sternenflur lehnt Hanna an der Wand, ihre Füße auf Patrizios Schuhen. Sie lüftet das Kleid, stützt einen nackten Fuß an der Wand auf, und Lippen sich begegnend.

He Cowboy, doch seine Eltern waren nicht da, er strich zwischen den Erwachsenen durch sprittigfeuchte Luft, eine Hand griff zu, er riss sich los und entwischte, nicht nach vorn, sondern nach hinten raus. Der Cowboy, er steht in dieser Hintertür und wendet sich um, er erkennt im Flur an dieser Stelle seinen Bruder Peter in den Armen einer Frau, Peter in der Umschlingung von Maria, der Nachbarstochter, die sein Vater fortan Luder schimpfte und Hure.

Magnus starrt und weiß, er muss das erinnern. Er muss sich morgen, wenn der Rausch ausgeschwitzt ist, erinnern, dass alles miteinander zu tun hat. Dämmerlicht fraß ihnen die Köpfe von den Schultern, deutlich aber sah er Marias Hand in Peters Hosentasche wandern und dachte noch, was will die da. Heute weiß er's, heut kennt er sich aus mit Ludern, doch dies Wissen kommt hinterher wie die alte Fasnacht. Magnus betrachtet Hanna, und er sucht in ihr, und er findet. Der drimmelnde Magnus bespricht sich atemlos im Schatten mit sich selbst. Der fröstelnde sieht überklar, wie Patrizios Fingerspitze laufmaschengleich zu Hannas Schritt hochtändelt. Er will seinen früher am Abend nach Hanna ausgestreckten Arm wieder zurück.

Ein Blütenschweif gleitet durch den Türspalt nach draußen. Folge mir.

Er hatte das Schicksal im Holster. Wenn nur der Cowboy seinem Bruder beherzt auf den Schwanz gezielt hätte, ihm wenigstens einen Judenfurz vor die Füße geknallt, anstatt sich auf den Hacken umzudrehen und seine Verstörung mitzunehmen.

Morgenlicht reckt sich über die Tannenwipfel. Fort die Kapelle, der Wirt verschwunden. Im halbdunklen Schankraum schweben zwei letzte Tanzende, ihr Tanz braucht Musik nicht. Schlafende Köpfe auf den Tischen. Endlich fällt Schnee, trocken und warm, legt sich auf Treideln und Träume der Trunkenen. Blas die Kerze aus, das Spiel ist vorbei.

Pack die Fiedel ein, wir spielen heut nicht mehr. Vorbei der Tanz, s'ist Krähenzeit. Im Flur kommt ein Einzelner ihm entgegen, zerschlissen sein Frack, zerdellt sein Fez. Einer, der nüchtern blieb, sein Blick hat Halt. Soll ich dich mitnehmen, Magnus, draußen ist kalt. Magnus schüttelt den Kopf. Kannst mit mir fahren, draußen fällt Schnee. Schüttelt den Kopf. Nein danke, ich geh.

NISTKASTEN

Hanna hat zwei Schlüssel schneiden lassen. Seit den frühen Morgenstunden rumort Daphne im Erdgeschoss, putzt und geht die Schränke durch, richtet sich ein. Sie haben die Einladung im Wirtshaus nachgeholt, und Daphne hat Hanna erklärt, was eine wie sie hier macht. Sie hat als Chemikerin in der Basler Pharmaindustrie einen Haufen Geld verdient und arbeitet nur noch fünfzig bis achtzig Tage im Jahr in der Unternehmens- und Prozessberatung. Zusammen mit dem Rest vom Haufen langt ihr das. Sie gibt sich drei Jahre, vorläufig und zur Miete, um zu experimentieren, sich zu besinnen, vielleicht ein Buch zu schreiben. Ein Jahr ist schon vorbei. Und bevor sie's vergisst, irgendwann hat sie mal noch an der ETH in Philosophie promoviert. Und ihr Bruder ist Förster im Südschwarzwald. Gute Gegend, das hier. Und weil sie nur eine Zweizimmerwohnung hat, ist so ein Werkraum ein Glücksfall. Und ob Hanna nicht mit ihr gemeinsam den Garten bewirtschaften wolle? Hanna nickte und schob Daphne zwischen Grappa und Espresso den neuen Haustürschlüssel über den Tisch.

Sie lag noch im Bett, als unten die Haustür ging, sie duschte und frühstückte in ihrem Tempo, und gerade als sie sich auf den Weg nach unten macht, setzt Musik ein. Seltsam verlangsamt wirkt sie, leiernd, Hanna balanciert die Treppen hinunter, die Musik wird lauter, sie erkennt The Beautiful South und hat schlagartig ihren alten Ghettoblaster vor Augen, Silbertürkis mit doppeltem Kassettendeck. Der Zeigefinger auf der Aufnahmetaste während der Radiocharts am Sonntagabend. Die guten Moderatoren redeten nicht in die Tracks rein. Hanna findet Daphne auf dem Boden kniend, sie zieht ein Band nach dem anderen aus einer Schachtel, begleitet von kleinen Jubelseufzern. Midnight Oil, Men at Work, INXS, Chris de Burgh! Jennifer Rush und Cyndi Lauper. Siouxsie and the Banshees und PUR, Tote Hosen und Ärzte, das verträgt sich doch alles gar nicht, Daphne kommen fast die Tränen, mein Gott, was für eine Mischung! Dass die Bänder nach über zwanzig Jahren überhaupt noch etwas hergeben.

Hanna setzt sich in den Campingstuhl, Daphne legt einhändig die Lauper ein. Wie bei jeder anständigen Räumung bricht erst einmal Chaos aus. Daphne hat alle Schränke geöffnet, was soll ich denn mit dem ollen Zeug machen, fragt sie und blickt sich im Raum um. Hanna bläst die Wangen auf. Die Schränke sind voll bis zur Decke, zweckmäßig verstaut und sauber sortiert, Batterien von Einmachgläsern, Blechdosen für die Weihnachtsbäckerei, der Entsafter, eine Küchenmaschine, von der sie weiß, dass sie nicht mehr funktioniert. Ein paar der alten Kirschkonserven und Marmeladen sind noch da. Sauber beschriftet lagern Osterdeko und Christbaumschmuck, Bastelmaterial noch aus ihrer Schulzeit, der alte Wasserfarbenkasten. Ein ganzes Regalbrett mit Reiseführern: Bodensee, Allgäu, die Schlösser des König Ludwig, Wanderführer vom Albverein, die Kunst Italiens. Da muss sie den Band über Florenz herausgezogen haben, der oben auf ihrem Schreibtisch liegt. Aber wozu bloß. Auf einer großen Plastikbox mit Arbeitskleidung das

Etikett Schaffhäs, sie hat die Sprachmelodie ihrer Großmutter im Gedächtnis, es erheitert sie und macht sie wehmütig. Zwei Kartons für Fasnacht, zwei weitere, ursprüng-
lich mit einem Zimmermannsbleistift beschriftet: Maria,
später mit Filzstift ergänzt: Johanna. Der Lammfellsack für
den Schlitten. Arbeitsschuhe beider Großeltern in den unteren Fächern. Sie hat sich ja schon an den paar Schubladen
in der Küche verhoben. Wenn man hier fertig wäre, könnte
man in der Scheune direkt weitermachen, und dann bliebe
immer noch der Dachboden.

Was willst du denn behalten davon?

Wenn sie überlegt, was sie wirklich besitzen möchte und
wovon sie auch noch einen Nutzen hätte, dann bleibt fast
nichts übrig.

Sie zeigt fragend auf die Utensilien der Selbstversorgung,
Daphne nickt, ja klar, total gerne.

Hanna wandert von Fach zu Fach. Sie findet die Strickjacke, die ihr Großvater zur Waldarbeit trug, und legt sie sich
beiseite. Den Weihnachtsschmuck könnte man nach oben
schaffen, Daphne legt die Schachteln im Flur ab. Aus der
Box mit Babysachen nimmt Hanna nur eine weiße Kappe,
die ihr unfassbar winzig erscheint. Ihre Kindergartentasche
war ein Haus aus Plastik, dessen knallrotes Dach sich mit
einem Reißverschluss öffnen ließ, der im Knick fast immer
klemmte. In der Fasnachtskiste Kinderschminke aus den
achtziger Jahren, Ringelhemden, Nachthemden, eine
Pippi-Langstrumpf-Perücke. Das Blumenkränzchen ihrer
Erstkommunion, komplett ramponiert. Daphne hält Kleidungsstücke in die Höhe, eh, wie geil ist das denn, da sind
haufenweise Sachen original Sixties. Sie hält sich eine Bluse
vor den Leib, Daphne ist keineswegs dick, doch sie würde

alle Nähte sprengen. Deine Großeltern sind aber doch nicht so rumgelaufen? Der Groschen fällt. Es bleibt unklar, bis in welches Detail ihr Fall in der Tafelrunde kommentiert worden ist, doch Daphne sagt, ich lass dich das einfach mal in Ruhe durchsehen, stellt ihr die Kisten auf die Werkbank und verlässt den Raum.

Wahrscheinlich ist sie nur mit einem Koffer nach München gegangen.

Hanna beugt sich über die Klamotten ihrer Mutter, die Kleider einer jungen Frau, gerade mal halb so alt wie sie heute. Klamotten aus einem Leben, das noch von einer unbestimmten Unschuld geprägt zu sein scheint. Ein Leben, aus dem sie noch nicht fortgegangen, in dem Hanna noch nicht passiert war. Ein Leben, in dem noch so viele Türen offen zu stehen schienen. Sie fragt sich, ob ihre Mutter damals schon eine Härte hatte, als sie in diesen Blusen mit Stickereien und Quasten steckte, alles so überschwänglich farbig und optimistisch verspielt.

Sie legt die grellsten Stücke in die Fasnachtskiste. Sie nimmt sich eine Jeans mit breitem Schlag, eine weiße Ethnobluse. Aus einem ganzen Raum voller Dinge bewahrt sich Hanna einen Waschkorb voll. Sie trägt die Sachen hinauf in ihr Schlafzimmer und legt alles in die Kommode ihrer Großmutter, wo neben ihren eigenen Besitztümern bereits deren alter Füllhalter und die Schmuckschatulle liegen.

Daphne, die Prozessmanagerin, arbeitet effizient, ist schnell und klar in ihren Entscheidungen. Sie fährt die Sachen schubkarrenweise in die Scheune, blaue Säcke reihen sich aneinander. Sabrina könnte die Babysachen auf den nächsten Flohmarkt mitnehmen, oder sie versuchen es über ein Vintage-Portal zu vertickern. Sperrmüll oder ein Container. Oder ein Garagenverkauf. Das wäre ein Spaß.

Als Daphne nach einer Fuhre ewig nicht zurückkommt, drückt Hanna auf Stop, und Milli Vanilli verstummen. Sie hört Stimmen an der Haustür. Eine Gruppe Jugendlicher, ihr Wortführer steht keck in der ersten Reihe, während die anderen drei zu ahnen scheinen, dass ihr Anliegen schon zerschellt ist.

Der Mesner schickt uns. Sie seien Ministranten, es gebe so Schülerpatenschaften für die Flüchtlingskinder, und ob sie das alte Schulzimmer dafür haben könnten.

Haben?

Ha ja, der Mesner hat gesagt, hier gibt es Platz. Dass wir da zusammen Hausaufgaben machen, und wo man halt auch mal was liegen lassen kann.

Ich hab ihnen schon gesagt, dass hier jemand wohnt, auch im Schulzimmer, sagt Daphne. Und warum der Mesner nicht selbst kommt zum Fragen. Warum geht ihr damit eigentlich nicht in den Gemeindesaal?

Dass wir dort keinen Dreck machen.

Ah ja, richtig! Daphne schlägt sich mit der flachen Hand gegen die Stirn.

In der hinteren Reihe verdreht eines der Mädel die Augen, und selbst der Wortführer merkt, dass ihm die Aktion entgleitet. Er spielt nervös mit einem Schlüssel an einem Holzanhänger, der das Wappen der Gemeinde trägt. Hanna erkennt den Anhänger wieder. Der alte Schlüssel zum Gemeindebüro. Der Schlüssel zu ihrem Haus. Sie streckt instinktiv die Hand danach aus, der Junge verbirgt die seine auf dem Rücken. Eh, sagt Hanna.

Was ist los, fragt Daphne.

Raus damit, her damit, signalisiert Hanna mit dem Zeigefinger. Meiner. Sie versucht, den Arm des Jungen zu greifen, dessen Reflexe sind aber jung und unverbraucht, er rennt davon, he!, schreit sie ihm hinterher und ist erstaunt über das Volumen ihrer Lungen. Das ist mal eine gute Nachricht. Die gute Landluft. He, du Sackarsch, will sie eigentlich schreien, mit Ausrufezeichen, und ihm nachjagen, aber das wäre zu viel verlangt.

Die zwei Mädchen entschuldigen und verdrücken sich, der zweite Junge sagt noch, ich bring euch den Schlüssel, zwanzig Minuten später steht er damit vor der Tür, ey sorry, Alter, ich dachte gleich, dass das eine Aktion für'n Arsch ist.

Mir leuchtet eh nicht ein, sagt Daphne, warum ihr das nicht in euren Familien macht, das ist doch sowieso die viel bessere Lösung. Er zuckt mit den Achseln und will seine Anwesenheit nicht unnötig in die Länge ziehen.

Wieso hat der Mesner denn einen Schlüssel für dein Haus, fragt Daphne, und Hanna zeigt ins alte Gemeindebüro, Daphne lugt hinein, ich verstehe.

Was ihr dieser schnelle Blick nicht erschließen kann, sind die Jahre, in denen der Ortschaftsrat im Schulzimmer tagte, das Engagement von Erich in der politischen Gemeinde und von Katharina im katholischen Frauenbund, woraus womöglich ein Spätfeudaler Besitzansprüche ableiten zu können glaubt, zumal wenn man den Schlüssel eh noch am Brettle hängen hat.

Sie gehen zurück an die Arbeit. Hanna drückt auf Play. Aus Milli Vanilli wird Vermicelli, da hilft auch kein Bleistift mehr.

Sie gibt den zweiten Schlüssel Patrizio, als sie spätabends in der Küche sitzen. Der Ghettoblaster kurbelt Motown, eine Kassette, die Hanna vielleicht sogar von ihrer Mutter geerbt hat. Möge das Gerät gnädig sein. Sie waren im Kino gewesen, danach wird es hier herum schon schwierig mit der Einkehr. Sie essen Pizza aus dem Karton und trinken Bier aus der Flasche, Patrizio übernachtet wieder im Kinderzimmer. Seine Freude über den Schlüssel ist auch durch die Kaubewegung hindurch sichtbar. Er spült nach und sagt, benissimo, danke, und fädelt den Neuen gleich auf seinen Bund. Für alle Fälle?

Für alle Tage, möchte sie ihm antworten. Für wann immer.

Er leckt sich über die Lippen. Ich wollte dich sowieso was fragen.

Er dreht die Musik ein wenig leiser. Also, beginnt er. Sie blickt ihn aufmerksam an, das scheint etwas Größeres zu werden.

Also, ich wollte dir etwas vorschlagen. Ich hab da einen Plan, den ich mit dir besprechen will.

Sie grinst. Was denn? Sie schüttelt den Kopf, nix, lächelt sie, erzähl weiter.

Ich hab mir überlegt, ich hab da seit Jahren eine Sache am Laufen, also im Moment ist es eher eine Idee, zu der ich nie so recht komme. Jetzt über den Jahreswechsel wird es in der Agentur ruhiger, ich hab gerade ein großes Projekt abgeschlossen und könnte mir ein paar Monate Auszeit nehmen und endlich mal mein Ding machen. Ich dachte mir, ich könnte das vielleicht hier machen.

Hier machen.

Ja, hier bei dir. Du hast ein großes Haus, hab ich mir gedacht, im Schulzimmer könnte ich arbeiten, ist ja genug Platz für zwei, also, ich würde für ein paar Monate herkommen und zeichnen und könnte dir ein bisschen Gesellschaft leisten. Ecco.

Ist ja süß.

Alle wollen sie ihr Schulzimmer.

Gesellschaft haben, jeden Tag. So beisammensitzen, die meisten Abende.

Womöglich hat sie in ihrem Schulzimmer lange genug als Einzelgänger gehaust. Sie möchte Patrizio um den Hals fallen, sie möchte ihm den Schlüssel wieder abknöpfen. Warum ist sie sich ihrer eigenen Reaktionen nie sicher? Warum weiß sie nie, was sie will?

Du sagst ja gar nichts.

Hanna blickt sich in der Küche um. Gesellschaft, Vertrautheit, Hilfe, gutes Essen, Musik, warum zögert sie? Daphne im Erdgeschoss ist das eine. Aber will sie mit Patrizio zusammenleben?

Sie signalisiert ihm, er solle von seinem Projekt erzählen. Du. Der Plan ein großer Kreis in der Luft. Erzähl mehr davon, die Finger ihrer linken Hand schnattern.

Was ich machen will? An der Sache bin ich seit Jahren dran. Ich will unsere Geschichte als Comic zeichnen. Ich hab mit meinem Vater und meiner Mutter geredet, wie das alles war damals, daheim in Italien und als sie hier ankamen. Er kam ja Anfang der Sechziger mit dem Anwerbeabkommen hierher und hat in der Textilindustrie im Neckartal gearbeitet. Für so feinmechanische Sachen haben sie junge Italienerinnen angeworben, weil die deutsche Frau am Herd stehen sollte. Meine Mutter kam aber ziemlich spät, da ging das mit der Uhrenindustrie hier in der Gegend allmählich den Bach runter. Aus ihrer Familie ist eine Schwester hier in der Gegend, ein Bruder in Frankreich, der andere war Industriearbeiter in Norditalien. Und dann der Zweig in Schottland, Serafina, die ja einen von den Cousins da oben geheiratet hat, die hat eine Migration draufgesetzt, erst hier aufgewachsen, dann dorthin. Ist die in Schottland jetzt eher Deutsche oder mehr Italienerin? Loredana ist assimiliert, außer beim Essen natürlich, ich fand es hier furchtbar und pflege meine Italianità, und dann entdecke ich aber auch wieder die alte Heimat, also hier, aber was ist denn nun Heimat überhaupt. Ich gehöre in beide Länder oder in keines so richtig, ich weiß es nicht. Da ist ein ganzer Kessel von Geschichten, und diese Geschichte will ich erzählen, aber mir hat bisher einfach immer die Zeit gefehlt.

Er dreht die Bierflasche und zieht dabei das Etikett ab. Vielleicht geht's auch darum, meinen Frieden zu machen mit der ganzen Sache.

Er blickt sie an. Du sagst ja immer noch nichts.

Sie will ihm über den Arm streichen.

Du kannst ja mal eine Nacht drüber schlafen.

Sie schüttelt den Kopf. Braucht sie nicht.

Nein? Si.

Si? Ja.

Während der Nacht wacht sie auf. Sie weiß nicht, ob sie träumte, doch schlummernd folgt sie traumartigen Bildern, Erinnerungen an Begegnungen und Berührungen. Ohne den Entschluss gefasst zu haben, steht sie auf, zieht das Deckbett hinter sich her die Treppe hinunter und legt sich auf die alten Matratzen im Schulzimmer, die nicht mehr unter dem Klavier liegen, seit Patrizio einmal ein wenig spielte. Überwintern mit Patrizio. Sie blickt in die Dunkelheit des leeren Raums, der sich füllen soll mit einem Tisch und einem Stuhl, mit der Gegenwart eines anderen Menschen. Vielleicht wäre das jetzt lebbar.

Der sachte Glanz dieser Vorstellung reicht nicht, um das kalte Zimmer zu heizen, durchgefroren zieht sie wieder ab nach oben und wird so nicht in den Schlaf finden, das weiß sie. Sie stellt die leere Bettflasche in den großen Topf und fixiert sie mit einem kleineren, um sicher mit Links einfüllen zu können. Die Herausforderung ist immer das Verschließen. Zurück im Bett schiebt sie sich die Bettflasche an die Füße. Bis mit der Wärme auch der Schlaf in ihre Glieder wandert, konzentriert sie sich auf ihren Atem und darauf, dass nur durch eine dünne Wand getrennt Patrizio auf dem seinen durch die Nacht treibt.

Sie sieht ihn anders an, als sie am Frühstückstisch sitzen. Er trinkt lieber Tee als den Kaffee aus der rosafarbenen Kaffeemaschine. Er wird eine Mokkakanne bringen und Kekse fürs Frühstück. Seine Anwesenheit wird Dinge verändern. Bist du dir immer noch sicher, fragt er, ist sie nicht, sicher ist so ein unzuverlässiges Wort, aber sie nickt. Er behält die Uhr im Blick und macht sich auf, duschen und umziehen bei seiner Mutter, Sonntagsessen bei Loredana. Hanna begleitet ihn nach unten, wo Daphne schon wieder an ihrem Paradies baut und das faulige Vogelhäuschen aus dem Garten hereingeholt hat.

NOVEMBERKIND

Patrizio bockt seine riesige Tischplatte auf. Hanna lungert in Erichs Sessel, den Patrizio ihr herübergeschafft hat, und studiert, wie die Hängematte aus dem Baumarkt zu befestigen wäre, ihr Geburtstagsgeschenk. Entlang der Wand stehen Umzugskartons mit Utensilien und Dokumenten, eine Bananenkiste voller Comics. Zwei Schreibtischlampen und Bluetooth-Lautsprecher in ihren Verpackungen. Erichs uralte Bohrmaschine. Ein großes Paket von ihrer Mutter aus Spanien. Es läuft gerade einmal keine Musik. Es ist einfach still. Ein Tisch ein Stuhl ein Sessel.

In die Stille hinein Schritte auf der Treppe, lässt Jessie ihren Weekender zu Boden knallen. Sie drapiert sich in den Türsturz wie ein Pin-up-Girl und ist sichtlich zufrieden, dass die Überraschung gelingt. Sie haucht Happy Birthday und stelzt zum Zimmer herein wie Marilyn. Ich hab deine fotografischen Lockrufe vernommen, Schätzchen. Nett habt ihr's hier. Und das ist ja wirklich im tiefsten und hintersten Wald.

Hanna läuft auf halber Strecke in Jessies Umarmung. Jessie begrüßt Patrizio mit den Worten, salve, mein Telefonino, und sagt zu Hanna, ich sehe, du bist versorgt.

Hanna weiß noch, auf welcher WG-Party die beiden sich schon einmal begegnet sind, ihr Dreißigster, und lotst sie mit Schnalzen und Kopfschütteln zum richtigen Ergebnis,

Jessie und sie wohnten noch nicht zusammen, und zwischen ihr und Patrizio stimmte es nicht, ein wechselnder Magnetismus zwischen Anziehung und Abstoßung, sie hatte Interesse an einem anderen und fand Patrizios Anwesenheit anstrengend.

Jessie stützt sich auf die Tischplatte und bringt die grazile Konstruktion fast zum Einsturz. Was gibt denn das hier, wenn's fertig ist, fragt sie mit Verweis auf die Kisten. Ist das dein Zeug? Patrizio nickt und setzt an zu erklären, erzählt von seinem Vater und dessen Bruder, der nach Schottland zog, wie die ersten von ihnen schon im neunzehnten Jahrhundert.

Italiener in Schottland, sagt Jessie, hartes Los.

Die sind damals über Land durch ganz Europa gezogen, man wusste über Kontakte, wo schon jemand aus der Stadt oder aus der Gegend war, und heute heißt das ja immer, Italiener, aber Italien gab es ja nicht. Italien ist eine Erfindung.

Wie, fragt Jessie, Italien gab es nicht.

Die kannten nur Heimat, ihre unmittelbare Umgebung, und sie hatten so krasse Dialekte, dass sie Leute von anderswo gar nicht verstanden. Weil überall in England immer schon jemand war, andere Italiener, Fremde, zogen sie weiter nach Norden, und kurz bevor sie in den Atlantik gefallen wären, blieben sie in Glasgow. Und meine Schwester lebt jetzt auch dort.

Jessie ist beeindruckt von seiner Idee, von der Größe und der Tiefe seines Projekts. Sie fragt dazwischen, das willst du alles in drei Monaten schaffen? Impossible. Patrizio macht eine Bewegung, die zwischen Zusammenzucken und Achselzucken unentschlossen bleibt, Jessie legt ihm die Hand auf den Arm, sorry, ich wollte dich nicht entmutigen.

Hanna denkt, jetzt könnte sie die Hand wieder wegnehmen, was Jessie tut mit dem abschließenden Satz, es klingt super spannend, wenn du mal was vorzeigen kannst, gib Bescheid, ich kenn da ein paar Leutchen im Betrieb. Er wiegelt ab, so ist das nicht gedacht. Eine ganz private Sache. Worauf Jessie nur sagt, das denkense am Anfang immer.

Bei Apéro und Chips, zwischen Kühlschrank auf und Kühlschrank zu, über den Resten von Bratkartoffeln und einem guten schwäbischen Vesper berichtet Jessie das Neueste aus Berlin, die Arbeiten an der Fassade sind abgeschlossen, das Gerüst ist weg und Piet glücklicherweise auch, der überwintert überwiegend in Kroatien und baut sein Tourismus-Imperium aus. Piet, den hatte Hanna erfolgreich verdrängt.

Ich hab mir erlaubt, spricht Jessie weiter, dein Zimmer in Beschlag zu nehmen. Piet hat mit dem Gedanken gespielt, es über Airbnb zu vermieten. Das musst du dir mal geben, der kriegt den Hals nicht voll. Ich wohn jetzt bei mir und arbeite bei dir, ist auch der Weg nicht so weit wie in die Stabi.

Jessie kann sich zurzeit ein Arbeitszimmer leisten, ihre Finanzen ein wahrer Rosengarten. Der Senat hat ihr ein Stipendium zuerkannt, und sie unterrichtet Deutsch für Flüchtlinge. Daneben die üblichen Übersetzungen. Sie habe etwas unter Pseudonym veröffentlicht, sagt sie und reißt dramatisch die Augen auf, Patrizio entgeht der Sinn dieser Grimasse, aber Hanna versteht, dass sie es durchgezogen haben muss, ein Porno im Self-Publishing. Läuft wie Schmidts Katze, flüstert sie grinsend.

Apropos Berlin, Jessie zeigt mit der Gabel auf Hanna, als wolle sie sie an die Wand pinnen. Die Klinik hat angerufen.

Du hattest einen Untersuchungstermin und bist nicht erschienen.

Kawumm.

Das brauch ich dir nicht zu erklären, dass das ein Problem ist.

Die Realität schlägt durchs Dach, den Tisch und alle Stockwerke und bleibt als Blindgänger unten liegen.

Hanna, es sei dir gegönnt, dass du dich für eine Weile in die dörfliche Romantik deiner Kindheit zurückziehst und Vogel Strauß spielst, aber damit muss Schluss sein. Und falls du es vergessen hast, wir hatten eine Abmachung. Du hattest mir was versprochen.

Jessie führt immer noch die Gabel wie eine Waffe.

Hanna starrt auf ihren Teller, auf dem die Schwarzwurst ekelerregend glänzt. Am Rande ihres Blickfeldes legt Patrizio lautlos das Besteck nieder.

Ich hab einen neuen Termin für dich am 22. Dezember vereinbart, da kommst du nach Berlin, und dann fahr ich mit dir wieder hierher runter, und wir feiern Weihnachten zusammen. Wenn du dann noch mit mir redest.

Erst einmal nicht. Sie erhebt sich in der ihr eigen gewordenen Langsamkeit und fühlt die Blicke der beiden. Sie verlässt die Küche. Sie geht wie in Trance, und niemand folgt ihr nach. Sie findet keinen Ort für sich in diesem Haus, sie nimmt Stufe um Stufe, passiert Tür um Tür, erst am Gartenzaun ist Schluss. Da steht sie mit ihrer Angst am Abgrund, mit ihrer Müdigkeit und ihrem Rest von Leben, in dieser wunderbaren Kälte, die irgendwann das letzte Mal nach Schnee gerochen haben wird.

*

Vieni dentro. Seine Stimme wie ein warmer Mantel. Sie neigt sich unter seine Schwinge. Sie lässt sich über die Schwelle heben. Sie ist nur auf Strümpfen und fühlt die Wand des Flurs kalt an ihren Schulterblättern. Sie lässt den Kopf hängen, er versucht ihn ihr zu heben, sie lässt ihn wieder fallen. Sie macht die Augen nicht auf. Aller Halt, den sie sich über Monate zu geben versucht hat, ist in sich zusammengebrochen.

Hast du Angst, fragt er, sie nickt in seine Schulter hinein und heult Wut, heult Panik, heult Erschöpfung, alle Gedanken, die sie nicht mehr äußern kann, all diese Eindrücke, die sie in sich bunkert, ohne jemals wieder etwas mit ihnen anfangen zu können, sie heult Patrizio ihre ganze Zukunftslosigkeit an den Hals. Er, der sich unter ihrem Dach seinen Traum vom Zeichnen verwirklichen will, und sie, die ihm dabei zusehen soll, deren größte Tat in naher Zukunft darin bestehen wird, stillzuhalten für Bilder von ihrem Kopf.

Ich kann dich nicht mehr halten, Hanna, ti prego, sie gehen auf den Treppenstufen nieder.

Sie versucht Beherrschung gar nicht mehr. Sie lässt alle Dämme brechen. Sie brüllt heraus, was sie bisher eingebunden hatte in diese Korsage aus Tapferkeit. Da ist ein Kopf, der platzt gar schier, Stimmbänder, blutdurchströmt und rot lebendig, doch zu nichts anderem nutze als schrillem Schreien. Sie hat untröstliche Angst vor dem Lärm in der Röhre und Angst vor dem Moment, da der Arzt die Hände auf dem Tisch faltet. Angst vor den Wahrscheinlichkeiten, Angst davor, Entscheidungen treffen zu müssen, da sie gerade zwischen Uhraufziehen und Stromern das rechte Maß gefunden hatte. Angst, dass all dies hier in drei Wochen mit einem Schlag zu Ende sein könnte. Angst davor, noch härter kämpfen zu müssen, doch wofür denn noch, und auch Angst vor dem Recht, aufgeben zu dürfen.

Jessie reicht von hinten ganze Bahnen Klopapier an. Weinen ist die größte Energieverschwendung, zu der der menschliche Körper fähig ist, man kann weinen bis zur vollkommenen Verausgabung. Hanna ist am Endpunkt angekommen und fügt sich wieder. Sie entkrampft ihren Oberkörper und nimmt Patrizios Hand und lehnt sich an Jessies Knie. Sie lässt sich halten. Es erheben sich wieder behutsame Worte, erheben sich leise, wie Besucher vom Bett eines Kranken.

*

Der erste Schnee kommt früh in diesem Jahr. Hanna legt sich das Duvet über die Schultern und blickt ins Flockentreiben. Sie stößt ihren Blick in die Tiefe dieses Vorhangs aus Kristallen wie eine Sonde. Sie folgt der Kraft, die so Gewichtsloses in den Mittelpunkt der Erde zieht. Die Welt reicht nicht weiter als zu den schemenhaften Mauern der Kirche. Das Dorf umstanden von Tannen, alles wird still und sie auch.

*

Sie schlummert noch im Hausgang des Tages. Irgendwo in der Gegend ihres Herzens hat sie Muskelkater. Sie rollt sich kompakt unter dem Winterbett zusammen und kostet die Wärme aus. Die Tür öffnet sich. Marilyn haucht wieder ihr Verslein und befiehlt, rutsch mal, buttercup, mit Jessie schlüpft ein Schwall kalter Luft zu Hanna ins Bett, ihre Füße geraten in die eisigen Gefilde der Decke. Alles, alles

Obergute und nur das Beste und überhaupt zum Geburtstag. Jessie schiebt ihr einen Arm unter den Nacken und drückt sie ganz fest. Was sollte man ihr außer der Superfloskel noch wünschen? Dass es ein gutes Jahr werden möge. Was auch immer gut sein könnte. Sollte es kurz oder lang gehen, was wäre besser? Dass die Götter gnädig sein mögen.

Schweigend halten sie sich in den Armen. Bleib uns noch ein wenig, okay? Hanna drückt sich an Jessies Schlüsselbein die Nase platt und versucht ein Nicken. Als es des Haltens genug ist, schlägt die unerschrockene Jessie, die wahrscheinlich schon zwei Dutzend Morgengrüße absolviert hat, die Decke zurück.

Es hat geschneit, Hanna! Weiß sie doch.

Aufstehen, Hanna! Sie sitzt ja schon auf der Bettkante. Der Boiler ist so weit! Der Champagner auch! Auf geht's!

Patrizio kommt rasiert und gegelt aus dem Bad, er zieht ihr fürs große Glück 41-mal die Ohren lang, es gibt einen Kuss, der auf den Lippen hätte landen können, aber dazu muss Jessie erst wieder abreisen. Hanna taucht in den Dunst des Badezimmers und lässt Wasser ein. Sie nimmt wahr, dass Jessie vor der Tür Wache schiebt und sich mit Patrizio in der Küche unterhält. Es gibt Rührei und Champagner und das wenige, was der Kühlschrank noch aufzubieten hat, Jessie verträgt Schwarzwurst zur Not auch schon zum Frühstück.

Patrizio setzt sie in der Stadt ab und fährt weiter zu seiner Mutter. Jessie hat eine hauptstädtische Vorstellung vom Shoppen und fragt nach den zwei Straßen im Karree, wie, das soll's schon gewesen sein. Sie zieht Cash und händigt Hanna drei Monatsmieten aus. Mit den Taschen voll Geld ziehen sie durch den verkaufsoffenen Sonntag, Hanna staffiert sich mit einem Paar luxuriös gefütterter Bikerstiefel und einem Dufflecoat aus. Zu ihrem Geburtstag spendiert sie Jessie einen Haarschnitt. Die will es echt wissen, bestellt Saure Kutteln und leidet, bis Hanna ihre Eisenpfanne mit Kässpätzle in die Mitte des Tisches schiebt.

Jessie liest die Eisvariationen vor, Hanna zeigt auf bei Heißer Liebe, was Jessie zum Anlass nimmt, zu fragen, sag mal, du und Patrizio, läuft da was?

Hanna entscheidet sich für ein Kopfschütteln.

Aber habt ihr nicht mal? Und jetzt? Jetzt wohnt ihr da zusammen wie Hänsel und Gretel? Jeder allein in seinem Kämmerchen? Ihr habt sie ja nicht alle.

Jessie wirft einen schnellen Blick auf ihren Nachtisch und reklamiert sofort, das sei zu wenig Soße und bitte doch ein extra Kännchen heiße Himbeeren, dann redet sie weiter, das kannst du mir nicht erzählen, dass der da nur so samaritermäßig nach dir sieht, der hat im Leben doch auch Besseres zu tun. Diese ganze Sabbatical-Aktion ist doch der perfekte Vorwand, um dir nahe zu sein. Was man ja auch verstehen kann. Musste gar nicht so erschreckt kieken.

Sie dankt dem Kellner en passant und flutet ihr Eisschälchen mit dampfender Soße.

Du bist eine schöne, attraktive, erwachsene Frau gewesen, und das ist nicht alles mit einem Schlag komplett verloren. Könntest etwas besser nach dir sehen, mit Verlaub. Das Landleben bekommt dir gut, und das hatten wir doch auch in Berlin gleich gemerkt, dass die Physiotherapie gut anschlug, deine Schwimmerei. Und die Sache mit der Sprache, das ist zwar alles ein bisschen hinter Glas, aber du bist doch immer noch du, du bist doch immer noch da. Gefühle laufen über den Körper, die sind ja nicht verbal. Sie zögert kurz. Das müsstest du am besten wissen.

Jessie macht eine Pause und löffelt Eis, als wolle sie ihr Raum für eine Entgegnung bieten. Hanna ist überfordert. Was körperliche Erholung angeht, sind die meisten Hoffnungen übertroffen worden. Und nichts war beglückender gewesen als still, schweigend mit Leo im Bett zu liegen, blind der Nähe des anderen Körpers nachzuspüren. Aber wie wäre Sex in diesem gespaltenen Körper, was ginge noch an Empfindung, Erregung, Euphorie. Sie hat solche Gedanken an die Ränder gedrängt, ihnen brüsk den Rücken gekehrt, radikal sich ihnen verweigert. Und was Jessie bei ihrem pep talk nicht berücksichtigt, ist der Faktor Zeit. Heute hier und morgen nicht dort, sondern gar nicht mehr, und wer kann sagen, wie beschwerlich der Weg von heute nach morgen sein wird. Das kann sie ihm nicht antun. Sie, so wie sie ist, kann doch nicht auf ihn zugehen. Sie hat überhaupt nichts mehr zu bieten. Sie könnte es höchstens geschehen lassen, aber selbst dann wäre es doch nicht mehr als ein letztes Aufglühen vor dem Verglimmen.

George Clooney würde nicht mehr für dich fallen, Hanna, doch ich kann verstehen, wenn Patrizio seine Chance wittert. Womöglich kriegt er sie ja doch noch. Der Typ hat vielleicht ein Nettigkeitsproblem, aber ich würde den nicht von meiner Bettkante stoßen. Und chapeau vor seinem Mut.

Sie treffen ihn zum vereinbarten Zeitpunkt in einer italienischen Kaffeebar am Stadttor. Er hat den Kofferraum voller Einkäufe und Mutter und Schwester für den Abend zum Essen eingeladen. Sofia kocht in diesem Moment Panna cotta für alle und noch ein wenig mehr auf Vorrat. Hanna, die ihr Leben für so viel einsamer hält, als sie es sich gewünscht hätte, freut sich. Freut sich, hier zu sein, umsorgt von diesen beiden Menschen, aufgehoben in Gesellschaft. Va bene? Va bene.

Daphne hängt gerade Adventsschmuck in die Fenster ihrer Wohnung und sagt nur, wenn ich keinen schicken Hosenanzug trage, hab ich eigentlich immer Zeit. Magnus disponiert Fußballschauen um ins eigene Heim und gibt seiner Frau frei und Teodora gleich dazu. Jessie verbindet die neuen Bluetooth-Lautsprecher mit ihrem Handy, und ab da schallt Reggae und Rockabilly durchs Haus. Sie funktionieren Patrizios Tisch zur Tafel um, Laken finden sich in Katharinas Schränken, Magnus und Patrizio wuchten das alte Sofa aus dem Wohnzimmer ins Schulzimmer, unter Magnus' Bedingung, dass es dort verbleibt. Jessie geht die Vitrine durch und entzückt sich an Kristallglasplatten und der Etagere, den Sektschalen mit Blütengravur, sie spült das Goldrandgeschirr durch, und innerhalb weniger Stunden ist das Schulzimmer festlich verwandelt. Das Telefon klingelt, Maria, da fällt Hanna ein, dass sie ihr Paket noch gar nicht geöffnet hat. Sie bedankt sich, grazie, in der Fremdsprache kann sie rudimentär telefonieren, was es mit der polyglotten Mutter etwas einfacher macht, sie kündigt einen Besuch an in absehbarer Zeit, Hanna denkt, wie seit Kindertagen, das bleibt abzuwarten. Nachdem sie aufgelegt hat, öffnet sie das Paket, Konserven, gepolstert in andalusische Textilien, und aus einer neonpinken Geschenkverpackung kommt eine schwarze Sonnenbrille mit Strassbesatz hervor, die Hanna unter anderen Bedingungen desillusioniert beiseitegelegt hätte, deren dramatisches Potential Jessie und Daphne jedoch sofort erfassen.

Als es an der Zeit ist, Sofia abzuholen, versteht es sich von selbst, dass Hanna mit Patrizio fährt, und bis sie zurückkommen, sind alle anderen da. Jessie trägt Antipasti und spanische Delikatessen plattenweise herein, Teodora steuert eine große Schale rumänische Auberginencreme bei, Sofia und Loredana schlagen sich in die Küche. Hanna versucht vergeblich, irgendwo hilfreich einzuhaken, bis Daphne sie zu sich aufs Sofa zieht, ihr die Brille aufsetzt und sagt, lass einfach geschehen. Sie hält ihr ein Schälchen Erdnüsse hin, erfreu dich lieber an diesem Spektakel, sie deutet auf Patrizio, der das mathematische Rätsel zu lösen versucht, ob sich aus sieben Gläsern eine Sektpyramide bauen lässt. Schenk schon ein, bro!

Jessie zieht mit einem Glas Prosecco ein drittes Mal ihre Marilyn-Nummer ab, alle stimmen ein und Hanna auch, einfach, weil es geht. Sie sitzt am Kopfende und zieht behindertengerecht geschnittene Spaghetti in den Mund, Sofia sitzt an ihrer Seite und geht ihr zur Hand, sorgt dafür, dass der Teller niemals leer wird. An diesem Tischleindeckdich schaffen es die Italiener und Teodora, zwischen den romanischen Sprachen halbwegs begehbare Stege zu schlagen, und Hanna testet aus, ob ein Schwips den Zugriff auf die Sprache erleichtert. Sofia vermisst Serafina, die trotz Scheidung in Schottland bleiben will, Loredana hat das Lamento wahrscheinlich schon hundertmal gehört und streicht ihrer Mutter sanft über den Handrücken. Es gibt nicht genügend Stühle, ein paar sitzen auf dem Sofa, wechselnd in Erichs Sessel. Oder tanzen. Daphne, Jessie und Sabrina steppen zu Let's Have a Party flotte Schritte auf die Dielen. Daphne fordert Hanna auf zum Tanz. Jessie zieht ihr Handy heran und wechselt zu entspannten Reggae-Rhythmen. Take the

ribbon from your hair, sie drehen sich inmitten der Fest-
gäste durch den Raum, shake it lose and let it fall, Hanna
lässt sich wiegen und walzern, sie sieht Patrizio an seinem
Platz melancholisch lächeln und ist ausgelassen dankbar für
diese Gruppe Menschen, die ihr durch die Nacht helfen.

Am nächsten Morgen aufs Neue das Buttercup-Geflüster,
wieder der Schwall kalter Luft. Alles wird gut, sagt Jessie.
Dann drängt sie zum Aufbruch. Weck den Genossen, ich
mach Frühstück solang. Hanna reicht Jessie die Etagere
ihrer Großmutter zum Geschenk. Sie würde ihr auch die
Sonnenbrille schenken, aber Jessie lehnt entrüstet ab, nix
da, behalt die mal schön! Auf Patrizios Auto liegt Schnee,
Hanna leiht bei Magnus, der vor seinem Haus am Schippen
ist, einen Kehrwisch und bemüht sich, die Frontscheibe ab-
zufegen. Jessie umarmt sie zum Abschied und wiederholt
noch einmal eine Liedzeile, yesterday is dead and gone and
tomorrow's out of sight, dann fahren die beiden zum Flughafen, und es ist davon auszugehen, dass Patrizio hinterher
Bescheid weiß. Let the devil take tomorrow, sie lässt der
Welt ihren Lauf.

Sie steigt die Treppen hinauf in Patrizios Zimmer. Der
Raum riecht anders. Über der Stuhllehne hängt ein Hemd.
Er hat nichts verändert an der Ordnung der Dinge auf
ihrem alten Schreibtisch. Ein Stapel Romane, zerlesen,
durchgearbeitet. Fotokopien, doppelseitig, so schwäbisch
war sie immer. Ihre eigene Schrift auf einem Zettel, OPA
ITALIEN steht da. Sie nimmt den Reiseführer von Florenz
und kriecht in Patrizios Bett, zieht seine Bettdecke bis hoch
zur Nase und betrachtet die Bildchen. Der Dom. Palazzo

Pitti. Fiesole mit dem Bischofspalast und der Villa Medici. Da kratzt eine Erinnerung von unten am Eis. Da kommt eine Ahnung wieder herauf, was es mit den Büchern und mit Florenz auf sich hatte, kreuzt hin und her unter der opaken Eisdecke wie ein Fisch. Hanna versucht einen Zugriff freizubohren, den Fisch zu fangen.

FLORENZ

Don't come to Florence, schrieb sie ihm. Am Boden vor der Garderobe hockend, tippte Hanna ihre Nachricht ins Handy. Sie machte Schluss per SMS wie ein Teenager. Wobei sie sich nicht sicher war, ob Schlussmachen überhaupt zutraf. Wie wenig das ihrem Alter und ihrer Art entsprach. Wie brutal, dachte sie, doch es war das Medium, auf das er sie festgelegt hatte, Leo, der den Hörer nicht abnahm und nie zurückrief, der nicht mit sich sprechen ließ. Sie wollte das hier und jetzt hinter sich bringen, heute Nacht, sie wollte endlich wieder unbeschwert feiern.

Es war morgens gegen zwei, es war Fasnachtszeit, es stieg eine Party von Exilschwaben, und sie wollte wieder fröhlich sein können. Sie wechselte von ihrem Versteck unter den Mänteln ins Bad, sie las ihre Nachricht noch einmal durch und drückte auf Send und wusste, there will be hell to pay. Sie blieb auf dem Klodeckel sitzen und heulte, bis jemand gegen die Tür trommelte. Sie antwortete nicht, machte sich aber vor dem Spiegel daran, ihr Gesicht aufzuräumen. Sie tuschte ihre Wimpern nach, und als sie Lippenstift neu auftrug, fasste sie den bombenfesten Entschluss, sich für den Rest der Nacht blendend zu amüsieren. Im Flur geriet sie in eine Gruppe Tanzender, die sich zwischen Polonaise und Sirtaki nicht recht entscheiden konnten, sie reihte sich ein und sang die Worte mit, die sie erinnerte, und mit allen anderen schmetterte sie aus voller Kehle: Griechischer Wein! in die Berliner Nacht. Die Gastgeber hatten Trollinger und Stuttgarter Hofbräu eingekauft, bei aller Liebe, so weit ging Hannas Heimatverbundenheit nicht. Sie fand Wodka im Tiefkühlfach, schenkte sich üppig ein und versteckte die Flasche notdürftig hinter einer Packung Rahmspinat, vielleicht würde das funktionieren, wenigstens, bis sie anständig einen sitzen hatte, wozu es neuerdings, seit sie so extrem an Gewicht verloren hatte, nicht mehr viel brauchte.

Der Schlager ging ihr tagelang nicht mehr aus den Ohren, wie einst die Lieder von Patrizio. Während zu Hause die Leute auf die närrischen Tage zulebten, packte Hanna ihre Tasche für den Aufenthalt in Florenz. Zu Hause, hatte sie gedacht. Ertappt. Ein Landstrich, wo die Leute sich zu dieser Jahreszeit Glückseligkeit wünschten, wenn sie sich auf der Straße begegneten. Vielleicht wäre es an der Zeit, heimzugehen zu grünen Hügeln und altvertrauten Liedern. Ihr Hangover war original gewesen, aber die Party bloß Plagiat. Echte Schwaben, aber falsche Fasnacht. Hanna verharrte zwischen Klamotten und Konferenzunterlagen und erinnerte sich des letzten Balls im Sternen, genau zehn Jahre war das her, kurz bevor Patrizio dem Ruf seiner Heimat folgte und ganz nach Italien zog. Als er sich nicht mehr mit der Sehnsucht seiner Lieder zufriedengeben wollte.

Früher war sie gern geflogen. Flughäfen waren Orte des Herzklopfens gewesen. Nun absolvierte sie den Check-in und alle Prozeduren einer Flugreise mit Verdruss, diese erzwungenen Verrichtungen an zweckdienlichen Orten, wo nicht nur das angebotene Essen schal schmeckte. Normierte Handlungen von Menschen, die dasselbe Anliegen hatten, von hier wieder wegzukommen, und von Leitsystemen eingehegt auf Rollbändern verschoben wurden. Keiner schaute den anderen an, es sei denn, es kam zu Drängeleien beim Einsteigen. Zuletzt hatte sie einmal plötzlich nicht mehr gewusst, an welchem der Londoner Flughäfen sie gerade war. Orte ohne Kommunikation und ohne Geschichte, allenfalls konnte sich der eine oder andere durch das historische Ereignis eines Attentats aus der anonymen Masse hervorheben.

Patrizio hatte immer einen Plan gehabt, und Hanna fasste auch einen. Das Semester wäre bald vorbei. Im Flieger nach Florenz, mit dem schwarzen Auge des Bodensees und den schneebedeckten Alpen unter sich, beschloss Hanna, die vorlesungsfreie Zeit daheim bei der Oma zu verbringen. Sie würde sich eine Auszeit gönnen, dann fiele diese Müdigkeit von ihr ab, dann würde sie wieder optimistischer sein. Für den Rest dieses Jahres verordnete sie sich Ruhe. Ostern mit der Oma, das Semester in Berlin, der Sommer wieder im Süden. Sie würde ihr Kinderzimmer zur Schreibstube umfunktionieren und ihre Habil zu Ende bringen. Beständiges Arbeiten. Nach ihrer Oma sehen. Im Garten werkeln. Wandern auf der Alb. Mäßigung und Ruhe. Keine Reisen, Konferenzen, Ablenkungen. Keine Sperenzle mehr.

Simonetta war nicht zur Konferenz gekommen, sondern lag mit Zwillingen schwanger auf ihrer Couch in Rom. So war Hanna allein. Sie checkte in ihrem Hotel ein, schlief einige Stunden und ging am Abend durch die Stadt. Sie packte sich ihr zerlesenes Exemplar des Englischen Patienten in die Tasche. Nach über zwanzig Jahren hatte sie den

Roman auf diese Florenzreise hin wieder gelesen, jenes Geschichten-Kaleidoskop, das sich um einen verbrannten Patienten und eine trauernde Krankenschwester in immer neuen Schattierungen des Erinnerns zusammensetzt. Als sie in ihrem Regal auf das Buch stieß, war ihr nur noch ihre Begeisterung als Zwanzigjährige im Gedächtnis und die Verfilmung des Stoffes als Liebesdrama.

Die neuerliche Lektüre des Romans hatte sie erschüttert. Zwei Liebende, die sich gegenseitig auflösten. Eine Körperlichkeit, die am Sadomasochismus entlangschrammte. Caravaggio, ein Dieb ohne Daumen, der mit den Fingergliedern auch seine Nerven verloren hat und die Krankenschwester vor der Traurigkeit warnt: Man heilt einen anderen nicht, indem man sein Gift in sich aufnimmt, man bunkert nur dessen Traurigkeit. Der Kosmos des Zweiten Weltkriegs in der Nussschale einer zerstörten toskanischen Villa mit dem Namen des heiligen Hieronymus, des Eremiten mit dem zahmen Löwen. Ein Rückzugsort, an dem vier vom Leben gezeichnete Menschen umeinander kreisen und die Dämonen ihrer Erinnerung zähmen, die Verwüstungen nachzeichnen, die Liebe und Tod, Krieg und Gewalt in ihren Leben hinterlassen haben.

Hanna schlenderte von den Uffizien zur Ponte Santa Trinita. Alle Florentiner Brücken außer dem Ponte Vecchio hatten die Deutschen 1944 gesprengt. Sie hat ihren Opa nie über die Verbindung zwischen ihm und jenem Colin, den sie nach dem Weißen Sonntag nicht wiedersah, zwischen der Zeit in England und jener davor befragen können. Sie wusste nicht, wo er im Einsatz gewesen war. Er schien sein Leben lang von Italien zu schwärmen, machte aber nie sein Versprechen wahr, mit ihr nach Venedig zu fahren. Als begrenzten der Bodensee und die Allgäuer Alpen seinen Bewegungsradius.

Im Roman legt sich Caravaggio, dem seine deutschen Folterer gerade die Daumen abgeschnitten haben, auf die glatte Brüstung, und weil die Deutschen im Rückzug alles zerstören, fliegt er mit dem Bauwerk in die Luft. Sie tat es Caravaggio gleich und spürte den kalten Stein in ihrem Rücken. Auch sie wollte mit dieser Brücke in den Fluss stürzen. Sie wünschte sich, es möge jemand kommen und sie mitsamt der sie umgebenden Pracht der Renaissance, mitsamt den Ruinen ihrer eigenen Geschichte in die Luft jagen. Bald wurde ihr kalt, und sie erinnerte sich der unfehlbaren Warnungen ihrer Oma vor Blasenentzündung. Sie erinnerte sich ihres Vorhabens, für einige Zeit nach Hause zurückzukehren, konkret zu werden, sie erinnerte sich eines weiteren klugen Gedankens von Caravaggio: Vielleicht war dies der Weg, aus einem Krieg herauszukommen. Laken waschen. Ein Zimmer mit Blumen an den Wänden. Sich in die eigene Geschichte zurückziehen. Als wäre alles, was bleibt, eine Kapsel aus der Vergangenheit.

Leo hatte auf ihre Textnachricht bis dahin nicht geantwortet. Sie hatte immer wieder ihr Handy kontrolliert und konnte es nicht fassen. Als sie wenige Minuten vor ihrem Referat noch einmal ihre Mails checkte, war da eine Nachricht von ihm. Sie wusste, dass sie die nicht lesen sollte, am besten gar nicht, aber auf keinen Fall vor ihrem Vortrag. Er sei sehr traurig. Aber was könne er schon tun. Er würde ihre Entscheidung respektieren, nicht seine Gefühle ausschütten. Sie würde immer einen Platz in seinem Herzen haben. Hanna klappte den Rechner zu und hoffte, eines Tages aufzuwachen, und alles wäre einfach weg. Sie würde jede Erinnerung an das Gute einhandeln, wenn nur das Chaos verschwände. Dann setzte sie die Maske auf und ging in den Konferenzsaal, wo auch ein Vertreter der Universität Harvard anwesend war, bei der sie sich um ein Stipendium beworben hatte. Harvard betrieb in Florenz ein Zentrum für Renaissance-Studien, ob sie denn nicht viel lieber hier arbeiten wolle, fragte der Kollege in der Kaffeepause, gerade so, als sei ihr Antrag schon bewilligt. Das wäre vielleicht ein Plan B, dachte sie sich, doch Plan A musste sein, einen Ozean weit fortzugehen.

Nach der Konferenz machte sich Hanna allein auf den Weg nach Fiesole. Wenn ihre Recherchen richtig waren, gab es eine Villa San Girolamo. Sie befand sich in unmittelbarer Nachbarschaft der Villa der Medici, unterhalb des Bischofspalastes auf dem Berg von Fiesole. Sie wusste nicht so recht, was sie dort wollte, aber es war nicht das erste Mal, dass sie an der Hand der Literatur durch reale Orte wanderte, und jede Ablenkung war ihr recht, alles war willkommen, was ihre Gedanken bändigen konnte, konkret, vor Ort, die Steine zu ihren Füßen. Sie stieg die alte steile Straße hinauf, die sie direkt an der Villa vorbeiführen musste. Auf den Luftbildern hatte alles grün und lieblich ausgesehen, nach außen zeigten die Gebäude abweisende Mauern, waren in sich gekehrt und diskret wie ein marokkanischer Riad. Hanna suchte, und Hanna fand. Die Villa trug ihren Namen an der Mauer. Das schmiedeeiserne Tor war verschlossen. Kamera, Alarmanlage. Sie traute sich nicht zu klingeln.

Sie fasste Atem und stieg noch weiter den Berg hinauf,

um den Bischofspalast herum bis auf eine Panoramater-
rasse. Schließlich stand sie in dieser Aussicht und in der Ro-
manpassage über die toskanischen Klöster und Kirchen, die
von der archaischen Wucht des Krieges hinterlassen werden
wie Moränen von einem Gletscher, um sie herum, als alles
still geworden ist nach der Verwüstung, der heilige Wald.

Auf dem Berg von Fiesole lag gelb leuchtend die Villa San
Girolamo mit einem Glockentürmchen, das den heiligen
Ort ihrer Kapelle anzeigte. Hinter Zypressen verborgen die
Villa der Medici, die auf Cosimo den Alten zurückging,
ebenso wie die Badia Fiesolana weiter unten, ein enormer
Klosterkomplex, der die Universität beherbergte, an der sie
über die Verquickungen von Politik und Literatur in Spät-
mittelalter und Renaissance gesprochen hatte. Dante natürlich, der in dieser Stadt auf die Welt gekommen war, die
sich, unter die Dunstglocke geduckt, bis zu den Hügeln auf
der anderen Arnoseite erstreckte, Dante, der auf ebenjener
Ponte Santa Trinita seiner Beatrice begegnet sein soll,
Dante, den Florenz erst verbannte und dann so gerne zu-
rückgehabt hätte, in Santa Croce stand ein Scheingrab für
ihn bereit, man soll die Hoffnung niemals aufgeben.

In ihrer Handtasche ein Roman der neunziger Jahre, in
ihrem Blickfeld vom Berg herab eine Villa und eine Kirche,
ein Schauplatz, der sich auflud mit der über ihn erfundenen
Geschichte, und sie selbst auf den Spuren ebenjener Erzählung, die den Bogen spannte zum Ende des Zweiten Weltkriegs siebzig Jahre zuvor und weiter zurück, in die Ära dieser Villen und zu den Griechen, zurück in die Geschichte
der damals bekannten Welt, der Menschheit. Ihr Auge
schweifte über die Hügel von Florenz, in deren Falten Villen und Klöster, diverse Universitäten und Bibliotheken

nisteten, so viel Wissen, die Kulturgeschichte eines Kontinents.

Die Villa des Decamerone lag unterhalb der Badia Fiesolana, zu ihrer Linken türmte sich Monte Ceceri, der Berg, an dem Leonardo da Vinci zu fliegen versucht hatte, wobei sich nur des Meisters Assistent die Knochen brach, dahinter kauerte versteckt das Dorf Settignano, wo Giovanni Boccaccio in der Sommerfrische gewesen sein soll, Dante-Fanclub Mitgliedsnummer 1. Später suchte hier Gabriele D'Annunzio die Nähe der Eleonora Duse und schrieb für sie Francesca da Rimini, und wieder geistert Dante als Modell durch ein Werk. Goethe was here, und natürlich all die Engländer in dieser Stadt, Puritaner im katholischen Überschwang, und mit dem folgenreichen Kuss aus Zimmer mit Aussicht kam Hanna wieder in Fiesole heraus. Eine geographische Textur so übersatt mit Literaturgeschichte, Kriegsgeschichte, Filmgeschichte, Kulturgeschichte.

Sie hatte sich längst in die Hocke niedergelassen und notierte ihre Gedanken in den Buchdeckel des Englischen Patienten. Als dieser voll war, schrieb sie weiter auf einer Restaurantrechnung und ihrer Taxiquittung und legte die Zettel zwischen die Buchseiten. Sie würde sich Florenz zuwenden. Sollte sie die Zusage für Harvard bekommen, würde sie auf dem dicken Humus ihres Wissens über die italienische Renaissance etwas ganz Neues heranzüchten. Sie würde gegenwärtiger werden, sich neu aufstellen. Aufsteigen wie ein Adler, ein Phönix, und von Amerika aus auf diesen Kessel blicken. Sie hätte so gern noch einmal mit ihrem Opa über Italien gesprochen. Es wird die Umkehrung sein, weg von den imaginierten Orten zur Imagination über einen realen Ort, sie wollte die Literatur kartographieren, und vielleicht konnte sie diesen Sommer schon damit anfangen, vormittags schreiben und nachmittags all diese Romane über Florenz lesen, den Blick der anderen auf Italien untersuchen und den Horizont weiten, diesen Sommer, in ihrem alten Kinderzimmer, daheim im Haus ihrer Oma.

SCHWABENKINDER

Sie wacht auf, in ihrem alten Kinderzimmer, mit dem Mobiliar aus den Fünfzigern und dem abgetretenen Teppich und dem südlichen Gaubenfenster, in ihrem alten Bett, und sie weiß nicht, wie sie hierhergekommen ist. Sie weiß nicht, warum ihr Zeigefinger in einem Florenz-Reiseführer steckt. Sie hat das Gefühl, dass soeben jemand in ihrer Nähe gewesen ist. Als sei ein Blütenschweif gerade zur Tür hinausgeglitten und schwebte im Raum noch ein Hauch seines Duftes. Auf dem Nachtkästchen liegt eine massive Armbanduhr mit metallenen Gliedern, Patrizios Uhr. Sie richtet sich auf und lässt das warme Duvet von ihren Schultern gleiten.

Patrizio ist in der Küche. Die Mokkakanne steht auf dem Herd, aus dem Kühlschrank holt er Oliven, Schinken, er trinkt einen Rest Prosecco direkt aus der Flasche, kippt ihn sich hinter die Binde. Hanna steht im Türrahmen, unsicher, ob er sie gesehen hat, sie schnalzt mit der Zunge, er reagiert nicht. Er setzt sich an den Tisch mit dem Rücken zur Tür, zu ihr, und reißt sich ein Stück Baguette ab. Er baut sich ein Schinkensandwich zusammen, sie schnalzt noch einmal und weiß doch, dass etwas nicht stimmt. Vado in bagno, sagt sie und muss doch irgendwann in die Küche zu ihm. Sie rutscht durch auf den Eckplatz der Bank unter der Dachschräge. Er blickt sie an und kaut, schluckt, beißt ab, ein viel zu großes Stück, starrt sie an, kaut und kaut. Er sieht aus, als wolle er ihr den Brei gleich ins Gesicht spucken. Sie ist sich ziemlich sicher, worum es geht, es hat mit ihr zu tun, es muss etwas sein, das er auf der Fahrt zum Flughafen von Jessie erfahren hat, da bleiben nicht viele Möglichkeiten.

Wann hättest du es mir gesagt?

Kann sie nicht beantworten.

Eh! Wann? Quando?

Sie weiß es nicht. Hierherzukommen war eine Erleichterung, und es hat viele Tage gegeben, an denen sie vollkommen verdrängen konnte, dass das nicht ewig so weitergehen wird. Nicht darüber zu sprechen, gar nicht daran zu denken, war eine Voraussetzung gewesen. An manchen Tagen hier in diesem Herbst hatte sie Ewigkeit gehabt.

Sie beugt sich nach vorn und will seine Hand nehmen, er zieht sie weg und verschränkt die Arme.

Hättest du mich eingeweiht, wenn es so weit ist, dass man dich ins Krankenhaus fahren muss? Oder wenn du einen Dummen brauchst, der dir den Arsch abwischt?

Wenn er noch so einen Satz sagt, lässt sie sich unter den Tisch gleiten und kommt nie mehr hervor. Ob sie ihn eigentlich für einen Vollidioten halte, sie schüttelt den Kopf, ob er nicht immer alles für sie getan habe, habe er es nicht besser verdient, was macht er überhaupt hier, diese ganze Scheißaktion, ein Schwachkopf ist er und verflucht sich, dass er sich hier von ihr zum Deppen machen lässt, Hanna zieht das gesunde Bein an die Brust und legt die Stirn aufs Knie, sie hält sich die Ohren zu und hört ihn dennoch, drei Jahre brüllt er, drei Jahre, hat Jessie gesagt, vielleicht drei Jahre, und sechzehn Monate davon sind schon vorbei, wann verdammt hätte sie es ihm gesagt, warum sie am ersten Abend in der Pizzeria nichts gesagt habe, als ob sich das so locker zwischen zwei Bissen Pizza und einem Glas Ramazzotti hervorbringen ließe. Sie hört seinen Stuhl auf dem Boden kratzen und hebt den Kopf, er sollte seinen Kram packen und abhauen, sollte sie hier in Ruhe verrecken lassen, sie will ihn doch gar nicht, da verneint sie, sie schüttelt den Kopf und möchte aufspringen können, um zu ihm zu gelangen, der vom Tisch zur Spüle geht mit dem Teller in der Hand und sich umwendet und fragt, oder bist du zum Sterben hierhergekommen? Sie sehen sich in die Augen, und da, wo er steht, lässt er seinen Teller zu Boden fallen und stürmt zum Haus raus.

Sie legt den Kopf auf dem Tisch ab und wartet, wartet, ob irgendwas passiert, verharrt reglos, als könne sie damit etwas erreichen. Als ihr kalt wird, steht sie auf und dreht die Heizung höher. Aus dem Fenster sieht sie, wo sein Auto geparkt gewesen war, das schwarze Karree, das Nichts, nicht einmal Schnee, das es hinterlassen hat.

Sie zieht sich die alte Strickjacke ihres Opas über. Sie steht im Wohnzimmer, diesem unbewohntesten Raum des Hauses, wo am Boden noch die Matratzen liegen, auf denen Jessie geschlafen hat. Hinter ihr die Schlafkammer, vor ihr über den Flur hinweg die Küche, das Bad, auf der anderen Seite ihr altes Kinderzimmer: Patrizios Zimmer. Das Schicksal sagt, dass man auf sie verzichten kann, und eine Zeitlang glaubte sie, sie könne auf die Welt verzichten. Doch der Gedanke, dass er gehen und sie allein in diesem Haus zurückbleiben könnte, ist unerträglich.

Im Schulzimmer setzt sie sich an seinen Tisch, der vom Vorabend als Tafel, leer, in der Mitte des Raumes steht. Es macht sie nervös, dass er hier seine Schöpferkraft auslebt und sie nutzlos um ihn herumgeistert. Im Moment liegt noch alles in Bananenkisten verpackt, doch bald schon wird es sich ausbreiten, nicht nur auf dem Tisch, ein Projekt, so zukunftsgewandt und kreativ, dass sie es fast nicht ertragen kann. Sie hat Schiss vor dem Termin in Berlin und allem, was darauf folgen kann. Während sie bald zum letzten Kapitel kommt, will er hier seine Geschichte aufarbeiten, tief in die Vergangenheit tauchen und alles neu erzählen. Ihr Raum füllt sich mit seiner Story, seinem Leben.

Sie hat ihn niemals wirklich in Betracht gezogen. Arme Italiener und reiche Schwaben, wenn nicht an Geld, so doch an Bildung und Dünkel. Ihr Hochmut war wie ein Graben, zu tief, unüberbrückbar, über den hinweg sie nicht zusammenkommen konnten. Sie möchte, dass er zurückkommt. Sie wartet. Sie ist entschlossen, wach zu bleiben, wie lange es auch dauern möge. Sie geht in die warme Küche und setzt Kaffee auf, zwei Kerzen stellt sie ins Fenster. Als sie weit heruntergebrannt sind, als es schon lang dunkel ist, hört sie ihn draußen bremsen, das Schlagen der Autotür.

Oben an der Stiege steht sie, aufgelöst, müde, sehnsüchtig. Sie tastet sich ohne Licht und ohne Geländer die Stiege hinab und bleibt in der Dunkelheit stecken. Erleichtert hört sie seine Schritte in der Etage. Sein Schatten tritt in den Verschlag, er dreht das Licht an. Geblendet steht sie nur ein paar Stufen über ihm, der sie hier überhaupt nicht erwartet hat, Gesummaria! ächzt er, und sie breitet die Arme aus.

*

Unter dem Druck der Angst macht ihr Geist die Schotten dicht. Sie schläft noch mehr als sonst. Sie ist froh, dass sie das

Schulzimmer nicht für sich alleine hat, sondern den Raum mit Patrizio teilt. Sein Arbeitsrhythmus bestimmt die gemeinsamen Tage: Schlafen, Essen, Spazierengehen, Kinotag, gelegentlich setzt er sich ans Klavier, ein paar Mal die Woche eine Einladung zu Sofia, deren Wangen erblühen, wenn sie ihren Sohn umsorgen kann. Hanna verbringt ihre Tage auf dem Sofa, in der Hängematte, sie stromert ruhelos durchs Tal und folgt mit dem Blick dem eigenen Hauch in der Kälte, braucht Pausen, wärmt sich auf in der Küche, döst auf der Eckbank, hockt in der Geborgenheit des Ohrensessels. Daphne bringt einen Barbarazweig vorbei, Sabrina nimmt sie mit auf den Markt. Während er zeichnet, bastelt sie mit anderen Frauen für den Weihnachtsbasar und entwickelt ungeahnte Fähigkeiten als einarmiger Bandit mit Klebepistole. Auf dem Heimweg in der Dunkelheit fiebert sie seinen neuen Skizzen entgegen. Sie wäre gern in der Lage, eine Tasse dampfenden Kaffees für ihn die Treppe hinunterzutragen, ein Mehrgangmenü zu kochen wie seine Mutter. Die Anspannung der Liebeserwartung, der Druck, dass da zwischen ihnen etwas von Dauer entstehen muss, ist von ihr genommen. Es ist Raub und Erleichterung zugleich. Es gibt diese Momente, da dreht sie sich auf dem Sofa zur Lehne und hofft, der große Schlaf möge sie bald erlösen. Es gibt diese anderen, sie kommen unverhofft, werden auf frischer Tat ertappt, in denen kann sie einfach nur neben ihm herleben, und das Haus ist voller Musik.

Patrizio hat sich an der Nordseite installiert, viel Licht, aber keine direkte Sonne. Er lässt schnelles Internet legen und schließt das Haus an die Jetztzeit an. Seine Papiere sortieren sich im Wechsel der Tage wie Gezeiten folgend, er nimmt

Bündel zur Hand, klebt Marker in seine Notizbücher, gräbt sich durch seine Sammlung von Materialien, Ideen und Skizzen, breitet sich aus, ordnet um. Flucht, dass es zu kalt sei in diesem riesigen Zimmer, diesem lausigen Haus, bis Hanna ihm ihre Wolldecke über die Schultern legt und für sich selbst ihr Duvet aus dem Schlafzimmer holt.

Wie ein Schäfer der Alb steht sie darin geborgen hinter seiner Schulter. Er ist sehr produktiv gewesen, konnte nach jeder Unterbrechung wieder anknüpfen und weiterarbeiten, als müsse er nur fließen lassen, was er über die Monate und Jahre aufgestaut hat. Er blättert in seinem Notizbuch vor und zurück, seine Fingerspitze gleitet über die Figuren seiner Eltern, sein Vater im überfüllten Zug Anfang der Sechziger, seine sehr junge Mutter inmitten anderer Frauen an den Werkbänken der Uhrenfabrik. Das erste Kind, da war Sofia gerade einmal zwanzig, die Chance, ein eigenes Lokal zu eröffnen, allerdings in Hintertupfingen, Loredana mit einer deutschen Schultüte, Patrizio selbst mit auf dem Bild als Säugling in Sofias Armen, die nie eingestandene Tatsache, dass sie so schnell nicht nach Italien zurückkehren würden.

Er hat einen Plan. Zwischen den Kapiteln seiner Familiengeschichte sollen Einzelseiten stehen, wie eingeschobene Kommentare, die den Horizont öffnen über das private Schicksal hinaus. Das große Ganze. Andere Länder, andere Zeiten. Die ersten, die einen eigenen Clan an der schottischen Westküste gründeten, ein Eis-Imperium. Giuseppe Mazzini in seinem Londoner Exil. Der blutige Pferdekopf. Ein Dorf in Südtirol, aus dem mit der ersten Frühlingsblüte eine Kolonne motorisierter Eistüten herausrollt. Die britischen Internierungslager für Zivilisten während des Zweiten Weltkriegs. Little Italy. Kleine Frames, Karrees wie die Felder eines Zauberwürfels, von unsichtbarer Hand in immer neue Konstellationen gedreht. Deutschland vor der Zeit seines Vaters, eine Doppelseite zeigt die identische Baracke in zwei Ausführungen, die Bilder unterscheiden sich nur dadurch, dass auf dem einen das Zugangstor geschlossen ist, auf dem anderen steht es offen, über dem einen steht die Jahreszahl 1945, über dem anderen 1955, und im unteren Viertel des Blattes quer über die gesamte Breite die groben Bretter und spitz ausgesägten Sitzlöcher einer ganz primitiven Latrine, allein vom Hinsehen brennt einem der Hintern. Eine ganze Seite zeigt nichts weiter als ein offenstehendes Fenster, das den Blick erlaubt auf den Gastraum eines Lokals, Deutsche in der Mode der Fünfziger sitzen an den Tischen, der italienische Kellner in weißer Servierjacke trägt Tellergerichte an. In eine der Sprossenscheiben geklebt hängt ein Schild in zwei Sprachen, Zutritt für Italiener strengstens verboten, liest Patrizio vor, die Schrifttype ist alarmierend vertraut.

Sie weiß, sie will etwas beisteuern zu diesen Vignetten. Sie denkt nach, was es war, das ihr durch den Kopf gegangen war, versucht einen Gedanken festzuhalten, ihn überhaupt erst wieder heraufzubeschwören. Sie weiß noch, Historisches, doch im Moment ist es wieder weg. Kommt einige Stunden später wieder, sie erhebt sich vom Sofa und will ihn auf das Phänomen des Schwabengehens seit dem siebzehnten Jahrhundert aufmerksam machen, das sich vage aus ihrem Wissensfundus hervorhebt. Sie bringt keinen anständigen Satz zustande, stammelt Worte, bambini, arm, sie hängt fest und arbeitet sich erfolglos ab daran, wie schwer Südtirol über die

Lippen zu koordinieren ist. Kann es auch nicht aufschreiben, die Silben fügen sich weder zu Tönen noch zu Sinn auf dem Papier, und sollte ihr ein einzelnes Wort gelingen, wäre sie noch nicht am Ziel. Von Essays zu großen historischen Zusammenhängen ist sie auf Einkaufszettelniveau abgestürzt. Sie will es bleiben lassen, müde, entmutigt, doch Patrizio zieht sie auf seinen Schoß und führt ihre Hand aufs Papier. Mal's mir auf. Hanna schüttelt den Kopf. Doch. Ti prego. Sie zeichnet hohe Berge in die Mitte des Papiers, eine Barriere zwischen Nord und Süd. Zaghaft, noch rätselnd setzt sie unter die Gebirgszacken den italienischen Stiefel, an den rechten Blattrand die Keule Österreichs, oberhalb des Gebirges, weit ab von Österreich, wie sie zu spät bemerkt, den Bodensee mit seinen zwei westlichen Ausläufern. Capito, sagt Patrizio. Hanna setzt Strichmännchen nach Norditalien, ein Mann, eine Frau, Tränen und heruntergezogene Mundwinkel, eine Schar von sechs Kindern. Arme Italiener, capito. Hanna macht einen Kringel grob in Vorarlberg, einen vage da, wo die Schweiz sein muss inmitten ihrer Berge, einen, den sie fünf, zehn, ein Dutzend Mal umkreist, dort, wo sie Südtirol vermutet, wo ihre Strichmännchen wohnen, und zu jedem Kringel sagt sie, von da. Oberhalb des Bodensees steht ein großes Haus mit Scheunentor, dort wohnt ein Mann mit richtiger Jacke und Hut und einem Rechen in der Hand. Patrizio denkt laut mit, arme Bergvölker und hier droben reiche Bauern, Hanna sagt, da, und klopft mit der Stiftspitze auf die Region, setzt neben den Kopf des Bauern eine Brezel, okay, sagt Patrizio, in Schwaben. Sie umkreist das sechste der Bergbauernkinder und malt Pfeile weg von den Eltern, Pfeile aus Südtirol, Österreich und der Schweiz in Richtung Schwaben, und auf jeden Pfeil setzt sie ein kleines, weinendes, berucksacktes Kind. Patrizio hält das Blatt in die Höhe. Das wusste ich gar nicht, die haben ihre Kinder zum Schaffen nach Deutschland geschickt? Zu Fuß? Hanna schnalzt. Und wann war das? Sie zuckt die Achseln und öffnet die Arme jahrhunderteweit. Patrizio lässt schon sein Smartphone suchen und wird fündig. Schwabenkinder. Kinderarbeit am Bodensee, im Allgäu, nach Oberschwaben hinein. Über Jahrhunderte. Er kommentiert, das ist megakrass, fünf- bis sechstausend Kinder jedes Jahr, die Kleinsten gerade mal fünf, im März über die Alpenpässe hinauf, im November zurück, und die wurden ja nicht von Vaude ausgestattet. Ein erwachsener Begleiter, oft ein Priester, der für sein Kontingent den Preis aushandelte. Arbeit als Knechte und Mägde, keine Schulpflicht. Erst 1915 die letzten Kindermärkte, danach ging es inoffiziell noch ein bisschen weiter. Das musst du dir mal geben, Patrizio schüttelt den Kopf und übersetzt die Information innerlich schon in Bilder. Danke, sagt er und zwickt sie zwischen den Rippen an dieser Stelle, an der sie's überhaupt nicht haben kann.

*

Gelegentlich nimmt er ihr das immer noch übel. Gelegentlich zieht er sich von ihr zurück, muss er sich schützen. An manchen Tagen ist er angespannt, zornig, wehmütig. Dann nimmt er sie nicht mit zu seiner Mutter. An anderen Tagen durchzieht eine ganz und gar mittelmeerische Leichtigkeit das Haus. Wenn sie zu faul ist, Worte heraufzubeschwören, schnalzt sie. Einmal für ja oder schau her oder hab verstanden, zweimal für nein. Man kann in Schnalzern Gespräche führen. Man kann sie spitz klingen lassen oder dumpf, man kann sie klappern lassen wie Kastagnetten. Wenn sie beide beim Kochen rhythmisch nebeneinanderher schnalzen, haben sie ihr ganz eigenes Idiom, ist die bleierne Welt mit ihren Sprachen da draußen vergessen. Dolce far niente. Stubenschlafen auf der Couch. Winterspaziergänge. Der Barbarazweig treibt aus. Es geht noch was in der guten Hälfte ihres Körpers.

ALTJAHRABEND

Patrizio bringt sie am 21. Dezember nach Stuttgart auf den Zug. Er will am liebsten mitfahren. Sie will am liebsten bleiben. Der Fahrtwind treibt die Regentropfen quer an der Scheibe entlang. Wie Schneeflocken fallen ihre Schatten über ihren Handrücken.

Jessie erwartet sie am Gleis. Am Taxistand verabschiedet sie sich wieder, um zurück ins Übersetzerbüro zu gehen, nicht ohne den Taxifahrer genauestens instruiert zu haben. Hanna nimmt einen der Flyer in der Mittelkonsole zur Hand, um Smalltalk von vornherein abzuwehren. Der Fernsehturm, das Restaurant über der Aussichtsplattform, sie war niemals oben gewesen in all den Jahren. One hundred things to do before you die. Das wird sie Jessie zu Weihnachten schenken, und zum ersten Mal überhaupt hofft sie, Piet möge gerade nicht in Kroatien sein. Der Taxifahrer hat sie im Rückspiegel beobachtet und besteht darauf, sie bis an die Haustür zu bringen, trägt ihr am Ende die Tasche in den vierten Stock, ick seh doch, wat mit dir los is, Prinzesschen, und schon isser wieder weg.

Piet sitzt am Laptop in der Küche und hat Tabellen, Arbeitsmaterialien, Reisekataloge um sich ausgebreitet. Die Computertasche belegt einen Stuhl. Sie begrüßen sich, als hätten sie sich vor ein paar Stunden zuletzt gesehen, und keiner fragt, wie's geht. Er macht keine Anstalten, den Tisch freizuräumen. Er wäre ein ausgesprochen herzlicher Airbnb-Gastgeber. Sie ist froh, dass er gerade da ist, und hofft, dass er bald außer Haus geht. Da sie also keine Zeit zu verlieren hat, zieht sie den Flyer aus der Manteltasche und aus ihrem Geldbeutel die Kreditkarte. Weil entschuldige bitte zu schwierig ist, der Halbseckel macht sie nervös, schon immer, sagt sie scusa please und streckt ihm beides entgegen.

Was ist damit? Ich hab keine Zeit, siehst du nicht, dass ich arbeite?

Die Augen sind ja nicht ihr Problem. Sie hätte in ihrem Leben ausdauernder fluchen sollen, dann stünde ihr mehr angelernte Fertigware zur Verfügung. Es steht Piet gegen Fernsehturm, und sie will unbedingt, dass der Turm gewinnt. Sie legt ihm den Flyer vor, mitten auf seine Papiere, und tippt mit dem Finger mehrmals auf die URL, bitte, bitte. Kann das nicht Jessie machen, fragt er.

Sie schüttelt den Kopf. Der muss jetzt kapieren, dass er den Weg des geringsten Widerstandes wählen sollte. Sie wiederholt bitte, sie sagt Weihnachten, und noch ein weiteres Mal zeigt sie auf den Flyer. Bei Piet fällt der Groschen. Du willst Jessie einladen.

Bingo! Käpsele. Hanna nickt und ergänzt, morgen, bitte.

Piet klickt seine diversen Fenster weg und öffnet einen neuen Tab im Browser. Es geht alles mit der Zackigkeit der Ungeduld vonstatten, Restaurant oder Bar, VIP-Menü oder Bulette oder Schampus und Currywurst, Letzteres will sie, er klickt sich durch, rückversichert sich bezüglich des Datums und der Uhrzeit und gibt ihre Kreditkartendaten ein, sie hört den Drucker in seinem Zimmer anspringen. Voilà, bitte schön, er reicht ihr das Blatt. Nun verpiss dich, das denkt er sich bloß.

Herrgott nochmal, danke, sagt sie, es entfährt ihr so, aber sie findet es doch eigentlich ganz passend. Durch ihre offene Zimmertür, noch im Mantel, sieht sie, wie er seinen Kram in sein Zimmer trägt, sie schließen die Türen beinah gleichzeitig.

Ihr Zimmer. So viele Jahre, so vertraut, so fremd. Ihr helles, nüchternes und spärlich eingerichtetes Zimmer in dieser Altbauwohnung, sie ist immer mit wenig ausgekommen. Ein Betthupferl auf dem Kissen. Jessie hat tipptopp aufgeräumt, frische Blumen in einer Vase auf dem Schreibtisch, Stifte aufgereiht, ein Briefhalter. Die alte Stätte ihres Denkens und Schreibens wie ein Stillleben. An der Vase lehnt ein Foto ihres eigenen Schreibtisches, die Dinge in identischer Anordnung, wie sie sie zurückgelassen hatte. Welcome home, entziffert sie auf der Rückseite. Zur Sicherheit hat Jessie ein Strichmädchen, ein Haus, ein Herz daruntergemalt.

Sie hängt den Dufflecoat über die Stuhllehne und schlüpft aus den Stiefeln. Von Patrizio ist eine Nachricht auf ihrem Handy, gut angekommen? Sie tippt sie an und gibt ihm ein Daumen hoch. Schickt ein Smiley, ein Herzchen hinterher. Sie macht ein Foto von ihrem Schreibtisch mitsamt der Vase und dem daran lehnenden Foto, das ebendiesen Schreibtisch zeigt, und schickt es ihm.

Was soll sie denn jemals noch mit all den Büchern machen, eine ganze Regalwand voll. Geschichten, erinnerte und vergessene, und viele verpasste Gelegenheiten. Ein Schuhkarton mit ihren Gedichten, sie könnte sie im Küchenwaschbecken verbrennen. Ihre Tagebücher, soll sie die in der Badewanne einweichen, aber sie würde das vollgesogene Zeug niemals die Treppe runterbekommen zu den

Mülltonnen. Sie schreckt davor zurück, sich an den Tisch oder aufs Bett oder in den Sessel zu setzen, als gehöre das alles schon nicht mehr ihr.

Ihr Handy piepst. Patrizio schickt ein Foto von seinem Zeichentisch, die ganze Breite der Nordseite, es ist ein sonniger Tag im Süden, der Tisch voller Papiere, zwei Kaffeetassen, unter dem Stuhl liegen seine Schlappen, er muss gerade auf Socken stehen. Noch ein Piepsen, noch ein Bild. Eine schnell hingeworfene Skizze, drei Frames, wenige Striche. Die Fensterreihe und der Tisch davor. Eine leere Hängematte quer durch den Raum. Ein Lautsprecher mit einer geschwungenen Linie, auf der Noten und Blüten tanzen.

Sie fotografiert Buchrücken und CD-Stapel, sie fotografiert die Maserung der Dielen, die Hornknöpfe ihres Mantels, sie zieht die Schreibtischschublade auf und fotografiert hinein. Sie schickt ihm die Fotos, und kurz darauf geht eine Nachricht von ihm ein, sie glaubt zu verstehen, ein paar dieser CDs hätte er gern. Das lechzende Emoticon dazu, Herzen, die aus Augen springen, baci baci.

Sie schreibt die Künstlernamen in seiner Nachricht Buchstabe für Buchstabe auf einen Zettel, manche versteht sie auf Anhieb, andere muss sie abgleichen mit den Covern, sie legt die CDs aufs Fensterbrett. Ein paar weitere dazu, eigene Lieblingsmusik. Im Nachtkästchen liegt etwas Schmuck, die feine goldene Halskette, die Katharina ihr zum Abitur vererbte, die Streichholzschachtel mit ihren Milchzähnen. Sie holt aus ihrem Fach im Bad den roten Lippenstift. Aus der Küche ihre Lieblingstasse. Das Häuflein, das sie mit in den Süden nehmen will, ist klein. Ein Abschiednehmen von den Dingen. Sie hat alles, was sie braucht.

*

Sie schießt sich ab mit zwei Schlaftabletten zur Nacht. Sie weiß nicht mehr, ob sie in der Röhre ganz still liegen muss oder vielleicht auch schnalzen dürfte. Um die Prozedur nicht wiederholen zu müssen, lässt sie es nicht darauf ankommen. Gegen die Angst, gegen den Lärm, gegen alles, was schon entschieden ist, singt sie stumm und heimlich für sich Es ist ein Ros entsprungen. Fragt sich, ob das Bild anders ausfiele, wenn sie Stille Nacht oder Lobet den Herren sänge. Die Wahl des Lieds war zumindest nicht verkehrt: Es ist alles okay. Stabiler Befund. Für den Moment. Es ist und bleibt ein lädiertes Hirn, doch keine Veränderung, kein Wachstum. Jessie, die im Arztzimmer ihre Hand nie losließ, nimmt sie nach dem Gespräch im Flur so beherzt in den Arm, dass ihre Füße vom Boden abheben. Sie war auf alles vorbereitet, nur nicht darauf. Sie hatte die weiße Fahne schon gehisst. Sie weiß gar nicht, was sie mit einer guten Nachricht anfangen soll.

Die Krankenhauskantine ist weihnachtlich geschmückt, Nüsse und Plastiksterne und falsche Mandarinen auf den Tischen. Jessie bringt zwei Becher schwarzen Kaffee, doch allein der Geruch widert sie an, sie ist viel zu rammdösig für Kaffee oder auch nur einen klaren Gedanken oder irgendeine Form von Kommunikation. Sie friert. Jessie kommt mit einer Suppe wieder. Weil sie ihre Tasche auf dem Schoß umklammert hält, spürt sie die Vibration ihres Telefons. Sie reicht Jessie die gesamte Tasche. Uiuiui, sagt die, der hat's schon vier Mal versucht. Sie setzt ihn ins Bild, die ist grad ein bisschen durch den Wind, aber ich geb sie dir mal, Hannas Hand zittert. Er sagt ihr aufmunternde Dinge, freundschaftlich oder liebevoll, seine Stimme, hier im Geräuschpegel dieser Kantine, ist beruhigend und verwirrend

zugleich, in seinem Hintergrund die Erleichterungsrufe seiner Mutter. Sie bringt nicht nur kein Wort, sondern gar keinen Ton hervor, sie schnalzt nur. Ci vediamo domani, sagt
er zum Abschied, morgen, morgen schon soll es wieder zu-
rückgehen, alles vollzieht sich so schnell, do-ma-ni, die Silben heben und senken sich in ihr wie Noten auf einer Ton-
leiter.

Erst als das Taxi am Alexanderplatz vorbeifährt, fällt ihr
Schampus und Currywurst wieder ein, Scheiße Stop! ruft
sie, doch es dauert noch zwei Ampelphasen, sich durchzu-
setzen, das Ticket herauszukramen. Jessie bittet den Fahrer,
doch mal kurz rechts ranzufahren, und dann doch bitte bei
der nächsten Gelegenheit einen U-Turn zu machen. Im
Fahrstuhl steigt die Stimmung und kippt schon vor dem
ersten Tropfen ins Alberne. Sie haben einen Fensterplatz,
aber die Nacht ist so trüb, wie es der Tag gewesen ist, sie sitzen
im Drehrestaurant in Watte gepackt. Die Flasche Champagner ist nur eine halbe, die Currywurst hätte in Kreuzberg
besser geschmeckt, das alles ist ganz herrlich. Santé, sagt
Jessie, ein Wunsch, der den Zug schon verpasst hat, und
bringt einen Toast aus auf die tapfere Jeanne und schmiedet
Pläne für die Woche im Süden, für die stillen Tage zwischen
Weihnachten und Neujahr. Sie spielt Reiseführerin in diesem Raumschiff des Nepps, das seine Fahrt durchs Curry-
wurstuniversum startet, sie leckt sich das letzte bisschen
Soße von der Fingerspitze und stenzt am verlassenen
Nachbartisch einen Rest Champagner, der Kellner raunt en
passant, aber gnädige Frau, ich hätt den Damen die Pulle
doch auch gebracht. Ins Amüsemang bricht die Gewissheit,
dass dies, trotz der guten Nachricht des Tages, wenn sie's
nicht morgen früh wiederholen, das erste, einzige und letzte

Mal hier oben gewesen sein wird. Dagegen hilft nur ein schneller Abgang. Händchenhalten im Taxi, während man zu entgegengesetzten Fenstern hinausschaut auf die vorbei-ziehende Kulisse der leuchtenden Stadt. Ofenpommes und Chansons, Wodka. Alles andere würde einen durchdrehen lassen.

*

Patrizio lässt sich von Jessie die Wagennummer durchge-ben, wart's ab, raunt sie über das Tischchen hinweg, der klebt auf den letzten Kilometern wie Spiderman am Fens-ter. Habt ihr denn nun, oder wär das indiskret zu fragen? Hanna nickt. Jessie grinst, stockt, was nun? Hanna hebt die Schultern und grinst und nickt wieder. Jetzt sag schon. Hanna schüttelt den Kopf. Du sagst es mir nicht, oder ihr habt nicht? Sie schüttelt wieder den Kopf. Fragetechnik fünf, Kandidat setzen, scheiße, das war schon in der Schule nicht meins, sagt Jessie, und entscheidet sich für die Ant-wort, die ihr gefallen würde. Patrizio steht an der richtigen Tür, als sie aus dem ICE steigen, trägt einen knallroten Roll-kragenpulli mit Norwegermuster zu knallengen dunkel-blauen Jeans, die verspiegelte Pilotenbrille aufs Haar ge-schoben, und kann nicht verstehen, warum die beiden bei seinem Anblick Tränen lachen.

Die Ausgelassenheit hält sich auf der Autofahrt gen Sü-den, nach einem kurzen Schauer erläutert Patrizio das Prin-zip der Wolke von Fantozzi, einer Wolke, die nur über dir abregnet, während alle anderen bei strahlender Sonne zum Strand fahren. In unwirklicher Heiterkeit bezieht Hanna ihr Haus wieder, spielt Beziehung, gibt sich in diesen un-entschiedenen Zustand hinein. Daphne kommt abends vorbei, bevor sie auf den Heiligabend zu ihrem Bruder in den Schwarzwald fährt. Jessie ist von Weihnachten im Forsthaus ganz angefixt, hingerissen von so viel hinterwäldlerischer Romantik, und nimmt die Einladung an, am Stephanstag dorthin zu fahren und am achtundzwanzigsten mit Daphne zurückzukehren.

Nach den letzten Einkäufen am Morgen des vierundzwanzigsten pennt Hanna nochmal eine Runde. Als sie aufwacht, ist Jessie verschwunden. Die war auf einmal ganz fickrig, sagt Patrizio, weil es hier keinen Fernseher gibt, die ist drüben bei Sabrina. Hanna macht sich auf den Weg und findet Jessie und Lisa vereint auf der Couch. Die Vierjährige ist hingerissen von der Schönheit Aschenbrödels und lacht sich schlapp über die Hauben der bösen Mutter und Schwester, sie schmiegt sich an Hanna, während Jessie laut nachdenkt, dass man unbedingt mal einen Essay schreiben sollte über die unfreiwillig komische, kaum verhohlene Queerness dieses Films. Die Zeit wird plötzlich knapp, Lisa lässt sich während des Abspanns ein Schaffell überziehen, jedes der drei Kinder bekommt vor dem Kirchgang ein kaltes Saitenwürstle verpasst. An der eigenen Tür entscheidet Hanna spontan, mit in den Weihnachtsgottesdienst zu gehen, Jessie sagt nur, Gott bewahre, aber sie wird zusehen, dass sie mit Patrizio was Anständiges auf den Tisch zaubert.

Der schmale Durchgang, der erste Kuss. Die Tür zur Sakristei ist nur angelehnt. Ein Spalt Licht schimmert an ihren Rändern in der Dunkelheit. Das schwere Hauptportal steht offen, die Leute strömen hinein. Sie rutschen alle zusammen in eine Bank, Lisa klettert bei ihrem Vater auf den Schoß und erfüllt dann bravourös die ihr zugedachte Rolle als Schaf. Nach dem Krippenspiel zwängt sie sich durch die lange, voll besetzte Seite wieder zurück an ihren Platz neben Hanna, die ganze Bank entlang und dahinter scheint Verwandtschaft zu sitzen.

Sie war so lange in keinem Gottesdienst mehr gewesen. Katharina zwang sie Sonntag für Sonntag in die Kirche und im Mai auch zur Marienandacht, da saß sie inmitten alter Frauen und langweilte sich, bis irgendwann das Gleichförmige dieser Litaneien sie davontrug, sie ihrer selbst enthob. Die Stunden angeödeten Betrachtens haben ihr die Bilder ins Gedächtnis eingegraben, sie könnte jederzeit die Kirche ihrer Kindheit vor ihrem inneren Auge erstehen lassen wie gemalt, der rote Sandstein, der große St. Martin an der Stirnseite. Darunter stand ihre ganze Kindheit hindurch ein Nickneger, tumb lächelnd, der dankbar mit dem Kopf wackelte, wenn man ihm Münzen für Afrika reinschmiss. Die heilige Barbara, die sie mit ihrem langen blonden Zopf und dem Turm, den sie wie ein Tortenstück auf der Hand balanciert, an Rapunzel erinnerte, Rapunzel, Rapunzel, lass dein Haar herunter. Es war kalt in der Kirche, man hatte immer zu wenig an, sommers wie winters. Erlösung versprachen die Lieder, die zum Abschluss gesungen wurden, unauslöschlich damit verbunden, dass ihre Oma schon nach der Handtasche griff und ihr Hütchen zurechtrückte, gleich würde es nach Hause gehen.

Hanna holt die alten Weihnachtslieder aus einem dieser Bereiche, die nicht zertrümmert, in denen Worte heil geblieben sind und den Weg, getragen und gestützt von der Singstimme, nach draußen finden. Das Singen, der gemeinsame Jubel der Stillen Nacht, fluten sie mit guter Laune, und beschwingt macht sie sich auf einen verlänger-

ten Heimweg, während Sabrina noch mit ihrem Familien-
clan vor der Kirche herumsteht. Sie sieht in erleuchtete
Fenster, geschäftiges Treiben und heimelige Weihnachterei,
steigt vorsichtig balancierend den Fußweg hinauf auf den
Kirchberg und hört schon durchs offene Küchenfenster im
Giebel laute Musik, ein Weihnachtsschlager kitschiger als
der andere. Jessie schlägt Eischnee im Takt, die Zutaten sind
vom Feinsten, sie erfährt bei der Gelegenheit, dass Patrizio
in Stuttgart in der Edelitaliener-Szene mitmischt, wo sonst
kriegt man noch Rendite, aber Leute, die ihr Geld verpras-
sen, wird's immer geben. Zum Essen stöpselt sie ihr Handy
an den Lautsprecher und wählt leise, besinnliche Jazzver-
sionen von bekannten Weihnachtsliedern, geht dir dein eigener German Ernst eigentlich nicht manchmal auf den
Keks, fragt Jessie und haut rein.

Nach dem Essen machen sie Bescherung, Jessie bekommt
von Hanna eine lange Umarmung und sie einen Hoodie
mit einer Kapuze so groß, dass man sich darin verschwinden lassen kann. Sie schenkt Patrizio Zeichenutensilien, gutes Papier und einen edlen Tuschestift, er überreicht ihr ein
Päckchen, das sie durchs Papier sofort als Buch ertastet. Auf
dem Cover ist nur ein Fenster zu sehen, horizontal geteilt,
oben Rollo, unten ein beiseitegeschobener Vorhang, die
Sonne wirft einen diagonalen Schatten. Sie sieht Patrizio
fragend an, er sagt nur, guck selbst. Im Buchdeckel das
Zimmer hinter dem Vorhang, leer, schwarzweiß, die Sonne
fällt auf eine Kamineinfassung. Auf der ersten Doppelseite
dieses Zimmer mit der Jahreszahl 2014, ein Sofa steht vor
dem Fenster, die Wände in einem zarten Grün. Ein Um-
zugskarton, ein Bücherregal. Seite um Seite, stets derselbe
Raum in immergleicher Perspektive, aber mit wechselnden

Jahreszahlen und sich ändernden Tapeten, Farben, Dekoren. Im Jahr 1957 steht ein Laufstall vor dem Kamin, 1942 hängt an der Wand ein Spiegel, 2007 ist das Gästesofa ausgezogen. Sie hat das Prinzip verstanden. Und bald sind da Menschen, überlagern sich die Jahre, ist in das Zimmer des einen Jahres ein Ausschnitt des Zimmers eines anderen gelegt. Die Gleichzeitigkeit der Zeiten, die Stabilität und der Wandel eines Ortes zugleich. Kinder werden geboren, Wände tapeziert, Kopfstände geübt, Feste gefeiert, Wälder gerodet, das Haus überhaupt erst gebaut. Ein Roman, fast ohne Text. Die Geschichte steht nicht auf dem Papier, dort hat sie ihre Ankerpunkte, ihre Blitzlichter, aber sie entsteht über die Bilder hinaus, im Auge des Betrachters. Danke, Patrizio. Danke.

*

Am ersten Feiertag ruft ihre Mutter von Dubai aus an, ein Stopover auf dem Weg nach Australien, wo sie Silvester mit Freunden feiern. Das gibt dann wohl einen weiteren Kühlschrankmagneten, einen weiteren Pin auf der riesigen Landkarte in ihrem Wohnungsflur, pink für Maria, blau für Horst. So haben sich die beiden die Welt erobert. Strände, Touristenhighlights, Geldausgeben. Sie ist einfach aus der Art geschlagen, ihre Mutter, sie hat denselben Fleiß, lenkt ihn aber in eine ganz andere Richtung. Sie haben nie groß darüber sprechen können, wie es ihnen geht. Es stand zu viel zwischen ihnen, und die Begegnungen waren zu kurz. Als sie mehr Zeit hatten, als Hanna ihre Mutter in Marbella besuchte, starteten sie den Versuch einer Aussprache, der Maria in Rechtfertigungen und eine zunehmende Aggressivität trieb. Hanna konnte ihre Argumente nachvollziehen, das hatte aus Marias Perspektive alles seinen Sinn, und mit Sicherheit waren ihre Großeltern die liebevollere Familie gewesen, aber das löste trotzdem nichts. Ihre Mutter war ihr fremd. Sie wollte ihre Kindheit nicht eintauschen. Und trotzdem, trotzdem blieb da diese Unzulänglichkeit, blieben diese rottenden Dielen, durch die sie gelegentlich einbrach. Sie fuhr schließlich mit Marias Auto nach Granada und in die Sierra Nevada, und die letzten zwei Tage vor ihrem Rückflug, die brachten sie noch anständig rum. Seither haben sie sich, als Thema, gemieden. Und so wünscht Hanna nun gleichfalls frohe Weihnachten, sie nickt und summt Zustimmung zu dem, was ihre Mutter sagt, und beschwichtigt mit dem Verstand ihr Herz. Maria kündigt an, zu Besuch kommen zu wollen, bald im neuen Jahr. Wird sich zeigen. Fünf Minuten, sechs, dann haben sie's hinter sich.

Jessie telefoniert mit ihrer Familie, ein paar Freunden, Patrizio zeichnet schon wieder. Hanna liegt mit ihrem Buch auf dem Sofa und sieht hinüber auf seinen Rücken, seinen Nacken. Die Stabilität dieses Ortes. Aber sie hatten nie Gleichzeitigkeit. Nie hatten sie das zeitliche Zusammenfallen, das es gebraucht hätte. Immer gab es andere Pläne. Und wenn es hätte passen können, funkten die Steffis und Leos dieser Welt dazwischen. Als sie sich von ihm hätte beeindrucken lassen, war sie auf dem Sprung nach Harvard, noch in den Fängen von Leo, und er hatte Steffi, die ihm nachts hinterhertelefonierte. Doch vielleicht ist das Leben, wie dies Buch nahelegt, ein stetes Überschreiben, Neuansetzen, ineinander und übereinander Gezeichnetes hinter den Fenstern, und ergibt Sinn erst im Lauf zum Ende hin.

Jessie hat ihre Telefonate beendet und tritt zu Patrizio an den Arbeitstisch, nun zeig mal her. Ich hab übrigens einen Verlagskontakt für dich. Er breitet seine Blätter aus, Hanna erhebt sich vom Sofa und geht hinüber. Seine Ästhetik hat sich verändert. Die Skizzen sind nicht mehr so wild, barock, hektisch hingeworfen. Eindeutige Konturen. Es ist, als hätte er Klarheit gefunden, als sei er zur Ruhe gekommen. So, wie er Jessie durch die Bilder führt, schöpft er aus dem vollen Reichtum seiner Geschichte, auch aus Erfahrung, die er selbst gar nicht gemacht haben kann, die sich übertragen und vererbt hat.

Er ist in der Geschichte seines Vaters vorangekommen. Die Unterkunft für die Gastarbeiter ähnelt nun mehr einem Wohnheim als einer Baracke. Entlang eines Flurs stehen wartend zwanzig müde Arbeiter in schmutzigen Achselhemden, das Gemeinschaftsbad bietet nur zwei Duschen, der letzte in der Reihe blickt auf seine Armbanduhr.

Die Küche ist so voller Menschen, dass sie alle Arbeits- und Kochflächen verdecken, rundherum stehen sie Schulter an Schulter, beim genaueren Hinsehen erkennt Hanna, dass es keinen Herd und keinen Backofen gibt, sondern nur kleine Gaskocher, auf deren Flammen sich mit Müh und Not Einzelportionen kochen lassen, Patrizio tippt an die gezeichnete Wand, an der ein Münzautomat fürs Gas hängt.

Wenn sie unter sich sind, haben seine Italiener klar gezeichnete, charakteristische Gesichter, eine lebendige Mimik. Im Umgang mit ihren deutschen Vorgesetzten werden ihre Mienen einheitlich. Und draußen in der Welt der einheimischen Gesellschaft verschwinden ihre Züge ganz. Sie sind antlitzlose Männer in weiten Hosen und weißen Hemden. Patrizio blättert durch die Sequenzen. Die Gesichter sind wie an- oder ausgeknipst, je nachdem, ob die Italiener unter sich sind. Im Lauf der Zeit bekommen manche von ihnen auch in Anwesenheit eines Deutschen erkennbare Konturen, es sind immer die in der ersten Reihe, jene, die interagieren und also die Sprache lernen.

Du brauchst einen Stuhl, nicht wahr, bemerkt Jessie, Hanna nickt, soll ich dir den vom Klavier bringen? Patrizio macht seinen Schemel frei, warm ist die Sitzfläche, er stellt sich hinter sie, und seine Hand ruht auf ihrer Schulter. Er beugt sich nach vorn und legt weitere Skizzen frei, auf denen er selbst zu sehen ist. Das Viavai in der Pizzeria, alle umtriebig unscharf, nur Erich klar umrissen, in Jackett und mit Fliege. Eine Reihe Frames mit einem immergleichen Klavier und einem wachsenden, erwachsenden Jungen, dessen Füße zu Beginn kaum das Pedal erreichen. Das Schulzimmer, leer ist es und erscheint riesengroß, an einem einzelnen Pult ein kleiner italienischer Junge mit aufgerissenen Augen, Erich vor einer Italienkarte, Soldat in Uniform und Lehrer mit Zeigestock zu gleichen Teilen.

*

Daphne hat Jessie wohlbehalten aus dem Schwarzwald zurückgebracht, Sabrina leiht ihnen das Raclette für den Silvesterabend. Eine Neuauflage von Weihnachten soll es sein, Essen, Musik, Wein. Sie kann sich nicht zu einem Spaziergang aufraffen, also gehen die anderen auch nicht. Das Essen schmeckt ihr nicht. Im Spiel, egal ob Rätselraten oder Karten, bleibt sie außen vor, sie hat Reaktionsschnelle, Kombinationsfähigkeit, die sprachliche Kreativität nicht mehr. Patrizio klimpert ein wenig auf dem Klavier. Der

Abend zieht sich. Sie würde am liebsten ins Bett gehen. Sie hatte Silvesterfeiern immer geliebt, das neue Jahr perlte frisch und unverbraucht im Glas. Jetzt führen ihr alle vor Augen, wozu sie in der Lage sind, bauen täglich an ihren Zukünften, machen Sinnvolles mit ihrer Zeit. Es ist, als drängte Patrizio sie mit seiner Schaffenskraft aus ihrem eigenen Haus hinaus.

Um elf wird draußen geböllert. Magnus hat ein kleines Feuer mitten auf dem Kirchberg entzündet. Sabrina ruft, in Rumänien ist jetzt schon Mitternacht, Teodora winkt herauf, und die Kinder sollen ins Bett! Also alle angezogen, alle hinunter mitsamt Gläsern und Flaschen. Rumänisches Silvester. Ihr ist das zu kalt, trotz Feuer. Das Anstoßen hat schon nichts mehr mit ihr zu tun. Sie will ihnen nicht den Silvesterspaß verhunzen. Leise zieht sie sich von den Feiernden, den Lachenden und Plaudernden zurück. Sie schließt hinter sich die Kälte aus und steigt langsam die Treppe hinauf, vorbei am Schulzimmer, über die Stiege, durch Flur und Wohnzimmer bis hinein in ihre Schlafkammer mit dem Giebelfenster zur Kirche hin.

Die Tür geht. Jetzt sagt sie gleich wieder, rutsch rüber, buttercup. Seine lose Manschette streift über ihren Kiefer, als er nach ihrem Gesicht tastet. Er zieht sich den Pullover über den Kopf, schlüpft aus Hemd und Hose. Seine Hände sind warm. Sie spürt seine Lippen. Glockenschläge kommen von weit her.

JOHANNISNACHT
(2014)

Bevor Sabrina überhaupt das Haus verlässt, hat sie schon Schweißränder unter den Achseln. Magnus eilt ihr hinterher, sie soll ihren Gartenhut mitnehmen. Der Garten ist hin, so viel können sie gar nicht gießen. Die Johannissträußchen, die Sabrina beim Bettenmachen unter ihre Kopfkissen gelegt hat, sahen lumpig aus. Er glaubt nicht, dass ihr Liebesglück das braucht. Sein Glück bräuchte es, dass sein Vater alle Körperfunktionen unter Kontrolle behält, bis Sabrina von der Beerdigung zurück ist.

Es ist still im Haus, der Älteste und die Jüngste schlafen sich durch die Hitze, Linus ist bei einem Freund, Leif schraubt in der Werkstatt an Ludwigs Rollator herum und leistet seine Schuld ab. Am Vortag hat er die Ofenklappe demoliert, Magnus ist die Hand ausgerutscht, ob er da selbst eventuell in Schuld steht, muss er sich noch überlegen. Er holt sich ein Bier aus dem Kühlschrank, verharrt in der kalten Luft vor der geöffneten Tür. Mit dem Zischen des Kronkorkens geht die Eingangstür, Peter steht im Flur, in der einen Hand einen Kanister, in der anderen eine vakuumierte Packung tiefgefrorenes Wild.

Grüß Gott, Onkel Doktor, sieht man dich auch mal.

Ohne Auftakt sagt Peter mit Verweis auf das Fleisch, das sollte gleich in die Kühlung, Magnus legt es sich in den Nacken und ruft, schon halb durch die Kellertür, nimm dir ein Bier!

Ich muss noch fahren!

Dann halt was anderes, sagt Magnus, zurück in der Küche, ist ja nicht wie bei armen Leuten hier. Apfelschorle? Peter nickt. Setz dich doch.

Ich muss dann auch gleich wieder los.

Was kriegst du von uns?

Passt schon. Das Reh ist einem vors Auto gelaufen. Das Öl ist fast der letzte Kanister, die Leut sind verrückt danach.

Magnus setzt die Flasche ab und genießt das Gefühl kühlen Biers in der Magengrube. Ist ja auch ein gutes Öl. Und deine Karin vermarktet das, als wär man selber bei der Ernte gewesen.

Peter hat seine Apfelschorle noch nicht angerührt. Storytelling heißt das auf Neudeutsch. Das einfache Leben, das Unverfälschte, direkt vom Bauern. Nicht zu fassen, wie die Leute darauf abfahren. Als wär das die heile Welt.

Leif kommt in die Küche und sagt, das Rad tut wieder.

Sag anständig grüß Gott, wenn jemand da ist.

Hallo, Onkel Peter.

Grüß dich, Peter macht eine Sekundenpause, als habe er einen Namen anfügen wollen und wisse nicht mehr, welchen. Wahrscheinlich wüsste er auch grade nicht, für welches der drei Kinder er zuständig ist. Da ist man eine Familie mit vier Brüdern, und wenn man Paten für seine Kinder braucht, ist keiner da. Erst bei der Lisa war der Peter aus Amerika zurück, der Benjamin schickte aus Afrika ein Rasselding zur Taufe. Es hat keiner der beiden eine gescheite Familie gegründet. Benjamin bohrt in Afrika Brunnen, der Peter hat richtig Karriere gemacht und ist seit ein paar Jahren wieder da. In der Heimat. Hat sich in eine radiologische Praxis eingekauft und macht ein Schweinegeld.

Magnus leert die Flasche. Die Männer in dieser Familie halten es alle um den Ludwig herum nicht aus, und Peter war der Erste, der die Flucht ergriff, aus gutem Grund. Er erträgt das ja auch nur, weil er alle paar Wochen auf der Nordsee Luft holen kann. Dass er gutes Geld verdient mit seinem schmutzigen Geschäft, nimmt er gerne mit. Er hat zwar nicht den Hof übernommen, aber wenigstens sorgt er mit seinem Nachwuchs dafür, dass der Name weiter besteht. Nur der Elmar, der hätte den Alten irgendwann vom Hof gejagt.

Der Rollator tut wieder, sagt Leif noch einmal.

Willst du jetzt auch noch gelobt werden?

Leif zieht verschüchtert die Schultern an die Ohren und wendet sich an Peter, ich hab am Rollator vom Opa das Rad repariert, der anerkennend die Brauen hochzieht, wow, und das mit – wie alt bist du jetzt?

Zehn.

Respekt.

Der Opa donnert immer so gegen die Kanten, und da hatte sich was verbogen.

Trinkt der Opa denn genug bei der Hitze? Die Leute sterben wie die Fliegen, besonders die Alten.

Da können wir dir hier ein Lied davon singen, hast du das nicht mitgekriegt, dass die Sabrina die alte Nachbarin tot im Garten gefunden hat?

Dann ist die das, die gerade beerdigt wird? Ich kam kaum aus der Garage raus. Riesenauflauf.

Magnus nickt, und wie zur Bestätigung setzt draußen die Totenglocke ein. Die Katharina, da gehen die alle hin.

Magnus beobachtet Peter. Als gäb's da keine Verbindung zu der alten Nachbarin. Er könnte jetzt einfach sagen, ich hab euch damals gesehen. Schluss mit den Heimlichkeiten. Ich hab euch gesehen, wie ihr miteinander rumgemacht habt. Er zeigt zum Küchenfenster hinaus. Das ist der Maria ihr Schlitten da drüben. Die hat sich gut gehalten, was man so sehen kann.

Peter trinkt seine Apfelschorle und schaut nicht hinaus.

Habt ihr Kontakt?

Peter leert das Glas mit einem Zug. Im Aufstehen sagt er, für den Rehbraten gibt es ein super Rezept, eine Marinade mit Buttermilch, sag der Sabrina, sie soll die Karin anrufen. Er kommt nicht zur Tür hinaus, weil Lisa schlaftrunken und erhitzt hereintapert, sie umfasst seine Beine und bemerkt erst dann ihren Irrtum, fängt an zu heulen und dreht ab. Mit dem unleidigen Kind auf dem Arm folgt Magnus seinem Bruder in den Flur und fragt sich, wie in Gottes Namen der Peter sein Kind hat ausblenden können, das Mädle war doch die ganze Zeit da, einmal über die Straße, keine zehn Meter. Aber jetzt, vierzig Jahre später, braucht er auch nicht mehr anzufangen. Irgendwann lässt man bestimmte Dinge am besten ruhen.

Magnus findet es schlüssig, dass der Peter sich auf die Radiologie spezialisiert hat. Wenigstens ist er bereit, eine beträchtliche Summe für die Versorgung des Alten abzugeben. Wenn sie jetzt bald die Pflegekraft aus Polen bekommen, wird alles besser, dann müssen sich Sabrina, Birgit und Elisabeth nicht mehr die Nächte um die Ohren schlagen.

Wie geht es denn mit dem Alten, fragt Peter zwischen Tür und Angel.

Alles okay so weit, wie soll's schon gehen, sagt Magnus, es bringt ihn immer jemand zurück, wenn er abhaut. Er ist manchmal aggressiv und verliert jedes Schamgefühl, aber was erwartest du, der hat bös gelebt, der wird bös sterben.

*

Die Totenglocke läutet, und die letzten Leute drängen zum Friedhof herein. Das hat die Katharina verdient, denkt Sabrina, eine stattliche Beerdigung. Wenigstens das, wenn sie schon ganz allein bis zum Sterben gelangen musste. Das wünscht sie keinem, nicht einmal ihrem Schwiegervater, allein bis zum Schluss, und so ein großes Haus.

Bis alle so weit sind, gießt Sabrina schnell die Gräber ihrer Schwiegermutter und jenes Schwagers, den sie nie kennengelernt hat. Die größte Schwätzerin starrt sie tadelnd an, aber besser jetzt als hinterher, stehen muss sie in der Bullenhitze noch lange genug, denkt Sabrina, und dass die Schachtel doch wissen könnte, welche Erleichterung es bedeutet, wenn man bei ihrem Tagesprogramm nicht noch zum Gießen heraufkommen muss. Dann stellt sie sich hinter die Frauenriege und hat immer noch Zeit genug, sich deren Geschwätz mitanzuhören. Die Maria, die lebt jetzt in Mallorca, sagt jemand, nein, Blödsinn, Marbella. Und die ist mit einem Piloten zusammen. Und der ist nicht mitgekommen? Ist hier jemand, der wie ein Pilot aussieht. Das ist ja auch kein Verhältnis, was die haben, die Maria und ihre Tochter. Die Hanna sieht man sonst auch nie mehr hier herum. Die hat ihre Großmutter ganz schön hängenlassen, mit über neunzig allein in diesem großen Haus, und nie kommt jemand vorbei. Die werden ihre Gründe haben. Und jetzt sind sie beide hier und wollen erben. Was soll der Spruch denn, erben muss das Haus ja wohl jemand. Ich mein nur, ein Lebtag lang nichts machen und dann an der Beerdigung hübsch dastehen. Dich möcht ich hören, wenn die nicht zur Beerdigung gekommen wären. Und hast du das Cabrio gesehen. Das wird halt ein Mietwagen vom Stuttgarter Flughafen sein, die kommt ja nicht von Spanien her mit dem Auto. Nobel geht die Welt zugrunde. Aber wer will bei der Baurahitz auch Cabrio fahren, da bist du doch froh, wenn du Klimaanlage hast. Hat das Cabrio doch auch. Dann kannst du dir den Aufpreis fürs Cabrio doch sparen, wenn du dann doch den Deckel zumachst. Psst jetzt.

In der Kapelle findet die Aussegnung statt, der Sabrina nur über die Kopfreihen hinweg folgen kann, sie ist froh um ihren Sonnenhut, dann teilt sich die Menschenmenge, und Katharinas Sarg wird herausgetragen. Dahinter gehen der Pfarrer und die engsten Angehörigen. Hanna macht ihr einen schlechten Eindruck. Sie trägt weite Leinenhosen und ein Trägerhemd, unter dem ihre Schulterknochen deutlich zu erkennen sind, und bleich ist sie wie's Kätzle am Bauch. Der Gegensatz zur Lederstrumpf-Erscheinung ihrer Mutter könnte krasser nicht sein, Maria ist top gepflegt und von der Sonne geröstet. Sie trägt ein eng anliegendes Kostüm, von Kopf bis Fuß Eleganz, eine dramatische Sonnenbrille mit Strass, die Haare hochgesteckt. Die war früher mal Krankenschwester, Sabrina denkt an ihre Freundin Serafina, die das immer noch ist, andere Welt. Maria fächelt sich Luft zu, doch während alle in der Hitze zu zergehen scheinen, sieht man auf ihrer Stirn keinen Tropfen Schweiß.

Die Leute verteilen sich auf den Friedhofsterrassen rund um Erichs Grab herum, so kommen sie jetzt wieder zusammen, die beiden. Die eine hüben, der andere drüben, das war nur eine Episode. Der Pfarrer verrichtet seine Handlungen, und Hanna tritt vor, um einen Text zu verlesen. Sie hat Probleme mit dem Licht, bewegt das Blatt hin und her, hält sich nervös eine Hand über die Augen, bis Maria ihr die Sonnenbrille reicht, hinter der Hannas schmales Gesicht verschwindet. Es geht peinlich lang, bis sie endlich zu lesen anfängt, dann aber trägt sie in perfektem Hochdeutsch, ohne einen Hauch von Akzent, einen Psalm vor, klar und gut betont, nach der Schrift sprechen, das hat die immer schon gut gekonnt, ganz der Opa. Als sie vom Grab zurück in die Reihe tritt, stolpert sie über die eigenen Füße und fällt beinah, während der Sarg hinabgelassen wird, muss Maria sie stützen. Sabrina überlegt, wann sie Hanna zum letzten Mal gesehen hat, eigentlich war es immer nur ein Kommen oder Gehen, Ein- und Aussteigen bei ihren sporadischen Besuchen, aber so klapprig war die nie. Und sie findet es auch recht verwunderlich, dass ihr Katharinas Tod so dermaßen zusetzt, aber wer weiß, was da noch anderes im Busch sein mag.

Während sich die Versammlung verläuft, sieht Sabrina Serafinas Mutter zu Hanna herantreten, sie tätschelt ihr erst die Wange, dann nimmt sie sie richtig fest in den Arm und wiegt sie, Hanna heult Rotz und Wasser in Sofias Armen, und Maria steht wie der letzte Depp daneben. Als deren Blick in Sabrinas Richtung geht, macht sie, dass sie fortkommt. Sie hilft der alten Kindergärtnerin die Treppen hinunter, die die Gemeinde dringend richten lassen muss, und stimmt der Alten zu, eine Schande. Vor Peters Haus steht dessen Land Rover, aber der Schwager ist nirgends zu sehen. Entweder hat er die Beerdigung bewusst vermieden, oder, wahrscheinlicher, er hat es überhaupt nicht mitbekommen, dass die Katharina gestorben ist. Das wär ganz nach seiner Sorte. Man hätt ihm Bescheid geben können. Aber es muss auch nicht immer sie sein, die sich um alles kümmert.

Vor der Wirtschaft hat sich eine Traube gebildet, was ist los, fragt Sabrina, warum geht ihr nicht rein? Erst dann erkennt sie den Wirt im Gespräch, der lacht, ich hab nichts gerichtet, weil nichts bestellt ist, ihr seid mir aber trotzdem alle willkommen. Sabrina wendet sich um und blickt die Straße zum Friedhof hoch. Sowie Hanna und Maria den Menschenauflauf sehen, drehen sie sich auf den Hacken um und gehen den Berg weiter hoch, wo der Wanderweg durchs Tal beginnt. Das wird Gerede geben, denkt sich Sabrina, sie klopft einem Bekannten auf die Schulter und macht sich auf den Heimweg. Vom Bolzplatz aus sieht sie die zwei Frauengestalten in der brennenden Sonne gehen, eingehakt, die Köpfe zugewandt, was die wohl zu besprechen haben, und spürt das Rumoren in ihrer Magengrube.

Der Stein vom Elmar sackt ab, sagt sie zu Magnus, den müssen wir richten lassen, also nicht wir, du hast ja noch ein paar Geschwister, da kann sich ja wohl mal jemand darum kümmern. Und das Kreuz von deiner Mutter ist schon ganz schwarz von unten her. Wahrscheinlich denken sie insgeheim dasselbe, wenn der Ludwig bald stürbe, müsste man in dieser Angelegenheit nichts mehr unternehmen.

Der Vater hat sich übrigens in die Hose gemacht, sagt Magnus.

Aha. Und? Hast du ihn sauber gemacht?

Sabrina bekommt keine Antwort von Magnus, sie geht an den Kühlschrank und schenkt sich ein, fürs dicke Geld macht er die dreckigsten Jobs, aber hier stellt er sich an. Sie wird's nicht tun. Auf einmal, seit sie Maria und Hanna eingehakt hat spazieren gehen sehen, sitzt ihr die Wut im Nacken.

Wie ist das eigentlich, fragt sie in den offenen Kühlschrank hinein, wenn der Vater mal stirbt, muss die dann auch bei uns etwas erben?

Halt bloß dein Maul.

Halt ich ja. Aber wenn die Maria jetzt redet? Oder wenn die Katharina das ins Testament reingeschrieben hat? Was machen wir dann?

Gar nichts machen wir. Außerdem würde das erst greifen, wenn mit dem Peter was wäre. Wenn unser Vater stirbt, dann geht das ja erst mal nur um die Kinder.

Auch wieder wahr, sagt Sabrina und trinkt einen halben Liter eiskalten Apfelsaft direkt aus der Tüte.

Am nächsten Tag sieht Sabrina durch ihre große Glasfront den Pfarrer das Nachbarhaus betreten. Tagelang schon ging das Geraune, seit Katharina im Garten umfiel. Im Frauensport, im Kindergarten, wahrscheinlich auch am Stammtisch, was nun mit dem Haus wäre, welche der beiden Frauen es bekäme, das Geschwätz können sie sich alle sparen, was soll schon sein. Die Kleine wird es bekommen, sofern Katharina ein Testament geschrieben hat. Die Katharina war keine, die etwas ungeregelt hinterließe. So oder so, die eine oder die andere wird das Haus verkaufen, und bald haben sie neue Nachbarn.

Der Pfarrer bleibt nicht lange. Sabrina hat sich Arbeiten vorgenommen, die sie vorn erledigen kann. Nach kaum einer Stunde, sie legt gerade die letzten Socken zusammen, sieht sie ihn schon wieder aus der Tür treten. Mit beiden Frauen steht er auf der Hausschwelle, und sie reden noch ein paar Takte. Sabrina sucht nach Indizien, wie die Erbsache ausgeht. Sie tippt auf Hanna. Während die gleich wieder im Haus verschwindet, geht Maria mit dem Pfarrer noch ein paar Schritte. Sie begleitet ihn den Kirchberg hinab, die schmale Straße entlang, die an ihrer Fensterfront vorbeiführt.

Sabrina hatte überhaupt keine Ahnung, wie behände der Ludwig noch sein kann, wenn es ihn reitet. Wie ein Zitterrochen aus dem Schlamm erhebt er sich aus dem Sessel, stemmt sich in seinen Rollator und stürmt auf die große Fensterscheibe los, er haut wie von Sinnen gegen das Glas und brüllt nach draußen, du Drecksau elendige, du hast mir meinen Sohn genommen. Endlich sagt das mal jemand in dieser Familie, denkt Sabrina noch, bevor sie zu ihm eilt und diese eine Zehntelsekunde zu spät kommt. Ludwig klappt über seinem Gefährt zusammen, prallt mit der Stirn ans Fenster und schlägt sich irgendwo die Lippe auf. Lisa schreit wie am Spieß, aus dem Augenwinkel nimmt Sabrina wahr, wie Linus, ihr altersweiser Fünfjähriger, sie instinktiv aus dem Verkehr zieht und besänftigt, und Leif, dem sie eine kindgerechtere Kindheit wünschen würde, hilft ihr mit dem Opa, der wie ein Sack am Boden liegt und wimmert und auf einmal kein klares Wort mehr herauszubringen vermag.

Behelfsmäßig hieven sie ihn wieder in seinen Sessel, dort überlässt ihn Sabrina seinem Schicksal, soll er endlich verrecken an seiner Wut, und kümmert sich um ihre Kinder, deren Leben sich unter der Knute dieses Berserkers vollzieht. Dann schließt sie diesen Gedanken wieder weg, weil sie sonst zum Heulen auf den Dachboden steigen müsste, und das geht jetzt grad nicht, da ist es dieser Tage außerdem viel zu heiß für so was.

Zurück bleiben Fettflecken am Glas, die bis morgen warten können, und Linus weist sie mit einer bemerkenswerten Abgeklärtheit darauf hin, dass er doch erst den Rollator repariert hat, und jetzt ist da schon wieder was abgebrochen.

Am frühen Abend, als Magnus seinen Vater ins Bett gebracht und seine Schwester Elisabeth zum außerplanmäßigen Nachtdienst einberufen hat, sitzt Sabrina mit einem Bier auf der Bank und hebt nur noch lakonisch eine Hand, als Hanna und Maria herüberwinken. Die eine geht, die andere bleibt. Die Umarmung sieht innig aus, und das würde Sabrina den beiden wirklich gönnen, der ganze Erbscheiß kann ihr gestohlen bleiben. Maria steigt in ihren Flitzer und fährt den Kirchberg hinunter.

Als ein anderes schickes Auto die Straße heraufkommt, haben sich Elisabeth und Magnus mit auf die Bank gesellt, und um ihre Füße herum sammelt sich Leergut. Sieh an, unser Italiener. Herausgeputzt wie zum Kirchgang. Der kapiert's in diesem Leben auch nicht mehr. Sie grüßen freundlich hinüber.

*

Hanna ist barfuß und trägt ein tief ausgeschnittenes Kleid mit Puffärmeln. Patrizio wackelt mit einer eisgekühlten Flasche Ramazzotti. Hallo Hausbesitzerin.

Hanna lässt ihn eintreten, ciao bello, hat sich das schon rumgesprochen?

Wer denn sonst.

Er fühlt die Feuchtigkeit auf ihrer Haut, als sie sich Wangenküsschen geben, und folgt ihr in den Garten.

Hast du keinen Schattenplatz?

Schatten. Ich sing das Hohelied auf den Klimawandel. Jetzt kann ich hier sitzen und glauben, ich wär in Rom.

Jeder anständige Römer würde sich sofort einen Schattenplatz suchen.

Hanna greift zwei Sitzkissen und die Tischdecke und scheucht Patrizio quer durch den Garten unter den Nussbaum. Stuttgart ist ein Hexenkessel, und Mailand ist noch schlimmer.

Hanna bereitet ihnen ein Lager, auf dem er sich im Schatten an den Stamm lehnen kann, ist in Berlin nicht anders, sie geht noch einmal hinein und kehrt mit Gläsern und Löffeln, mit Eiswürfeln und einem großen Glas eingemachter Kirschen zurück. Über die Eiswürfeltüte ist eine braune Flüssigkeit ausgelaufen. Vielleicht sind die auch schon zehn Jahre da drin, meint sie entschuldigend. Er schlüpft aus den Schuhen und fläzt sich auf das Tuch.

Die Agentur ist klimatisiert, ich geh früh hin und spät heim.

Und ich hab in weiser Voraussicht Urlaub in England gebucht, siehste mal.

Wo geht's hin?

Brighton.

Allein?

Hanna schüttelt den Kopf. Er spürt, wie seine linke Augenbraue in die Höhe wandert, er sieht Hanna an mit ihrer verschwitzten Gianna-Nannini-Frisur, nicht gerade ein Ausbund an Weiblichkeit, aber vielleicht sind es die Puffärmel, er erinnert sich an ihr Blumenmädchenkostüm und das, was folgte.

Wie geht es dir?

Scho' recht. Sie zuckt mit den Schultern.

Und wie geht es dir wirklich?

Wie soll's schon gehen. Ein tapferes Grinsen, das Melancholie und Trauer schlecht verbirgt. Schon okay. Das mit der Oma, das geht voll in Ordnung. Die hatte ihr Leben gelebt. Mir tut's leid, dass ich nicht öfter da war, aber du weißt ja, wie's ist. Mit meiner Mutter alles wie immer, eher besser. Hanna zupft das trockene Gras um ihre Knie aus, und ihm fällt auf, wie knochig ihre Handgelenke aussehen, auf ihrem Dekolleté zeichnen sich die Rippenbögen ab. Ach, und ich bin da in was hineingeraten. Sie lässt den Satz versanden, schüttelt den Kopf. Ich wollte diesen Sommer über hier arbeiten, aber ohne die Oma ist das witzlos. Siehst du, jetzt ist Halbzeit, im November werd ich vierzig, und alle gehen fort von mir.

Patrizio hat einen sehr kalten Eiswürfel auf der Zunge liegen, der ihn davon abhält zu sagen, dass aber er doch noch da sei.

Die zweite Spielzeit spiel ich alleine.

Deine Mutter?

Bullshit. Klar, die gibt es, irgendwo da draußen, Hanna kreist vage mit dem Arm. Jetzt, wo die Oma tot ist, gibt es sie noch viel weniger.

Kann doch auch ein neuer Anfang sein. Zweite Spielzeit. Worüber habt ihr denn geredet?

Hannas Blick ist wie eine Schranke. Scusa. Er leert seinen Ramazzotti auf einen Zug und fühlt den Alkohol in die Beine sacken, er hat das Mittagessen ausfallen lassen. Und bevor er sich's versieht, stellt er die nächste heikle Frage, was ist denn mit deinem Vater?

Weiß nicht. Nichts als Vermutungen. Ich hab mal überlegt, ob ich die Info einklagen soll, aber wer verklagt schon die eigene Mutter. Wenn das überhaupt geht. Sie behauptet ja steif und fest, Vater unbekannt.

Hanna füllt die Gläser wieder. Die Oma hat sich mal verplappert, dass sie glaubt, es sei jemand aus dem Dorf. Der müsste ja etwa fünfundzwanzig Jahre älter sein als ich. Ich bin in Gedanken durchgegangen, wer infrage kommen könnte, aber ich kenn die Leute hier in dem Alter nicht, bloß unsere Jahrgänge und die ganz Alten. Ich glaub, die Mama war zufrieden damit, nichts zu erben, Hauptsache, es stand dazu nichts im Testament. Die ist erleichtert, dass sie sich um nichts kümmern muss. Oder es war jemand aus München. Oder ein One-Night-Stand, irgendwo in der Welt, die ist als Stewardess ja herumgekommen. Da kannst du lange suchen. Und womöglich lügt sie gar nicht. Ganz dumm und ganz hässlich kann er nicht gewesen sein, es hätte schlimmer kommen können.

Hast du sie denn nie gegrillt?

Selten. Dieser Tage zum Beispiel nicht, ich hab grad echt andere Probleme. In der Pubertät schon. Das hat mich aber nicht immer gleich stark umgetrieben, und stell dir das mal vor, da kommt eine Mutter, die du ein-, zweimal im Jahr für ein paar Tage siehst, die du gar nicht recht kennst, da gibt es dunkelrot markierte No-Go-Areas. Die respektierst du. Sie hat gesagt, sie weiß nicht, wer mein Vater ist, Punkt. Und ich hab mir Geschichten ausgedacht, erfundene Biographien, gute Gründe, warum er unbedingt nicht hier sein konnte. Als ich Pippi Langstrumpf las, war mein Vater Negerkönig. Später war ich Momo und Oliver Twist, da war der Vater tot und meine Mutter gleich mit. Als Flying Doctors im Fernsehen lief, lebte mein Vater als Arzt im australischen Busch, er konnte Entwicklungshelfer in Afrika sein, Wüstenforscher, Abenteurer, es gab so viele Erklärungen, warum er für sein Kind nicht da sein konnte, und er sah immer toll aus. Noch später war er Kriegsfotograf wie Capa, und ich war Gerda Taro, und wir arbeiteten Seite an Seite im Feld. Ich saß da unter meinem Fliederbusch, Hanna deutet zum Hang hin, und ein wenig Ramazzotti schwappt über den Glasrand, und sah ihn auf dem Floß unten im Bach vorbeifahren, sein Flugzeug war ein gelber Doppeldecker und flog in einer sanften Kurve durchs Tal, ich konnte das Knattern der Rotoren hören. Ich konnte es wirklich hören.

Von den Leuten, die ihre innere Welt bevölkern, hat Patrizio noch nie was gehört.

Hanna schlägt die Beine andersherum übereinander und blickt auf ihre Zehen, als sie weiterredet. Ich kannte es doch nicht anders, als von meinen Großeltern aufgezogen zu werden. Erst einmal findet man selbst die Situation ja normal. Es sind die anderen, die dich nicht normal finden und dich das spüren lassen. Es sind die anderen Kinder, die dich gnadenlos darauf stoßen, dass die Versionen deiner Vatergeschichte nicht deckungsgleich sind, ihr wart das alle, die mich verhöhnten. Du im Übrigen auch.

Er hatte gedacht, sie würden hier einen Sommerabend lang chillig im Garten abhängen. Er berührt Hannas nackte Wade mit der Fingerspitze, es tut mir leid.

L'enfer, c'est les autres.

Was? Schwätz deutsch.

Die Hölle sind immer die anderen. Sartre.

Nie gehört. Und noch nie gebraucht.

Die Blicke der anderen, die dich in Zweifel stürzen. In der Wahrnehmung deiner selbst durch die anderen tritt eine Perspektive hinzu, eine oder eher aber mehrere, die dich alle infrage stellen. Und die anderen sind ja schon rein zahlenmäßig eine bedrohliche Übermacht.

Schon verstanden. So ungefähr. Ihrem Studiertengewäsch kann er nie ganz folgen.

Menschen leiden darunter, dass ihre essentiellen Bedürfnisse enttäuscht werden. Das ist ein Begriff von Hölle. Du wirst anders wahrgenommen, als du dich selbst siehst, und damit wird deine eigene Wahrnehmung unzuverlässig. Der Verlust deiner subjektiven Einzigartigkeit in der Negation durch den anderen. Der Verlust deiner Identität. Auf einmal wanderst du auf dünnem Eis. Nichts ist mehr sicher. Das heißt, mein Bild von mir verwischt. Und mein Bild von mir ist doch zugleich das Vertrauen in mein Bild von mir, mein Vertrauen in mich selbst. Auf einmal nehmen sie dir dein Selbstvertrauen. Vielleicht bin ich deshalb kein besonders sozialer Mensch. Irgendwann redest du nicht mehr davon, mit niemandem. Irgendwann machst du den Sack zu.

Die letzten paar Sätze konnte er ihr wieder folgen. Während sie redete, streifte ihr Blick unbestimmt übers Tal, jetzt sieht sie ihn direkt an, sehr konkret, trotzig, so aggressiv, als wolle sie ihn am Kragen packen und gegen die Wand klatschen. Der Ramazzotti schnorrt ihm auf der Zunge zusammen.

Und was macht man dann?

Heraustreten und von außen betrachten. Geistesarbeit. Parallelwelten. Alternative Universen, versunkene Orte, vergangene Zeiten. Bücher.

Ich hab übrigens den Paziente Inglese irgendwann mal gelesen.

Echt? Und?

Beim ersten Mal hab ich nix kapiert, war mir alles zu

hoch. Dann hab ich das Buch später nochmal gelesen. Ich glaub, ich hab alles verstanden, aber warum man das so kompliziert machen muss, leuchtet mir nicht ein. Ist lange her, ich weiß es nicht mehr so recht.

Das ist doch der Clou an der ganzen Sache. Ist ja witzig. Ich hab's erst vor kurzem wieder gelesen. Fand's immer noch gut. Sie rupft wieder Gras, ich weiß genau, dass das nix wird, aber ich komm nicht von ihm los.

Bevor er einhaken kann, macht sie eine abrupte Volte, die Oma wünschte mir, ich möge meinen Frieden damit machen, und das ist mir im Großen und Ganzen gelungen. Andere Väter prügeln, andere sterben, ich kenn den meinen halt nicht. Manches muss man abschließen. Keiner von uns kommt ohne Kratzer im Lack durchs Leben.

Er will sie in den Arm nehmen. Er will ihr Spaghetti kochen. Er betäubt sie mit Ramazzotti.

Der Witz ist ja, diese Kindheit war doch eigentlich glücklich. Oder hätte es sein können. Meine Großeltern waren liebevoll, kennst sie ja. Aber es fühlt sich nicht so an in der Erinnerung. Du verzehrst dich immer nach dem, was fehlt. Du wirst nie satt an dem, was da ist. Und du erinnerst die Schmähungen lebendiger als die Liebe, es ist absurd. Wir brauchen Schälchen.

Hanna steht auf und hastet nach drinnen, aus der Bewegung ihrer Ellbogen liest Patrizio, dass sie sich Tränen aus den Augen wischt. Sie kommt lang nicht zurück, und er traut sich nicht, ihr nachzulaufen. Als sie wieder aus dem Flur tritt, hat sie sich trotz der Hitze eine Bluse übergezogen und verbreitet Geschäftigkeit, reicht ihm Schälchen, Löffel, öffnet die Klammer am Kirschenglas. Kriesi steht in der Altmenschenschrift von Katharina auf dem Etikett. Darunter

2010 und in der letzten Zeile E 3. Sterbetag. Zittrig umrahmt. Ein Sternchen. Katharina, die Kirschen einkocht und allein um ihren Erich trauert, während Hanna und Maria in der Weltgeschichte herumjetten und etwas Unbestimmtem nachjagen. Hanna streicht mit dem Daumen ganz langsam über den Aufkleber. Früher hat der Opa die Gläser beschriftet, sagt sie, er hatte eine ganz zierliche Schrift und hat immer die Etiketten halbiert, dabei war der gar kein Schwabe, und dann weint sie doch.

Du hast mich doch damals gefragt, ob meine Leut vom Krieg erzählen, sagt er, nachdem Hanna nochmal nach drinnen ging, schnäuzen, Gesicht waschen. Sie nickt.

Hast du denn mit deinen über den Krieg geredet?

Sie hält das Kirschenglas in den Händen und schüttelt den Kopf. Ich hab das erst ewig nicht geschnallt, also nicht richtig durchstiegen, dass der Opa ja voll Wehrmachtsgeneration gewesen ist. War ja keiner, der alte Soldatengeschichten vom Stapel gelassen hätte. Und als ich mich dahinterklemmen wollte, hab ich die richtige Gelegenheit so lang verpasst, bis es zu spät war. Ich hab zu Ostern hier nachgesehen, ob ich unter seinen Sachen was aus der Kriegszeit finde, aber da war nichts.

Die sind bei mir.

Wie, bei dir?

Dein Opa hat mir seine Unterlagen aus der Zeit in Italien gegeben.

Aber wieso das denn?

Das war der Sommer, bevor du nach Rom gingst. Als du besonders schlau dahergeschwätzt hast und von mir nichts mehr wissen wolltest. Als die Ausländer bei euch gewohnt haben, die vor dem Bosnienkrieg geflüchtet waren. Da hast du mich gefragt, ob wir daheim über den Krieg reden. Tun wir nicht, aber ich bin dann mal zu deinem Opa gegangen und hab den gefragt.

Das hat der nie erwähnt.

Der hat mir vom Krieg erzählt. Also bestimmt nicht alles, paar Sachen halt, die er erlebt hat da unten.

Ich weiß gar nicht genau, wo der war.

Der war am Schluss bei uns in der Nähe. Schlacht von Monte Cassino.

Da waren wir doch, als ich dich besucht habe. Das hab ich dem erzählt! Keinen Mucks hat er gemacht.

Der ist dort von den Engländern gefangen genommen worden. Genau genommen hat er mehr über seine Zeit in England erzählt als über den Krieg.

Wundert mich nicht.

Die Polen, die dort mit den Engländern gekämpft haben, hatten einen Bären, der ihnen die Munition übers Schlacht-feld trug. Über die Kämpfe hat er so gut wie nichts erzählt, da versagte ihm immer die Stimme. Die Kunst war ihm ganz wichtig, darauf ist er immer wieder zurückgekommen, dass die Deutschen die Kunst in Sicherheit gebracht haben. Er kam einige Male zu uns in die Pizzeria, er allein, es war, als warte er darauf, dass irgendwas passiert. Dann hat er mir das Klavier geschenkt und ist danach nie mehr in die Wirt-schaft gekommen.

Welches Klavier?

Na, welches wohl, das da oben.

Unser Klavier?

Genau genommen ist das schon seit zwanzig Jahren meins.

Aber du hast es nie geholt.

Bei uns gab's ja keinen Platz dafür. Und ich hab zu der Zeit schon auf den Hochzeiten gespielt, hatte ein Keyboard, damit war mein Bedarf gedeckt. Dann bin ich nach Mailand gegangen, später nach Stuttgart, da hätte ich's fast mal bringen lassen, dann flog ich aber aus meiner Wohnung raus, und irgendwann dachte ich, es steht hier gar nicht schlecht. Es war, als hätte ich hier noch einen Fuß in der Tür. Eine Verbindung.

Schöner Gedanke, sagt sie.

Ich bin immer gern hierhergekommen zum Spielen.

Wusstest du, dass ich im Stiegenaufgang saß und dir zuhörte?

Klar, wusste ich das. Meine Fankurve.

Sie lacht. Immer noch.

Sie blickt ihn an, da klingelt sein verdammtes Handy, die Beats der Achtziger, die verdammte Gianna Nannini krakeelt in die warme Mittsommernacht, ti telefono o no, ti telefono o no, meine Laune ist im Keller, es muss sich zeigen, wer gewinnt. Der Song erstirbt, nun krakeelt Hanna weiter in die Nacht, questo amore è una lama sottile, è una scena al rallentatore, er fühlt die feine Klinge, fühlt sie scharf unter der Haut, und sie beide wissen, wissen genau, welche Verse das Lied noch bereithält, ich möchte dich berühren, aber je näher ich dir komme, umso weniger weiß ich, wer du bist. Die Nacht ist voller Möglichkeiten, da setzt derselbe peinliche Beat von Fotoromanza wieder ein. Er kramt in seiner Hosentasche und drückt den Anruf weg, das wird nix bringen, sagt Hanna, geh doch ran. Tatsächlich klingelt es ein drittes Mal, und jetzt hat er natürlich verschissen. Als er zurückkommt aus seiner Ecke im Garten, fragt Hanna, wie heißt sie?

Steffi, sagt er und registriert den genervten Unterton in

der eigenen Stimme. Er macht sein Handy aus. Ein paar lange Sekunden sagt keiner was. Und, läuft's mit Steffi?

Was machst du denn jetzt mit dem Haus?

Ich weiß es nicht. Ich will es nicht verkaufen, ich will es eigentlich aber auch nicht haben. Und da sind so viele Geschichten damit verbunden. Dein Klavier. In der Scheune steht noch mein rotes Kinderfahrrad. Ich könnte dir die Geschichte meines Lebens erzählen entlang der Dinge in diesem Haus. Am Gebäude muss man so viel richten, das Kapital hab ich gar nicht.

Da könnte man schon was draus machen.

Du vielleicht.

Ich kann mir das nicht vorstellen, Doppelgarage, Jägerzaun, gewundenes Herz an der Haustür.

Es kann ja auch ein geiles Loft hoch über Stuttgart sein oder eine coole Altbauwohnung mit knarzenden Dielen und Stuck an der Decke. Schreibt dir keiner vor, wie dein Glück aussehen muss.

Die Steffi schon.

Dann ist sie nicht die Richtige für dich.

Wohl wahr, denkt er, sie ist der Spatz in der Hand, und bald wird sie ihm auch noch auf die Handfläche scheißen, wenn er nicht aufpasst.

Jetzt mach die mal auf, sagt sie, die tun's nicht noch zehn Jahre. Und Obacht, dass die Lasche nicht abreißt. Er presst seinen Daumen ganz dicht am Glasrand in den spröden Gummiring. Ein leises kurzes Pffft. Hanna formuliert das Wort andächtig und als ob sie ein Aroma einsöge: Pfuuzge.

Was?

Mir fallen dieser Tage so viele Wörter von früher wieder ein, die ich total vergessen hatte.

Zum Beispiel?

Es pfuuzget. Wie sagt man dazu auf Hochdeutsch, wenn du den Gummi rausziehst und die Luft entweicht?

Es zischt.

Das war kein Zischen. Für ein Zischen war es zu dumpf, nicht spritzig genug. Ein Kronkorken zischt, ein Weckglas nicht.

Pfeifen.

Das ist schon gar kein Pfeifen.

Fauchen.

Nur der Tiger in dir.

Furzt.

Sie grinst, ha ja. Furzen noch am ehesten. Sie lehnen sich gegen den Zaun und nehmen das Glas in ihre Mitte, löffeln abwechselnd und werfen die Kerne über den Hang nach unten.

Nach einem Wurf hebt Hanna triumphierend ihren kleinen Finger, hast du gehört?

Nö.

Ich hab die Straße getroffen.

Das hört man nicht.

Doch, aber hallo, ganz bestimmt, und tatsächlich, ein einzelnes, fast unhörbares Aufprallen auf dem Asphalt wie Regentropfen. Abwechselnd schleudern sie Kirschkerne über ihre Köpfe und versuchen, die Straße zu erreichen, und als er sagt, vielleicht nachtwandelt ja der Ludwig gerade da unten umher, steckt sich Hanna drei Kirschen auf einmal in den Mund, steht unvermittelt auf und nimmt den Glasdeckel und schleudert ihn über den Zaun. Er umgreift entsetzt ihre Knie, ma sei matta!, doch zu spät, sie hören den Deckel zerschellen. Hanna schwankt und fällt über Patrizios ausgestreckte Beine ins Gras. Lachend auf dem Boden liegend, sagt sie, der Ludwig hat so einen harten Schädel, da wär eher das Glas kaputtgegangen.

Sei proprio matta.

Hanna blickt in den dunkelnden Himmel, an dem schon ein praller Mond hängt, die Sterne aber erst zu erahnen sind.

Ins Blaudämmernde hinein sagt sie, weißt du, die Oma hatte doch einen schönen Tod. Das hat sie sich immer gewünscht. Kein Siechtum, bei klarem Verstand. So möchte ich auch mal sterben können: voll aus dem Leben heraus. Gehste runter inne Rapunzeln und stirbst an zu viel frischer Luft.

Sie bleibt im Gras liegen, die Augen geschlossen. Er fragt sich, ob sie still weint oder eingeschlafen ist, er berührt sie ganz leicht an der Hüfte, hast du denn dein Glück gefunden?

Sie liegt flach im Gras und bläst die Backen auf. Es dauert lange, bis sie antwortet, wo soll ich das je gefunden haben.

Er wartet ab.

Ich glaub, die Letzte mit dem Glücksgen bei uns, das war die Oma.

Er hat seine Hand auf ihrem Schenkel liegen, und sie zieht nicht weg.

Vielleicht sollte ich doch das Haus beziehen und den Garten bewirtschaften und Selbstversorger werden.

Das hier würde dich auch nicht glücklich machen. Sie zuckt die Schultern und saugt den letzten Tropfen Ramazotti aus der Flasche. Aber ich dachte immer, die Wissenschaft, das wär genau deins?

Ich hab ein Spiel gelernt, und nur eines, und mir dann die

Regeln geändert. Schau dich an, Patrizio, du bist erzerfolg-reich, und ich krebse da herum und hab meine Habil immer noch nicht fertig.

Nur eine Frage der Zeit.

Viel Zeit bleibt mir nicht mehr.

Wie meinst du das?

Da ist der akademische Betrieb gnadenlos, wenn du das in einer bestimmten Anzahl von Jahren nicht schaffst, bist du weg vom Fenster.

Wo hakt es?

Wissen nur die Götter. Na ja, in letzter Zeit bin ich einfach nicht fit, ich hab dauernd Kopfweh, ich vergess einen Hau-fen Zeug.

Du hast auch abgenommen.

Ich weiß. Das kommt vom Stress. Ich bin zu viel unter-wegs. Die Flughäfen und Hotels, die modernen Hörsäle, die sich alle gleichen, ich lebe wie in einer Blase. Mir ist alles zu viel.

Sie zögert. Da ist eine Männergeschichte im Busch, er ist ja nicht dumm.

Ich hab Ärger mit der Wohnung in Berlin, sagt sie, der Piet will mich raushaben. Aber vielleicht kann ich es so lang rauszögern, dass ich nicht vor Amerika noch umziehen muss, und dann die Sachen hier einlagern, bis ich zurück-komme.

Du gehst nach Amerika? Er zieht seine Hand an sich.

Sie nickt und grinst, stolz wie Oskar, und da ist sie doch wieder im Reinen mit ihrem Leben. Die geht ihren Weg und schert sich nicht darum, wer rechts und links am Rand steht und sie vermisst. Für einen kurzen Moment hat er sich schon mit Steffi Schluss machen sehen.

Ich hab ein Stipendium, ab dem nächsten Sommer, um nach Harvard zu gehen. Bis dahin muss aber die Habil fertig sein.

Das schaffst du. Glückwunsch! Ich besuch dich dann.

Es klingt vielleicht ein bisschen lahm.

Cretino, Allerweltsbachel, Vollidiot, das ist das Allerletzte, was du willst.

Über ihnen beginnt die Turmglocke zu schlagen. Hanna fasst ihn abrupt am Handgelenk. Lass uns nach Italien fahren, Patrizio, bevor ich in die USA gehe.

Was?

Du wolltest mir doch immer mal Mailand zeigen. Und ich will nochmal nach Venedig, bevor ich da rübergehe. Ein Abschiedsbesuch. Und Florenz können wir auch noch mitnehmen, und auf der Rückfahrt schlagen wir uns in Bologna die Bäuche voll. Lass uns nächstes Frühjahr zusammen runterfahren, komm schon, Patrizio, nächstes Jahr um diese Zeit in Italien, nur wir beide.

Er war schon einmal mit ihr in Italien. Und als er sie am liebsten mit nach Mailand genommen hätte, ging sie ohne ihn nach Rom. Und wenn es ganz toll würde mit ihr in Italien, dann ginge sie ein paar Wochen später in die USA, und er stünde wieder da wie ein Hanswurst. Er muss rauskommen aus der Nummer, aber er bringt es nicht übers Herz, nein zu sagen.

Also hört er sich sprechen, dann meld dich doch, und wir schauen mal nach einem Termin, oder komm mal nach Stuttgart zu mir.

Mach ich, sagt sie und steht auf. Komm, lass uns baden gehen.

Spinnst du?

Doch, runter zum Bach. Heut ist Johannisnacht. Man nimmt ein Bad in einem Fluss oder einem See zu Johanni.

Wozu?

Johannistau gibt Kraft und Segen, schützt vor Krankheit. Du darfst aber nicht reden dabei.

Woher weißt du solche Sachen?

Theologie der Opa, Volksglaube die Oma. Komm schon, Patrizio, so komm, Hannas Hand klebt von Kirschsaft oder Ramazotti.

Sie steigen über den Fußweg zum Unterberg und gehen an der Mühle vorbei, barfuß durchs hochstehende Gras und zum Bach.

Hanna zieht sich das Kleid über den Kopf, ihre Haut schimmert in der Dunkelheit.

Kommst du nicht ins Wasser?

Er setzt sich im Schneidersitz auf den Steg. Durchs Tal weht kühlere Luft heran. Schweigend betrachtet er Hanna, die still die Böschung hinab ins seichte Bachbett steigt und sich benetzt. Um zu einer tieferen Stelle zu gelangen, entfernt sie sich von ihm. Er sieht den Saum ihrer Unterhose unter der Oberfläche verschwinden, das Wasser erreicht ihre Rippen, Hanna lässt sich auf die Knie nieder und taucht unter.

RAKETE

Patrizio hat sich ein Poster über den Schreibtisch gehängt. Es zeigt den Start einer Rakete, am rechten Bildrand hält eine Digitalanzeige die Sekunde 08 fest. Im Vordergrund eine lose verstreute Gruppe von Malern an ihren Staffeleien, sie tragen Kleidung und Brillen und Haarschnitte aus anderen Tagen. All ihre Gemälde zeigen dasselbe Motiv: die soeben gestartete Rakete mit ihrer großen Dampfwolke, exakt so, wie sie am Himmel jenseits des Flusses und der Büsche zu sehen ist, acht Sekunden nach ihrem Start. Einer der Maler setzt gerade den letzten Pinselstrich, ein anderer hält sich denkend das Kinn, eine junge Frau räkelt sich im Gras, als sei sie schon lange fertig.

Patrizio hat handschriftlich etwas auf den Rand des Blattes gekritzelt. Sie legt ihren Zeigefinger darauf und stupst ihn an. Fragend blickt Patrizio zu ihr auf, sie tippt mit der Fingerspitze auf die Worte. Patrizio sagt aus dem Gedächtnis auf: Der Maler verfügt nur über einen Augenblick und darf daher ebenso wenig zwei Augenblicke gestalten wie zwei Handlungen. Denis Diderot. Irrtum. Patrizio Bracaglia. Bracaglia grinst sie an. Sie lässt die Worte wirken und betrachtet all die Raketendoppelgänger. Sie blickt Patrizio über die Schulter, er zeichnet an einem großen Raum, in dem am linken Bildrand die kleinen, münzbetriebenen Kochstellen der sich drängenden Gastarbeiter zu sehen

sind. Diese rudimentäre Küche geht über in eine Arbeits-
platte aus Marmor, die an einen Holzofen stößt, in den
Patrizios Vater gerade Pizzen einschießt. Der Blick wandert
weiter, im Vordergrund steht ein Tisch, halb Restaurant,
halb Privatwohnung, sie selbst sitzt daran. Am rechten
Rand schließt die Dachschräge der verwinkelten Küche
hier im Haus den Raum ab, Patrizio steht am Herd und lässt
Spaghetti aus der Faust ins sprudelnde Wasser gleiten.

Tagelang zeichnet er konzentriert an einem Panorama. Ein
großer Bogen, doppelt so groß wie sein gewohntes Papier.
Das zielstrebige, unablenkbare Arbeiten dessen, der auf eine
Goldader gestoßen ist. Der weiß, was er tut und wo er hin-
will, und das tut er, und dorthin geht er. Zwei Tage bleibt die
Küche kalt. Sie isst mit Daphne im Gasthaus, und er arbeitet
weiter. Abends liegt sie schon im Bett, da arbeitet er immer
noch. Morgens, wenn sie früher auf den Beinen ist als er, findet sie die Zeichnung auf den Bauch gelegt. Normalerweise
zeigt er ihr bereitwillig seine Arbeiten in unterschiedlichsten
Stadien. Zwei Tage nacheinander steht sie in der winterlichen
Morgennacht an seinem Tisch und widersteht der Versu-
chung. Es wäre, als läse sie im Tagebuch des anderen.

Schließlich zeigt er es ihr. Ein Wimmelbild. Es sind die Umrisse Europas zu sehen. Ein Panorama der italienischen Emigration über den ganzen Kontinent hinweg und aus Europa
hinaus. In Stuttgart, unter dem Turm mit dem Mercedes-
Stern, steigt ein Mann, den sie erkennt, mit einem Koffer aus
dem Zug. Die Textilfabriken im Neckartal. Kohlekumpel im
Ruhrgebiet, Eisdielen und Pizzerien. Gewitzte Einsprengsel:
Kapuzenträger beim Italienerwochenende auf dem Okto-

berfest. Ein BMW Cabrio mit Münchner Kennzeichen am Gardasee. Von Südtirol am Bodensee entlang nach Ravensburg sieht Hanna die Schwabenkinder wandern, Jahrhundert um Jahrhundert. Fußgänger in unzureichender Kleidung überwinden Alpenpässe, alte Dampfloks und der Cisalpino durchqueren auf denselben Gleisen die Schweiz. Die Gräben und Bunker des Ersten Weltkriegs durchziehen die Dolomiten, Erich mit Stahlhelm hockt wie ein Eremit auf den Ruinen von Monte Cassino. Durch Großbritannien arbeiten sich die Auswanderer des neunzehnten Jahrhunderts mit ihren Gipsfiguren in Kraxen immer weiter nach Norden. Die Kapelle der italienischen Kriegsgefangenen auf einer der Orkney-Inseln. Ein Transatlantikdampfer hat gerade die Meerenge von Gibraltar durchfahren und macht sich auf die lange Passage nach Argentinien. Das hoheitliche Hin und Her in den Grenzgebieten zu Frankreich wie zu Österreich und Slowenien. Eine Rakete steigt über Sizilien auf, ihr Dampf vermischt sich mit den Wolken des Ätna, und in der rechten unteren Ecke des großen Blattes sieht man Patrizio sitzen vor einer Staffelei, die das Bild mit der Rakete zeigt.

Die Landkarte einer kollektiven Erinnerung. Eine Kartographie unsichtbarer Spuren. Die Bewegungen so vieler Menschen über den Kontinent. Der Eindruck selbst ist längst verwischt, der Dampf von Eisenbahn und Rakete verdunstet. Ein Teil seines Clans hat sich hier, ein anderer in Glasgow etabliert, aber die Wege, die dorthin führten, sind erloschen. Das Gras hat sich wieder aufgerichtet. Und trotzdem haben sie, alle miteinander, den Kontinent verändert. Hanna richtet sich schon wieder auf, da sieht sie noch einmal genauer hin und erkennt die kenternde Jolle voller Menschen vor Sizilien.

FEDERKLEID

Man kann ohne Worte nicht diskutieren, aber man kann stur dagegenhalten. Patrizio will zur Fasnacht. Hanna will nicht zur Fasnacht. Sie haben vor zehn Jahren Fasnacht zusammen gefeiert, besser wird's nicht mehr. Sie fühlt sich wohl hier auf ihrer Insel, wahrscheinlich verfolgen die Leute ihre Gänge durchs Dorf, aber sie kann so tun, als merke sie das nicht, und sie will nicht mit ihnen Fasnacht feiern. Alle wissen, alle gucken. Und was gäbe es für eine Figur, in die sie schlüpfen könnte. Soll sie als Kaspar Hauser gehen. Soll sie sich ein Nemo-Kostüm kaufen und als Stummfisch herumschwimmen. Sie führen eine einseitige Diskussion, Patrizio erhitzt sich, Mensch, mach dich locker, einfach nur feiern, ballare, die Freude am Leben. Schön und gut, sie will trotzdem nicht, wird immer trotziger, bockig wider ihren Willen, sie will doch nur ihre entspannte Ruhe haben. Jetzt ist er einmal wieder da, zur Fasnachtszeit, jetzt kann man einmal ein bisschen Spaß haben hier, und sie stellt sich dumm an. Kann er ja da hingehen, wo keiner Fasnacht feiert, zum Stuttgarter Pietkong, ruft's und macht einen theatralischen Abgang.

Sie lässt sich auf die Eckbank kippen und dreht sich auf den Rücken. Zu viel Drama hier.

Nach einiger Zeit hört sie Schritte auf der Treppe. Also doch nicht zum Pietkong.

Stress? Daphnes Stimme.

Hanna dreht sich auf die Seite und richtet sich wieder auf.

Ich hab's unten gehört. Und ich glaube verstanden zu haben, was deine Position ist. Kann ich mir 'nen Kaffee machen? Hanna weist einladend zur Maschine. Magste auch einen? Sie schnalzt. Nach all den winterlichen Kochabenden, Silvester, Kaffeerunden kennt Daphne sich in der Kommunardenküche aus. Schleck? Hanna schnalzt erneut, und Daphne stellt Brot, Butter, Marmelade auf den Tisch. Hanna lässt sich von Daphne ihr Brot buttern und in Streifen schneiden, sie streut eine dicke Schicht Zucker drüber.

Der würd halt arg gern mit dir feiern. Ich geh hin, Sabrina und Magnus auch, aber der will halt, dass du mit von der Partie bist. Sie rührt in ihrem Kaffee. Die Milch flockt ein bisschen aus. Vielleicht kannst du's ja ihm zuliebe tun. Vielleicht wird's ja richtig nett. Ehrlich gesagt, ich glaub, da schert sich keine Sau um dich. Daphne beißt so tief in ihr Marmeladenbrot, dass sich rechts und links rote Himbeerspuren auf ihre Wangen setzen, und sagt schielend, mit vollem Mund, man muss sich nicht immer so wichtig nehmen.

Was anderes, als sich wichtig zu nehmen, ist ihr kaum geblieben, aber sie lässt sich zur Fasnachtskiste locken. Katharinas altes Nachthemd, einen Moment lang zieht sie in Betracht, ob sie diese Nummer neu auflegen soll. Tempi passati. Sie setzt sich die Pippi-Langstrumpf-Perücke auf und erinnert sich sofort daran, wie einem der Kopf darunter juckte. Die grellen Klamotten ihrer Mutter aus den Sechzigern, die ihr beim Ausmisten in die Finger gekommen waren. Die bunt gemusterte Schlaghose passt, es findet sich eine Federboa, und Daphne erwähnt das Geburtstagsgeschenk, die Glitzersonnenbrille, die irgendwo oben herumliegt, unter dem Trumm erkennt dich dann eh keiner mehr.

Sie machen ein Selfie, das Daphne an Patrizio schickt, wieder allein, versucht Hanna eine Sprachnachricht für ihn aufzunehmen, sie sieht die Sekunden in der Anzeige rennen und sagt schließlich nur scusa, verzeih. Die Nachricht geht raus zu ihm, der nach Stuttgart gefahren ist oder vielleicht auch nur zu Loredana.

Sabrina und Magnus im Geschlechterrollentausch als Ritter und Prinzessin, Magnus stellt eine unfassbar tuntige Seite zur Schau, es ist allerdings herrlich zu sehen, wie die rosafarbene Glitzerprinzessin sehr hemdsärmlig die Zwölfjährigen vor der Tür zusammenstaucht, die rauchen und sich von irgendwoher Bier besorgt haben. Patrizio steckt in Erichs alten Holzfällerklamotten, und Daphne fiept sich als Marsmännchen durch den Abend, nicht von dieser Welt. Sie haben einen guten Blick auf die Bühne und das Varietéprogramm, das die Vereine zusammengestellt haben, der Zaubertrank hatte immer Schorle weiß-sauer geheißen, nur noch Apfelschorle für Hanna. Immer, wenn sie sich angeschaut fühlt, setzt sie die Brille auf und entrückt sich der Dinge. Mit Patrizio tanzt sie Stehblues auf jeden erdenklichen Beat. Als sich die Polonaise auf den Weg macht, bleibt sie allein zurück. Die Schlange windet sich durch die Tischreihen und um sie herum. Durch den Raum zwischen zwei Leibern sieht sie ihre Mutter in die Tür treten. Hält sie erst für eine Erscheinung, trinkt einen Schluck, und Maria steht immer noch da.

Sie hat sie erst in einem Monat erwartet.

Hanna steht auf und geht ihr entgegen, so weit sie kommt,

bevor ihr die wogende, johlende Reihe Feiernder den Weg
versperrt. Sie stehen sich gegenüber, Maria ist ganz in
Schwarz gekleidet, auf den Pailletten ihres Oberteils glitzert
das Licht, und Hanna wird sich der eigenen Klamotte bewusst, der Kleidung ihrer Mutter als Teenager und der
dunklen Geburtstags-Sonnenbrille, die alles mit einem
violetten Nebel überzieht, sie schiebt sie sich aufs Haar und
sieht klarer. Der Schwanz der Polonaise zieht vorbei, und sie
können sich in den Arm nehmen.

Das ist eine Designerbrille, die war teuer, sagt Maria.

Sie ist irritiert, dass niemand sie im Haus erwartet hat
und sie suchend durchs Dorf gehen musste, dass nun ein
Fremder sie einfach duzt, ihr mit einer Art Vertrautheit begegnet, doch für Patrizio ist sie ja keine Fremde, ein Leben
lang hat er mit Hanna über ihre Mutter gesprochen und
muss glauben, sie zu kennen. Hannas Terminverwechslung
zwischen dem 13. Februar und dem 12. März schüttelt er
mit einem Achselzucken ab, Maria kann ihre Verstimmung
nicht ganz verbergen, doch er sagt nur, Terminverwechs-
lungen gehören eher zu unseren kleineren Problemen. In
den vergangenen Wochen, seit der Anspannung im Dezember, ist er weniger gefällig und spitzer mit Leuten, die Zeit
vergeuden.

Er ist gefällig genug, für Maria an die Ausgabetheke zu
gehen, mal sehen, was um diese Uhrzeit noch zu bekommen ist, die Reste vom Feste, Hanna und Maria bleiben zu
zweit am Tisch, an den weder Daphne noch Magnus und
Sabrina zurückgekehrt sind. Maria nimmt ihre Hand, und
sie lässt es geschehen. Wie geht es dir?

Sie nickt. Ihr fällt nichts ein, was sie mit ihrer Mutter sprechen könnte. Mit Patrizio, mit Daphne und Jessie ist es ein

so Leichtes, sich zu unterhalten. Nach Katharinas Tod hatten sie sich ausgesprochen, dachte sie zumindest, da fühlte sie für eine kurze Weile eine Innigkeit, eine Entspannung zwischen ihnen, die körperlich spürbar war, doch einen Monat später, als ihr Kind sie gebraucht hätte, war die Mutter wieder nicht da. Warum ist sie nach dem Schlaganfall nur zweimal zu Besuch gekommen, genauso kurz wie immer, als wäre nichts vorgefallen, warum hat sie, die Rentnerin, sich keine Zeit genommen? Dass man mit Anfang zwanzig mit einem Kind überfordert sein kann, okay. Geschenkt. Obwohl andere das hinkriegen. Aber jetzt?

Wie man es auch dreht und wendet, man kommt immer bei der Liebe raus.

Ihr fällt weiterhin nichts ein, was sie mit ihrer Mutter sprechen könnte. Daphne kommt an den Tisch, mit Patrizio und den Enden vom Schäufele und als Rettung from outer space. Maria isst, Hanna beobachtet sie von ihrem Platz aus, ihre präzisen Kaubewegungen, die Sehnen an ihrem schlanken Hals, sie traut sich nicht, die Sonnenbrille herunterzulassen, obwohl sie das gerne tun würde, das hab ich schon bestimmt dreißig Jahre nicht mehr gegessen, sagt Maria, als sie mit dem letzten Stückchen Fleisch das letzte bisschen Senf vom Teller aufnimmt. Nach der Polonaise streift nur noch der letzte Zipfel vom Fest durch die Halle, sie brechen bald auf und verabschieden sich auf dem Bolzplatz von Maria, die im Gasthaus übernachtet. Wo ist das Gefühl hin, das sie nach der Schule als junge Erwachsene hatte, ein klein wenig auch nach Katharinas Beerdigung, sie könnten noch einmal neu anfangen miteinander?

Sie wischt sich am Spiegel den Glitzerstaub aus dem Gesicht, eine jener Nächte, die sie zu Patrizio ins Bett schlüpft, unruhige Träume, die sich nicht erinnern lassen, sie versucht Patrizio zu wecken, dass der ein wenig plaudert mit ihr, aber er pennt ihr immer wieder weg in seinem Alkoholdusel.

Maria kommt am späten Vormittag vorbei, betritt die halbwegs entrümpelte, blitzsaubere, behagliche und von Hanna geliebte Dachwohnung und sagt, so schlecht habt ihr es ja gar nicht. Ich hab mir das schlimmer vorgestellt, wie ihr haust in dem alten Kasten.

Was soll dieser Unterton. Warum macht sie ihr Haus schlecht. Nicht lang, und es wird an sie übergehen, und Hanna befürchtet, dass es da nicht in guten Händen sein wird. Sie ist irritiert und gerädert, es war zu viel Programm gestern, die Nacht kurz und auch noch schlecht, sie möchte sich in die Hängematte legen und Patrizio beim Arbeiten zuhören. Für März hätte sie sich planvoll überlegt, wie sie den Besuch ihrer Mutter gestalten wollte, einen Ausflug an den Bodensee oder nach Zürich, aber jetzt, in diesem intimen Rahmen des Hangovers, ist ihr total unklar, was die hier eigentlich will. Schwer vorstellbar, wie ein Neuanfang hätte laufen können. Man müsste sich gegenseitig neu lernen, so wie sie selbst ihr ganzes Leben hatte neu lernen müssen.

Patrizio ist verkatert. Er legt als ihr Übersetzer und Fürsprecher eine Schärfe an den Tag, die sie nicht an ihm kennt, wenn sie alleine sind. Er ist ganz linkes Auge, überwach trotz des Brummschädels. Ihre Krankheit, und ihre Entscheidung, hat ihm eine Radikalität gegeben, eine Schonungslosigkeit, in die Maria geradewegs hineinläuft.

Aber ich bin doch jetzt da.

Aber übermorgen schon wieder weg.

Ja, aber ich kann ja nicht einfach aufhören, mein Leben zu leben.

Das haben wir alle, ein Leben. Hanna auch. Nur hat die keiner gefragt, ob sie's so haben will oder vielleicht anders.

Hanna verfolgt stumm diesen Schlagabtausch und versucht herauszufinden, ob Patrizio hier gerade etwas zerstört oder nur offen zutage legt, was ohnehin immer kaputt gewesen ist.

Ich hätte nicht gut für sie sorgen können.

Die alte Leier. Sie mag's nicht mehr hören.

Das glaub ich gern. Das scheint ja bis heut schwierig zu sein.

Ich muss mir das nicht bieten lassen, nicht von Ihnen, junger Mann.

So jung auch nicht mehr, gnädige Frau, ein bisschen bin ich schon herumgekommen. Er verschränkt die Arme vor der Brust. Löst sie wieder. Lehnt sich nach vorn. Sagen Sie ihr wenigstens, bevor Sie wieder verschwinden, gottverdammt, wer ihr Vater ist.

Das geht zu weit. Hanna schickt ihn hinaus, sie schlägt dafür mit der flachen Hand auf den Tisch, Silben kommen in dieser Aufregung nur unkoordiniert, nur Laute, weder eine Sprache noch eine andere. Patrizio heult fast vor Wut und Erregung, er ist schon beinah zur Tür draußen und dreht sich nochmal um und übertönt ihr Gestümper. Er spricht es wirklich aus, sie kann es nicht verhindern: Viel Zeit bleibt Ihnen dafür nicht mehr.

Sie beide allein, sie und ihre Mutter, am Tisch in der Küche, in der sie getrennt Kindheiten erlebt haben. Sie sieht an ihrer Mutter vorbei zum Fenster hinaus. Was will sie eigentlich selbst?

Sie wird sich bewusst, dass die Distanz der letzten Jahre das rechte Maß gewesen ist, dass Maria, die ihr die Hand über den Tisch entgegenstreckt, gerade zu nahe kommt. Ihren Frieden machen will sie, loslassen, ein Friedensschluss, der allein auf ihrer Seite liegt. Sie ist nicht unversöhnlich. Sie hat einfach keine Kraft mehr für Sehnsucht, für Erwartungen, für die Beziehungsarbeit, die hier nötig wäre. Sie ist an ein Ende gekommen. Sie, hier und heute, will ihre Tage zwischen Uhraufziehen und Stromern, in der Hängematte, in der Gegenwart von Menschen ihrer Wahl beschließen.

Maria hat sich aus der Liebespflicht der Eltern für ihre Kinder gelöst. Was sie von ihrer Mutter gewollt hätte, hat sie schon vor vierzig Jahren nicht bekommen. Die Sehnsucht, die sie manchmal noch verspürt, ist die Sehnsucht des Kindes, der jungen Frau, die innere Leere jenes Nichts aus der Vergangenheit, das in seinem Eindruck weiterbesteht. Man kann Liebe nicht einfordern, das ist die Krux, das hat sie gelernt. Und man kann unter Umständen nicht lieben, obwohl man es versucht, auch das hat sie erlebt. Sie wird nicht riskieren, dass noch einmal in ihrem Leben jemand ausspricht, ich kann dich nicht lieben.

Sie sehen sich an. Eine Entspannung des Aufgebens. Keine Erwartungen mehr. Schweigen.

Soll ich gehen?

Maria blinzelt Tränenwasser am unteren Lidrand weg. Sie kramt in ihrer schwarzen Ledertasche. Zieht zwei Umschläge heraus, beide mit dem blauen Karree von American

Express. Sie schiebt ihr die Couverts über den Tisch entgegen, Kreditkarte im einen, PIN im anderen. Es soll dir an nichts mangeln. Du sollst die beste medizinische Versorgung haben. Wenn es irgendetwas gibt, das man privat bezahlen muss, dann übernehmen wir das.

Sie geht hinter Maria die Treppe hinab. Die Tür zum Schulzimmer ist nur angelehnt. Man hört keine bestimmbaren Geräusche und dennoch die Anwesenheit eines Menschen. Zuletzt sind sie nach Katharinas Tod so die Treppe hinabgestiegen, als es schien, dass eins endet und etwas anderes beginnt. Sie begleitet ihre Mutter bis ans Auto, hält sich fest an der geöffneten Fahrertür, sie sucht eine Umarmung zum Abschied und sagt da hinein, Mama.

Als sie die Kaffeetassen abgespült hat, blickt sie zum weißen Löwen hinüber. Die Sonne verfängt sich in den Fensterscheiben eines Autos, Hanna hängt das Geschirrtuch an den Haken, sie denkt: doch, und guckt noch einmal. Es ist der blaue Flitzer ihrer Mutter, und er steht vor der Villa mit dem Löwen. Hanna möchte näher heran, zumindest öffnet sie die Scheiben. Sie steht da wie eine der Statuen jenseits des Tals. Es könnte nichts zu bedeuten haben. Doch ihre Mutter hat keine alten Freunde im Dorf.

Sie hat sich schon lang auf einen Stuhl gesetzt. Luft fällt kalt zum Fenster herein, sie spürt es nicht. Sie wartet, blickt nur einmal kurz auf, ein Marienkäfer an ihrem Handgelenk. Sie wartet, bis tatsächlich ihre Mutter aus der Villa tritt, sich ins Auto setzt und davonfährt, den Berg hinauf, die alte Straße, der Schleichweg durch den Wald.

BRIGHTON

Liebeskummer war ein körperlicher Schmerz. Ihre Herz-
seite war wund, als hätte ihr ein zürnender Gott die Haut ab-
gezogen, und um diesen brennenden Schmerz krümmte sie
sich. Sie schlief viel. Manchmal zerriss es ihr noch den Alltag,
ein harter Ruck, mit dem ihr der Boden weggezogen werden
konnte, eine Musiksendung im Radio, ein Bericht über das
schottische Unabhängigkeitsreferendum im Herbst, ein be-
stimmtes Essen, ein Lied, das plötzlich aus der Dudelmusik
eines Supermarktes hervorsprang. Kleidung, die sie getragen, die er ihr ausgezogen hatte, ihr taubenblaues T-Shirt.
Jedes Ding transportierte Erinnerung, oft und immer besser hielt sie stand, doch manchmal übermannte sie die Entbehrung, und ihre Haltung zerbrach. Ein paar Mal suchte
sie ihn im Internet. Auf Facebook postete er seine Konzerte,
es war ein Leichtes, nachzuvollziehen, wo er gerade war.
Wenn keine Termine anstanden, kalkulierte sie im Kalender, welches seine Kinderwoche in London, welches jene in
Glasgow sein müsste, doch alle Schulferien, jede Kapriole
seiner Ex konnten einen Strich durch diese Berechnung ziehen. Sie fand heraus, dass er einer alten schottischen Familie angehörte, auf einem Gossip-Blog fand sie ein Bild eines
Festes in höheren Kreisen, er trug einen Schottenrock, das
musste einige Jahre her sein, seine Frau war großgewachsen,
überragte ihn um ein paar Zentimeter, sie war sportlich und

elegant zugleich, und nachdem Hanna den Namen wusste, konnte sie weiterrecherchieren, sie entstammte einer belgischen Adelsfamilie und arbeitete als Finanzexpertin in der Londoner City. Hanna fand heraus, auf welche Schulen seine Kinder gingen. Sie sah deren Bilder von Sportturnieren und dem Duke of Edinburgh's Award, der Älteste studierte in St. Andrews. All diese hirnrissigen Aktivitäten hatte sie betrieben, hatte regelmäßig Salz in ihre Wunde gerieben, aber sie hatte widerstanden, den Kontakt wiederaufzunehmen.

Die Osterferien taten ihr gut. Sie nahm sie wie eine Entgiftungskur. Im Haus gab es kein Internet, der Laptop blieb in der Tasche. Sie bewohnte ihr altes Kinderzimmer. In Vorbereitung ihres Sommeraufenthalts hatte sie einen Koffer voller Bücher mitgebracht, sie las eins ums andere und machte sich Notizen auf Papier. Sie wollte ihre Oma verwöhnen, ihr das Frühstück ans Bett bringen, doch egal, wie früh sie den Wecker stellte, jeden Tag um eine Viertelstunde früher, wenn sie in die Küche kam, war Katharina immer schon da. Wann stehst du denn auf, Oma, um Gottes willen. Viertel sechse. Aber warum denn nur? Misch dich nicht ein, Kind, das war immer meine Zeit, und ich will hier in Ruhe mein Geschäft verrichten können. Aber du musst doch nichts mehr. Hast du eine Ahnung.

Hanna gab es auf, Viertel nach fünf war nicht ihre Zeit. Sie blieb morgens liegen und bemühte sich für den Rest des Tages nach Kräften, ihre Oma vom Schaffen abzuhalten. Sie lockte sie zum Kaffee in den Garten, wo die Osterglocken blühten, Katharina trank ihren Kaffee auf der Stuhlkante und stand bald wieder auf, nahm die Thermoskanne und den Rest Kaffee darin mit hinein, nie leer gehen. Sie werkelte hinter der Großmutter her ums Haus herum, fegte den Hof, sie fuhr auf Erichs altem Rad in die Stadt für Besorgungen, fuhr mit einer Nachbarin und Katharina in die Gärtnerei, wo die Oma letztlich aber doch keine Setzlinge kaufen wollte. Sie rief ein paar Handwerker an und ließ manch Verschlepptes erledigen. Friedliche Stunden in der Wohnung unterm Dach, wenn Katharina ihren Mittagsschlaf hielt und Hanna Romane las. Sie kochten Spargelcremesuppe, Katharina schüttete ihr eine Extraportion Sahne in den Teller, nicht so viel, Oma, Katharina widersprach, du bist immer ein Hempfele gewesen, aber jetzt siehst du ganz liedrig aus, dürr wie ein Schnakenhuster.

Du hast aber auch abgenommen.

Ja, Kind, aber ich bin auf dem Weg in die Grube, und du hast dein Leben noch vor dir.

Katharina nahm den Wortwechsel zum Anlass und brachte eine schwarze Mappe an den Tisch, silbern eingraviert das Logo eines Bestatters. Hanna stellte ihr Bierglas sehr langsam ab. Ich wollte dir nur sagen, falls mal was wär mit mir, dass alles schon geregelt ist. Das hab ich nach dem Tod vom Erich für mich organisiert, du musst dich um nichts mehr kümmern.

Das war mehr, als sie ertragen konnte. Das können wir doch im Sommer noch besprechen, Oma.

Da gibt es gar nichts zu besprechen, und jetzt hab ich sie schon hervorgeholt. Katharina ließ sich nicht bremsen und blätterte die Mappe auf. Es ist alles geregelt und bezahlt, ich will nur, dass du weißt, wo du die Sachen findest, diese Mappe steht im Wohnzimmer beim Gotteslob. Der Pfarrer weiß Bescheid, und hier ist eine Liste mit den Liedern.

Hanna war nahe am Wasser. Glaubst du, dass es bald ausgeht, Oma?

Katharina sah sie mit großer Gelassenheit an, nein, eigentlich nicht, ich bin ja noch rüstig, aber ich bin halt auch dreiundneunzig, gell, da bist du manchmal schneller unter der Erde, als du gucken kannst.

Das Weinen hob Hanna sich auf für die Nacht in ihrem Bett. Katharina hörte sie durch die dünne Wand zwischen den Schlafzimmern und gab ihr Klopfzeichen. Hanna kochte ihnen Kaba und schlüpfte vom Fußende her unter die Decke, mit der Fernbedienung ließ sie Katharinas Oberkörper in die Senkrechte fahren. Die orangefarbenen Flutlichter, die die Kirche nachts über dem dunklen Dorf schweben lassen, tauchten die Schlafkammer in befremdliches Licht, einen breiigen Schein. Sie sah sich um in diesem kleinen Giebelzimmer mit der Blumentapete. Weißt du noch, Oma, als der Opa oben die Fledermäuse einziehen lassen wollte.

Hör mir bloß auf. Wie könnte ich das vergessen.

Als die Beleuchtung installiert war, blieben die Fledermäuse weg. Erich stieg durch die Falltür in den Dachstuhl und klopfte zwei Ziegelsteine aus der Wand für eine Öffnung. Ein alternatives Quartier.

Ich weiß noch, wie ihr euch gestritten habt, ob Fledermäuse alles vollscheißen wie Tauben oder nicht.

Ich glaub ja immer noch, dass ich recht hatte, aber die Viecher haben uns den Beweis nicht erbracht.

Es siedelten keine um. Irgendwann schob Katharina selbst die zwei Steine wieder behelfsmäßig in die Wand und lag ihrem Mann in den Ohren, er möge endlich die Wand von außen neu verputzen, damit der Eindruck wieder stimme. Der Eindruck blieb immer der von Flickwerk, erst war der Putz grauer als der Rest der Wand, dann, überstrichen, leuchtete der Fleck strahlend weiß.

Der Opa fehlt.

Katharina blickte in ihren Kaba und nickte.

Was ist los, Johanna?

Und Hanna redete. Ein paar Mal zuckte Katharina zusammen, am Ende reichte sie Hanna ihren leeren Becher und sagte, ich hab in meinem Leben nie Liebeskummer haben müssen, aber das Gefühl kenn ich. Dauert zwei Jahre, dann wird's ein bisschen besser. Ganz weg geht es nie.

*

Die Zusage für Harvard kam am selben Tag wie Leos Mail mit der Betreffzeile: the two of us. Er vermisst sie. Er hat nachgedacht. Er will es versuchen, wirklich versuchen. Er hat es bisher nicht an sich herangelassen, schreckte immer zurück, wenn es zu schön wurde. Er will nicht später bereuen müssen, ihrer Liebe keine Chance gegeben zu haben. Er hat Angst, eine Heidenangst, aber er will sich trauen.

Hanna dachte, wen die Götter strafen wollen. Sie dachte, jetzt hat sie so lange ausgeharrt, da kann sie ihm diese Chance gewähren. Sie dachte an eine Zeile im Englischen Patienten, die sie sich nicht nur angestrichen, sondern herausgeschrieben hatte: sich gegenseitig aus einer selbstzerstörerischen Beziehung herauspflegen. Nicht mit einer Mauer, nicht im Schweigen. Gemeinsam ein Ende finden.

Sie las seine Mail am Rechner, neben der Tastatur lag die Zusage aus Harvard mit dem Formular, das zur Annahme des Stipendiums zurückzuschicken war. Bevor sie Leo antwortete, füllte sie es aus und brachte es zur Post. Sie wusste, dass dies hier niemals lebbar sein würde, dass sie ihren liebenden Blick auf jemand andern richten sollte, aber da war niemand in Sicht.

Leo schlug eine Woche in Brighton vor, er zog richtig mit, war präsent, hatte innerhalb eines Tages eine Ferienwohnung gefunden und gebucht, und schon war da wieder diese irrsinnige Hoffnung, dass diesmal die Dinge anders sein könnten, eine Blockade sich gelöst hätte. Er ging wieder nicht ans Telefon, aber er rief zurück.

*

Hatte sie wieder eine Ahnung gehabt, die Katharina. Hanna durchforstete gerade das Internet auf der Suche nach einem Text, als ihr Handy klingelte. Leo, dachte sie, wie bei jedem Anruf. OMA stand auf dem Display. Sie hatte sich die ganze Woche schon melden wollen. Hallo, Ommalein, zwitscherte sie in die Leitung, affig fand sie sich selbst und den Klang ihres schlechten Gewissens. Die Leitung blieb einen Moment still, dann hörte sie ein Räuspern, nein, ich bin die Elsa, erinnerst du dich an mich. Natürlich erinnerte Hanna sich an Elsa, die Einzige, die im Kittelschurz zum Kaffeekränzchen kam. Sie weinte. Die Stille füllte sich mit Erkenntnis, Elsa sagte, jetzt bin ich die Letzte, und aus Tropfen wird Rinnsal wird Welle, die Hanna ganz schnell wieder eindämmte, mit dem Handrücken schob sie sich die Tränen zurück in die Augenwinkel. Ich komme.

Sie machte nicht einmal ihren Rechner aus. Nachdem sie am Bahnhof die Fahrkarte gekauft hatte, blieb ihr noch eine halbe Stunde. Sie wollte jetzt etwas Stärkeres als Paracetamol, wenigstens diese Plage wollte sie loshaben, und musste dem Apotheker ihre Kopfschmerzen beschreiben, die sich komisch anfühlten, ein Spannungsschmerz, den sie nicht kannte, lassen Sie das mal untersuchen, sagte er. Zu einer Litfaßsäule gewandt, rief sie ihre Mutter an, doch es ging nur der AB an. Sie sprach auf Band, die Nachricht von Omas Tod, dann sammelte sie sich wieder, die ganze Geschichte, soweit sie sie kannte, morgens im Garten, das Herz, die Hitze, ihr eigenes Unterwegssein, auch ihre Kopfschmerzen, das Wetter in Berlin, dann fiel ihr nichts mehr ein, und als sie aufblickte, war es Zeit, auf den Zug zu gehen.

I wish I could help you, textete Leo, und sie wusste nicht, was sie ihm darauf hätte antworten sollen. Als sie in Stuttgart umsteigen musste, kam ihr der Gedanke, Patrizio anzurufen. Es ging auf den Abend zu, und sie hatte Hunger, sie könnten sich auf eine Pizza treffen, womöglich würde er sie sogar nach Haus fahren. Dann sah sie auf der Anzeige, dass sie eine schnelle Intercity-Verbindung noch erreichen konnte, und rannte. Bis sie am Ziel aus dem Zug stieg, war ihr Hunger vergangen, sie ließ das Essen ausfallen und nahm ein Taxi.

Sie öffnete die Haustür, die über den Steinfußboden kratzte, das hatte sie zu Ostern auch richten lassen wollen und war nicht mehr dazu gekommen. Unfinished business für den Sommer, doch wofür jetzt noch. In diesem Moment wurde sie sich gewahr, dass ihre gesamten Sommerpläne ohne die Oma in sich zusammenfielen. Was sollte sie denn allein hier in diesem Dorf anfangen. Noch so lange hin bis Harvard, so viel Zeit, so viel Müdigkeit.

*

Ihre Vorstellungen eines englischen Seebades waren viktorianisch geprägt. Sie war nicht eingestellt auf die Spielhöllen und den steinigen Strand, kein Wunder, dachte sie sich, dass die Engländer die Grand Tour nach Italien erfunden hatten. Leo kam mit dem Auto aus Glasgow, was sie für einen totalen Irrsinn hielt, so war sie vor ihm am Ort und übernahm das Einchecken in der Ferienwohnung, machte einen ersten Besorgungsgang, füllte den Kühlschrank mit Wein, Käse, Trauben. Sie fand Brighton grauenhaft, aber man könnte ja die Woche auch einfach im Bett bleiben. Sie saß lesend auf der Couch, hatte eine zweite Kopfschmerztablette genommen, als er an der Tür klingelte.

Das Ineinanderkippen klappte wie am ersten Tag. Wenn sie sich gegenüberstanden, gab es keine Distanz zwischen ihnen. Leo war beinahe manisch, überhäufte sie mit Küssen und sagte ihr dazwischen, wie großartig sie sei, wie geduldig mit ihm, und alles würde nun gut, küssend wanderten sie ins Schlafzimmer und in die Aussicht, dass das nun öfter so sein könnte. Are you happy, fragte sie und fütterte ihn mit Trauben. Diese Frage stelle er sich in seinem Leben nicht. Sie strich zärtlich über seine Lippe. Sie sagte ihm, sagte ihm endlich, dass sie ihn liebe, doch es war ein poröses I love you geworden. Es stimmte, sonst wäre sie nicht hier, immer noch hier, aber sie konnte es nicht mehr mit ganzer Stimme vorbringen. Really, versicherte er sich, sie neigte sich zu ihm für einen Kuss und brauchte eine Weile, bis ihr dämmerte, dass dies nicht die richtige Antwort gewesen war.

Am nächsten Morgen schlug er vor, einen Ausflug zu den Klippen von Dover zu unternehmen. Er war am Vortag erst von Schottland hierher an die Südküste gefahren, warum nicht zur Ruhe kommen, warum nicht im Bett bleiben oder für einen Spaziergang nur aus dem Ort hinausfahren, ins Hinterland, wo nach ein paar Kilometern die englische Landschaft von Feldern und Wiesen begann? Was war aus den Begegnungen geworden, da sie sich stundenlang einfach nur in den Armen hielten? Warum nicht reden, über eine Zukunft, die es geben sollte, die doch hier beginnen sollte, oder was hatte er gemeint mit den Worten, er wolle es wirklich versuchen?

In der Sommerhitze fuhren sie zweieinhalb Stunden über Land an der Küste entlang, um zu den weißen Felsen zu gelangen, die man vom Schiff oder von Frankreich aus viel besser sehen konnte. Sie spazierten inmitten anderer Touristen über die Feldwege, hielten Händchen, sie gingen bis ganz ans Ende und machten Rast in einem Tea Room, auf dem Rückweg hatten sie den Fähranleger von Dover im Blick.

Sie hatte ihm von den Kopfschmerzen nichts erzählt. Er schien nicht zu sehen, in welcher Verfassung sie war, hatte kein Wort gesagt zu ihrer Magerkeit, auf die sie von anderen permanent angesprochen wurde. Für den Rückweg plädierte sie für die Autobahn und wollte nicht ans Steuer. Sie schloss die Augen gegen das Licht, gegen die Kopfschmerzen und schlief ein, sie war nicht wirklich da und bekam nicht mit, was sich in ihm zusammenbraute. Auch er war in schlechter Verfassung, das verstand sie erst im Nachhinein, verunsichert und völlig aus dem Konzept, die Reibereien mit dem Pianisten waren existentiell für seine Band, die Exfrau hatte neue Geschütze aufgefahren. Hanna pennte weg und ließ ihn hängen, ließ ihn fahren, die gesamte Strecke.

Zurück in Brighton, sagte er, er brauche einen Moment für sich selbst. Er ginge ein wenig am Strand spazieren, vielleicht in eine der Spielhallen für eine Weile. Hanna stellte sich unter die Dusche und legte sich ins Bett, schlief, erschöpft. Als sie die Augen wieder aufmachte, lag er neben ihr, ganz nah. Er hielt ihre Hand in der seinen. Es machte sie immer noch glücklich, ihn so nahe zu haben, seine Haut zu spüren, sie legte ihre Fingerspitze auf seine Lippe. Etwas baute sich in ihm auf. Sie wollte ihn in ihre Arme nehmen, bergen, trösten, als er den Mund aufmachte und sagte, und später wunderte sie sich, dass sie es nicht hatte kommen sehen: I cannot love you.

Sag doch was.

Ich hab's versucht.

Er sammelte seine Sachen zusammen, haspelte vor sich hin, ich hab's echt versucht. Zwischen dem Moment, in dem er diesen Satz sagte, und jenem, da sich die Tür hinter ihm schloss, vergingen keine zwanzig Minuten. Dann wäre das also geklärt. Sie fand eine Flasche Kindersonnenmilch mit hohem Lichtschutzfaktor in ihrer Strandtasche, dagegen waren ihre Flipflops abhandengekommen. Sie fand einen bezahlbaren Flug und machte sich auf den Rückweg. Nach vier Tagen stand sie wieder daheim auf der Matte, Jessie hörte die Tür gehen und trat in den Flur und sagte nur, ist nicht wahr.

*

Sie verbrachte den Rest ihrer Urlaubswoche im Bett. Sie hatte Halsschmerzen und war heiser, Jessie kochte in der Sommerhitze Hühnersuppe. Sie schaute nach sich und ließ nach sich schauen, beinah erleichtert, dass das jetzt ein Ende hatte und sie sich auskurieren konnte. Nach einer Woche legte sie den Schalter um und kehrte zurück an die Uni. Arbeit, Ablenkung, Aktivismus. Und so stand sie gerade im Büro ihres Chefs, als der epileptische Anfall kam. Sie konnte sich danach an nichts erinnern, doch er zeigte ihr die Bissspuren auf einem Bleistift und rief den Sanitätsdienst.

Ihr Untergewicht sei das geringere Problem. In der Hoffnungslosigkeit eine gute Prognose, Tumorpatienten in ihrem Alter und mit solch geringen symptombezogenen Einschränkungen hätten eine durchschnittliche Überlebensdauer von siebzehn Monaten, zwanzig Prozent schafften auch drei Jahre. Sie bekam Kortison und einen Termin für den Eingriff. Sie wandten ein Operationsverfahren an, bei dem das Tumorgewebe zum Fluoreszieren gebracht wird und dadurch präziser entfernt werden kann, was die Zeitspanne bis zum Rezidiv verlängern sollte, und so leuchtete ihr Gehirn vor dem Schlaganfall noch einmal auf.

MÄRZENBECHER

Sie kratzt sich wieder häufiger am Kopf. Beim Essen steckt sie sich neuerdings die Serviette in den Ausschnitt. Patrizio hat Strohhalme gekauft, sie hasst es und nimmt es hin, Vorstufe zur Schnabeltasse. Er will sie nicht mehr allein gehen lassen. Alles bergauf, bergab ist Stromern von gestern. Ihre Runden werden kleiner, die gangbaren Wege weniger. Nur noch an Sabrinas Küchenfenster vorbei kommt sie vom Kirchberg runter. Zum Kindergarten, dort Pause auf der Bank, die Schule im Blick, in die ihre Mutter ging, warten, ausruhen, mit Lisa wieder zurück. Der Everest der Treppe. Kein Verlass mehr, auch nicht auf die gute Hand. Viel Tasten, Fühlen, weil von jedem Anblick ein Teil fehlt, als wüchse ihr von rechts eine Scheuklappe ins Gesicht. Am Wegrand sprießen die Märzenbecher, im Garten die Narzissen.

Die Angst abstreifen. Nach dem Spaziergang stellt sie die Angst ins Schuhregal. Hängt sie über den stummen Diener. Legt sie in die Schmuckschatulle.

Er kam nicht damit klar, keinen Plan mehr zu machen. Daphne holte die Worte hervor, die sie nicht mehr hat, Daphne fuhr mit ihm ein Wochenende in den Wald zum Försterbruder. Nichts kann ein Plan sein.

Seine Auszeit ist vorbei. Drei Tage die Woche ist er fort. Sie allein in diesem Haus. Auf dem Sofa, weil sie allein aus der Hängematte nicht mehr herauskäme. In seiner Musik. An einem sicheren Ort.

Ihr kommt die Struktur abhanden. Sie verfolgt nicht länger das Kommen und Wiederkommen der Reihe, Montag Dienstag Mittwoch. An den Tagen, an denen Patrizio da ist, steht sie zu einer akzeptablen Zeit auf, zu den Tönen seines Klaviers. An den anderen, wenn er in aller Frühe nach Stuttgart aufbricht, vergeudet sie ihre Stunden im Bett. Sie geht nicht mehr auf den Wochenmarkt, fühlt sich zu sehr zur Schau gestellt, die Kraft schwindet und die Koordination ihrer Hälften. Daphne, Sabrina, Patrizio bringen. Sofia an zwei Tagen in der Woche, kochend, putzend, strickend, summend. Einfach da. Sie würde lieber das Essen verweigern. Weniger werden von Tag zu Tag oder auch von heut auf morgen. Wald werden und Laub, Licht, Luft. Dann wieder die Dankbarkeit, noch da zu sein, das Morgenlicht zu sehen, Patrizios nackte Füße auf den Dielen zu hören und Kaffee zu riechen und seinem Spiel zu lauschen, überhaupt, Patrizio.

Wut, die sie bisher nicht gekannt hat. Sie kann versuchen, die leere Mokkakanne, vom Morgen noch auf dem Herd, aufzuschrauben. Irrsinnig, das wäre schon vor Monaten nicht gegangen, sie hätte es gar nicht erst versucht. Sie klemmt sich das Unterteil zwischen die Schenkel, um das Oberteil abzuschrauben. Er hat es wieder mit brachialer Gewalt zugedreht. Er hat wieder die Kanne nicht aufgeschraubt nach dem Gebrauch. Sie klopft mit einem Löffel gegen das Aluminium, sie klopft lauter, er kann sie unten nicht hören. Sie will gar keinen Kaffee. Sie schlägt den Löffel kräftig auf die Tischplatte. Sie will nicht aufstehen. Sie will nicht deshalb nach unten gehen müssen. Sie ruft, dabei kann sie nicht rufen, nicht richtig. Sie will sich darauf verlassen können, dass er sich solch kleiner Vereinbarungen erinnert, Kleinigkeiten für ihn und Riesigkeiten für sie. Sie schiebt einen Kochlöffel in den Henkel und versucht es über diesen Hebel. Jetzt schlägt sie mit der Kanne auf den Tisch. Das muss er doch hören. Sie fühlt an ihren Schenkeln schmerzhaft die beiden Stellen, an denen sich die Kanten in ihre Muskeln gepresst haben. Ein sinnloser Aufstand gegen die Sinnlosigkeit ihres Daseins. Als sie oben an der Treppe steht, erscheint die ihr so unendlich steil und die Anstrengung so unendlich groß und Patrizio ein so unerträglicher Idiot, dass sie nur einen entnervten Schrei ausstößt und noch einen, und sie wirft die Kanne gerade in dem Moment die Treppe hinunter, als er auf die unterste Stufe tritt. Sie ist so voller Bedauern, sie möchte sich hinterherstürzen.

Sie liegt in ihrem Schlafsack in der Hängematte, als Patrizio hereinkommt. Sie hört die Dielen knarren. Sie bewegt sich nicht, hält die Augen geschlossen. Er stellt seinen Becher auf den Zeichentisch, sie riecht Kaffee. Sie hört den Deckel des Klaviers. Zuerst hält sie es für ein Stück von ihm, eine Improvisation. Dann, wie ein flüchtiger Duft, eine Erinnerung. Das Erkennen eines Liebeslieds, Lieblingslieds, das Gedächtnis setzt unter die Akkorde des Klaviers wie von selbst die Rhythmen von Bass und Percussions. Der Morgen drängt fahl zum Fenster herein. Sie hat den Geschmack von Zuckerwatte auf der Zunge, von Segelboot und Sonne, von besseren Zeiten. Zwischendurch dünnt die Klavierstimme aus, verliert sich, wie jemand, der am Strand seinen Gedanken nachhängt. Sie dreht sich und wendet ihr Gesicht zum Fenster, Patrizio schlägt die Töne kräftiger an, kommt zum Ende, doch er lässt den Schlussakkord nicht ausklingen, noch einmal von vorn, als wolle er sie anstupsen mit den wiegenden Akkorden. Sie öffnet die Augen ins Morgenlicht und schließt sie wieder. Gerade als Rührung kommt, sie will noch nicht abtreten, ist Patrizio durch mit dem Lied, es zerfranst sich nach oben, er beugt sich über sie und hält ihr den Becher Kaffee direkt unter die Nase, auf jetzt, steh auf, das kann nicht sein, dass du deine Tage verpennst, avanti.

Vor Sabrinas Haus auf der Bank sitzen. Der Sonnengott schüttet Licht und Wärme aus seiner Barke auf ihren Garagenverkauf. Das erste sommerliche Wochenende der Saison. Lisa pendelt zwischen diesem stillen Platz und der umtriebigen Welt des Schulhauses und verkündet die aktuellen Verkaufserfolge. Alles Unwichtige geht weg. Das Wichtige ist in zwei Kisten verpackt. Sie wäre bereit zum Umzug, aber sie geht nirgendwo mehr hin. Daphne kommt mit Limo und Kuchen. Patrizio kommt und legt ihr den Arm um die Schulter. Lisa kommt gerannt und wedelt mit einem weißen Fähnchen, das Einwickelpapier einer Orange, ob sie das behalten darf.

HEILER

Licht brandet an die Fenster. In der Hängematte liegend, wird die Welt zu einem Streifen Zimmerdecke, auf den sich Stücke von Sonne legen. Hanna nimmt sie herab und breitet sie sich wärmend auf die Füße, den Bauch, das Gesicht, sie lässt sich kosen und folgt den tanzenden Lichtflecken, die flirren und klirren wie Scherben Glas in sanfter Bewegung.

Patrizio an seinem Tisch, zeichnet. Sie hört das Kratzen seiner Bleistifte auf dem Papier. Sie erkennt an den Geräuschen, ob er zeichnet oder koloriert oder mit dem Lettering zugange ist. Wenn er den Raum verlässt, viel zu selten, gibt er ihrer Hängematte einen sanften Stoß.

Weiß nicht, wie lange sie schon hier nebeneinander herumwerkeln, er an seinem Comic und sie an ihrer eigenen Nutzlosigkeit. Gefühl für Zeit ist verloren. Irgendwann gibt es Essen. Die Abendstunden. Das Ticken der Uhr. Schlafenszeit. Sich nicht mehr aussprechen und trotzdem gemeinsam heilen. Die Nächte liegt sie viel wach, ihre Träume wirr, grausam. Dass sie so viel Gewalt in sich gespeichert trägt.

Das Licht rot durch ihre Finger. Die eigene Hand betrachten und an die vergangene Nacht denken. Kratzer von einem

Sturz. Brandblase. Sie soll sich vom Herd fernhalten. Ihre Finger und seine Finger. Eine Hand, klein wie von einem Kind. Umrisse definiert von roter Farbe, sandsteinrot. Felsenbilder. Gedanken, die über tausend Jahre reichen, sich aber nicht mehr klar denken lassen, Zeitspannen so weit. Ein Brückenschlag ins Dunkle und Ferne, unermesslich.

In diesen Gedanken nimmt sie Stein um Stein von diesem Ort. Sie entfernt alle Mauern, alle Gebäude. Dinge. Stoffliches. Alle Zäune, alles, was trennt. Sie erdenkt sich den Berg, wie er im Dunklen und Fernen gewesen sein muss. Eine Kapsel aus der Vergangenheit. Sie trägt die Zivilisationsschichten ab. Nimmt alles von Menschen Gemachte aus dem Bild. Und schließlich auch die Menschen.

Weiß nicht, wie lange sie schon hier, nun eine Verschiebung der Luft im Raum. Erst danach hört sie, sich erinnernd, das Kratzen des Stuhls auf dem Boden. Nun gewiss, dass Patrizio aufgestanden und den Raum verlässt. Anders als normal. Normal Kaffee oder Klo oder beides, anders als normal gibt er ihr keinen Schubs. Sie hört ihn nach unten gehen.

Wendet das Gesicht aus der Sonne in Richtung Tür, zu einer fremden Männerstimme im Flur. Sie befreit sich aus dem Vorhang bunter Stücke klirrenden Glases. Versucht diesen Zustand beiseitezuschieben. Zwei Schatten kommen auf sie zu. Bleiben stehen. Patrizio hinter der Schulter eines fremden Mannes. Zu weit rechts, sie muss den Kopf drehen. Er tritt hervor und legt ihr die Hand in den Nacken und flüstert ihr etwas ins Ohr, das sie doch schon weiß.

Die Abendsonne scheint dem ins Gesicht, geblendet steht er und wartet. Ihr Blick wandert langsam. Eine Arzttasche. Sie haben keinen Arzt gerufen. Haben sie einen Arzt gerufen. Sie da in ihrer Hängematte und nicht wegkann. Sie bleibt einfach. Warten. Das Gesicht eines fremden Menschen. Er kommt so nah, dass sie, wenn beide die Arme, vielleicht gerade berühren. Betrachtet, lässt betrachten. Das Haus mit dem Löwen, sie weiß. Schon lange.

Er legt eine Fingerspitze auf den Saum der Hängematte. Sie reist über sein Gesicht. Silberblick. Mund wie sie. Muss hätte können wissen. Opa und seine Schule jahrelang. Muss Jungen in ihr immer klar. Ihre Hängematte. Sein Finger.

Patrizio stützt ihr den Rücken, kippt sie aus in Richtung des Fremden, der ihre Hand hält. Ein Bein ist ihr eingeschlafen. So knickt sie um wie eine Wackelfigur und fällt ihm in die Arme.

STILLE TAGE

(2024)

In Stuttgart hat Patrizio schon die Hausautomatik angewor-
fen, kurz vor der Autobahnausfahrt lässt er das Badewas-
ser einlaufen, stellt den Autopiloten ab und übernimmt das
Steuer selbst. Er fährt auf der Hochstraße dem Schwarzwald
entgegen und will doch im Rückspiegel die Alb nicht aus
den Augen verlieren, deren Felsbänder wie Banner an der
Traufkante hängen, gestochen scharf im klaren Morgenlicht. Er rollt den Hügel hinab, und nach einer Kurve kommt
die Kirche ins Bild. Nur der Blick über die Hügel ist nicht
mehr das, was er einmal war. Vom Gang der Zeit unberührt
zu sein scheinen dagegen die Weihnachtsmänner, die wie
nasse Säcke an den Balkonen hängen. Er biegt von der
Hauptstraße ab und nimmt die letzte Kurve mit Schwung.
Leif ist noch zugange, es brennt Licht hinter den zwei kleinen Fenstern der Scheune, Patrizio lässt den Tesla draußen
stehen. Er lugt durch die Scheunentür, Leifs Füße ragen unter einem Auto hervor, bei dem in der Werkstatt gibt es
schon deshalb keine moderne Technik, weil er nicht einmal
Kohle für eine Hebebühne aus dritter Hand hat.

Die Haustür war das Erste, das Patrizio hat richten lassen.
Er wollte sie durch eine neue ersetzen, aber als Leif ihm klar-
machte, was das alte Glump den Vintage-Heinis wert wäre,
hat er sie behalten und überarbeiten lassen, Leif fuhr sie auf
Erichs altem Traktor zur Restaurierung. Jedes Mal, wenn er

heimkommt, hat Patrizio das Gefühl, dass sich das Erdgeschoss von der Zukunft abgekoppelt hat. Leif mit seinen Oldtimern, und es will Patrizio nicht in den Sinn, dass die Autos seiner Jugend heute als Oldtimer gehandelt werden. Fatima und ihr Beauty-Salon mit seinem zusammengestückelten Mobiliar im alten Gemeindezimmer. Daphne mit ihrem Garten und ihren Marmeladen, mit den Händen im Dreck ihrer Nischen der Selbstversorgung. Aber auf Zack war sie, als es um die Haustechnik ging, Energieautarkie, Speichermedien. Patrizio schultert seine Tasche, die Gleittür zum Privatbereich erkennt ihn und öffnet automatisch. Er hört das Rauschen des Wassers, das just in dem Moment stoppt, da er die Tür zum Bad aufstößt. Die Badewannenfernsteuerung mit AquaStop SecureControl und Dosierungsautomatik für bis zu vier Badezusätze ist die hundsgeilste Innovation der letzten hundert Jahre überhaupt. Die Wintersonne steht tief und wirft sich golden in die verspiegelte Wand des Raumes, und dann steht Patrizio einen Moment reglos in der Stille seines Hauses.

In einem einzigen flüssigen Bewegungsablauf schlüpft er aus Schuhen und Kleidern, legt den Chippo ab und lässt sich ins heiße Wasser gleiten. Er hat die Glasfassade und die Wanne schräg setzen lassen, so dass er aus dem Schaum den Blick nach Westen hat, und ein paar Monate später kam die Feuerwalze. Der Himmel ist eisklar, strahlend blau, als wolle er es ihnen zum Jahresende nochmal so richtig zeigen. Patrizio lässt heiß nachlaufen und steigt erst wieder heraus, als seine Fingerspitzen Runzeln werfen.

Nackt streift er durchs Haus, hier muss keiner mehr frieren. Er macht sich einen Cappuccino. Eine Schande, dass sie damals das Equipment der Pizzeria einfach verschleudert haben. Über Adrianas Ausstatter hat er sich eine Stahlschublade mit Querstrebe geordert, weil er das zwiefache Schlagen beim Leeren des Filters so liebt, es besagt Geborgenheit selbst in der umtriebigsten Bar, es bedeutet, alles wird gut.

Er nimmt sich vor, noch bei Sabrina und Magnus vorbeizuschauen. Die allerbesten Weihnachtswünsche und allgemeine Kontaktpflege, regelmäßig zu fetten, das läuft alles nicht mehr so geschmiert, seit Sabrina plötzlich der Meinung war, sein Umbau sei zu radikal. Es fehlte nicht viel, und sie hätte ihm den Denkmalschutz auf den Hals gejagt. Er musste im Ortschaftsrat antanzen, obwohl die Baugenehmigung schon lang durch war. Als auf dem Kirchberg der Strom ausfiel, verdächtigten sie seinen Grid, dabei lag es an einem altmodischen Kurzschluss in einem zentralen Verteiler. Acqua passata. Patrizio kratzt den Milchschaum vom Tassenrand. Schnee von gestern, geschmolzen, nur hier und da liegt noch eine Tasche voll kalter Luft, und manchmal geraten sie ganz unerwartet dort hinein.

Was steht an, fragt er. Der Chippo antwortet mit Datum und Uhrzeit, in der Agentur ist alles ruhig. Das Gerät zählt Besorgungen auf und erinnert daran, dass Patrizio seine Mutter abholen muss, mit Angabe der Adresse und dem Angebot zu lotsen. Neindankenichtnötig. Das war in ein spöttisches Grinsen hineingenuschelt, die Sprachsteuerung bittet um Wiederholung. Alles okay. Patrizio sucht den Supermarkt heraus und gibt dem Gerät den Auftrag, die Einkäufe zur Abholung zu bestellen, dann korrigiert er sich und sagt, er wolle den Fisch selber kaufen. Der Chippo meldet, dass Adriana gerade ins Auto steigt und der Moment günstig wäre, also lässt Patrizio wählen. Er hört ihre tiefe, kraftvolle Stimme amore mio ins Mikrofon rufen, und dann lacht sie auch schon. Im Dezember macht sie ein Viertel ihres Jahresumsatzes, schafft sich die Seele aus dem Leib und läuft unter diesen Bedingungen zur Hochform auf. Patrizio sagt nicht viel, er lässt sich von ihrer Gegenwart einhüllen, hört sich eine Anekdote vom Vorabend an. Es ist lustig mit ihr, unkompliziert. Es ist klar. Es ist gut. Sie wollte ihn und hat sich ins Zeug gelegt, und er hat sich erobern lassen. Er war schon ewig in ihrem Restaurant investiert, doch dann hat er die Kampagne für die Neueröffnung nach dem Revamp betreut. Sie entkorkte die besten Weine, und als sie ihre Hand kurz auf die seine legte und fragte, Panna cotta oder Tiramisu, da hat er sich dreingegeben, auch wenn er an jenem Abend noch einmal nach Hause ging.

In bocca al lupo wünscht er ihr für die kommenden Tage, in die sie zieht wie in eine Schlacht, bestens vorbereitet und siegesgewiss. Irgendwann haben selbst jene, die auch noch den zweiten Weihnachtsfeiertag begehen, genug gegessen. Dann macht Adriana zu für die stillen Tage und kommt hierher. Sie wird erst einmal schlafen, dann hoffentlich Lust haben, dann wieder schlafen. Plan ist, die engen Koordinaten dieses Hauses nicht zu verlassen. Sie soll erholt in die Silvesternacht starten, und er will die Zeit zum Zeichnen nutzen, auf Empfang bleibt er allein deshalb, weil bei Stuttgart21 jederzeit Krisen-PR erforderlich sein kann, auch an den heiligsten, auch an den stillsten Tagen. Zeichnen. Er könnte jetzt seine Mappe aus dem Kofferraum holen, die Bleistifte, die Pinsel, stattdessen setzt er Nudelwasser auf.

Mit etwas zu viel Wildschweinragù im Magen betritt er Sabrinas Haus, vor dem ein riesiger Kübel Kartoffelsalat und mehrere vakuumierte Päckchen Saitenwürstle in der Kühle stehen. Von der Decke hängt ein Adventskranz, der des Petersdoms würdig wäre. Lisa schmückt den Christbaum und hat sich ihren schlafenden Neffen wie ein Koalababy auf den Rücken geschnallt. Als Ludwig endlich nicht mehr aus seiner Höhle hervorstänkerte, haben sie das komplette Erdgeschoss renoviert und eine neue Einrichtung gekauft, eine eierschalenfarbene Couchgarnitur, ganz unschwäbisch empfindlich, und nun haben sie unverhofft wieder ein kleines Kind im Haus. Magnus kommt im Lendenschurz aus der Kellersauna und grüßt ihn im Vorbeigehen mit einem Holzfällerhandschlag, Sabrina hat mehlige Hände und herzt ihn mit gereckten Armen, für einen Augenblick sind die Dinge wie früher. Er überreicht den Panettone, will auch gar nicht lange stören, und als er schon wieder unter dem Türsturz steht, fragt Sabrina, was er zu Silvester mache. Ob sie nicht alle zu einem Raclette zusammentrommeln soll, die ganze Tafelrunde, bei ihnen oder bei ihm, jeder bringt etwas mit, und es gebe ja noch Hannas runden Geburtstag nachzufeiern. Damit überrascht sie ihn, aber warum nicht, also ja.

Patrizio wechselt bei sich im Treppenhaus ein paar Worte auf Italienisch mit Fatima, die so viele Sprachen beherrscht wie sonst keine im Dorf, hartes Schicksal, aber die Miete von November und Dezember schuldet sie ihm trotzdem noch, da beißt die Maus keinen Faden ab. Vielleicht könnte er sich bei ihr noch schnell massieren lassen, doch da meldet der Chippo, dass er spät dran sei und die Einkäufe in wenigen Minuten zur Abholung bereitstünden. Übers Dach seines Autos hinweg gibt er Leif Zeichen durchs Fenster, sonst findet Weihnachten ohne den statt. Der zieht eine Grimasse und schießt sich mit zwei Fingern in die Schläfe.

*

Der Abend wird ruhig werden. Der Cenone di Natale fällt bescheiden aus, nur er und seine Mutter, und sie haben sich auf ein schmales Menü verständigt. Das Vorhaben, alle zusammen in Italien zu feiern, war versandet. Keiner sagte etwas dagegen, keiner kümmerte sich drum. Für Serafina waren die Flüge zu teuer. Sein Vater, der Einzige vor Ort, war alles andere als beharrlich. Der hat es sich bequem eingerichtet in den zwölf Jahren, seit die Wirtschaft zu ist, hat sich bei seinem Bruder eingemietet, eingenistet eher, und wahrscheinlich gehen die beiden am Weihnachtstag auf die Jagd. Oder er feiert mit einer Frau, die es sicherlich hinter den Kulissen gibt, da macht sich Patrizio nichts vor und seine Mutter auch nicht. Dass Sofia hierbleibt, um für Loredanas mehr oder minder erwachsene Kinder da zu sein, ist eine Story, die niemand anficht, die sie alle immer weitererzählen, stets in denselben Formulierungen, wie das bei Märchen so zu sein hat. Man hat sich arrangiert. Arrangieren, das hat immer funktioniert. Der Plan war gewesen, hier zu placken, um es später dort unten gut zu haben, und nun ist es eben anders gekommen, va bene. Aber er kann seinem Vater nicht verzeihen, und es hat ihn von dem Alten auf einen Schlag fürs Leben entfremdet, dass er für sie nicht einbezahlt hat. Dass sie das ganze Leben lang neben ihm geschuftet haben soll wie ein Kesselputzer und nun von den Almosen ihrer Kinder abhängig ist. Selbst Serafina, die als Krankenschwester zwei Töchter durchs Studium bringt, überweist jeden Monat 100 schottische Pfund, und wenn sich die Mutter nur etwas Nettes davon kauft, was die Mutter nicht tut. Sie legt das Geld beiseite und überweist es zu den Geburtstagen und vor Weihnachten wieder zurück nach Glasgow.

Patrizio holt seine Box voller Lebensmittel ab, die Zeichenutensilien verfrachtet er auf die Rückbank, fährt weiter zum Fischhändler. Seine Mutter hat für die eine Nacht eine enorm große Tasche im Flur stehen. Mamma, was nimmst du denn alles mit? Junge, das diskutier ich nicht, sonst trag ich sie selbst. Sie linst neugierig auf die Rückbank, bevor sie einsteigt und in den Sitz sinkt, das ist wirklich ein schönes Auto, mit der Fingerspitze fährt sie ehrfürchtig über die Konsole, Patrizio, ich bin ja so froh für dich und Loredana, wenn es nur die Serafina nicht so schwer hätte. Draußen im Dorf zögert sie vor dem Haus und weist zurück aufs Auto. Die Sachen da. Das sind doch deine Zeichnungen? Es könnte sie jemand klauen.

Aber Mamma, hier klaut doch keiner was. Und das ist bloß ein Haufen Papier. Mir fällt nichts ein, ich hab noch gar nicht richtig angefangen. Er hat Tüten in beiden Händen, da ist nichts, was sich zu klauen lohnen würde, Mamma, sie lächelt melancholisch und aufmunternd zugleich und folgt ihm ohne weitere Fragen ins Haus.

Sofia blickt über den gegenüberliegenden Berghang, eine Schande, seufzt sie, eine Tragödie, und Patrizio stimmt ihr zu. Der Brand zog von der Höhe her ins Tal, übersprang den Bach und fraß sich auf der anderen Seite in Richtung Friedhof. Es fehlte nicht viel, und man hätte evakuiert. Tagelang beobachteten die Leute aus ihren geschlossenen Räumen heraus die zwei gelben Hubschrauber, die aus einem Stausee in der Nähe Wasser holten und über dem Wald ihre

Tanks öffneten, enorme Gefäße, die winzig schienen wie Fingerhüte. Und hier hatten sie noch vergleichsweise Glück, sie brannten rechtzeitig. Wochen später war der Stausee zu leer für eine solche Aktion, und man musste bis runter zum Bodensee fliegen, die Landesregierung erbat Unterstützung aus Spanien und Griechenland. Wasser war rationiert, und dass man jetzt so flockig im Schaum liegen kann, hängt mit der Regenzeit im Herbst zusammen, die alle Speicher wieder füllte und Daphnes Experimente mit Weinstöcken endgültig zunichtemachte. Der Bach flutete seine Auen, wie er das seit Jahr und Tag tut, nur diesmal so gewaltig, dass er eine Brücke mitriss und einen Teil des Dorfes vom Rest abtrennte, der seither für Autos nur über den Berg erreichbar ist, für Fußgänger gibt es immerhin einen Steg. Dieses Jahr, das ein mild verregnetes war, konnte man es sprießen sehen, Afrika im Garten, Oleander und Baobab, Flora des Mittelmeerraumes. Daphne versucht mit ihren bescheidenen Mitteln, heimische Pflanzen anzusiedeln, wobei sie zugesteht, dass sich die Heimat verändert und ihr Konzept womöglich überholt ist.

Am Steg beenden sie ihren Spaziergang, Patrizio registriert mit Wehmut, wie häufig Sofia stehen bleibt, und auf der Treppe nach oben hat er auf jeder Stufe Zeit, sich die Waden zu dehnen. Im alten Lehrerzimmer, vom Schreiner rundum mit Maßeinbauten ausgekleidet, lässt er ihr das Schrankbett herunter für eine dormitina und setzt sich ans Klavier. Er improvisiert über Stille Nacht, spielt mit der Linken ein langsames Ostinato, dunkel wie Glockenschläge aus großer Ferne. Er hat damals den Jazz entdeckt, war überrascht, welch umfangreiche und exquisite Sammlung sie auf ihrem Player hatte, viel Saxophon, jene stillen Tage, da

Hanna in der Hängematte lag und er an seinem ersten Buch zeichnete. Meistens kam die Musik von seiner Stereoanlage, manchmal spielte er selbst am alten Klavier, italienische Lieder und ruhiger Jazz, beides nahm auf seine Weise den Schmerz. Der Sommer mit Jessie, als die Orientierung schwierig wurde, kurz vor jenem verregneten Septembertag, da ihre Sprache vollends dahinging. Sie hatten zu Reggae getanzt, mit Jessie kam neue Musik ins Haus. Er und Jessie hatten Hanna in ihrer Mitte, sie schaukelten in der Hängematte, dass die Haken in ihren Verankerungen ächzten, und tranken Rum aus Martinique. Später lag sie oben, und er hoffte inständig, dass noch ein wenig von der Songline zu ihr durchdrang und er nicht nur für sich selbst spielte.

Jetzt nimmt er doch sein Notizbuch her und zeichnet eine erste Linie, nichts als eine Welle. Distanz überwinden. Mehr als das. Welten.

Das Schulzimmer mit der Hängematte, er skizziert bedächtig, federleicht, er bricht Mauern heraus und flutet den Raum mit karibischer Sonne, die Südwand gibt den Blick frei auf Palmen und tanzende Schattenrisse und einen streunenden Hund, im Vordergrund pendeln drei Paar Beine in der Luft, doch nur zwei Köpfe ragen über den Saum der Hängematte.

Er legt das Buch auf den Tasten ab, die Töne klirren, er skizziert das Haus im Aufriss. Eine Möglichkeit: immer wieder dieses Gebäude wie ein Puppenhaus, wer wann wo, die Bewohner gemeinsam im alten Schulzimmer, jeder auf seiner Etage, Menschen in Zimmer verteilt oder alle beisammen, ein Spiel von Nähe und Entfernung. Dann verlässt ihn die Konzentration wieder.

Jessie wäre die einzige Person, die er an seinem bisherigen Scheitern teilhaben lassen könnte. Er hatte sie eingeladen auf Weihnachten, doch sie macht Urlaub auf Barbados, vielleicht auch daher gerade der Einfall mit dem Palmenstrand. Sie haben Kontakt gehalten, gelegentlich texten sie sich, gegenseitige Besuche sind leider oft Vorhaben geblieben. Sie brauchen den Anlass nicht zu erwähnen, das ist verstanden, wenn sie alle Jahre Ende November Nachrichten schicken. Im Jahr nach Hannas Tod war Jessie häufiger in der Gegend gewesen, weil sie ein Techtelmechtel mit Daphnes Bruder am Laufen hatte, aber was sollte das je anderes sein als ein Techtelmechtel, die Fahrten so weit, die Leben so unterschiedlich, die Attraktivität Berlins letztlich größer als jene des knackigen Naturburschen, auch wenn Jessie da gerade bei Piet aus der Wohnung geflogen war und sich neu verorten musste. Da hatte Patrizio sie dann einmal in Stuttgart am Küchentisch sitzen, das heulende Elend noch auf dem Herzen sitzend, aber ihr fröhlicher Optimismus brach sich schon wieder Bahn, und sie sprachen, unter anderem, über Armaturen. Sie schmiedete bereits einen Plan B, nämlich sich eine alte Datscha ihrer Familie als Basislager alljahrtauglich umzubauen. Sie ließ sich von ihm italienische Hersteller empfehlen und kaufte ihr Zeug dann beim Schrotthändler, Vintage. Ihr Schreiben schien gut zu laufen, sie konnte offensichtlich von Jahr zu Jahr besser davon leben, dabei wusste er nur von einem einzigen Buch. Spezifische Gebrauchstexte mache sie nebenher, sagte sie, er dachte natürlich an Technisches, und sie, die mit femalefriendly porn eine einträgliche, offenbar nicht zu kleine Nische besetzt hatte, erheiterte seine Verlegenheit sehr. Die Nischeneinkünfte finanzierten eine mehrmonatige Weltreise, doch an den schönsten Orten der Welt vermisste sie immer nur Berlin, und als hätte Berlin sie auch vermisst, fielen innerhalb weniger Wochen nach ihrer Rückkehr alle Teile an die richtige Stelle: eine bezahlbare Wohnung, ein Halbtagsjob für die Sozialversicherung, und dann angelte sie sich auch noch einen attraktiven Intendanten, Jessie, die immer auf die Füße fallen würde. Und mit dem Objekt ihrer Begierde baumelt sie nun auf Barbados in der Hängematte.

Patrizio legt das Skizzenbuch zurück auf den Flügel, und als er die Schritte seiner Mutter im Flur hört, klappt er es hastig zu, bevor sie hinter ihn treten kann. Er kommt ihrem Ruf zuvor, stellt das System auf Handbetrieb um und lässt ihr ein Lavendelbad ein. Er geht um Salbei in den Garten, und dann beginnt er mit dem Tiramisu. Das Essen kommt weitgehend von Adriana. Seit er nicht mehr nur stiller Teilhaber des Gallo d'Oro ist, sondern auch verlobt mit dessen Chefin, kocht er kaum noch selbst. Von dort stammt das Vitello Tonnato für das Weihnachtsessen bei Loredana, das Trüffelöl und die selbstgebackenen Cantuccini, die hausgemachten Ravioli, seine Mutter protestierte zuerst, die Pasta würde sie ja wohl immer noch selbst machen, dann gab sie zu, dass sie müde war. Er tränkt die Savoiardi in Espresso. Als er die Eier trennt, taucht Sofia in der Küche auf, und er hat den Eindruck, als bewege sie sich nach dem heißen Bad etwas behänder. Sie verschafft sich flott einen Überblick, bringt mit wenigen Handgriffen die Dinge in die für sie richtige Ordnung und bereitet den Fisch zu. Schließlich sitzen sie weihnachtlich in einer Kugel aus Kerzenlicht, und ihr schmal gedachtes Menü nimmt auf dem Tisch breiten Raum ein. Sofia sieht ihn auffordernd an, auf dem einen Auge strenge Mutter, auf dem anderen hat sie schon lange kapituliert, aber weil Weihnachten ist und weil sie es ist, faltet er die Hände zum Gebet.

Als er den Passito aus dem Schrank holt und die Schale mit Cantuccini auf den Tisch stellt, fragt Sofia, darf ich? Er tunkt den ersten Keks in den Dessertwein und stockt eine Sekunde, dann nickt er. Sie blättert in seinem Skizzenbuch, in dem bisher nur erbärmlich wenig zu sehen ist, blättert durch die Ruinen seiner Geschichte, dann legt sie es behutsam zurück aufs Klavier und sagt, du warst immer der Künstler. Es tut mir leid.

Tutto bene, mamma.

Ich bin so stolz auf dich. Dein erstes Buch war grandios. Und das zweite wird es auch werden.

Das muss man erst noch sehen. Es wird ganz anders. Wenn überhaupt.

Wir haben nicht das Format gehabt, Patrizio, wir konnten es nicht erkennen. Uns fehlte, sie ringt mit der Unbestimmtheit ihres Versagens, der Horizont.

Es ist okay, so wie es gelaufen ist. Er ist froh mit dem, was er tut. Das hat er nie mehr infrage gestellt, seit er das erste Mal nach Mailand gegangen ist. Spätzle Napoli war, was man in der Szene als Erfolg betrachtet, und hat ihm neue Türen geöffnet. Die Midlife-Crisis ist in seinen Vierzigern an ihm vorbeigegangen. Die Monate mit Hanna, da hat man keine Zeit für so was, da hat man echte Probleme. Da denkt man, das ist das Ende und nicht die Mitte, lass es bitte das Ende sein. Und dann war das doch nicht das Ende. Nur jetzt, wie er auf die fünfzig zugeht, liegt er manchmal im Schaum und betrachtet seinen Schwanz und denkt, das war's dann wohl mit Familie.

Ich hab noch was mitgebracht, Sofia kommt aus ihrem Zimmer mit einer VHS-Kassette von Don Camillo und Peppone zurück, die sie offenbar umgezogen hat und in ihrer kleinen Wohnung hortet. Es treibt ihm Tränen in die Augen, so sentimental war er mit dreißig auch noch nicht. Nein, Mamma, mit der fangen wir nichts mehr an, aber es gibt da heute andere Möglichkeiten.

Als er sich nach dem Passito streckt, um nachzuschenken, bemerkt er, dass sie schläft. Er lässt den Film laufen, zieht seine Jacke über, die Kirchturmglocke begleitet seine Schritte mit elf Schlägen. Er wandert durchs Dorf, das nie mehr so dunkel wird wie früher. Früher fiel alles um halb eins mit einem Schlag in Finsternis. Kuhnacht bis auf die orangefarbene Wolke rund um den Kirchberg. Wenn er von den Hochzeiten nach Hause fuhr, übermüdet und in aller Regel angetrunken, konzentrierte er sich auf den dunklen Raum zwischen dem Lichtkegel seines Autos und der Kirche in ihrer Sphäre. Manchmal schaltete er die Scheinwerfer aus. Dann schien es ihm für einen Augenblick, als könne er unter der schwebenden Kirche hindurchtauchen. Einmal hat er eine Katze überfahren.

Er geht den Fußweg an der steilen Seite hinab und umrundet den Berg. An den Fenstern sind die Rollläden heruntergelassen, so dass man nicht mehr hineinschauen kann, aber durch die Lamellen das Licht sieht. Leute sitzen beisammen und lachen. Er hört eine Klospülung durchs gekippte Fenster. Aus der Ferne sieht er einen Kleinwagen an die Minigolfanlage heranrasen, der Fahrer zieht Zigaretten, rast rückwärts wieder davon und biegt quietschend in eine Seitenstraße ein, von der Patrizio weiß, dass sie nur sechs, sieben Häuser hat.

Hanna musste mit dem Bus aus der Stadt gekommen sein. Er stellt sie sich vor, wie sie den Weg auf den Kirchberg zurücklegt. Sabrina hat sie vom Küchenfenster aus gesehen, wie eine Vogelscheuche habe sie vor der Haustür gestanden und habe Mühe gehabt, den Schlüssel ins Schloss zu bekommen. Sabrina traf seine Mutter auf dem Markt, auf der Rückfahrt aus Italien fuhr er von der Autobahn ab. Er fand die Tür unverschlossen vor und trat ein. Er hätte auf der Autobahn bleiben können.

Patrizio steigt unterhalb der Villa den Hang hinan, Peter hat sich in der Toskana zur Ruhe gesetzt. Oder Umbrien, die neue Toskana, nach den Erdbeben waren die Immobilien günstig, und die Landschaft war trügerisch schön wie eh und je. Patrizio hat sich für hier entschieden, gegen eine Wohnung in Rom oder ein Haus in Frosinone. Hierher kommt er manchmal unter der Woche für eine Nacht, hierher schafft es auch Adriana. Hier ist ein guter Ort. Hier hatte er sich auf Suche begeben, nach Klarheit, nach Heimat, nach sich selbst. Nichts davon hat er final gefunden, dieses Leben, diese Welt sind einfach nicht klarzukriegen. Jedes Land, jede der beiden Städte kehrt andere Facetten in ihm hervor, und es bleibt das Bedauern, dass sie ihn abseits des Kirchbergs kaum kannte. Vielleicht wollte er deshalb dieses Haus, brauchte es unbedingt, eine Verbindung, das gemeinsame Fundament, doch als Maria es ihm endlich verkaufte, konnte er es nicht ertragen. Stürzte sich in die Arbeit, ging wieder nach Mailand, zurück in die Stadt, baute die Agentur aus anstatt das Haus.

Er biegt von der Straße ab und steigt die Treppen hinauf. Es hatte nie einen Plan gegeben, er hat immer nur Scheißoptionen aussortiert und Chancen zu nutzen versucht. Aber mit bald fünfzig Heiligabend mit seiner Mutter zu feiern und danach auf einem Friedhof zu hocken, das wäre mit Sicherheit kein Bestandteil irgendeines Plans gewesen. Er geht durch das Tor und den Hauptweg entlang. Zum Jahreswechsel geistert sie immer besonders um ihn herum. Sie liegt in der falschen Hälfte, der talseitigen, wo die Leute zum Berg schauen. Die Gemeinde ließ nicht mit sich reden, obwohl oben noch freie Plätze waren, er müsse den Platz nehmen, der turnusmäßig zugewiesen wurde, Extrawürste, das wäre ja noch schöner. Er ist bis heute zufrieden mit sich, dass er den Bestatter bestach, den Sarg andersherum ins Auto zu laden und also so in die Grube hinabzulassen, dass ihr Blick übers Tal geht. Etwas Helles schimmert auf dem Grab, wie ein großer Kiesel. Es stellt sich als kleiner Engel heraus in einer Schale aus Perlmutt, Patrizio erkennt eine Ziegenmilchseife, wie sie Daphne auf Weihnachten hin stets produziert. Er wird sich davonregnen mit der Zeit, Schaum werden, Seifenblasen.

Patrizio weiß, dass Sabrina hinter Ludwigs Stein ewige Lichter gebunkert hat, und nimmt sich eins. Das macht er jedes Mal, seine stete Revanche für ihren Kommentar, ob er nicht auch das Grab noch verkabeln wolle, so dass er Lämpchen ferngesteuert an- und ausmachen könne wie an einem Christbaum, stronza. Er klaut Reisig von Ludwigs Rosen und fabriziert daraus ein Sitzpolster, lehnt sich, Rücken an Rücken, gegen Hannas Stein. Vielleicht wäre er jetzt auf ihrer Höhe.

Den Stein hat er setzen lassen. Er hatte lange nicht kapiert, dass das von ihm erwartet wurde, ausgerechnet von ihm. Als sei er der Witwer. Stein, Grabpflege, das volle Programm. Nicht Peter. Nicht Sabrina und Magnus. Keiner machte sich zuständig. Nicht einmal im Tod haben sie sie als eine der Ihren angenommen. Sie hatten über ein paar Jahre, seine Krisenjahre, also doch, ein Mindestmaß an Blumen gewährleistet, aber als er zurückkam und sein Eigentum tatsächlich in Besitz nahm, machte man ihm klar, dass damit eine Aufgabe verbunden war. Eine Verantwortung. Ein Kostenpunkt.

Wenn die alle wüssten, wie wenig da tatsächlich gelaufen ist. Alle zwölf Jahre hat sie ihn mal rangelassen. Selbst er glaubte bisweilen dem Ludwig, dass sie eine Kalte war. Die paar Tage zwischen Neapel, Pompeji und Sorrent im Sommer nach dem Abitur. Die Monate ihres Zusammenlebens, die schönsten, behutsam, Lieben in der Sicherheit von erwachsenen Körpern und zugleich in der Verunsicherung ihrer Verletzungen. Als alles schon zu spät war, als sie wussten, dass es um nichts mehr, um alles ging. Er hätte auf der Autobahn bleiben können, doch das war nicht, was er getan hatte. Hätte er ganz verzichten sollen auf das, was er sein Leben lang gewünscht hatte, oder sich begnügen mit dem bisschen Zeit, das ihnen noch zugestanden war, mit dieser verschatteten Version ihrer selbst. Bald hing er so tief drin, egal, ob wir hier von Freundschaft oder Liebe sprechen, dass sich eine Entscheidung nicht mehr wirklich stellte. Ferita d'ammore nun se sana.

Und dazwischen der Fasnachtsball, besoffen und übermütig und gierig, im Nachthemd ihrer Oma, als sie zum Winteraustreiben nicht einfach das nächstbeste Gewand aus dem Schrank gezogen hatte, sondern ins Blütenkleid von Botticellis Flora geschlüpft war. Sie hatte es fast zur Perfektion imitiert und zugleich parodiert, im Wissen, da muss sie sich ganz sicher gewesen sein, dass keiner es erkennen würde, womöglich nicht einmal ihre Oma, über deren Bett das Bild hing. Dort sah er es Dutzende Male, wenn er ihr ins Bett half, Tee brachte, sie mit scherzhafter Gewalt zum Aufstehen zwang, doch aufgegangen ist ihm dies mit der Bettpfanne in der Hand, an einem der letzten Tage, als er am Fuß des Bettes stand und Peter eine neue Infusion legte, die Dosis das zweite Mal in Folge erhöhte. Das war das Ende, sein Ende. Er rettete sich in dieses enge Klo und zog die Kette am Spülkasten. Irgendwie musste er in den Garten gelangt sein, saß da und flennte, nach einer Weile legte sich ein Arm um ihn, der nach Wollfett roch.

Daphne war es auch, die das Bild an sich genommen hat. Es hängt im Wirtschaftsraum über ihrer Werkbank. Als er die Wände dieses schmalen Schlafzimmers unterm First entfernen ließ, verstand er, dass dieser Ort das Innerste war. Um hierher zu gelangen, musste man über alle Treppen gehen, ins Zentrum wandern wie in ein Schneckenhaus, der einzige Raum ohne Tür zum Flur. Patrizio entkernte den Dachstuhl und war dabei, das Herzstück auszuschaben. Er verging sich an diesem Haus, nahm ihm seine Mitte. Er ließ sein Werkzeug fallen und das Licht brennen und fuhr davon. Übertrug Magnus die Bauaufsicht, der ganze Ölplattformen demontierte und mit einem Dachstuhl und ein paar Stahlträgern und den Zimmerleuten zurechtkommen würde. Er raste auf der Autobahn Richtung Süden und schaffte sich drei Wochen im Mailänder Büro das Herz aus dem Leib und kam erst wieder, als alles stand, die neuen Balken eingezogen waren, die Biberschwänze gelegt, die Dachlaternen gesetzt, zauberhaft ist es geworden.

Er lehnt den Hinterkopf an den Stein und fühlt, wie sich

die Kälte über seine Haut ausbreitet. Es reut ihn, dass er den Passito nicht in die Manteltasche gesteckt hat. Dass Hanna keine Kalte war, dass Ludwig, wie mit allem anderen auch, unrecht hatte, wusste er spätestens, als er alles abwickeln musste, ihre Identität im Netz auflösen, sie erst mühselig bergen und dann Klick um Klick begraben. Als an ihrem Geburtstag die Mail mit dem Betreff Re: the two of us ins Postfach ploppte. Sie begann mit hi Han, und was immer aus the two of us geworden sei, sie bliebe einer der ganz wenigen Menschen in seinem Leben, die wirklich zählten. Und happy birthday und all the best for you. Miss you. An dieser Mail hing die Kommunikation von zwölf Monaten, die über zwei Jahre zurücklagen. Er wusste, er sollte, doch Patrizio widerstand nicht.

Danach bestand kein Zweifel mehr daran, dass sie keine Kalte war. Danach verstand er, warum das nie wirklich etwas hatte werden können mit ihnen. Sie brannte für diesen anderen, brannte von beiden Enden. Ihr Schmerz in diesen Mails war nicht zu ertragen, ihre Mischung aus Offenheit und Kraft, Hoffnung und Selbsterniedrigung, aus Geduld und Rebellion, ihre Versuche, jemanden durch Bitten zu erweichen, dessen Herz hart sein musste wie dieser Stein. Sehnsuchtsvolle Mails, auf die der andere einfach nichts antwortete. Ihr langsames Verstummen, ihr Schlussmachen, um sich selbst zu retten, und anderthalb Monate später ihre erneute Kontaktaufnahme. Er wollte sie ohrfeigen dafür, er wollte sie in seinen Armen bergen. Er wünschte dem anderen, der Hanna derart aufgerieben hatte, dass der einmal so lieben solle wie sie und diese Liebe unerfüllt bliebe.

Es erklärte alles, es war eine Erleichterung und eine Ver-

nichtung zugleich. Er starb an diesem Tag zweimal, einmal
für sie und einmal für sich selbst. Es war, als sei sie ihm aufs
Neue genommen worden. Er ließ eine Nacht lang ihre Trauer-
arie laufen und noch eine und eine weitere, dann konnte er
allmählich beginnen, darüber hinwegzukommen. Drei Wochen zuvor hatte er den Kaufvertrag unterschrieben, sich
über ihren Tod hinaus mit diesem Ort verbunden, und er
brauchte fast zwei Jahre, um das Gute daran wieder spüren
zu können.

Ludwigs Tannenreisig in allen Ehren, aber der Arsch ist ihm
doch nass geworden. Bevor er geht, tippt Patrizio zweimal
auf den Stein zu Hannas Füßen, so wie er sie während der
letzten Zeit manchmal in die Zehen zwickte oder ihrer Hängematte einen leichten Stoß gab. Er überquert den Bolzplatz, auf dem ein luftloser Fußball liegen geblieben ist, und
steigt zu seinem Haus hinauf. Über der Tür zur Scheune
blinkt Leifs Variation des Ewigen Lichts, Come In, We're
Open. Patrizio kontrolliert die Tür zum Garten, er klappert
ein paar Steppschritte auf den Terrazzoboden im dunklen
Parterre, dann steigt er hinauf ins Warme. Seine Mutter ist
schlafen gegangen. Die Tür zum Lehrerzimmer ist geschlossen, die Lichter sind gelöscht. Patrizio schleicht über die
Wendeltreppe ins Obergeschoss. In der Küche stehen die
Weinflaschen aufgereiht, er nimmt einen großen langen
Schluck vom Passito, auf dein Wohl, auf unser aller Wohl.
Unter der Decke begegnet er einer Bettflasche, die seine
Mutter in ihrer großen Wundertüte mitgebracht haben
muss, denn er besitzt so etwas nicht. Er legt sie sich an die
Füße und entspannt sich in der Geborgenheit des ange-
wärmten Bettes. Über ihm die Weite des ganzen Dachstuhls,

der verglaste First, der Himmel. Halb eins, die Stunde, da nur noch die dunklen Zwischenräume interessieren.

*

Nach dem Weihnachtsessen bei Loredana setzt er seine Mutter ab, und es ist bereits dunkel, als er heimkommt. Sofia hat ihm Wohnzimmer und Küche picobello hinterlassen und das Skizzenbuch vom Flügel mitten auf den leeren langen Tisch gelegt. Er trinkt einen Averna. Er klimpert ein bisschen. Er überlegt, Adriana anzurufen, setzt sich stattdessen ins Auto und fährt los, fährt viel zu schnell, am letzten Kreisverkehr vor dem Autobahnzubringer dreht er wieder um. Er schließt die Haustür doppelt hinter sich ab. Er geistert durchs dunkle Haus. Er schließt auch die Tür zum Flur hinter sich ab, er lässt die Lichter gelöscht und macht nur die Tischlampe an. Einmal noch steht er auf und kramt in seinen alten CDs, drückt auf Repeat, Buonanotte fiorellino in einer verträumt schwebenden Liveversion, der Sommer ist vorbei und die Decke eiskalt, zwischen Sternen und Stanze versucht er sie sich zu erträumen, wie es gewesen war und hätte werden können, und zu vertrauen, dass die Traurigkeit im Morgenlicht vergeht. Die Vögel im Wind haben größere Spannbreiten als er, der der Sonne zu nah gekommen ist.

Er skizziert aus dem Gedächtnis. Einzelne Frames, Erinnerungen wie verblasste Polaroids. Er hat kein Storyboard, er bringt es nicht hin, das zu einer konsequenten Erzählung zu formen, kann es nicht ertragen als ganze Geschichte, nicht den Anfang und vor allem nicht das Ende. Alles, was geht, sind Momente, lose Szenen. Vielleicht wird sich alles fügen, findet sich die Story noch. Vielleicht auch nicht, und womöglich wäre das nicht schlimm. Vielleicht muss er hier einfach mal nichts.

Das Schulzimmer mit der Hängematte, in der kaum die Formen eines Menschen auszumachen sind, so leicht, so wenig. Noch weniger war Nichts.

Sie radelte ihnen durchs Fußballfeld, weil sie sie nicht mitspielen ließen, er zeichnet ihr einen Packen Bücher auf den Gepäckträger.

Der Deckel eines Weckglases, rabiates Flugobjekt in einer Sommernacht, gemeint für einen Grobian, der sich als ihr Großvater herausstellen sollte, zerschellt zusammen mit allen Gewissheiten.

Patrizio träumt und enttäumt sich auf dem Aquarellpapier. Hanna zieht Blüten hinter sich her wie eine Schleppe. Seine Ankunft im Haus, sie hat Winterbetten im Arm, die über ihre Silhouette ragen wie Flügel. Der Hang zum Unterberg mit seinem Riesenflieder, unter dem zwei kleine Füße herauslugen. Eine Gestalt in Bleistifthosen und Matrosenhemd, kurze Haare und Koffer vom Flohmarkt, hätte sie einem nicht die Schulter zugewandt, sähe sie aus wie Jean Seberg. Das breite Tal in Cinemascope, an dem einen Bildrand steht ein Angler im Bach, am anderen stromert eine helle Gestalt durch den Wald. Sein eigener gebückter Rücken am Zeichentisch, an der Wand startet eine Rakete und verlässt den Bildrahmen. Das Meer in Italien. Der Löwe. Der Blick übers Tal mit einem großen Himmel, die kompakte Gruppe winziger Figuren, die sich auf halber Höhe um ein Loch in der Erde drängen. Im Garten stand ein Nussbaum.

Irgendwann klingelt es unten, er ignoriert es, es hämmert an die Tür, sie sollen ihn in Ruhe lassen, es hupt, erst kurz, dann lang und anhaltend, als Kiesel gegen sein Fenster platzen, dämmert ihm, dass das, was er hört, Adrianas Stimme sein könnte. Sie steht in der Winternacht vor seiner Tür und ruft, cafone, mach mir auf! Sie trägt den Parmesanlaib im Arm, den er ihr für Weihnachten hatte abschwätzen wollen, wie siehst du denn aus, das Hemd hängt ihm aus der Hose, ihm sind eine Nacht und ein Tag abhandengekommen. Auf Keksen und Koffein hat er durchgemacht. Er greift den ausgehöhlten Käse wie einen Autoreifen und nimmt Adriana unter den Arm, fest und inniglich und auf einem gewissen Avernapegel, und er denkt, ich lass dich nie mehr los. Sie lacht über seine müde Konfusion, und während er duscht, kocht sie die letzte Portion Pasta ihres Tages.

*

Er ist es, der Schlaf nachholen muss. Wie ein Rekonvaleszent erholt er sich von der Plackerei des Erinnerns. Der Tagesablauf ist aufgehoben, Patrizio findet eine Nachricht auf dem Tisch vor, dass Adriana sich bei Fatima generalüberholen lässt, und geht wieder ins Bett, Adriana nimmt ihn sich von den Fußspitzen her und berichtet hinterher von einem langen Spaziergang mit Daphne und will jetzt mit Ziegenmilchmozzarella experimentieren, schließlich findet er sie spätabends im Bad und zieht sie mit sich unter die Dusche. Drei Tage, die vorbeigleiten wie Felsenlandschaft von der Reling eines Bootes aus betrachtet.

Just als Adrianas Auto hinter der Kurve verschwindet, öffnet Sabrina das Küchenfenster, ganz zufällig. Wegen morgen. Lisa will mit zwei Freundinnen die ganze Nacht über

Serien gucken und ob man nicht bei ihm feiern könne. Ist ihm ohnehin lieber. Sie habe schon alles gekauft und bringe auch den Rechaud. Er stellt Wohnzimmer und Küche, Wein, Spülmaschine. Sechs werden sie sein, Sabrina und Magnus, Elisabeth und ihr Jungbauer, der so jung nicht mehr ist, Daphne, er selbst. Eine fehlt, und die andere ist ihm gerade davongefahren.

Am Silvestermorgen steht er unschlüssig zwischen Zeichentisch und Klavier. Er bluest ein bisschen herum und tritt dann versonnen an den Tisch. Die Italian Story hat er mit Tusche gezeichnet, eindeutige Linien, Schwarz und Weiß. Typen. Wahrheiten. Es ist nicht klar, was hier am Ende seine Technik sein wird, aber Tusche ist es nicht.

Er sortiert seine Blätter, ordnet sie an wie Memory-Karten. Dreht mal das eine auf den Bauch, mal das andere, macht Bilder miteinander bekannt, befragt sie, wie wär's mit euch? Er schafft Verwandtschaftsbeziehungen. Nach Farbschattierung. Stimmung. Bewegungsrichtung. Chronologie. Nach Maß und Größe der Erinnerung. Aus den Bekanntschaften auf der Tischplatte ergeben sich neue Ideen und eröffnen sich Zugänge zur Vergangenheit. Erinnerungen streifen sich das Laub von den Schultern. Er notiert wie besessen, er folgt bereitwillig den Pfaden, die sich vor ihm in den Wald schlängeln, und als er wieder daraus hervortritt, hat sich auf den Seiten seines Notizbuches etwas entrollt, das der Anfang eines Storyboards sein könnte. Er blättert vor und zurück und ist auf einmal sehr zufrieden mit sich. So kann es bleiben. So könnte es werden. So kann es gewesen sein. Er schiebt die Blätter in der zuletzt gelegten Folge übereinander und trägt sie in Erichs altes Zimmer, er räumt seinen Zeichentisch komplett leer und versteckt alle Utensilien im Lehrerzimmer, er verschließt die Tür und zieht den Schlüssel ab.

Er kocht eine Schwerstarbeiterportion Linguine, die er in einer Belohnungsdosis Pesto schwenkt und direkt aus dem Topf isst. Er legt sich noch einmal ins Bett und erwacht nach Stunden aus einem tiefen Schlaf, in jeder Zelle erholt und vollkommen desorientiert. Während er innerlich noch vom Ätna herabwandert, den er mit Adriana bestiegen hatte, führen ihn seine Füße aus Gewohnheit ins Bad, wo nichts funktioniert, bis ihm endlich einfällt, dass Adriana die Automatik abgestellt hatte. Er liegt im Rosmarinschaum, als es an seine Wohnungstür klopft, dem Licht nach kann es nicht später als halb fünf sein, und sie haben sieben ausgemacht. Er hält die Luft an und taucht ab.

Im Hausflur stehen der Rechaud und Einkaufstaschen voller frischer Zutaten und Konserven, ein Netz Kartoffeln, eine Ladung Käse, mit der man das Schweizer Heer über den Winter bringen könnte. Patrizio tritt vor die Haustür und winkt ins Vage, was gewiss Resultate zeitigen wird, und macht im ersten Stock alle Lichter an. Kurz darauf bringt Sabrina eine große Schüssel Salat und eine Kuchenschachtel, die kannst du gleich auf den Tisch stellen, sagt sie, und hast du einen Sicomat für die Kartoffeln? Er lugt in die Schachtel. Eine Torte, von einer dicken Schicht Marzipan überzogen, so zuckrig glänzend, dass man vom Hinschauen Hämorrhoiden kriegen könnte. Happy Birthday steht darauf, die Zahl Fünfzig aus silbernen Zuckerperlen geformt, Rosenranken, ein Glückspilz. Daphne macht auch zu Silvester keine Ausnahme von Cordhose und Holzfällerhemd, sie schaut ihm über die Schulter und prustet, wohl bekomm's. Die ist aber früh dran, du hast doch erst in ein paar Wochen. Bringt doch Unglück. Ihm sackt das Blut in die Beine. Er muss sich räuspern, um antworten zu können, nee du. Daphne kapiert, die hat ja 'nen Schuss, flüstert sie. Geht's? Er hebt die Schultern, weiß man's, und dann fragt Daphne, Ziggi?

Wie Schüler büxen sie vor Sabrina aus in den Garten. Daphne beginnt zu drehen. Ich war heute auf der Alb. Konnteste gucken bis zum Alpenhauptkamm, war wunderschön. Sie reicht ihm die erste, lässt schließlich den Rauch gemächlich entweichen. Sie muss daheim noch eine Dehnfuge neu setzen, vielleicht könnte sie das mit dem Zeug da oben probieren. Oder du musst mal Fatima fragen, es würde wahrscheinlich auch als Gesichtsmaske funktionieren. Sie hakt sich bei ihm unter, knufft ihn, er entspannt. Gibt's doch nicht, sagt er.

Doch, das gibt's.

Die ist Ökotrodings und bringt so eine Torte.

Daphne pickt einen Tabakfussel von der Zungenspitze. Damit, dass der Magnus Öl pumpt und sie selbst Borkenkäfer rettet, hat sie auch nie ein Problem gehabt. Nur dich überrascht das immer wieder. Aber wenigstens denkt sie an Hanna. Ist zwar schräg, am Silvesterabend ihren längst vergangenen Fünfziger mit so einer Torte zu feiern. Aber irgendwann wird sich Sabrina irgendwas Gutes dabei gedacht haben, bestimmt.

Die Tafelrunde. Sie hatten ihren goldenen Moment während jener Monate, in denen die Hängematte jeden Tag straffer zu hängen schien. Als sie Erichs Zimmer für Małgorzata und Agnieszka herrichteten, die abwechselnd den Großteil der Pflege übernahmen, so dass alle wieder Atem schöpften und er selbst nach Stuttgart pendeln konnte. Die wenigen Wochen, da sie sie nicht mehr aus dem Bett holen konnten, und der Friede der letzten Tage. Die Tür stand immer offen. Jemand achtete darauf, dass das Windlicht im Flur niemals ausging. Jemand nahm seine Wäsche mit und brachte sie gebügelt wieder. In der Küche stand abends Essen für ihn, mal polnisch, mal deutsch, wenn es von seiner Mutter war, wenn sie im Lauf eines Tages hier gewesen war und er aber nicht, um sich von ihr in den Arm nehmen zu lassen, kamen ihm beim Aufwärmen die Tränen. Lisa kam fast jeden Tag vorbei, schmiss ihren Schulranzen in eine Ecke und legte ihren Kopf auf Hannas Matratze, eine solche Nähe, fast berührten sich ihre Nasen. Manchmal führte er Gespräche mit dem Kind, hinten im Garten. Gott. Die Welt. Peter konnte ganz und gar nicht akzeptieren, dass sie einfach aufgab, aber er sorgte für die beste Palliativversorgung, und selbst Maria kam noch rechtzeitig. Beide waren da und kamen doch zu spät. Für das, worauf es wirklich angekommen wäre, kamen beide zu spät.

Nichts bleibt, sie verändern sich alle. Die Tafelrunde ist angezählt. Eigentlich können sie nichts miteinander anfangen, denkt er fröstelnd. Und in diesem Moment, mit der Glut an den Fingerspitzen, gesteht er sich ein, dass sich die Verbindung mit Sabrina schon lange falsch anfühlt. Dieser Abend noch. Heute feiern sie noch einmal Hanna und alles Vergangene, und dann will er mit ihnen nichts mehr zu tun haben.

Im Hochgehen krault Daphne ihm den Nacken und raunt, immer dran denken, Dehnfugenmaterial. Und wenn man es mit Raclettekäse vermengt, kittet es vielleicht noch besser. Sie klopft ihm aufs Schulterblatt und schickt ihn in sein eigenes Wohnzimmer wie ein Trainer seine Mannschaft ins Lokalderby.

Patrizio begleitet sich selbst auf der Runde um den Tisch, wie er Wein ausschenkt und Scherze, Daphne lädt ihm einen Stapel Käsescheiben auf den Teller und grinst. Der Abend plätschert dahin, Elisabeth fragt nach Leif, unterwegs mit seiner Pauline, erzählt Sabrina, es gibt wieder eine Party im Sternen, alles Teil von Bestrebungen, den Sternen wiederzubeleben mit einer Genossenschaft, Feiern für den guten Zweck, wirft Magnus ein. Pauline hat den Leif fest an der Kandare, die führt ein anderes Regiment als ich, sagt Sabrina lachend zu Magnus, die lässt da nix anbrennen. Ja, jetzt nicht mehr, aber das kommt ein bissle spät. Was lernt die eigentlich? Die studiert online an einer kanadischen Uni, mit eiserner Disziplin. Ganz anders als der Leif, der war ja immer ein Hallodri, wie sein Onkel Elmar.

Patrizio fiele ja noch ein anderer Onkel ein, mit dem man Leif vergleichen könnte, aber dessen Rolle im Familiensystem war immer eine andere. Käpsele, nicht Hallodri, daher zieht diese Parallele bis heute keiner. Und wahrscheinlich war das blutige, herzzerreißende Unschuld eher als Draufgängertum.

Die Pauline will raus und was aus sich machen, sagt Sabrina, aber das muss sich erst noch weisen, sagt Magnus, ich seh den Leif nicht in die große Welt hinausziehen. Wieso, fragt Daphne, der macht in Autos, das geht doch überall auf der Welt. Magnus winkt ab. Die Pauline hat jetzt Mann und Kind hier, das hätte sie sich vorher überlegen sollen.

Patrizio denkt sich, Adriana hätte da eine klare Meinung und würde sie äußern, wäre sie hier, geriete dieser Abend aus seiner nervtötenden Komfortzone. Er schenkt sich und Daphne nach, Schluck um Schluck driften sie am Tischende in eine Sub-Party, die anderen gehen bei ihren Albernheiten nicht mit, er möchte sich mit ihr, allein mit ihr hemmungslos betrinken, er möchte mit Adriana ins Bett kriechen und alle Masken fallen lassen.

Während die anderen den Kuchen unter sich aufteilen, kaut er trockene Cantuccini, die in seiner Mundhöhle so laut krachen, dass sie das Stimmengewirr übertönen. In den schwarzen Fensterscheiben spiegeln sich die Schemen der Tafelrunde, Hinterköpfe und verschwommene Gesichter, Gestalten aus einer anderen Welt. Er sieht sie über den Zeichentisch hinweg, auf dem am Nachmittag noch die Blätter ihrer Geschichte lagen, und als auf der anderen Talseite ein Auto vorbeifährt, wandert die Lichtkurve wie ein Komet übers Glas. Er lässt sie ziehen.

Und dann kommt gegen halb zwölf die Meldung, dass Adriana gerade von der Autobahn abfährt. Er fixiert den blinkenden Punkt auf dem Display wie ein Leuchtfeuer. Als sie beim Kindergarten abbiegt, geht er sacht schwankend hinunter und lehnt sich in den Türsturz. Cavolo, dich kann man überhaupt nicht mehr überraschen. Ihr starker, warmer Körper, die langen Haare, der Geruch einer, die einen knochenharten Arbeitstag hinter sich hat. Sie ist aufgekratzt und viel zu vital für ihn in seiner promillgedrosselten Abschiedsstimmung. Doch. Du hast mich überrascht. Was machst du hier? Er fängt Schnipsel auf, eine große Gesellschaft hat abgesagt, letzte Minute, impertinenti, aber das Beste draus, gute Crew, und deshalb um zehn spontan zu ihrem Liebsten. Sie bleibt vor ihm stehen und schafft einen kleinen stillen Raum, nur zwischen ihnen, nur für sie beide, nur für ihn, sie küsst ihn ganz langsam auf die Lippen und raunt ihm auf die Zunge, was ist denn mit dir los zurzeit.

Punkt zwölf stehen sie alle auf dem Kirchberg, auf dich, auf uns, auf die Gesundheit, aufs Leben. Lisa böllert gegen Verbot und Brandgefahr, alles unter Kontrolle, Mama, ruft sie herüber und schießt sich den Himmel frei. Farbspuren tropfen auf diese Nacht. Bereit für etwas Neues. Zeit, einen neuen Plan zu schmieden.

Morgens um zwei kommt Adriana aus der Dusche und bereitet sich ihren Schlaftrunk zu, einen doppelten Espresso, im Halbschlaf hört Patrizio das zackige Klopfen des Filters und das Surren der Maschine. Ihre Haare sind feucht, ihr Kuss schmeckt nach Minze und Kaffee, sie legt ihm die Hand aufs Herz und beginnt nach wenigen Atemzügen leise zu schnarchen.

SAN MARCO

Patrizio kennt das Haus noch von früher, sein Chef hat hier die goldenen Wasserhähne eingebaut. Die Vergangenheit schlappt wie ein Schleppenträger von Stockwerk zu Stockwerk hinterdrein. Arbeitszimmer zu viel Glas und Stahl. Aber inmitten von Büchern immer Geborgenheit. Um nicht darüber sprechen zu müssen, dass man Familie und immer gewusst, zeigt man ihr Erstausgaben, einen Prachtband der Göttlichen Komödie, Leinenbindung, Goldschnitt, selbst sie da nicht Post-its. Betrachtet den Mann und denkt, kultiviert, denkt, Prahler, gehemmt und verunsichert. Früher gern länger unterhalten hätte. Erzählt Dinge, interessant, aber interessieren sie nicht mehr, von Zeit in USA und Rückkehr in Heimat, vom Kauf dieses Hauses, vom Ruhestand und Italien. Sie vermisst Patrizio, hört ihn durchs Treppenhaus, der mit der Frau über Oliven und auch Italien.

An Patrizios Hand die Stufen, eine vorletzte, letzte, auf die Dachterrasse hinauf. Sie streicht dem Tier über die Flanke. Abendlicht blendet. Mensch und Kreatur. Frau heißt Karin, reicht Sektkelch an. Eigene Hand zittert. Eigentlich kein Alkohol mehr. Als sich Fingerspitzen berühren, legt Karin ihre Hand, wie liebkosend, um Hannas Hand, Kinderhand. Fast fällt Glas, masel tov, eigentlich ginge doch die Geschichte hier erst los. Karin merkt, Prosecco falsche Aktion, bringt Glas Wasser, trinken, Patrizio

Glas halten, gibt ihr eine Serviette. Sie sitzt, legt den Kopf an den steinernen Rücken, ihr Löwe. Patrizio ganz öffentlich Gesicht, ganz linkes Auge. Ist ihr das zu viel, alles. Was hier noch Apéro spielen. Was soll hier noch anfangen. Die Sonne verschwindet hinter dem Wald, kalt. Karins Umarmung warm, wärmer als Handschlag des Mannes, der ihre Mutter kannte. Reicht großen Kanister Olivenöl und eine Tasche voller Essen. Patrizios Hand für Heimweg. Wann sehen wir uns wieder, Frage zum Abschied, zu intim irgendwie, und anwesend seine Frau. Ich schau dieser Tage mal vorbei, sagt er, hat angekündigt, über Gewächse in ihrem Kopf zu wachen, ich weiß ja, wo ich dich finde.

Murmelt Patrizio, aber nicht, dass der jetzt jeden Tag bei uns auf der Matte steht. Stolpern auf dem steilen Fußweg, ferma, sagt er und versteckt die Sachen im Gebüsch, beide Hände frei. Er nimmt sie unter, und als sie auf der Straße anlangen, wendet sie sich ihm zu, tanz mit mir, Patrizio, er nimmt sie fest um die Hüfte und dreht sie um die eigene Achse, tanz mit mir, Patrizio, wie damals. Bugsiert sie weg von der Kreuzung und auf den Bolzplatz. Summt ihr eine Melodie ins Ohr, und sie drehen sich im Abendschatten. Trägt sie fast auf den Kirchberg, ganz leicht ist ihr. Im Schulzimmer lässt er Battiato singen, schweben im Walzertakt durch dunkelnden Raum. Seine warme Hand an ihrem Schulterblatt, sein starker Arm, in dem sie gehalten ist. Alte neapolitanische Weise, frisch war die Luft, und im Garten dufteten die Rosen. Ich vergess sie nicht, die Lieder nicht und auch nicht die Rosen. Vergiss mein nicht, Blumenduft durchzieht die Luft, stärker wird er mit dem Vergehen der Zeit. Weine nicht, Patrizio, und zähl nicht die Stunden bis zu meiner Wiederkehr, bis wir wieder singen im Mai. Mit Rosen und Mai kehrt auch die Liebe wieder. Brunnen, der niemals austrocknet. Sein Atem an ihrem Ohr. Seine Lippen an ihrem Schlüsselbein. Liebesversehrung, die niemals heilt. Sie fühlt sich so leicht, als wär sie nur noch Stimme und Gebein, als könne er sie sich auf die Arme laden und davontragen wie sie selbst, damals, das Winterbett.

Holzscheit auf den Sparherd, bitte einheizen und die Uhr aufziehen, sie braucht keine Zeit, nur das Ticken. Auf der Bank liegen und lauschen den Geräuschen, Teller und Besteck, Kühlschranktür, Plastik der Butterdose, Korken einer Weinflasche. Das Ticken der alten Uhr mit zweierlei Schuhen, das immer noch nach Kindheit klingt, nach Stubenschlafen, und sich nun mit Patrizio verwoben hat. Arbeitsgeräusche, Schritte durchs Haus. Seine Stimme. Telefonate. Die Beats aus der Anlage und die Akkorde auf dem Klavier. Iss, sagt er, die Augen noch gerötet, und schiebt ihr den Teller mit Butterbrotstreifen, halbierten Gurkenscheiben, Tomatenachteln hin. Ihr Pfefferminztee ist noch zu heiß, einmal lässt er sie nippen an seinem Wein, für den Geschmack.

Erwacht am Rauschen, die alten Rohre. Patrizio kommt in die Küche und schenkt sich nach. Sein Griff um ihr Handgelenk, avanti, Hanna, heia. Den Satz würde selbst sie noch hinbekommen. Führt sie, halb schlafend, über den Flur in ihr Schlafzimmer. Dann, das weiß sie, kehrt er an seinen Zeichentisch zurück, sie will diesen einen klaren Moment festhalten, die kurz zurückgekehrte Fähigkeit luziden Denkens, die seltener wird, festhalten und umarmen will sie dieses

Wissen, dass Patrizio zeichnet wie ein Besessener, weil ein Verlag seinen Comic eingekauft hat und er unter einer Frist arbeitet, bald soll das Buch erscheinen. Sie möchte es so gerne in Händen halten.

*

Frühmorgens die Schläge der Kirchenglocke. Das klappernde Schutzblech. Vögel in den blühenden Bäumen. Hanna richtet sich auf und setzt einen Fuß auf den Boden. Licht und Schall in ihrem Innern und die Geräusche der Welt. Sie hält sich am Waschbeckenrand und betrachtet sich im Spiegel. Die Narbe ihrer ersten Nacht in diesem Haus ist nicht mehr als ein blasser Strich. Der große Alte hatte sie angetippt, nicht zum ersten Mal, und noch einmal laufen lassen. Jetzt fällt es ihr immer schwerer, Strukturen zuzuordnen. Sie greift am Becher, am Handlauf vorbei. Sie sieht Gegenstände und nimmt sie nicht mehr wahr, muss sie anfassen, um sie erkennen zu können, ihr kommen neben den Namen auch Form und Farbe abhanden. Sie stellt sich unter die Dusche, lässt das heiße Wasser in die Steifheit ihrer Glieder fließen. Das sollte sie wahrscheinlich schon nicht mehr allein, aber noch hat es ihr niemand verboten. Sie hält sich an der Aufhängung des Duschkopfes fest. Sie kleidet sich an und geht vors Haus. Gestern noch Sommer auf der Dachterrasse und heute Frost der Eisheiligen auf den Wiesen. Langsam hinab zum Bolzplatz. Opas Stock. Hunde. Ohren tätscheln und das Gleichgewicht nicht verlieren. Herrchen sagt, so, auch unterwegs, sie hat die leeren Floskeln lieben gelernt, die im Repertoire ihres Volksstammes so reichlich vorhanden sind. Ha, antwortet sie und hat ihre Pflicht erfüllt. Mit wiederholtem Jajaja hat sie auch eine Kür mit guten

Haltungsnoten aufs dünne Eis ihrer verbalen Existenz gezir-
kelt. Anstrengend. Sie schaut dem Spaziergänger nach, der
schnell unscharf wird, als sei sie nun wahnsinnig kurzsich-
tig. Konturen verschwimmen, die klaren Kanten lösen sich
auf, der Mann geht in zwei in sich verwirbelte Hälften hinein. Sie kehrt um und achtet sehr genau auf ihre Schritte. Erkennt spät, dass das Peter ist, der sie überholt.

Haben sich gemieden während der letzten Woche.
Musste sich jeder noch sortieren. Obwohl komisch. Außer
ihr doch alle Jahrzehnte Zeit dafür. Unsicher. Kann jetzt
schlecht wortlos in ihr Haus. Er gibt ihr zwei Küsschen,
seine Hand an ihrem Schulterblatt, kaum mehr als die
Fingerspitzen. Magnus reicht ihr die Hand. Ihr Onkel.
Gibt sich über zwei Armlängen hinweg einen Ruck und legt
ihr fest die Hand auf die Schulter, das neue Familienmit-
glied, willkommen in unserer Hölle, Hanna.

Mensch, Magnus, sagt Peter. Aber zumindest das Eis ge-
brochen. Sag doch wenigstens Fegefeuer, lacht Peter, dann
bliebe noch Hoffnung.

Ist doch das Gleiche, sagt Magnus, wo soll denn da der
Unterschied sein.

Sie kennt den Unterschied und versteht den Scherz und
denkt sich, tja.

Hast du alles, was du brauchst, fragt er vor ihrer Haustür.
Ob sie mit ihm einmal essen gehen wolle, nur sie beide,
dann können wir uns in Ruhe unterhalten. Bisschen spät ja
wohl. Ob sie will, schwer zu sagen. Gehört nun wohl dazu,
also nickt sie. Er hätte jahrzehntelang Zeit gehabt für den
ganzen Kruscht. Sie will ihn unentwegt berühren, zärtlich,
seine sauber rasierte Wange, möchte die ihre an den flau-
schigen Cashmere auf seiner Brust legen. In seiner Gegen-

wart wird sie zur Dreizehnjährigen, die auf das Knattern der Flugzeugmotoren wartete.

Gibt es einen Wunsch, den ich dir erfüllen kann?

Sie will ihn ohrfeigen, anspucken. Er soll es mal nicht übertreiben. Da gäbe es viele, und sie schüttelt den Kopf. Nochmal Kind sein, nochmal Vorlesen, Singen, Campen, sie lächelt und schüttelt den Kopf und sagt, okay.

You're okay? Sie nickt. Er ringt mit Worten, will ein Geständnis ablegen, aber bringt es nicht heraus, und sie will es nicht hören. Er nimmt sie schließlich in eine vorsichtige Umarmung. Ohne dass er es sagt, ist klar, er wird da sein. Zumindest etwas, womit sie planen kann.

Hanna peilt den Handlauf an und erwischt ihn beim ersten Versuch. Im zweiten Stock lauscht sie an Patrizios Tür, weiter in die Küche, Kaffee. Auf der Anrichte der Brief ihrer Mutter, die Kreditkarte, noch nicht vom Papier abgelöst, die ungeöffnete PIN. Es gibt einen Wunsch. Und sie weiß auch, wer ihr den erfüllen wird. Sie öffnet die Lade. Kramt nach einem Kugelschreiber, ertastet. Er schafft sich eine neue Unterschrift, souverän im Eindruck und mit links auszuführen. Sie löst die Karte vom Klebestreifen und unterschreibt auf der Rückseite.

Patrizio schläft noch, brennende Leselampe, ein Buch auf der Brust. Von der Türschwelle aus versucht sie, laut und deutlich zu sagen, Patrizio, wach auf, wir fahren jetzt nach Venedig. Der Satz gelingt nicht schlecht, doch er hört es nicht, er schläft. Sie zieht ihm das Buch unter der Hand hervor und rüttelt ihn sanft, sie streichelt ihn am Ohrläppchen. Rizzi. Sveglia. Verschlafen legt er eine Hand auf ihre Hüfte, reibt seine Nase an ihrem Knie, öffnet schließlich ein Lid.

Er riecht an ihren Fingerspitzen, hast du schon Kaffee gekocht, dann macht er beide Augen auf, was sagst du? Sie hält ihm die Kreditkarte vors Gesicht. Italia. Subito. Dalli, dalli. Er schaut sie verständnislos an. Aber die ist doch für deine medizinische Behandlung gedacht. Genau.

*

Sie lassen die Reichenau links liegen. Kurz vor dem Tunnel Göschenen zupft sie ihn am Ärmel, zeigt zum Himmel, der wolkenlos ist und strahlend, und zu den Bergspitzen, da, sagt sie, und er setzt den Blinker. Er fährt die alte Passstraße hinauf und parkt vor dem Hospiz auf der Passhöhe des Gotthards, wo früher, ganz früher, Schwaben direkt an Mailand grenzte. Sie arbeitet sich die Treppe hinauf und lässt sich in Decken einschlagen auf der Terrasse. Dass man Pasta in Rahm aufkocht und mit Apfelmus isst, will ihm nicht in den Kopf, sie schwelgt mit der Gabel in der Hand und kann nach ein paar Bissen schon nicht mehr. Er hat sie bestens versorgt in diesen Monaten. All ihr Stromern, die Frühlingsarbeiten im Garten, passé. Wenn sie sich im Spiegel ansieht, sieht sie gesund aus, gefällt sie sich, immer im Rahmen der Möglichkeiten, und man würde nicht denken, dass das nicht von Dauer sein kann. Johanna Supernova. Sie schnalzt, damit er von seinen Rösti aufsehen möge. Sie ist ihm unendlich dankbar und versucht ihre Gefühle in ein, zwei Silben zu packen. Während sie noch mit dem eigenen Sprechapparat ringt, sagt er, schon in Ordnung, drückt ihre Hand, bricht ab. Für einen Moment verharren sie in der Spiegelung und sehen sich in die Augen. Er löst es auf, schlägt die Lider nieder, schweift zur lachsfarbenen Hausfassade, zum

Panorama, Scheißberge, murmelt er. Sie sieht es in ihm arbeiten, während sein Blick sich im Vagen verliert, schließlich bricht es hervor, er zieht den Rotz hoch und sagt, so wollte ich nicht nach Italien fahren mit dir, und läuft davon.

Er hält ihr die Tür auf, gibt aber den Einstieg nicht frei. Sie möchte ihm die Traurigkeit aus den Augen streichen. Sie nehmen sich in die Arme, dass es ihr in den Rippen knackst. Doch bevor alle Dämme brechen, sagt er, basta. Er geht auf seine Seite und zieht ihr den Gurt über die Brust. Auf alten Wegen, über die heißen Serpentinen der Gotthardsüdseite rollen sie Italien entgegen. Auf der Brücke über den Lago di Lugano löst sich die Welt, diese Zumutung, auf in den gleißenden Reflexen auf dem Wasser. Chiasso, Como, sie schläft ein und öffnet die Augen wieder, als sie durch die Mailänder Vororte fahren.

Seine Agentur sind zwei hohe, lichte Räume mit Stuckdecken und drei Mitarbeitern. Freuen sich, überzeugend, ihren Chef zu sehen. Kennen ihre Geschichte. Sie also der Grund, warum sie drei in letzter Zeit so viel arbeiten müssen. Der Comic überfällig, endlich mache der capo, wovon er seit Jahren rede. Patrizio muss ein paar Dinge besprechen, ob sie eine Runde drehen möchte, der Dom, die Galleria. Nie im Leben. Auch nicht in die Bar unten im Haus. Lost in Milan. Sie nimmt das schwarze Ledersofa, weiß schon, dass sie im Raunen einpennen wird, ihr Hirn schaltet bei jeder sich bietenden Gelegenheit von Programm auf Testbild, aber als Behinderte lebt es sich auch einfach ungeniert.

Der Lärm in der Bar nach Feierabend ist schwierig. Sie lehnt sich an Patrizio und betrachtet das Treiben des Mailänder Aperitifs. Er wohnt in Gehweite, ein kleines Studio mit solchen Armaturen, wie er sie bewirbt, das mit ihrem rumpligen Haus auf dem Kirchberg so wenig gemein hat. Im Granitbad lässt sie den Tropenregen auf sich fallen. Sehr lange Regenzeit. Bereit für Risotto Milanese. Sie will sich ein Hauptgericht teilen, Patrizio schüttelt den Kopf, das machen wir hier nicht, und wir lassen uns den Rest auch nicht einpacken. Strohhalm für ihre Cola das Höchste der Gefühle. Über sein Glas hinweg sagt Patrizio, wir brauchen noch ein Hotel in Venedig. Sie schnalzt und macht eine Geste ungefähr im Kreditkartenformat. Was Gutes will sie. Sie hat es immer noch nicht aufgegeben, mit Willensstärke und absoluter Konzentration die Worte hervorzuzwingen, Piazza San Marco wird sie nicht schaffen, aber den Kanal versucht sie. Patrizio blickt auf, Canale Grande? Mindestens. Sie nickt. Du willst es richtig krachen lassen? Er scrollt auf dem Display, tippt auf eine Nummer und fragt an. Er hält die Hand vors Mikro, direkt am Kanal, das Doppelzimmer für siebenhundertachtunddreißig Euro, sie reckt, ohne zu zögern, ihren Daumen in die Höhe. Patrizio hört zu, übersetzt, der Preis enthält Abholservice und weitere Annehmlichkeiten, frag mich nicht, was sie damit meinen, aber kein Frühstück. Oder eben die Palazzo Canal Suite, wäre auch frei, für sechstausendsiebenhundert Euro, soll ich fragen, ob da dann Frühstück dabei ist?

*

Über den Ponte della Libertà nach Venedig hinein. Sie lassen das Auto in einem Parkhaus auf dem Piazzale Roma.

Ein Motorboot holt sie ab, Canale Grande und Rialto-Brücke, das Anlanden klappt cinderellamäßig. Sie wandelt durch die Lüsterherrlichkeit in ihr brokatstrotzendes Zimmer und fällt ins Bett, bekommt im Halbschlaf mit, wie Patrizio Room Service bestellt, er rüttelt sie wach, dass er nochmal loszieht, irgendwann sind seine Arme da, in die sie sich einrollen kann.

Mit der aufkommenden Helligkeit ist sie wach. Sie versenkt das Gesicht noch einmal in die Dunkelheit von Patrizios Nacken. Sie weiß schon, das war's, das ist ihre Zeit, Stromerzeit. Sie traut sich das zu. Sie zieht sich an und versucht, Patrizio auf dem Hotelpapier, das zu den weiteren Annehmlichkeiten gehört, eine Nachricht zu hinterlassen, wohin sie geht. Sie verlässt das Hotel auf der Landseite und biegt an einer Kirche rechts ab, sie ist nicht ganz orientiert, sieht nur eingeschränkt, aber ihr Körper scheint zu wissen, wo sie hinmuss, sie folgt den eigenen Schritten. Vor einem Hotel parkt ein Lieferwagen. Als der Fahrer mit zwei Blechen im Innern verschwunden ist, klaut sie ein Cornetto und schleicht sich, ganz ungeniert, eine Chuzpe, die sie sich früher niemals zugetraut hätte, als sie noch rennen konnte, aber was soll ihr heute noch passieren. Sie lehnt sich an eine Wand, muss sich ganz aufs Essen, auf Beißen und Kauen und Schlucken konzentrieren.

Die schmale Gasse noch menschenleer. Der Blick fängt nur Straßenkehrer. Der alte Kontrast zwischen der Pracht für die Augen und der Zumutung für die Nase, noch geht es, früh im Sommer und früh am Morgen. Goethe hätte hier am liebsten die Kehrwoche eingeführt, Goethe. ⸰⸰ rer Souverän einer jeden Stuttgarter Stiegengei

Am Ende all der geschlossenen Pracht leuchtet der Bogen zur Piazza.

Sie tritt durch den Bogengang, und der große weite Platz öffnet sich. Die lange Seite strahlt im Morgenlicht. Der Campanile erhebt sich vor ihr. Sie geht entlang der Kolonnaden auf den Turm zu, vorbei am Caffè Florian, wo sie auch gerne mal ein Hörnchen klauen würde. Vorbei am Schaufenster mit den goldenen Lettern ARCADIA. Die Löwenköpfe in jedem Bogen folgen ihrem Weg. Sie tritt aus dem Sichtschatten des Turmes hervor und steht vor dem Portal der Basilika. So oft hier gewesen, aber nie mit dem Opa. Er hat die Sehnsucht in ihr geweckt nach Venedig und nach dem Löwen. Er hat sie damals auf ein Gleis gesetzt, das zu ihrer Lebensbahn wurde.

Und dann hebt sie die Augen, Stufe um Stufe werden die Bögen ausladender, bis sie ihn endlich im Blick hat, auf seinem Sternenhimmel aus tausendundeiner Nacht, die Pranke auf dem Buch, geschützt von goldenen Engelsflügeln und überragt von seinem Heiligen. Der Löwe von San Marco.

*

Vorn am Wasser hat ein Gondoliere die blaue Persenning halb von seiner schwarz glänzenden Gondel gezogen und bessert das Sitzpolster aus. Sie lässt sich vorsichtig auf einer der Marmorbänke nieder und schaut ihm zu. Er grüßt gut gelaunt, glaubt sie, sie nickt zurück und fühlt sich jung und unbeschwert, morgens um halb sechs auf San Marco. Ein friedliches Venedig, nur sie und ein Gondoliere und ein paar Straßenkehrer und der Sonnenaufgang über der Adria.

Facciamo un giro? Sie ist sich nicht sicher, ihn richtig verstanden zu haben, lächelt und bleibt bei sich. Er lässt nicht locker, kommt an Land und weist einmal um die Bojen herum in die Lagune hinaus. Parli italiano? Sie nickt. Allora? Warum sollte ihr jemand solche Freundlichkeit entgegenbringen? Dai tosa, 'ndemo! Er schüttelt seine zu Knospen geschlossenen Hände. Gratis! Free! Könnte ihr letzter Schwabenstreich sein.

Sie erhebt sich und reicht dem Mann die Hand. Er hilft ihr umsichtig auf die Plattform und in seinen Kahn, steuert aus dem umgrenzten Bereich des Servizio Gondole hinaus. Hanna lässt sich im Rhythmus des Bootes wiegen, die aufgetürmte blaue Plane umwölbt sie wie der Mantel einer Madonna. Bald dreht er die Gondola so, dass sie den Blick auf den Markusplatz hat. Sie stehen genau zwischen den beiden Säulen, die den Zugang zur Piazza einrahmen wie ein Tor zur Welt. San Tòdaro, dieser abservierte Stadtheilige, und der Löwe. Der Römer und das Raubtier, das weiß sie, blicken nicht träumerisch hinaus aufs Meer, sondern zurück auf die Stadt, eine eigene Welt, heiterste aller, zu ihren Füßen.

Hinter San Giorgio Maggiore geht die Sonne auf. Vor Hanna liegt der Scherenschnitt des hoch aufragenden Gondoliere, der Schutzmantel der Persenning, ihre eigene Gestalt ganz im Schatten geborgen. Nach ein paar Minuten fahren sie zurück zum Anleger. Der Fährmann führt sie auf festen Grund zurück. Sie geht zwischen den Säulen hindurch auf die Piazzetta. Aus der versprengten Menge der ersten Touristen sieht sie Patrizio hervortreten.

ECHO

Der Bus biegt an der Kreuzung rechts ab. Sie kennt den Weg, die Dorfstraße wird zu einer Allee, links der Bach, rechts ein Hügel, oben der Wald. Eine kurvige Straße, die grob dem Verlauf des Baches folgt, sie kennt die Wege alle, eine grüne Straße, denkt sie, durch grüne Wiesen, grün denkt sie, wenn sie sich erinnert. Vorbei am alten Laden, wo sie Colaschlangen kaufte zu fünf Pfennig. Eine Wiese mit Gänsen. Eine mächtige langsame Treppe führt auf den Kirchberg. Sie breitet die Arme aus und füllt ihre Lungen mit der Luft ihrer Kindheit. Der schmale Durchgang zwischen Sakristei und der Hintertür des Pfarrhauses. Der erste Kuss. Es wäre logisch gewesen. Der Sommer überreif wie eine Frucht, die am Baum zu faulen beginnt. Sie wird herabfallen und am Boden zerplatzen. Der Weg weitet sich, der Kirchberg streckt seinen Rücken lang. Nach wenigen Schritten das alte Haus der Großeltern. Ein Raum voller Fenster. Du und dieses Haus. Patrizio, der die Treppe heraufkommt. Licht. Es könnte gut gewesen sein hier.

Eine ganze Reihe von Personen waren großzügig mit ihrer Zeit und ihrem Wissen, mit Information und Kritik und haben nach Kräften geholfen, dass »Kirchberg« seinen Inhalt und seine Form finden konnte.

Ich danke Christian Achtert, Ursula Donat, Ulrich Fester, Alexandra Henneberg, Susanne Lutz-Schuhbauer, Anne Mokinski, Joachim Pietzsch, Uta Protz, Johann Reisser, Klaus Reiß, Axenia Schäfer, Michael Schecker, Birgit Z. und David Stumpp (www.dreivonsinnen.de), meinem Lektor Gunnar Cynybulk und dem Team vom Verlag, den starken und wunderbaren Freundinnen an meiner Tafelrunde.

INHALTSVERZEICHNIS

KIRCHBERG   11

NOVEMBERKIND (1974)   20

Wasser   50
Apfel   55
Tisch und Bett   61
Klavier   70
Käfer   73

WEISSER SONNTAG (1984)   76

Hausrecht   98
Himmel und Hölle   104
New York – London   111
Fliegenfischer   121
Winterbetten   127

DUMMER AUGUST (1994)   135

Löwe   153
Alphabet des Nichts   162
London – Berlin – Nirgendwo   166
Tafelrunde   185
Stromer   192

365

WINTERAUSTREIBEN (2004) 196

Nistkasten 208
Novemberkind 218
Florenz 230
Schwabenkinder 240
Altjahrabend 250

JOHANNISNACHT (2014) 265

Rakete 291
Federkleid 294
Brighton 303
Märzenbecher 314
Heiler 318

STILLE TAGE (2024) 321

San Marco....................................... 350
Echo 362